Laban Hill

XTREME TEAM

Kein Risiko zu hoch

Aus dem Amerikanischen
von Bernhard Regen

ENSSLIN

Deutsche Erstausgabe

Originally published in the United States and Canada by Hyperion as
XTREME MYSTERIES: DEEP POWDER, DEEP TROUBLE; ROCKED OUT;
OUT OF LINE; HALF PIPE RIP-OFF.
This translated edition published by arrangement with Hyperion.

Deutschsprachige Ausgabe

Ensslin-Anschrift: Harretstraße 6, 72800 Eningen

Aus dem Amerikanischen von Bernhard Regen

Coverfoto: Digital vision/Urban Leisure
Covertypografie: Hummel + Lang

Gesamtherstellung: Westermann, Braunschweig
ISBN 3-401-45026-3

Anschlag auf der Piste

Titel der Originalausgabe:
XTREME MYSTERIES –
DEEP POWDER, DEEP TROUBLE

KAPITEL 1

»Das Ding kommt mir diese Woche nicht mehr von den Füßen«, meinte Jamil Smith grinsend zu seinen besten Freunden Kevin Schultz und Natalie Whittemore, während er ihnen mit seinem Snowboard zuwinkte. Im Sessellift fuhren sie gemeinsam zum Mount Olley hinauf, dem höchsten Gipfel im Hoke-Valley-Skigebiet.

»Dann stelle ich dich in Bio vor und hol mir eine Eins«, stimmte Kevin ihm zu. »So ein chirurgischer Eingriff zur Verbindung von Mensch und Maschine dürfte eine Sensation sein.«

»Ich kann es schon gar nicht mehr erwarten, dich mit dem Snowboard unter den Füßen in die Badewanne springen zu sehen«, schob Nat mit breitem Grinsen nach. Doch dann fügte sie hinzu: »Wenn ich darüber nachdenke, bin ich vielleicht doch nicht so scharf auf den Anblick.« Kichernd hielt sie sich ihre in dicken Handschuhen steckenden Hände vor die Augen.

»Sehr komisch«, grinste Jamil zurück.

»Ach ja«, seufzte Kevin zufrieden, »so muss eine Woche Ferien beginnen.« Erst vor einer halben Stunde waren sie wie begnadigte Sträflinge zu einer Woche Frühlingsferien aus der Hoke-Valley-Schule in die Freiheit entlassen worden.

Es war schon super, in einem Touristenort mitten in Colorado zu leben. Da lag auf den umliegenden Pisten auch im März noch eine Menge Schnee. Ferien in dieser Jahreszeit bedeuteten, dass sie den ganzen Tag – und nicht nur die kurzen Nachmittage – auf ihren Snowboards verbringen konnten.
Jamil, Nat und Kevin waren schon Freunde, seit sie zusammen in den Kindergarten gingen, und sie alle waren Sportfreaks, machten alles gemeinsam und standen durchaus auch im ständigen Wettbewerb miteinander.
Nat war eindeutig die beste Mountainbikerin. Sie konnte sich jederzeit mit den besten BMX-Fahrern messen. Jamil war der beste Snowboarder, was allerdings niemand überraschte: Sein Vater war schließlich der Manager des Hoke-Valley-Feriengebiets und lebte buchstäblich auf den Pisten. Und schließlich wurde Kevin sowohl von Nat als auch von Jamil beneidet – er war ein Mountainbiker, Snowboarder, Sportkletterer und Skateboarder mit außergewöhnlichen Fähigkeiten in allen Disziplinen.
»Bretter hoch!«, kommandierte Kevin. Sie näherten sich der Bergstation des Lifts. Kevins Stirn legte sich in Falten, als er sich darauf konzentrierte, möglichst glatt aus dem Sessel zu kommen. Alles, was er tat, ging er mit Logik und mathematischer Genauigkeit an – sogar den Sport.
Alle drei hoben die Spitzen ihrer Snowboards an und beugten sich nach vorne. Als sie an der Rampe ankamen, ließen sie sich hinuntergleiten und bremsten ihren Schwung mit dem freien Fuß ab.
»Na, Leute, wie wär's jetzt mit einer kleinen Boardercross-Strecke?«, fragte Kevin, während er die Goofybindungen mit dem rechten Fuß vorne anlegte. »Vor dem Rennen am Mittwoch will ich noch ein bisschen üben. Meine Sprungtechnik ist noch ziemlich schlapp.«
Der Boardercross-Wettbewerb mit seinem Parcours aus Sprüngen und Steilkurven zählte zum Programm des großen Festi-

vals, das jedes Frühjahr im Hoke-Valley-Skigebiet veranstaltet wurde. Dieses Festival dauerte eine ganze Woche. Angeboten wurde eine Mischung aus Skirennen, Musikveranstaltungen und jede Menge Partys. In diesem Jahr hatte man zum ersten Mal auch noch Snowboarding in die Liste der Attraktionen aufgenommen.

Jamil nickte. Er war scharf darauf, den Freight Train auseinander zu nehmen, einen besonders heißen Kurs, auf dem der Boardercross-Wettbewerb stattfinden sollte – Jamils Lieblingsstrecke. Er wusste genau, dass er in Superform war.

Nat hüstelte. Die kalte Luft schnürte ihr etwas die Kehle zu. »Ja, an meinen Sprüngen muss ich auch noch arbeiten, aber ich glaube kaum, dass ich von dir Tipps erwarten kann, Kevin, oder?«

Kevin lachte. »Das siehst du ganz richtig.« In ihrer kleinen Gruppe waren Nat und Kevin die entschlossensten Rivalen. Jamil war einfach zu gut auf den Pisten, um seine Freunde noch als echte Konkurrenz wahrzunehmen.

Jamil streckte die Brust raus und warf sich in Positur. »Nun ja, meine liebe Nat, du kannst dir ja ein bisschen Stil und Technik bei mir abschauen – während du meinen Staub schluckst.«

»Du fährst zwar wie ein Tier, aber eigentlich bist du ein echter Depp«, antwortete Nat grinsend.

Jamil schlug sich mit der Hand vor die Brust. »Das war jetzt ziemlich grausam von dir.« Er machte einige Hopser und brachte sein Brett für die Abfahrt in die richtige Stellung. Das Brett rutschte etwas nach links weg, aber Jamil hatte es sofort wieder unter Kontrolle, ohne die Balance zu verlieren.

»Ist ja total krank!«, sagte Kevin erfreut. »Nach der letzten Nacht ist dieser Pulverschnee echt radikal geworden. Das dürfte der letzte Blizzard dieser Saison gewesen sein.«

In der Nacht hatten die Wolken mehr als dreißig Zentimeter Neuschnee über Hoke Valley abgeladen. Ein Nirwana für jeden Snowboarder.

»Fertig?«, fragte Nat. Sie machte eine tiefe Kniebeuge und streckte die Arme über den Kopf, um sich zu lockern.
»Ab geht's!«, rief Jamil. Er gab Nat einen leichten Schubs und schoss den Hang hinunter.
»He!« Nat kippte nach hinten und fiel prompt auf den Hintern.
»Das war für den Depp«, rief ihr Jamil über die Schulter zu. Er hüpfte über einen Schneebuckel und schlingerte entlang der Ideallinie weiter abwärts. Kevin schloss zu Jamil auf, während sich Nat auf Hände und Knie plumpsen ließ und sich dann wieder aufrecht auf ihr Brett hievte.
Bei ihrer Fahrt über den Hang glitten Jamil und Kevin elegant durch die langen Nachmittagsschatten der Hügel. Jamil wedelte von einer Wende zur nächsten. Sein Körper hob und senkte sich dabei im Rhythmus der Strecke. Plötzlich schoss Kevin an ihm vorbei und spritzte ihm den aufgewirbelten Schnee ins Gesicht.
»Ganz toller Stil, alter Junge!« Jamil schluckte einige Flocken und grinste zu Kevin hinüber. Kevin wedelte nur selten mit seinem Brett. Er fuhr mit einer Präzision und einem Selbstvertrauen, das ihn wesentlich älter als nur dreizehn Jahre erscheinen ließ. Dennoch war Jamil mit seinen zwölf Jahren eindeutig der Favorit beim Boardercross-Wettbewerb, weil er einen äußerst ökonomischen Stil entwickelt hatte.
Nat fuhr unterdessen angespannt geduckt hinter ihren Freunden her und versuchte so schnell wie möglich aufzuholen. Sie verlagerte ihr Gewicht auf dem Brett nach vorne und schoss fast auf der Kante durch den Pulverschnee.
Vor ihr setzte Jamil zu einem Sprung an. Er versuchte einen 180° to Fakie, schaffte jedoch die Landung nicht. Mit dem Gesicht voran pflügte er durch den Schnee.
»Nettes Make-up!« Lachend glitt Nat zu ihm.
Jamil schüttelte den Schnee aus seinen blonden Dreadlocks.
»Dann eben das nächste Mal«, sagte er achselzuckend.
Nat wollte ihre Abfahrt fortsetzen, doch nach ein paar Metern

bremste sie ab. Eine glitzernde Schneewolke wirbelte um die aufgebauschten Beine ihrer gelbbraunen Thermohose. »Oh, das hätte ich jetzt beinahe vergessen. Sag deinem Dad schönen Dank dafür, dass er den Boardercross-Wettbewerb ins Festival aufgenommen hat.« Jamils Vater Ned Smith war eigentlich kein Snowboardfan und deshalb hatte Jamil eine ganze Weile mit Engelszungen auf ihn einreden müssen, bis es ihm gelang, seinen Vater davon zu überzeugen, außer den üblichen Skirennen auch den Boardercross- und einen Big-Air-Sprungwettbewerb anzubieten.

»Also, ich hatte nicht geglaubt, dass er es machen würde«, antwortete Jamil. »Er ist ein echter Skisnob, und wenn irgendwas schief geht, sind für ihn immer die Snowboarder schuld.«

»Na komm, nun sei nicht so bescheiden«, sagte Nat. »Mit deinen gnadenlosen Überredungskünsten kannst du doch fast jeden zu allem Möglichen rumkriegen.«

Jamil lächelte. »Ja nun, du sprichst die Wahrheit. Normale Sterbliche wären angesichts dieser fürchterlichen Aufgabe wohl zusammengebrochen, ich jedoch, mit meinem schwarzen Gürtel dritten Grades in verbalem Nahkampf, wurde durch jene Herausforderung nur noch energiegeladener.« Er erhob sich würdevoll und klopfte den Schnee von seiner blauen Hose. »Ich kann nur hoffen, dass alles glatt geht. Er wird sonst garantiert jede Kleinigkeit als Ausrede nutzen, um Snowboarding nie wieder bei einem Festival zuzulassen.«

»Ich glaube nicht, dass es irgendwelche Schwierigkeiten gibt«, sagte Nat. »Und außerdem war es doch dein Vorschlag, überall diese Schilder mit den Pistenregeln aufzustellen. Ich finde, schon jetzt benehmen sich die üblichen Pistensäue besser.«

Nat hatte die Angewohnheit, immer die positive Seite einer Sache zu sehen.

»He! Jetzt hört mit eurem Kaffeekränzchen auf und fahrt weiter!«, kam der Ruf von Kevin. Etwa hundert Meter unterhalb von ihnen hatte er angehalten, um auf sie zu warten.

»Na dann, lass es stauben!«, rief Jamil ihm zu. Er richtete die Nase seines Bretts hangabwärts und pflügte blitzschnell durch eine Kuhle mit Pulverschnee. In weiten Bögen raste er weiter, wobei ein breiter Schneefächer hinter ihm herrutschte. Sein Atem ging wie eine Dampfmaschine. Seine Beine federten bei jedem Buckel der Strecke auf und ab, sodass die Unebenheiten in seinem Oberkörper kaum bemerkbar wurden. Jamil war zweifellos der eleganteste Fahrer in Hoke Valley.

Vor ihm carvte Kevin auf eine Nebenstrecke, die als Abkürzung zu Lolo's Ridge führte, wo Dienstagnacht der Sprungwettbewerb stattfinden sollte. In gerader Linie schoss Kevin hoch und vollführte einen grandiosen Tailgrab.

Nat folgte ihm mit einem glatten 180° to Fakie. Jamil lehnte sich hart auf die Frontside-Kante und zog zu einem engen Eurocarve an. Seine rechte Hand streichelte den Schnee und im nächsten Moment schoss er wie eine Kugel den Hügel hinauf. Mit einer kurzen Drehung setzte er zu einem Fakie an, denn er hatte sich vorgenommen Lolo's Ridge im Rückwärtsgang zu nehmen.

Plötzlich kam eine Hand aus dem Nichts und versetzte ihm einen leichten Stoß. Jamil kippte nach vornüber und rollte über die Schulter. Sein Brett, das noch immer von den Bindungen an seinen Füßen gehalten wurde, flog über ihm durch die Luft.

KAPITEL 2

Jamil sah hoch und erkannte Mitch Richards, einen dreizehn Jahre alten Klassenkameraden, der an ihm vorbeizog und genau auf Lolo's Ridge zuhielt.
»Zu langsam!«, rief Mitch ihm zu und machte im nächsten Moment einen erstaunlichen 360° mit Tailgrab.
Gleich darauf wurde Jamil von einer zweiten Schneewolke eingenebelt. Nachdem er sich die Flocken aus den Augen gewischt hatte, sah er, dass diese Wolke von Mitchs neuem Freund stammte, von Wall Evans, der nun an ihm vorbeizischte und einen Sprung hinlegte.
»Versuch's mal mit Stil!«, rief ihm Wall zu und raste weiter.
Jamil sprang wie ein Gummiball hoch und machte sich daran, Mitch und Wall zu verfolgen. Die beiden hielten am Ende der Piste an und beobachteten lachend, wie Jamil auf sie zuraste.
Mitch wirkte immer irgendwie arrogant und protzig. Stets hatte er das richtige Brett unter den Füßen und immer steckte er in den angesagtesten Klamotten, die mit den heißesten Logos verziert waren.
Über Wall wusste Jamil nicht viel, nur dass er erst vor kurzem nach Hoke Valley gezogen war und sich sofort an Mitch gehängt hatte.
»Das war schwachsinnig, du Dumpfbacke«, schimpfte Jamil, als er seine Nase schon praktisch in Mitchs Gesicht bohrte.
»Du hast Mundgeruch, mein Junge«, antwortete Mitch und schob Jamil von sich weg. Er zog seine purpur gestreifte Strickmütze vom Kopf und fuhr sich durch die kurzen braunen Haare.
Wütend ging Jamil einen Schritt auf Mitch zu. In diesem Moment tauchte Kevin hinter ihm auf und hielt ihn fest.
»Cool bleiben«, flüsterte Kevin. »Der ist doch nur eine Bazille.«
»Und zwar im Klo«, fügte Nat hinzu, die sich zwischen Jamil und Mitch stellte. »Der hat seinen Kopf doch nur, damit er eine

Mütze tragen kann.« Sie deutete auf Mitchs zerzauste Haare und fing an zu lachen.
»Wegen solcher Trottel will mein Vater uns alle von der Piste schmeißen«, beschwerte sich Jamil. Er marschierte hinüber zu einem Aushangbrett der Pistenverwaltung und riss ein Blatt Papier ab. Damit ging er zu Mitch und stopfte es ihm in seine Jacke. »Falls du lesen kannst, dann lies das und lerne endlich fahren!«
Mitch fingerte das Blatt aus der Jacke. *»Snowboarder-Regeln zur Pistenbenutzung im Hoke-Valley-Skigebiet«*, las er laut vor. Dann gab er seine Parodie der Regeln zum Besten:
»Erstens: Niemals das Brett unter Kontrolle halten.
Zweitens: Andere Skifahrer oder Snowboarder sind grundsätzlich zu übersehen und über den Haufen zu fahren.
Drittens: Halten ist an jedem Punkt der Piste gestattet.
Viertens: Wenn man auf eine Piste einfährt, sind andere Fahrer grundsätzlich zu behindern.
Fünftens: Der Gebrauch von Sicherungsleinen ist untersagt, damit sich ein außer Kontrolle geratenes Brett in ein Geschoss verwandeln kann, das allen anderen Pistenbenutzern den Kopf abreißt.
Sechstens: Fahren Sie bitte, wo Sie wollen! Hinweisschilder sind grundsätzlich zu missachten.
Hier herrschen die Boarder!«
Mitch knüllte das Blatt zusammen und warf es in die Luft. Dann marschierte er in Richtung Parkplatz davon.
Jamil blieb wie angewurzelt stehen. Sein Unterkiefer klappte hinunter.
Wall folgte Mitch, drehte sich jedoch noch einmal um und winkte den dreien zu. »Man sieht sich«, murmelte er und zuckte die Achseln.
»Wer ist der Typ?«, fragte Nat und deutete auf Wall. »In der Schule ist er immer ziemlich still.«
»Er heißt Wall Evans«, antwortete Jamil. Er zeigte auf den

Abdruck eines Snowboardschuhs im Schnee. »Und er hat ein ziemlich cooles Profil unter seinen Schuhen.« In dem Abdruck zeigten sich Umrisse von Diamanten, die den Rahmen für mehrere Pfeile bildeten, deren Spitzen auf so etwas wie eine herausgestreckte Zunge zielten.

»Ja, das sind Ragers«, erklärte ihm Kevin. Kevin wusste alles über Snowboardausrüstung. Seinen Eltern gehörte »Alpine Sports«, ein Sportgeschäft in Hoke Valley. Sein Vater war vor zwanzig Jahren der erste Afroamerikaner in der Ski-Nationalmannschaft gewesen. Für Kevin wie auch für seinen Vater war Wintersport die große Leidenschaft. »Diese Schuhe kann man nur per Katalog bestellen. Das passt zu dem Typen. Soweit ich weiß, ist Wall gerade aus einem Hinterwäldlerkaff in der Nähe von Barton Mountain hierher gezogen.«

»Und was für ein blöder Idiot dieser Mitch ist, hat er noch nicht kapiert«, kommentierte Jamil. »Aber ich muss zugeben, dass es gar nicht so einfach sein wird, Mitch am nächsten Mittwoch beim Boardercross zu schlagen. Ich weiß nicht, ob ich so gut in Form bin.«

»Jetzt lass dich bloß nicht einschüchtern!«, sagte Nat. »Diesen Mitch hängst du doch auf einer Backe ab. Weißt du, wer Mitch ist? Ein Prol mit einem Brett unter den Füßen!«

»Los, jetzt kommt schon, ihr Schneemänner!«, sagte Kevin und zog Jamil am Ärmel seiner graubraunen Jacke hinter sich her. »Wir haben uns heißen Kakao verdient.«

»Ich hoffe nur, dass er beim Festival nicht solche Stunts abzieht«, sagte Jamil. Falten gruben sich in seine sonnenverbrannte Stirn. »Wenn meinem Dad diese Woche irgendwelche Probleme zu Ohren kommen, dann ist in Hoke Valley Schluss mit Snowboarden.«

»Mitch bellt nur, der beißt nicht«, meinte Kevin aufmunternd zu Jamil. Sie stießen die Tür des Skihotels neben der Piste auf. Eine Welle warmer Luft ließ die vereisten Schneekrusten schmelzen, die sich auf ihren Augenbrauen gebildet hatten.

Jamil wischte sich das Wasser aus den Augen. »Hoffentlich hast du Recht.«
Nat ging sofort zu dem riesigen Kamin, in dem ein kräftiges Feuer prasselte. Dort hatten sich auch noch einige Skifahrer versammelt, um sich aufzuwärmen. Der Aufenthaltsraum war einigermaßen leer, denn das Festival sollte erst am nächsten Tag beginnen.
Jamil marschierte in die Küche hinter der Snackbar und goss heiße Schokolade für sich und seine Freunde in Becher. Da alle seinen Vater als Manager des Skigebiets und auch ihn kannten, hatte er überall problemlos Zutritt. Als er wieder aus der Küche kam, entdeckte er seinen Vater. Der war gerade in ein Gespräch mit dem Hotelmanager vertieft. Sein großes, rundes Gesicht war rötlich angelaufen. Er wirkte ziemlich sauer und gestikulierte wild mit den Händen.
Jamil überreichte seinen Freunden die warmen Becher und deutete mit dem Kopf in Richtung seines Vaters. »Möchte mal wissen, was da los ist.«
Nat zuckte die Achseln. »Geht wohl um das Festival. Du hast doch gesagt, dass er deswegen schon letzte Woche ganz kribbelig war.«
Sie legte die Füße auf den Tisch vor dem Kamin. Von ihren Schuhen tropfte geschmolzener Schnee und bildete eine Pfütze auf einer Zeitung, die auf der dicken Tischplatte lag.
»He«, beschwerte sich Kevin, »könnte doch sein, dass jemand die noch lesen möchte.« Er zog die Zeitung unter Nats Schuhen weg. Als er die Überschrift las, hielt er mitten in der Bewegung inne. »Äh, Jamil, ich glaube nicht, dass sich dein Vater wegen des Festivals aufregt.« Er übergab ihm die tropfende Freitagsausgabe der Hoke Valley News. Auf der ersten Seite prangte eine fette, fünf Zentimeter hohe Überschrift:

RASENDE RÜPEL RUINIEREN SKIGEBIET

Jamil riss Kevin die Zeitung aus der Hand und fing sofort an zu lesen.

»Während der letzten Monate wurden Skifahrer im Hoke Valley immer wieder auf den Pisten terrorisiert. Nach Aussage einer ungenannten, gut informierten Quelle geht diese Bedrohung von einer Gruppe junger Snowboarder aus, deren Mitglieder sich gegenseitig zu immer gefährlicheren Kunststücken anspornen. Dies hat dazu geführt, dass die Sicherheit der anderen Pistennutzer nicht länger gewährleistet werden kann. Die Rowdys auf ihren Snowboards ignorieren offenkundig die »Snowboardregeln«, die im gesamten Wintersportgebiet auf Hinweisschildern für alle sichtbar ausgehängt wurden. Nicht nur das, anscheinend machen sie sich einen Sport daraus, diese Regeln absichtlich bei jeder Gelegenheit zu verletzen. Pauline Prado, eine Skifahrerin, die hier ihre Ferien verbringt, brachte ihren Unmut folgendermaßen zum Ausdruck: ›Ständig wird man von diesen Typen fast umgefahren.‹

Ein offizieller Mitarbeiter der Gebietsverwaltung, der lieber anonym bleiben möchte, sagte dazu: ›In dieser Saison hat es in der Tat einen erheblichen Anstieg von Zwischenfällen gegeben, bei denen Snowboarder beteiligt waren.‹

Ein junger Snowboarder bestätigte die Aussagen, indem er seine Faust hob und lautstark verkündete: ›Hier herrschen die Boarder!‹«

»Waaas?«, japste Jamil. »Welcher Irre hat denn diese Lügen zusammengeschmiert?«

Kevin deutete auf den Namen der Autorin unter dem Artikel. »Debbie Windsor.«

»Schaut euch das an!«, sagte Nat, die sich die Zeitung von Jamil geschnappt hatte. »Weiter unten in dem Artikel heißt es noch, dass es nur eine Frage der Zeit sei, bis jemand ernsthaft verletzt würde.«

Jamil klappte auf der Couch vor dem Kamin zusammen. Er zog die Reißverschlüsse an den Hosenbeinen auf und stieß ein langes Stöhnen aus. »Das ist genau die Art von Werbung, die mein Vater einen Tag vor Beginn des Festivals brauchen kann.«

Finster brütend blieben Nat und Kevin neben Jamil sitzen und starrten in die züngelnden Flammen, die langsam die Holzscheite im Kamin verzehrten.
Schließlich versuchte Nat Jamil aufzumuntern. »Die Sache wird bald vergessen sein.«
»Nein, wird sie nicht«, jammerte Jamil. Er sackte noch tiefer zusammen.
»Was wird nicht vergessen sein?«, fragte Ned Smith, der plötzlich hinter seinem Sohn aufgetaucht war.
Jamil presste das Kinn auf die Brust.
Mr Smith setzte sich seinem Sohn gegenüber auf einen Stuhl. »Was ist denn los?« Er zwang sich ein Lächeln ab.
Nat hielt die Hoke Valley News hoch und verzog das Gesicht.
»Oh, dann habt ihr das also auch gesehen«, sagte Mr Smith und schüttelte angewidert den Kopf.
»Woher hat diese Reporterin eigentlich ihre Informationen?«, fragte Kevin.
Mr Smith legte die Stirn in Falten und kratzte sich am Bart, der sein Kinn bedeckte. »Ehrlich gesagt, ich weiß es nicht. Soweit ich es sagen kann, beruht ihre ganze Geschichte auf einem anonymen Fax, das bei der Redaktion eingegangen ist, und auf ein paar Interviews, die sie mit Leuten an der Piste geführt hat.« Er seufzte tief. »Ich verstehe nur nicht, wieso sie mich nicht angesprochen hat, um ihre Informationen zu überprüfen.« Mr Smith beugte sich vor und klopfte seinem Sohn sanft aufs Knie. »Ich muss jetzt gehen. Die Vorbereitung dieses Festivals wächst mir langsam über den Kopf.«
Jamil nickte ihm säuerlich zu.
»Wie man es auch sehen mag, es gibt immer Ärger, wenn Snowboarder in der Nähe sind«, sagte Mr Smith. »Hätte ich mich bloß nicht auf diese Boardercross-Sache und den Sprungwettbewerb eingelassen.«
Er wandte sich ab und marschierte im Sturmschritt zu seinem Büro.

Jamil krallte die Finger in seine Haare. »Das ist unser Untergang. Ich weiß ganz genau, dass mein Dad nur nach einem Vorwand sucht, um das Snowboarden zu kippen. Und jetzt hat er einen!«

»Mach dir keine Sorgen!«, sagte Nat. »Wenn das Festival ein Erfolg wird, dann zeigen wir ihm, wie cool und beliebt Snowboarden ist. Den Artikel hat er schnell vergessen.«

»Entspann dich!«, sagte Kevin. »Wir haben eine ganze Woche vor uns, um auf unseren Brettern zu stehen, und . . .«

». . . und keine Schule!«, brachte Nat den Satz zu Ende. Sie reckte die Faust in die Höhe.

Jamil trank seine heiße Schokolade aus. »Ich würde nur gerne wissen, wer hier das Klima versauen will.«

»Offensichtlich ein Irrer«, sagte Nat.

»Wie wär's mit Mitch?«, fragte Jamil. »Der spinnt doch echt.«

Kevin schüttelte den Kopf. »Der kommt nicht in Frage. Mit so einer Sache würde er nur sich selbst schaden. Wie ich schon sagte, der beißt nicht, der bellt nur.«

»Da bin ich mir nicht so sicher«, wandte Jamil ein. »Schau dir doch noch einmal diesen Artikel an.« Er deutete auf die Zeitung. »Diese angeblich anonyme Quelle sagte über die Boarderregeln genau das Gleiche wie Mitch vorhin.«

Nat nickte. »Und Mitch hat auch so was wie ›Hier herrschen die Boarder!‹ gequasselt, genau wie der Typ in dem Artikel.«

»Ja, ja, das ist genau die Art von Scherzen, die Mitch am liebsten macht«, schnaubte Jamil nachdrücklich.

»Könnte auch Zufall sein«, meinte Kevin halbherzig.

Jamil sah langsam zu Kevin hinüber und starrte ihn einige Sekunden an. Dann fing er an zu lachen.

»He, was hast du?«, fragte Kevin irritiert.

»Ach, gar nichts.« Jamil kicherte noch immer. »Nur, dein Haarschnitt ist irre.« Erneut verschluckte er sich fast vor Lachen. »Mit deinen kurz geschorenen Afrolocken siehst du aus wie ein gespitzter Bleistift.«

Auch Nat fing an zu kichern. »Ja, aber immerhin sieht sein Kopf nicht aus, als hätte man ihm eine Flickendecke aufgeklebt, die man vorher aus einer Mülltonne gezogen hat.«
»Oder wie ein ausgebleichter Schlumpf im Regen«, prustete Kevin.
»Ihr seid wirklich brutal, Leute«, mokierte sich Jamil, konnte sich jedoch ein Lachen ebenfalls nicht verkneifen.

KAPITEL 3

Jamil wachte am frühen Samstagmorgen auf und war wie immer noch hundemüde. Ganz gleich, wie lang er schlief, nie schien er morgens ausgeruht zu sein. Er richtete sich im Bett auf und rieb sich die Augen. Dann sah er sich in seinem Zimmer um. In der einen Ecke entdeckte er einen Haufen sauberer Hemden und Hosen, in der anderen einen ebenso hohen Haufen dreckiger Wäsche. Seine Mutter hatte es aufgegeben, ihn dazu zu bringen, seine Klamotten anständig zusammenzulegen und im Schrank zu verstauen. Etwa zur gleichen Zeit gab sie auch den Versuch auf, ihn davon zu überzeugen, dass es besser sei, das Hemd in die Hose zu stecken und einen Gürtel zu tragen.
Ohne den Knopf oder den Reißverschluss zu öffnen, schlüpfte Jamil in eine blaue Cordhose. Dann stülpte er sich sein Lieblings-T-Shirt über, auf dem ein rehäugiges Mädchen abgebildet war, über das gerade ein fieser Roboter herfallen wollte. Schließlich zog er auch noch einen dicken grünen Wollpulli darüber und stapfte die Treppe hinunter.
»Wie geht's, Mum?«, fragte Jamil, als er in die Küche schlurfte.
»Und dir?«, fragte Katie Smith zurück. Sie goss gerade Orangensaft in Gläser. »Zieh dir gleich die Stiefel an. Und dann lauf zum Laden und hol Milch. Wir haben keine mehr.«

»Oh nein, Mum«, jammerte Jamil. »Können wir unsere Cornflakes nicht so essen?«
Mrs Smith zog eine Augenbraue hoch.
Dennoch protestierte Jamil weiter. »Es ist kalt draußen.« Er schob die Gardine des Küchenfensters beiseite.
Seine Mutter ging zum Kühlschrank und holte ein Paket tiefgefrorener Waffeln heraus. »Na los, beeil dich!«
Draußen kletterte Jamil vorsichtig die Böschung vor dem Haus hinunter. Das Coole am Job seines Vaters war, dass er mit seiner Familie auf einem Grundstück wohnen konnte, das direkt neben den Pisten lag.
An diesem Morgen hing der Himmel kalt und tief über der Landschaft. Gut drei Meter hohe Schneewände türmten sich an den Straßenrändern auf. Einen Bürgersteig gab es nicht. Jamil marschierte oben auf den Schneewänden entlang und stellte sich vor, er sei ein Forscher in der Arktis, der schon seit Wochen keine Menschenseele mehr gesehen hatte. Jamil suchte den Horizont nach Spuren menschlichen Lebens ab.
»Woah!«, stieß er plötzlich hervor.
Er hatte menschliches Leben entdeckt. Aber nicht irgendeinen Menschen. Bei dem Wesen handelte es sich um einen der besten Skifahrer des ganzen Landes.
In einer geradlinigen Schussfahrt donnerte Dave Swenson den Freight Train herunter.
»Der hat doch mindestens hundert drauf«, keuchte Jamil. Er kletterte über einige Schneewände und rannte in Richtung des Skihotels, um eine bessere Sicht auf die Piste zu bekommen.
Von der breiten Terrasse im zweiten Stock des massiven Holzgebäudes beobachtete Jamil hingerissen das Schauspiel. Außer im Fernsehen hatte er noch niemanden gesehen, der so gigantisch Ski fahren konnte.
Mr Smith tauchte hinter Jamil auf. »Erstaunlich, was?« Mr Smith war schon lange vor Tagesanbruch aufgestanden und hatte an den Vorbereitungen für das Festival gearbeitet.

Jamil konnte nur wortlos nicken. Er wollte sich den Zauber dieses Moments nicht zerstören lassen.
»Du könntest auch so Ski fahren«, fuhr Mr Smith fort, »wenn du nicht dauernd auf deinem Snowboard durch die Gegend rasen würdest.«
Jamils Nackenhaare stellten sich auf. »Sag mal, wann hörst du endlich damit auf?«
Über ein Stipendium für seine Leistungen als Abfahrtsläufer war Mr Smith ans College gekommen. Seitdem hatte er sein ganzes Leben dem Skifahren gewidmet, und als sein Sohn vor drei Jahren mit dem Snowboarden angefangen hatte, war ihm das nicht recht gewesen. Manchmal kam es Jamil vor, als wolle sein Vater aus ihm einen Klon seines älteren Bruders Ramon machen.
Ramon war ein Ski-Champion und glatter Einser-Schüler. Jamil kam mit seinem Bruder einigermaßen gut aus, aber insgeheim war er froh, dass Ramon weit weg im College wohnte, sodass sein Vater sie beide nicht ständig miteinander vergleichen konnte.
Dass Mr Smith die Snowboardveranstaltungen überhaupt zum Festival zugelassen hatte, war schon ein großartiger Durchbruch gewesen. Jamil hatte eigentlich gehofft, dieses Einlenken würde auch bedeuteten, dass sein Vater die Wahl seines Sports endlich akzeptiert hätte. Snowboarden war immerhin die erste Tätigkeit, die Jamil freiwillig und gewissenhaft ausübte. Er wünschte sich nur, dass sein Vater das endlich einsehen würde. Und nun, da Jamil diesen Erfolg für seine Sportart errungen hatte, sah es ganz so aus, als sollten alle Anstrengungen durch hirnlose Fahrer wie Mitch und diesen verfluchten Artikel in der Hoke Valley News wieder zunichte gemacht werden.
»Muss mich beeilen«, sagte Mr Smith. Er war zu sehr mit seinen eigenen Gedanken beschäftigt, als dass er die Sorgen seines Sohnes mitbekommen hätte. »Es gibt noch viel zu tun,

damit der erste Tag ohne größere Katastrophen über die Bühne gehen kann.«

Jamil blickte seinem Vater hinterher, als dieser leicht gebeugt wieder im Hotel verschwand. Er starrte die Tür immer noch an, als sie schon lange geschlossen war. Er hoffte, dass sein Vater vielleicht doch noch einmal auftauchen würde, um das, was er gesagt hatte, zurückzunehmen. Aber er kam nicht. Jamil ergriff das Geländer und packte so fest zu, dass seine Fingerknöchel weiß hervortraten. »Mitch, du wirst dieses Festival nicht kaputtmachen«, zischte er in den Wind hinein. Er holte tief Luft. »Niemand, absolut niemand, wird meinem Vater die Munition liefern, dass er nachher sagen kann, er hätte Recht gehabt – denn er hat nicht Recht!«

Die Sonne war endlich hinter dem Mount Olley aufgegangen und schien nun strahlend in Jamils Gesicht. Er blieb stehen und sog die Wärme in sich auf, bis plötzlich eine Stimme zu ihm durchdrang.

»Jamil!«

Jamil drehte sich um und sah Chip Levin auf sich zukommen. Chip war in dieser Saison so eine Art Laufbursche und Mädchen für alles bei der Skigebietsverwaltung. Er finanzierte sich damit sein Studium. Manchmal sprang er auch ein, wenn Mangel an Skilehrern herrschte.

Jamil lächelte ihm zu, bis er Chips ernsten Gesichtsausdruck bemerkte.

In Chips Hand befand sich ein zerknäultes Blatt Papier. Es war eines der Aushangblätter mit den Snowboardregeln. Jemand hatte diese mit roter Farbe durchgestrichen. »Das habe ich vor dem Büro gefunden, als ich heute Morgen gekommen bin. Bis jetzt sind schon drei Aushänge zerstört worden.«

KAPITEL 4

»Oh nein!«, rief Jamil. »Es geht also los.«

»Was geht los?«, fragte Chip. Er zitterte in der morgendlichen Kälte und schlug die Arme um seine Schultern. Er hatte sich offenbar nicht mal die Zeit genommen, eine Jacke anzuziehen.

»Dieser Schwachkopf Mitch hat es darauf angelegt, mir das Leben schwer zu machen«, schnaubte Jamil. »Er findet es besonders cool, wenn er genau das tun kann, was er nicht tun soll.«

»Ah, verstehe«, sagte Chip. »Er will den Regeln nicht folgen, weil es Regeln sind. Er hasst es, wenn ihm jemand vorschreibt, was er tun soll.«

»Und das bedeutet«, sagte Jamil, »dass Snowboarding in Hoke Valley jetzt schon Vergangenheit ist, wenn mein Vater etwas von diesen miesen Tricks erfährt.« In diesem Moment kam Jamil eine Idee. »Chip, könntest du mir einen Gefallen tun?«

»Wenn es in meiner Macht steht«, antwortete Chip.

»Bitte, bitte, sag meinem Vater nichts von dieser Sache«, beschwor ihn Jamil. »Wenn er davon hört, wird er zum Tier.«

»Geht klar«, sagte Chip. »Bei dem Brassel, der durch die Organisation dieses Festivals auf ihn zukommt, geht er sowieso schon fünfmal täglich in die Luft. Ich kann mir sehr gut vorstellen, was passiert, wenn das noch dazukommt.«

Die Terrasse füllte sich langsam mit Skifahrern und Snowboardern, die ihre Ausrüstung abstellten. In wenigen Minuten nahmen die Lifte den Betrieb auf. Der erste Tag des Festivals konnte beginnen.

Jamil war überrascht, als er Mitch und in dessen Schlepptau Wall entdeckte, die über den Parkplatz marschierten. Er hatte nicht erwartet, Mitch schon so früh am Tag zu sehen. Er beobachtete die beiden, wie sie ihre Snowboards zum Mount-Olley-Sessellift trugen.

»Gut, ich werde meine Klappe halten. Aber du musst die

Schilder durch neue ersetzen. Ich habe noch welche im Büro«, schlug Chip vor.
»Okay, das ist ein Deal.« Jamil grinste erleichtert. Dann wurde er jedoch gleich wieder ernst. »Aber zuerst kümmere ich mich um Mitch. Ich lasse nicht zu, dass die Snowboarder in Hoke Valley wegen seiner Blödheit leiden müssen.« Er wollte loslaufen, aber Chip hielt ihn am Arm zurück.
»Nichts überstürzen«, warnte Chip. »Die Milch ist verschüttet, da kann man nichts mehr machen. Wir sollten uns jetzt um die Schilder kümmern und Gras über die Sache wachsen lassen.«
»Milch!«, rief Jamil. Er schlug sich mit der Hand an die Stirn. »Die habe ich ja ganz vergessen. Eigentlich sollte ich doch Milch fürs Frühstück holen.«
Chip lachte und schüttelte den Kopf.
»Die Schilder hole ich nachher bei dir ab. Jetzt muss ich losdüsen.« Wie von der Tarantel gestochen, verließ Jamil die Terrasse.
»Mach dir keine Sorgen!«, rief ihm Chip nach. »Ich werde mich um alles kümmern.« Dann ging auch er zurück ins Hotel.

Als sich Jamil gegen Mittag auf die Jagd nach Mitch machen wollte, war dieser spurlos verschwunden. Jamil hatte den Morgen damit verbracht, im Hotel zu arbeiten. Er wollte einfach ein bisschen Dampf ablassen. Jetzt war er bereit Mitch einigermaßen cool gegenüberzutreten und ihn wegen der Schilder zur Rede zu stellen. Da sich nichts tat, half Jamil ein Buffet für einen hawaiischen Luau-Abend herzurichten. Dabei hielt er die Augen offen. Ob Mitch oder irgendein anderer Snowboarder Ärger machen würde? Der Nachmittag verlief jedoch ohne besondere Vorkommnisse.
Als es Abend wurde, beschloss er sich mit Nat und Kevin zu treffen. Nach dem Luau sollte eine ziemlich heftige Metal-Band namens »My Own Sweet« draußen auf der Terrasse spielen. Gegen acht Uhr hing Jamil am Buffet herum und knab-

berte an einer Ananasscheibe, während die Band sich auf der kleinen Bühne zum Auftritt bereitmachte. Fast alle Leute aus der Schule waren da, sogar die Rektorin, Mrs Higgins.

»Aloha, alter Junge«, sagte Nat, als sie und Kevin auf Jamil zugingen. »Wir haben dich ja gar nicht auf der Piste gesehen.«

Jamil schüttelte den Kopf. »Ich hatte hier alle Hände voll zu tun. Und dann habe ich auch noch bei diesem Luau geholfen.« Er pulte mit einem Zahnstocher nach Ananasfasern zwischen seinen Zähnen. »Aber ihr werdet mir nicht glauben, was heute Morgen passiert ist.« Er erzählte den beiden von den zerstörten Schildern, die Chip entdeckt hatte.

Kevin drängte sich an einigen Leuten vorbei. »Solche Schilder habe ich auch gesehen. Ein Witz, oder?«

»Für meinen Vater bestimmt«, sagte Jamil sarkastisch. »Zum Totlachen hätte er das gefunden!«

»Gut, dass Chip die Dinger ausgetauscht hat«, sagte Nat.

Kevin beobachtete die Rektorin, die gerade Hula tanzte. »Nicht zu fassen. Mrs Higgins rockt voll ab.« Er musste lachen.

»Na ja, ich glaube, die ist eher wegen des Spanferkels hier«, meinte Nat. »Schau mal, sie hat mindestens zwanzig Blumenkränze um.«

»Tja, eine echte Partylöwin«, sagte Kevin. »Wir sollten uns schon mal an der Bühne aufbauen, bevor uns die anderen die besten Plätze wegschnappen.«

Unter Einsatz ihrer Ellbogen bahnten sich die drei ihren Weg durch die Menge, bis Jamil plötzlich Corey Blake entdeckte. Das war der schärfste Shredder der Worldcup-Tour. Jamil klopfte Nat auf die Schulter und deutete auf die Berühmtheit.

»He, was macht der denn hier?«, fragte Nat.

»Ich dachte, er nimmt am Worldcup teil«, mischte sich Kevin ein. »Soll nicht an diesem Wochenende ein Wettbewerb in Frankreich stattfinden?«

»Ja, aber vielleicht hat er mal eine Pause gebraucht«, sagte Jamil. »Gehen wir doch mal hin und sprechen mit ihm!« Er

kämpfte sich durch die Menge auf Blake zu. Nat und Kevin blieben ihm dicht auf den Fersen.
Blake unterhielt sich gerade mit einigen Leuten. Jamil unterbrach ihn. »Kannst du mir ein Autogramm geben? Vielleicht aufs Genick?«, fragte Jamil. Er hielt ihm einen Filzstift hin.
»Klar, Junge«, antwortete Blake lächelnd. »Das ist mein erstes Genick.« Er nahm den Filzstift und setzte seine Unterschrift auf Jamils Nacken. »Wasch dieses Kunstwerk bloß nicht ab!«
»Da brauchst du dir keine Sorgen zu machen«, sagte Nat grinsend. »Seinen Hals wäscht der Typ nie.«
»Das kann ich nur bestätigen«, antwortete Jamil würdevoll und zog den Kragen seiner Jacke hoch.
»Wieso bist du denn nicht beim Worldcup?«, erkundigte sich Kevin.
Blake sah seine Freunde an, mit denen er sich eigentlich unterhalten wollte, und zuckte die Achseln, als ob er sich damit für die Unterbrechung durch seine Fans entschuldigen wollte. »Hab mal ein bisschen Ruhe gebraucht und Chip hat mich hierher eingeladen. Also bin ich da.« Er zupfte an seinem Spitzbart.
»Du bist ein Freund von Chip?«, rief Jamil überrascht.
»Na klar«, antwortete Blake. »Unsere Familien sind schon seit einer Ewigkeit miteinander befreundet.«
In diesem Moment begann »My Own Sweet« lautstark mit dem Stimmen der Instrumente.
»Danke für das Autogramm!«, rief Jamil.
Er und seine Freunde liefen zur Bühne. »Ich kann es noch gar nicht fassen, dass Corey Blake hier ist«, wiederholte Jamil einige Male. »Im Boardercross ist er einfach unschlagbar. Und ich hatte gedacht, dass Mitch mein schärfster Rivale sein würde.«
»Vielen Dank«, sagte Nat spitz. »Und was bin ich? Angebrannter Toast?«
Jamil tat so, als würde er an ihr schnuppern. »Du hast so ein gewisses Aroma.«

»Tja, Blake wird uns wohl alle Schnee fressen lassen«, meinte Kevin grinsend. »Ich kann es kaum erwarten, ihn mal fahren zu sehen.«
»My Own Sweet« spulte ein heißes Programm mit Songs ihres neuesten Albums ab. Das ganze Skigebiet rockte ab. Kids von überall her tanzten zu den Songs oder schmetterten die Texte mit. Auch Jamil war so aufgedreht, dass er mit seiner sich fast überschlagenden Stimme »My Own Sweet« beinahe übertönte. Als der erste Teil der Vorstellung vorüber war, war er heiser.
»Jetzt muss ich was trinken«, krächzte er seinen Freunden zu. Er stürzte sich in die Menge und eilte in Richtung Tresen davon, an der eisgekühlte Getränke verkauft wurden. Als er sich durch die Menschengruppen schob, blieb der Gürtel von Jamils Hose an etwas hängen. Er versuchte sich loszureißen, hing aber weiterhin fest.
Ganz automatisch fasste er nach hinten, um das Hindernis zu beseitigen. Dabei erwischte er eine fremde Hand. Sie klammerte sich an seinen Gürtel. Jamil drehte sich blitzschnell um und sah Mitch genau ins Gesicht.
»Na, hast du dir was eingeklemmt?«, fragte Mitch grinsend.
Jamil riss sich los. Sein Gesicht lief rot an, als er merkte, dass ihn alle anstarrten.
»Jetzt nimm erst mal Baldrian!« Mitch hob seine Hände zum Zeichen, dass er Frieden wollte.
»Hau ab!«, raunzte Jamil ihn an. Er zog seinen Hosenbund wieder in die richtige Stellung. »Verzieh dich!«
»Keine Sorge«, antwortete Mitch. »Das werde ich schon, das werde ich schon.« Er machte eine Pause. »Aber erst will ich noch ein bisschen Spaß haben.«
»Was soll das denn heißen?«, fragte Jamil aufgebracht.
»Ich will ein paar Snowboarderregeln befolgen«, sagte Mitch herausfordernd. »Du weißt doch: langweilige Skifahrer über den Haufen rennen, Skifahrern nie den Vortritt lassen . . . Hier herrschen die Snowboarder!«

»Nicht auf die Art.« Jamils Gesicht verzog sich zu einer wütenden Maske, als er auf Mitch zuging. »Ich weiß, was du heute Morgen für eine miese Show mit den Schildern abgezogen hast. Aber damit wirst du nicht durchkommen.«
Mitch stieß Jamil von sich weg. »Ich habe keine Ahnung, wovon du redest.« Theatralisch breitete er die Arme aus. »Ich bin unschuldig.«
»Mach ihn platt, Mitch!«, rief plötzlich jemand aus der umstehenden Menge.
»Ja, Mitch«, rief ein anderer. »Klopf das Hühnchen mal ein bisschen weich!«
Mitch lachte und wollte schon auf Jamil zugehen, als plötzlich Wall neben ihm auftauchte.
»Bleib cool, Mann«, flüsterte Wall Mitch zu.
Mitch zögerte einen Moment. Aber aus der Menge bewarf irgendjemand Mitch mit einer leeren Getränkedose. Einen Augenblick später hatte sich Mitch auf Jamil gestürzt. Ineinander verkeilt, taumelten sie über die Terrasse und landeten mitten in einer großen Schüssel Punsch. Der Tisch brach unter den beiden zusammen.
Gläser zersplitterten und die Ringkämpfer landeten unsanft auf dem Boden.

KAPITEL 5

Chaos brach aus und die meisten der Anwesenden versuchten so schnell wie möglich von der Terrasse zu kommen.
Jamil lag auf dem Rücken und Mitch hockte ihm auf der Brust.
»Hör auf!«, schrie Wall. »Mitch! Lass diesen Schwachsinn!«
Plötzlich wurde Wall zur Seite gestoßen. Mr Smith packte Mitch an den Schultern und zog ihn von Jamil. »Du stellst dich da drüben hin und rührst dich nicht von der Stelle!«, brüllte er

den Jungen an und deutete auf die andere Seite der Terrasse. »Ich werde mich gleich mit dir befassen.«

Mrs Smith drängte sich an ihrem Mann vorbei und half Jamil auf die Füße. »Ist mit dir alles in Ordnung?«

Jamil nickte. Er konnte nicht glauben, was gerade passiert war.

»Wie hat das angefangen?«, wollte Mr Smith wissen.

»Bin mir nicht sicher«, antwortete Jamil. »Ich wollte nur mit Mitch reden und dann ist die Sache irgendwie außer Kontrolle geraten.«

Er ließ den Kopf hängen. Er brachte es nicht fertig, seinem Vater in die Augen zu sehen.

»Das ist genau das, wovor ich Angst hatte, seit ich diese Snowboardveranstaltungen zum Festival zugelassen habe«, sagte Mr Smith. »Ich habe mir gleich gedacht, dass Snowboarder sich nicht unter Kontrolle haben.« Er seufzte und versuchte wieder etwas ruhiger zu werden. »Und damit hatte ich ja wohl auch Recht.«

Jamil schluckte.

»Dass allerdings ausgerechnet du eine derartige Sache auslösen würdest, damit habe ich nicht gerechnet«, fuhr Mr Smith fort. »Damit werde ich die Snowboardwettbewerbe wohl absagen müssen.«

»Dad!«, keuchte Jamil ungläubig.

Erstauntes Murmeln ging wie eine Welle durch die Menge.

Mrs Smith kam näher und zog ihren Mann zur Seite. »Ned«, sagte sie leise, »du kannst doch jetzt den Terminplan nicht mehr umschmeißen. Snowboarder aus der ganzen Welt sind angereist, um an dem Wettbewerb teilzunehmen.«

»Ja«, bekräftigte Jamil eilig, »Corey Blake ist auch hier.«

»Das wird von der Presse zu einer Katastrophe ausgewalzt«, sagte Mrs Smith, »besonders nach dem Artikel von gestern in der News.«

Mr Smith schien ein wenig der Dampf auszugehen.

»Wie wäre es, wenn sich die beiden entschuldigten und den

entstandenen Schaden durch Mitarbeit bei der Festivalorganisation wieder gutmachen?«, schlug Mrs Smith vor.
»Das war aber wirklich die allerletzte Warnung«, lenkte Mr Smith endlich ein.
»Dad, du kannst mir glauben, dass mir das alles sehr Leid tut«, sagte Jamil kleinlaut.
»Mir auch«, murmelte Mitch, der sich wieder herantraute.
»Ich möchte freiwillig bei dem Festival mitarbeiten«, meldete sich Wall.
Jamil starrte Wall verblüfft, aber auch bewundernd an. Eigentlich hatte Wall doch gar keinen Grund, sich zur Mitarbeit zu verpflichten.
In diesem Moment sprangen die Jungs von »My Own Sweet« wieder auf die Bühne und ließen eine zweite Musiklawine über ihr Publikum niedergehen.

Um sechs Uhr am Sonntagmorgen fanden sich Jamil, Wall und Mitch wie versprochen beim Büro der Festivalleitung ein.
Chip sah von seinem Stapel Anforderungsformulare auf und legte gleich los. »Also, zuerst werdet ihr das Eis von der Hoteltreppe kratzen, danach die Cafeteria sauber wischen, dann die Skiausleihe neu bestücken, die Fenster im Speisesaal putzen und dann das ganze Gelände nach Müll absuchen – nur mal für den Anfang.«
»Für den Anfang?« Jamil schluckte.
»Ja, für den Anfang«, fuhr Chip ungerührt fort. »Mitch, das mit dem Müll kannst du eigentlich auch alleine erledigen. Jamil und Wall, ihr beide könnt inzwischen die Lifte überprüfen.« Er gab Jamil eine Checkliste. »Mal sehen, wie ihr euch danach noch nützlich machen könnt.«
Als Jamil und Wall bei Lift Nummer eins ankamen, fiel Jamil eines der Schilder mit den Snowboardregeln auf, das mit roter Farbe übermalt war. Wieder ein Anschlag auf die Schilder! Im Laufschritt rannte er zum Verwaltungsbüro zurück.

»Chip«, rief er, »irgendjemand ist schon wieder über die Schilder hergefallen!«
Chip schlug sich an die Stirn. »Stimmt! Ich hatte ja gesagt, dass ich mich darum kümmern würde. Da habe ich doch gestern glatt vergessen die Dinger auszutauschen. Ich fürchte, ich war wohl etwas durcheinander.«
Jamil holte tief Luft, um sich wieder zu beruhigen. Er fragte sich, ob sein Vater die Schmierereien schon gesehen hatte. »Diese Schilder könnten der Tropfen sein, der das Fass zum Überlaufen bringt«, sagte er zu Chip. »Letzte Nacht hat mich mein Vater gewarnt, dass die Snowboardwettbewerbe abgesagt werden, wenn wieder etwas passiert.«
»Ja, habe ich auch gehört«, brummte Chip. »Aber ich habe ja noch ein paar Schilder.« Er deutete auf einen kleinen Stapel.
»Wall und ich könnten sie schnell austauschen, bevor wir die Lifte überprüfen«, schlug Jamil vor. »Wenn mein Vater die Schilder nicht schon gesehen hat, wird er gar nichts merken.«
»Gute Idee«, stimmte Chip zu.
Während sie die Schilder an den Liften austauschten, wandte sich Jamil plötzlich an Wall: »Sag mal, wieso bist du eigentlich hier? Du hattest mit der Prügelei doch gar nichts zu tun.«
Wall zuckte die Achseln und schob einen der Liftsessel beiseite, der vor seiner Nase am Kabel baumelte. »Das kam mir irgendwie richtig vor«, meinte er dann. »Mein Dad hat mir immer gesagt, dass ich das tun soll, was ich für richtig halte.«
»Und Mitch? Seid ihr befreundet?«, fragte Jamil spitz. Er riss ein verschmiertes Schild herunter und klebte ein sauberes an. Die Bemerkung hatte Wall offensichtlich getroffen. Obwohl Wall größer und ein Jahr älter als Jamil war, ließ ihn sein Verhalten manchmal kleiner und jünger erscheinen. »Wenn man ihn besser kennt, ist Mitch eigentlich ganz in Ordnung«, meinte Wall und befestigte ebenfalls ein Schild. »Übrigens ist er ein phantastischer Snowboarder. Es macht einfach Spaß, mit ihm zu fahren.«

»Aber er zieht doch bloß eine Show ab«, wandte Jamil ein. »Er interessiert sich mehr für seine Klamotten als für einen guten Fahrstil.«
»Vielleicht«, antwortete Wall ausweichend. »Aber er war der Einzige, der an meinem ersten Schultag hier mit mir geredet hat.« Er ging weiter zum nächsten Lift.
»Du wohnst erst seit ein paar Wochen hier, stimmt's?«, fragte Jamil, während er hinter Wall herging.
»Ja«, antwortete Wall. »Mein Vater ist Lawinenexperte. Wir sind hierher gezogen, weil er beim nationalen Wetterdienst zum Chef der Rocky-Mountain-Region ernannt worden ist.«
»Donnerwetter!«, rief Jamil. »Das hört sich nach einem echt coolen Job an.«
»Ist es auch, aber es bedeutet, dass er im Winter dauernd durch die Gegend fahren muss«, erklärte Wall. »Und seit meine Mutter uns verlassen hat, hänge ich ziemlich oft alleine rum. Früher haben wir draußen in den Wäldern hinter Barton Mountain gewohnt.«
»Allein brauchst du nicht mehr zu sein. Versprochen!«, sagte Jamil und gab Wall einen freundschaftlichen Klaps auf die Schulter. »Komm mit, ich glaube, in den Umkleidekabinen hängen noch ein paar Schilder.«
Jamil wollte auch noch die Schilder in der Nähe des Hotels überprüfen, obwohl er sich dachte, dass das eigentlich nicht nötig wäre. Sein Vater hätte ein überpinseltes Schild bestimmt bemerkt.
»Ach«, fuhr Jamil fort, »wenn du Mitch schon so gut kennst, dann hast du vielleicht auch gehört, wer die Schilder kaputtgemacht hat?«
»Ähm . . .« Wall stockte und sah in die andere Richtung. Er schüttelte den Kopf. »Nein«, lautete seine knappe Antwort.
Ob Wall nicht ganz die Wahrheit sagte? Doch bevor Jamil ihn weiter in die Mangel nehmen konnte, fiel ihm etwas Rotes auf, das neben dem Hotel im Schnee lag.

Jamil ging hin und hob einen dicken, leuchtend roten Filzstift auf. Das Ding hatte dieselbe Farbe wie die Schmierereien auf den Schildern.

KAPITEL 6

Jamil untersuchte den Filzstift genauer. Es gab nichts Auffälliges an ihm außer einem Logo, das ein kleines Gebirge mit einigen dazwischen verteilten Schneeflocken zeigte.
»Schau dir das mal an!«, rief Jamil und hielt den Stift hoch.
Wall kam nicht einen Schritt näher, um den Fund zu begutachten. »Seh ich«, sagte er. »So was kann jeder weggeschmissen haben«, fügte er noch hinzu, während er den Schnee vor seinen Füßen betrachtete. »Gestern sind hier doch tausende von Leuten durchgelatscht.«
»Aber eigentlich hätte Mitch hier schon all den Müll wegräumen sollen«, hielt Jamil dagegen. »Schau dich doch mal um!« Mit einer weit ausholenden Geste deutete er auf die Umgebung. »Weit und breit kein Abfall! Nur dieser Filzstift.«
Wall folgte der Handbewegung mit dem Blick.
»Das heißt, dass jemand dieses Ding vor gar nicht langer Zeit hier hingeschmissen hat«, folgerte Jamil. »Und bis die Pisten aufmachen, dauert es noch eine Stunde.«
»Kann sein«, grunzte Wall. Wieder starrte er auf den Schnee vor seinen Schuhen.
Jamil beobachtete Wall aus dem Augenwinkel. Wieso ist dieser Typ auf einmal so eingeschnappt?, fragte er sich. Ihn beschuldigte doch niemand.
Dennoch verhielt sich Wall sehr verdächtig. Vielleicht hatte er was zu verbergen.
»Na, dann komm mit!«, sagte Jamil und ging wieder in Richtung Lift. »Wir müssen noch diese Checkliste durchgehen.«

Gegen Mittag entdeckte Jamil Nat und Kevin, die ihre Snowboards zum Sessellift trugen.
»He!«, rief er ihnen zu. Er winkte und lehnte seinen schweren Besen gegen das Geländer der Hotelterrasse.
Nat und Kevin kamen zu ihm gelaufen.
»Hallo«, grüßte Kevin.
»Wie läuft's?«, fragte Nat grinsend. »Was macht die Arbeit? Denkst du, dass du jetzt endlich wieder auf den Pfad der Tugend zurückgekehrt bist?«
»So ungefähr«, antwortete Jamil. »Sagt mal, Leute, wollt ihr eine Runde fahren?«
»Klar«, meinte Kevin, der sich lässig auf sein Snowboard stützte. »Wir gesetzestreuen Bürger werden gleich die Freiheit auf der Piste genießen.«
»Dann wartet fünf Minuten«, bat Jamil. Eilig fegte er die Terrasse sauber und lief dann ins Hotel, um seine Schuhe und sein Board zu holen.
»Haben sie dir Hafturlaub gewährt?«, grinste Kevin.
»He, schaut mal!«, rief Nat aufgeregt. »Da drüben! Fernsehkameras!«
»Sieht aus, als wollten sie Blake filmen. Gleich braust er den Hang runter«, vermutete Kevin.
Nat stapfte in Richtung Kameras los. »Kommt mit!«
Um Blake und das Kamerateam hatte sich bereits eine Menschentraube gebildet.
»Was für ein Zirkus«, meinte Kevin.
»Meinem Vater wird das gefallen«, schnaufte Jamil, nachdem er die beiden eingeholt hatte. »Wartet mal, ich muss noch meine Skischuhe anziehen.«
»Wie ging's denn heute Morgen?«, erkundigte sich Nat.
»Ach, na ja«, antwortete Jamil. »Immerhin bin ich auf was gestoßen.« Er wühlte in seiner Jackentasche und zog den roten Filzstift heraus. »Den habe ich an einer Stelle gefunden, an der Mitch vorher den Müll beseitigt hat.«

»Hm, vielleicht ein erster Hinweis«, meinte Kevin. »Glaubst du, dass Mitch die Schilder bekritzelt hat?«
»Könnte sein«, sagte Jamil. »Aber auch Wall hat sich ziemlich seltsam benommen. Entweder hat er etwas zu verbergen oder er steckt mit Mitch unter einer Decke.«
»Na schön, Mr Detektiv«, meinte Kevin. »Allerdings solltest du nicht vergessen, was beim letzten Mal passiert ist, als du versucht hast einen Fall zu lösen.«
»Oh ja«, kicherte Nat. »Da hat er doch gedacht, dass es unter dem Küchenpersonal einen Snowboarddieb gibt.«
Jamil wurde rot. »Na ja, woher sollte ich denn wissen, dass die Bretter zur Inspektion abgeholt worden waren?«
»Ich will damit nur sagen, dass wir keine voreiligen Schlüsse ziehen sollten«, beruhigte ihn Kevin.
»Ja, oh oberstes logisches Wesen«, konterte Jamil und verbeugte sich vor ihm fast bis zum Boden.
»Ganz ernsthaft. Jamil hat da vielleicht wirklich etwas Wichtiges entdeckt«, unterbrach Nat die beiden. »Mitch könnte hinter der Sache stecken. Wall hat vielleicht auch etwas damit zu tun, aber ich traue eher Mitch als allseits anerkanntem Idioten zu, so eine miese Sache durchzuziehen.« Nat nahm den Filzstift in die Hand und sah ihn sich an.
»Wall ist aber auch nicht so ganz sauber«, beharrte Jamil auf seinem Standpunkt.
»Und wir haben sogar ein Beweisstück«, meinte Nat.
»Noch nicht«, wandte Kevin ein. »Zuerst müssen wir nachweisen, dass Mitch oder Wall wirklich etwas mit diesem Stift zu tun haben.«
»Stimmt«, sagte Nat. »Mitch oder Wall haben vielleicht die Schilder beschmiert. Das heißt aber noch lange nicht, dass sie das Fax an die Zeitung geschickt haben. Sie selbst wohnen schließlich in Hoke Valley. Hier gibt es die besten Pisten. Die beiden würden doch nicht versuchen den Snowboardern, zu denen sie selbst gehören, den Spaß zu verderben.«

»Vergiss aber nicht, dass es sich in dem Artikel ganz so anhörte, als würde jemand Mitch wörtlich zitieren«, machte Jamil deutlich. »Aber ich glaube, du hast Recht. Das passt alles noch nicht zusammen. Ich bin mir allerdings sicher, dass Wall irgendwas weiß.«
Jamil steckte den Filzstift wieder in die Tasche und zog den Reißverschluss seiner Jacke zu. »Es geht nicht nur darum, ob Mitch die Schilder übermalt hat oder nicht. Es geht um mehr. Und um was, das müssen wir herausfinden, bevor hier das ganze Gebiet für Snowboarder gesperrt wird.«
»Und bevor wegen der miserablen Werbung auch noch die Skifahrer wegbleiben«, fügte Kevin hinzu.
»Jetzt lasst uns aber endlich fahren!«, drängte Nat.
Gute Idee, dachte Jamil. Er brauchte jetzt wirklich etwas Ablenkung von den finsteren Gedanken, die ihm durch den Kopf gingen.
Aber bevor sie noch ihre Snowboards holen konnten, hörten sie ein lautes, rumpelndes Geräusch aus dem Laden des Skiverleihes, der sich unter der Terrasse des Hotels befand.
Und dann folgte ein schriller Schrei: »Hiiiilfeeee!«

KAPITEL 7

Die drei rannten sofort zum Skiverleih, aber sie konnten nicht hineinkommen. Irgendetwas blockierte die Tür.
»Jetzt helft mir doch mal!«, rief Kevin, während er sich mit der Schulter gegen die Tür presste. Er drehte den Türknauf und zu dritt stießen sie die Tür einen Spaltbreit auf. »Noch mal, eins, zwei, drei, schieben!« Die Tür gab etwas nach und öffnete sich so weit, dass die drei durch den Spalt schlüpfen konnten. Ein Haufen verkeilter Skier blockierte die Tür. Die drei kletterten hinüber.

Als sie sich im Laden umsahen, blieb ihnen die Luft weg. Inmitten eines undurchschaubaren Chaos stand Julie Newburg. Sie betreute den Laden und hatte die Hände vor den Mund geschlagen. Anscheinend stand sie unter Schock. »Oh nein! Oh nein!«, flüsterte sie immer wieder.
Der Laden war völlig demoliert. Überall lagen Skier und andere Ausrüstungsgegenstände herum. Zerbrochene Skier und lose Bindungen hatten sich hinter der Tür zu einem kleinen Berg aufgetürmt. Seltsamerweise standen jedoch die ebenfalls vorhandenen Snowboards ganz ordentlich in den Metallständern.
Jamil führte Julie zu einem Hocker hinter der Ladentheke. »Was ist denn passiert?«
Julie schluckte. »Um diese Zeit gehe ich jeden Tag mal kurz für zehn Minuten raus. Dann hole ich mir immer ein Sandwich.« Julie machte eine Pause und starrte wieder auf das Chaos. »Und als ich heute zurückgekommen bin, da habe ich die Tür wieder aufgeschlossen. Aber da war schon jemand hier drinnen und hat alles zerschlagen.«
»Hast du gesehen, wer das war?«, fragte Jamil.
»Ja. Ich meine, nein«, antwortete Julie. Sie fuhr sich mit den Fingern durch ihre langen braunen Haare. »Ich habe ihn schon gesehen. Jedenfalls glaube ich, dass es ein Mann war. Aber er hatte eine dunkle Skimaske und dunkle Skiklamotten an. Ich kann also nicht genau sagen, wer das war.«
»Was sonst noch?«, unterbrach Kevin sie.
Julie schüttelte den Kopf. »Ich weiß nur, dass er den ganzen Laden kurz und klein geschlagen hat. Vor allem die Skiausrüstungen.« Sie sah hoch und deutete auf die Verwüstung. Ihre schmalen Schultern schrumpften unter ihrem grünen Pulli noch mehr zusammen.
»Hast du gesehen, wohin er gegangen ist?«, hakte Jamil nach.
»Nein. Er ist rausgerannt und irgendwo in der Menge an den Schließfächern neben dem Laden verschwunden«, sagte Julie.

»Und als er die Tür hinter sich zuknallte, ist noch ein ganzer Berg Skier umgefallen, genau vor den Eingang.« Fassungslos schüttelte sie den Kopf. »Ich rufe jetzt besser den Sicherheitsdienst an.« Sie zog das Telefon zu sich heran und wählte eine Nummer.

Jamil sah sich um. Plötzlich entdeckte er jemanden, der durch den Türspalt, durch den sie gekommen waren, hereinsah.

Die Person versuchte vorsichtig sich ebenfalls durch den Spalt zu quetschen. »Hallo!« Es war eine Frau. Sie hielt einen Presseausweis hoch. »Ich bin Debbie Windsor von der News.«

Jamil kümmerte sich nicht um ihre Begrüßung, sondern knallte ihr eiligst die Tür vor der Nase zu. Dann sah er zu Nat hinüber. »Das Letzte, was mein Vater jetzt brauchen kann, ist die Presse.«

Kevin lehnte sich auf die Ladentheke und fragte Julie: »War die Tür eigentlich abgeschlossen?«

Julie nickte. »Und sie war auch noch verschlossen, als ich wiederkam.«

»Und wie ist dieser Mensch hier reingekommen?«, fragte Jamil, wobei er über die Schulter zur Tür blickte, um sicherzugehen, dass die Reporterin nicht wieder auftauchte.

»Weiß ich wirklich nicht. Er muss wohl einen Schlüssel gehabt haben«, antwortete Julie.

»Könnte er sich vielleicht hier drinnen versteckt und gewartet haben, bis du rausgegangen bist?«, fragte Nat nachdrücklich.

»Vielleicht«, sagte Julie, »aber ich glaube, dass ich es gemerkt hätte, wenn außer mir noch jemand im Laden gewesen wäre.«

»Hm«, machte Nat, während sie sich nachdenklich am Kinn kratzte. »Da muss ein Insider am Werk gewesen sein.«

»Das soll wohl ein Witz sein!«, krächzte Jamil.

»Der Kerl muss Julies normalen Zeitplan genau gekannt haben«, blieb Nat bei ihrem Standpunkt.

Jamil schüttelte den Kopf. »Wer war denn im Laden, bevor du dichtgemacht hast?«, fragte er Julie.

Sie überlegte einen Moment. »Dieser Snowboarder mit dem Ziegenbärtchen«, sagte sie schließlich. »An seinen Namen kann ich mich nicht erinnern, aber er hat damit angegeben, dass er schon den Worldcup gewonnen hat.«

»Corey Blake!«, stieß Kevin hervor.

»Ja, ja, der!«, sagte Julia. »Er hat sich die neuesten Bindungen angesehen. Und dann war da noch Mitch. Er hat mir beim Saubermachen geholfen.«

»Echt? Mitch?«, rief Jamil. »Na also! Diesmal ist der Depp zu weit gegangen.«

»Nun warte mal!«, bremste ihn Nat. »Julie, woran kannst du dich sonst noch erinnern?«

»Na ja, Chip hatte ihn mir zur Unterstützung hergeschickt«, sagte Julie. »Und kurz vor Mittag ist dann noch ein Freund von Mitch aufgetaucht.«

»Wer?«, fragte Jamil erwartungsvoll.

Julie schüttelte den Kopf. »Ich kenne ihn nicht. Der muss hier neu sein.«

»Wie hat er ausgesehen?«, drängte Kevin.

»Er war größer als Mitch.« Julie überlegte einen Moment. »Und er hatte eine grüne Skijacke an und eine schwarze Skihose.«

»Wall!«, rief Jamil. »Aber was hatte der hier zu suchen? Mir hat er gesagt, dass er zum Mittagessen nach Hause gehen würde.«

»Julie, du hast doch gesagt, dass du hier drin nur einen Menschen gesehen hast, nicht zwei, oder?«, vergewisserte sich Kevin.

Julie nickte.

»Dann ist es also entweder Mitch gewesen oder Wall, aber nicht beide«, folgerte Kevin.

»Oder einer von diesen Snowboardrowdys, über die in der Zeitung geschrieben wurde, oder Corey Blake oder irgendjemand, der hier arbeitet«, fügte Nat hinzu.

Genau in diesem Moment drängte sich Mr Smith zusammen mit einem Wachmann des Skigebiets in den Laden.

»Oh nein!«, stöhnte er. »Was ist denn hier passiert?«
Julie schilderte ihm den Vorfall, während Jamil, Nat und Kevin versuchten möglichst nicht in Mr Smiths Blickfeld zu geraten. Sie konnten deutlich erkennen, dass ihm gleich der Kragen platzen würde, und sie hatten nicht vor, dieses Donnerwetter auf sich zu ziehen.
Der Laden war das reinste Trümmerfeld. Es würde mehr als nur ein paar Stunden dauern, um hier alles wieder in Ordnung zu bringen. Als Jamil einige Skier aufhob, erkannte er sofort, dass man sie reparieren musste. Einige hatten tiefe Kerben, bei anderen waren die Kanten gesplittert oder eingedrückt.
Nachdem Julie mit ihrem Bericht fertig war, sah sich Mr Smith das Chaos an. »Wir werden den Skiverleih bis auf weiteres schließen müssen, wenigstens bis morgen. Ich will hier niemanden sehen außer den Leuten, die aufräumen.«
»Wir können doch mithelfen«, bot Nat an.
Jamil warf ihr einen giftigen Blick zu. Nat schaffte es doch immer wieder, jeden für irgendwas einzuspannen – sich selbst und natürlich auch Jamil und Kevin, und das meistens ohne deren Zustimmung. Selbstverständlich fand auch Jamil es sehr freundlich, hier zu helfen, aber eigentlich wäre er lieber Snowboard gefahren.
»Ich kann es nicht fassen. Das muss ausgerechnet während des Festivals passieren«, stöhnte Mr Smith. »Ich habe ungefähr eine Million Sachen am Hals. Also wenn ihr wirklich helfen wollt, Kids, dann würde mich das sehr freuen. Julie wird euch sagen, was gemacht werden muss.«
Mit dem Wachmann im Gefolge marschierte Mr Smith wieder zurück zu seinem Büro.
Jamil, Kevin und Nat schaufelten sich durch das Chaos und brachten die Dinge wieder dort unter, wo sie hingehörten. Die Skier, die in Reparatur mussten, stellten sie in einer Reihe an der Wand auf.
Nach einigen Minuten erschien Chips Kopf in der Ladentür.

»Was ist passiert?« Seine Haare waren zerzaust. Er schien gerade aus dem Bett gekrochen zu sein.
Jamil erklärte es ihm.
»Das ist ja eine Katastrophe!«, schnaubte Chip.
Kevin versuchte die Sache herunterzuspielen. »Nicht wenn wir das Chaos hier so schnell wie möglich beseitigen.«
Julie drückte Jamil eine Feile in die Hand und gab ihm Anweisungen, wie er die Kanten der Skier graten und ausbessern sollte. Sie selbst nahm eine Art Bügeleisen und einige Wachsstreifen, mit denen sie die Kerben in den Laufflächen der Skier glätten wollte. »Macht euch keine Sorgen«, sagte sie mit gezwungenem Lächeln, »es ist alles gar nicht so schlimm, wie es aussieht. Wir kriegen das schon wieder hin.«
Jamil sah sie erleichtert an und fing an die Skier zu bearbeiten. »Das muss Mitch gewesen sein. Das ist genau die Art von Gemeinheit, die er sich ausdenken würde.«
»Genau wie mit den Schildern«, fügte Nat hinzu. Sie ordnete einen Haufen Sonnenbrillen in ein Display ein.
»Ich weiß nicht«, sagte Kevin. »Diese Sache hier ist eigentlich ein bisschen zu brutal für Mitch. Außerdem geht es ja nicht nur um die Schilder und den Verleih. Was ist denn mit diesem Artikel in der News? Und woher wusste diese Reporterin, dass hier etwas passiert sein musste?«
»Mitch ist ein Idiot«, knurrte Jamil beharrlich. »Ich glaube, dass er alles tun würde, um andere in Schwierigkeiten zu bringen.«
»Aber woher wusste die Reporterin davon?«, wiederholte Kevin. »Nein, irgendjemand hat ihr einen Tipp gegeben. Und das sieht nach mehr Planung aus, als ich Mitch zutraue. Der ist doch bloß auf schnelle Schocks aus.«
»Für mich sieht das nach einem üblen Scherz aus«, sagte Nat, die eine Pause machte und zu Jamil hinübersah.
Als Chip das Gespräch mitbekam, hörte er auf, Bindungen in die Regale zu ordnen, und sagte: »Das waren bestimmt nur Kids, die eine Show abziehen wollten.«

»Das ist aber mehr als nur ein bisschen Show. Hier hat es richtigen Sachschaden gegeben.« Kevin stieß mit dem Fuß gegen etwas, was man nicht genau erkennen konnte. »Und außerdem gibt es ja noch andere Verdächtige. Corey Blake war auch hier. Und was hatte ausgerechnet er hier zu suchen? Eigentlich sollte er an den Worldcup-Wettkämpfen teilnehmen. Und was ist mit Wall? Er ist neu hier. Und bevor er aufgetaucht ist, sind solche Sachen nicht passiert.«
»Corey ist ein Freund von mir. Ich selbst habe ihn gebeten für die Snowboard-Wettbewerbe Werbung zu machen«, antwortete Chip. »Klar, er ist ein harter Brocken, aber er ist okay.«
Nun war Jamil wirklich verwirrt. Er musste erst einmal über alles nachdenken. Schweigend feilte er einige Minuten die Kanten eines Skis gerade. »Da gibt es aber noch diese Reporterin. Die muss irgendwas damit zu tun haben.«
Nat nickte. »Und was ist mit all den Skifahrern, die nichts lieber sähen, als wenn man die Snowboarder von den Pisten verbannen würde?«
»Ja, da hast du Recht«, stimmte Kevin ihr zu. »Das heißt aber auch, dass wir eigentlich nach einer Nadel im Heuhaufen suchen. Dass wir tatsächlich etwas finden, ist also ziemlich aussichtslos.«
»So, jetzt muss ich aber wirklich los und den Grill für das Barbecue heute Abend anwerfen«, sagte Chip und verabschiedete sich.
Jamil beugte sich über den Ski, an dem er gerade arbeitete. Plötzlich fiel der rote Filzstift aus seiner Jackentasche. Noch bevor der Stift auf dem Boden landete, ging in Jamils Kopf eine ganze Glühlampenfabrik an. »Der Filzstift! Jetzt weiß ich, woher das Logo stammt!«

KAPITEL 8

»Das stammt aus Barton Mountain!«, rief Jamil. Er beugte sich vor und hob den Filzstift auf.
Nat sah ihn an, als hätte er gerade ein lateinisches Gedicht rezitiert.
»Ihr wisst schon«, meinte Jamil ungeduldig. »Das ist diese niedliche kleine Skipiste, etwa fünfzig Meilen von hier.«
»Ich weiß, welche Piste du meinst«, sagte Nat, nun ebenfalls ungeduldig. »Aber was hat Barton Mountain mit den Vorgängen hier zu tun?«
»Weiß ich nicht«, antwortete Jamil, »aber wir haben immerhin einen Anhaltspunkt. Das ist ein deutlicher Hinweis. Wir sollten der Sache nachgehen.«
»Du meinst, wir sollen nach Barton gehen?«, fragte Kevin, der nicht so ganz glauben konnte, was er gerade hörte. »Hör mal, von hier sind das fünfzig Meilen! Wie sollen wir denn da hinkommen?«
»Weiß ich noch nicht«, antwortete Jamil. »Aber wir müssen der Spur folgen.«
»Moment mal!«, rief Nat. Sie schlug sich an die Stirn. »Wall kommt doch aus Barton!«
Kevin schnaubte ungläubig. »Also wirklich, jetzt übertreibt ihr eure Detektivspielerei. Jeder kann diesen Stift weggeworfen haben. Jeder von diesen tausenden, die hier waren, kann vorher in Barton Mountain gewesen sein und diesen Stift im Schnee verloren haben. Aber das heißt nicht, dass derjenige auch wirklich die Schilder verschmiert hat.«
»Aber die Schmierereien wurden mit einem roten Stift gemacht«, beharrte Jamil.
Nat funkelte Kevin wütend an. »Hast du vielleicht eine bessere Idee? Oder hast du nur vor, unsere Ideen zu torpedieren?«
Kevin schüttelte den Kopf. »Na schön, ich gebe ja zu, dass das eine Art Hinweis ist, aber deshalb sage ich noch lange nicht,

dass es Wall war. Ich meine, welches Motiv sollte er denn haben?«

»Na ja, das können wir auch nicht mit Sicherheit sagen, aber wir wissen, dass der Stift aus Barton kommt, und deshalb denke ich, dass wir uns dort mal umsehen sollten, um die Sache zu überprüfen«, sagte Nat. »Wir brauchen eigentlich nur jemanden, der uns hinbringt.«

»Passt auf, wir treffen uns morgen früh um acht vor dem Hotel«, sagte Jamil. »Ich habe eine Idee.«

Als Jamil später den Laden verließ, entdeckte er die Reporterin Debbie Windsor, die sich gerade mit einigen Skifahrern unterhielt. Obwohl Jamil nicht hören konnte, was geredet wurde, erkannte er doch, dass sie die Leute mit Fragen löcherte.

»Wieso verschwinden Sie nicht endlich?«, rief ihr Jamil zu. »Hier gibt es keine Geschichte für Sie.«

Debbie drehte sich um und grinste, als sie Jamil sah. »Das ist ja der Junge, mit dem ich reden wollte. Du bist der Sohn von Ned Smith, stimmt's?«

Jamil nickte vorsichtig und ging einen Schritt zurück.

»Welche Geschichte gibt es denn über Hoke Valley zu erzählen?«, fragte sie. »Was halten denn die übrigen Snowboarder von diesen Rowdys mit ihren Brettern?«

»Gar nichts«, sagte Jamil, bei dem die Alarmglocken läuteten. »Was spinnen Sie sich hier eigentlich zusammen?«

»Zusammenspinnen?«, fragte Debbie leicht überrascht zurück. »Meine Quellen haben mir heute den Tipp mit dem Skiverleih gegeben. Und das Fax, das ich vor ein paar Tagen erhalten habe, hat mich erst auf das Problem mit den Snowboardern gebracht. Ich würde schon sagen, dass es hier eine ziemlich saftige Story gibt.«

Jamil hielt abwehrend die Hände hoch und wich weiter vor ihr zurück. »Sie haben doch längst eine vorgefasste Meinung zu der Sache.«

Nach dieser fürchterlichen Unterhaltung mit Debbie beschloss

Jamil, das zu tun, was er immer tat, wenn ihn etwas aufgeregt hatte: Snowboard fahren. Auch die schlimmsten Situationen kamen ihm dann nicht mehr ganz so schlimm vor. Irgendwann hatte ihn mal jemand gefragt, was er eigentlich denken würde, wenn er auf seinem Snowboard stand, und er hatte keine Antwort geben können. Er konnte sich überhaupt nicht erinnern, dass er beim Fahren an irgendetwas dachte. Und jetzt war genau der richtige Moment gekommen, um sich das Brett unter die Füße zu schnallen und durch den Schnee zu carven. Er schnappte sich sein Snowboard und fuhr mit dem Lift zum Gipfel des Mount Olley hinauf.

Die Wolken sanken immer tiefer und schickten sich an, den Gipfel einzuhüllen. Ihre Nähe lastete auf Jamil wie das Gewicht der Ereignisse der beiden zurückliegenden Tage. Er stampfte mit seinem rechten Fuß auf das Brett, um den Schnee abzuschütteln, und befestigte die Bindung. Als er sich am oberen Ende des Hangs in den Schnee setzte, fiel sein Blick auf den Aufkleber, der sich an der Nase seines Snowboards befand:

STELL DIE WIRKLICHKEIT IN FRAGE! FAHR SNOWBOARD, JUNGE!

Der Vorschlag, die Wirklichkeit in Frage zu stellen, ließ ihn verächtlich knurren. Hatte nicht sein Vater alles seit dem Moment in Frage gestellt, als er mit dem Snowboarding begonnen hatte? Jamil stützte sich auf Hände und Füße und stieß sich auf seinem Snowboard hoch. Er brachte sich in Stellung und fuhr los.

Sein Körper übernahm schnell die Kontrolle und lenkte ihn auf die Ideallinie bergab, während seine düsteren Gedanken nach und nach von ihm abfielen. Das Einzige, was noch in sein Bewusstsein drang, war der Zustand seiner Muskeln, die sich bei jeder Bewegung und jeder Veränderung der Strecke zusammenzogen oder entspannten. Er befand sich in völliger Harmonie mit sich selbst und bewegte sich absolut spontan.

Er vollführte einen glatten Indy-Three und schnitt einen Bertle, wobei sein Körper nahezu parallel zum Hang lag. Danach schoss er über einen Buckel in der Piste zu einem gewaltigen Sprung hoch. Nach einem Swany Method hatte er in der Luft ein wenig mit der Balance zu kämpfen.
Er schlingerte hin und her, dann landete er krachend.
»Scharfes Styling!«, rief jemand, der sich ebenfalls auf der Piste befand.
Jamil hob eine Hand zum Dank und schoss weiter. Er duckte sich fast bis auf sein Brett hinunter und machte in einer flachen Senke des Hangs einen ziemlich schwierigen Ollie. Den Rest der Strecke segelte er in einem Zustand hinunter, den keiner der rätselhaften Rowdys je auch nur annähernd erreichen konnte.

Am Montagmorgen standen Jamil, Kevin und Nat in aller Frühe vor der Tür zur Hotelküche.
»Jetzt brauchen wir nur auf den Bäckerlaster von Mighty Buns zu warten«, erklärte Jamil den anderen. »Bob Wittingham ist der Fahrer. Seine Route führt genau nach Barton und dann fährt er wieder nach Hoke Valley. Von meinem Vater bekommt er jedes Jahr eine Freikarte für das Festival. Ich glaube, er hat nichts dagegen, wenn er uns mal ausnahmsweise einen Gefallen tun kann.«
In diesem Moment kam der Mighty-Buns-Laster vor dem Hotel an. Es dauerte nur eine Minute und schon saßen Jamil, Kevin und Nat auf der Rückbank und gondelten nach Barton Mountain.
Nach einigen Zwischenstopps bei Restaurants, die am Weg lagen, hielt Bob auf dem Hauptparkplatz von Barton Mountain an, um eine Brotlieferung zu erledigen. Er versprach den drei Freunden sich gegen Mittag wieder mit ihnen zu treffen und sie nach Hoke Valley zurückzufahren.
Als sie schließlich vor dem Barton-Mountain-Skihotel standen,

überlief Nat ein kalter Schauer. »Hier ist es gruselig«, sagte sie. »Schaut mal, der Parkplatz ist nicht mal halb voll!«
»Und das Hotel sieht aus, als würde es jeden Moment zusammenbrechen«, brummte Kevin halblaut. »Die sollten den Kasten lieber gleich dichtmachen.«
»He!«, rief Jamil und deutete auf eine kleine Baustelle am Berghang. »Sieht aus, als würden sie da einen neuen Lift bauen.«
Die drei gingen in das Hotel hinein. Sie waren überrascht, denn hier wirkte alles nagelneu. Offenbar war das ganze Hotel renoviert worden - neue Böden, neue Wandtäfelungen, neue Lampen.
»Sieht ja toll aus!«, sagte Nat.
»Ich frage mich nur, woher die das Geld für so was haben«, überlegte Kevin. »Von den paar Touristen bestimmt nicht.«
»Wegen den Skifahrern aus Barton Mountain müssen wir uns jedenfalls keine Sorgen machen«, meinte Jamil grinsend. »Wer hierher kommt, muss sowieso ziemlich bescheuert sein.«
Nat sah Jamil streng an. »Jetzt halt mal die Klappe!«
»Und was lernen wir daraus?«, fragte Kevin. »Dass das Problem doch in Hoke Valley selbst liegen muss.«
»Wir sind aber jetzt hier«, schnaubte Nat. »Also, lass uns das Beste daraus machen! Wo ist denn das Büro der Verwaltung?«
Kevin deutete auf einen Pfeil an der Wand, der die Treppe hinaufwies. Die Tür des Büros stand offen.
Drinnen saß ein alter Mann hinter einem Schreibtisch und nippte an einer Tasse Kaffee.
»Was kann ich für euch tun?«, fragte er.
Jamil und Nat sahen sich kurz an. Ihnen war gerade aufgefallen, dass sie eigentlich gar keinen Plan für ihre weitere Vorgehensweise abgesprochen hatten.
»Ähm, wir haben uns gefragt, ob Sie hier vielleicht gebrauchte Skiausrüstungen verkaufen«, platzte Jamil heraus. Das war der erstbeste Gedanke, der ihm in den Kopf gekommen war.

»Tja, lasst mich mal überlegen«, antwortete der alte Mann. »Also, im Moment haben wir nichts zu verkaufen, aber wenn die Saison vorbei ist, wollen wir alle unsere Leihskis loswerden. Mein Sohn Melvin will das Hotel im Herbst übernehmen und es dann von Grund auf renovieren.«

»Wir haben schon gesehen, dass einiges gemacht worden ist«, sagte Jamil, um den Mann zum Weiterreden zu bewegen.

»Ja, einiges«, sagte er, während er aufstand und aus dem Fenster blickte. »Das Hotel hat mal der Familie meiner Frau gehört. Sie und ich, wir haben hier fünfzig Jahre lang alles am Laufen gehalten. Als sie vor elf Jahren gestorben ist, habe ich versucht alleine weiterzumachen, bis Melvin so weit ist, dass er das Haus übernehmen kann. Aber ich habe nicht so viel Talent wie meine Frau. Marlene hieß sie.«

Sein Geist schien in Erinnerungen an eine bessere Vergangenheit abzutauchen.

»Dann wird Ihr Sohn also jetzt das Hotel weiterführen?«, hakte Jamil nach.

»Ja, ja, stimmt«, antwortete der alte Mann. »Er hat einen Haufen Pläne.« Ein stolzes Leuchten trat in seinen Blick. »Er glaubt, dass er Barton zu einem richtig heißen Platz für die Kids machen kann. Er redet dauernd von Snowboarding und so, aber ich denke, das ist bloß so eine Mode, die bald wieder vergeht. Man sollte sich an die Sachen halten, die immer funktioniert haben. Und das ist hier Skifahren.«

Jamil und seine Freunde ließen den alten Mann weiterreden. Jamil erkannte sofort, dass dieser Melvin die richtige Idee hatte. Um Barton Mountain am Leben zu halten, musste man wirklich neue Besucher anlocken. Während er dem Mann zuhörte und den Stolz bemerkte, den dieser offenbar für seinen Sohn empfand, wurde Jamil langsam neidisch. Sein eigener Vater schien nichts von all dem zu respektieren oder wirklich zu schätzen, was er machte.

Kevin stieß Jamil an und lenkte dessen Aufmerksamkeit auf

einen roten Filzstift, der auf dem Schreibtisch des alten Mannes lag. Auf diesem Stift befand sich dasselbe Schneeflockenlogo wie auf dem Stift, den Jamil gefunden hatte.
Nat fiel das Logo ebenfalls auf. Sie zupfte ihre Freunde am Ärmel und forderte sie wortlos auf zu gehen.
»Ähm«, sagte Jamil höflich. »Ich fürchte, wir müssen uns verabschieden. Ach, da fällt mir noch etwas ein. Sagen Sie, kennen Sie eigentlich die Familie Evans? Die haben doch mal hier in der Nähe gewohnt.«
Der alte Mann tippte mit den Fingern auf den Schreibtisch, während er überlegte. Dann schüttelte er den Kopf. »Nicht dass ich wüsste.«
»Vielen Dank jedenfalls. Wir kommen wieder, wenn die Saison abgeschlossen ist, und sehen uns die Sachen mal an«, verabschiedete sich Jamil. Er und seine Freunde brachen auf.
Der alte Mann lächelte und winkte ihnen nach. Dann setzte er sich wieder an seinen Tisch und machte mit dem Ausfüllen von Formularen weiter.
Draußen ließen sich die drei auf einer Bank am Parkplatz nieder und warteten auf Bob mit seinem Laster.
»Tja, das war wohl ein Schlag ins Wasser«, gestand Nat ihren Freunden.
»Kann man wohl sagen«, meinte Kevin. »Wir haben praktisch nichts erfahren. Bloß die Sache mit dem Logo stimmt.«
»Und das hat eigentlich nicht viel zu bedeuten«, meinte Nat, die ihre Enttäuschung nicht verbergen konnte.
»Ich sage euch, es ist Mitch«, knurrte Jamil eindringlich.
»Oder Wall«, fügte Nat hinzu.
Jamil nickte. Sie alle mussten zugeben, dass andere Verdächtige kaum noch in Frage kamen.

KAPITEL 9

»Arrrriiiibbba!«, rief der DJ über den pulsierenden Rhythmus karibischer Salsa-Musik hinweg.

Jamils Vater hatte über der Hotelterrasse eine Disco-Spiegelkugel aufhängen und große Heizkörper entlang des Geländers anbringen lassen. Als die Skifahrer von den Pisten kamen, wurden sie sofort vom Hotelpersonal begrüßt, das kurze Strandhosen und T-Shirts über langer Unterwäsche trug und jedem Neuankömmling gleich einen grell leuchtenden, tropischen Fruchtcocktail in die Hand drückte.

Jamil beobachtete das Spektakel vom Grill aus, wo er Chip bei der Zubereitung von Hühnchen und Riesengarnelen half. Im Preis für die Tickets der Nachtabfahrt waren ein karibisches Abendessen und einige Veranstaltungen enthalten.

Irgendwann entdeckte Jamil seine Eltern, die begeistert in der Menge unter der Spiegelkugel tanzten. Er versteckte sein Gesicht hinter den Händen und linste durch die Finger in ihre Richtung. »Mann, ist das peinlich.« Er stöhnte laut. »Das ist ja alles so schmalzig.«

Chip musste lachen.

»Ich glaube nicht, dass ich eine ganze Nacht mit dieser schrecklichen Musik durchhalten kann«, jammerte Jamil. »Und dann müssen sich meine Eltern auch noch völlig lächerlich machen.« Er hängte die Grillzange an einen Haken. Sein Gesicht verdüsterte sich noch mehr, als er Mitch und Wall entdeckte, die an der Treppe zur Terrasse standen und Drinks mit kleinen Sonnenschirmchen in der Hand hielten.

»Na, dann zisch doch ab und geh auf die Piste!«, antwortete Chip. »Du bist doch heute noch gar nicht gefahren. Und morgen findet der Sprungwettbewerb statt.«

Jamil zog seine Schürze aus und hängte sie über das Geländer hinter sich. »Du hast Recht. Ich sollte wirklich mal den Hang unter mein Board nehmen.«

»Ich habe hier alles unter Kontrolle«, meinte Chip beruhigend, während er einige Hähnchenteile über der Glut wendete.
Jamil wollte um den Grill herumspurten, als er plötzlich stolperte und fast ins Feuer fiel. Er konnte sich gerade noch fangen und stöhnte laut. »Also wenn ich mir das so überlege, ist es vielleicht besser, wenn ich gleich nach Hause gehe. Ich bin jetzt schon zwei Tage vor Sonnenaufgang aufgestanden. Ich bin völlig erledigt.«
»Mach, was du willst!«, grinste Chip. »Wir sehen uns morgen.«
»Danke«, sagte Jamil erleichtert. Er wusste, dass er schlummern würde wie ein Murmeltier, sobald sein Kopf ein Kissen berührte.
In seinem Zimmer schob Jamil seine Lieblings-CD von »My Own Sweet« in den Player und drehte die Anlage voll auf, damit er das Gedudel von der Terrasse nicht länger hören musste. Das ist doch was anderes als Salsa, dachte er. Er legte sich aufs Bett und blätterte die letzte Ausgabe des Snowboardmagazins Shredder durch. Zu seiner Überraschung war das erste Foto, das er sah, ein Bild von Corey Blake, wie er gerade über einem gewaltigen Eisbruch einen Toe Grab abzog. Erneut fragte er sich, wieso Corey ausgerechnet jetzt nach Hoke Valley gekommen war. Er überflog das Interview auf der dem Foto gegenüberliegenden Seite.

SHREDDER: Und was steht als Nächstes auf dem Programm?
BLAKE: Mein eigener Snowboardpark. Ich habe einige Dollars in das Skigebiet eines Freundes investiert. Wir wollen es in ein Gelände umwandeln, das für Snowboarder einfach perfekt ist.
SHREDDER: Es wird aber auch Zeit, dass so was mal gemacht wird. Und wo soll das sein?
BLAKE: In Barton Mountain, Colorado.

»Waaaas?«, schrie Jamil. Ihm fielen fast die Augen aus dem Kopf.

Dring! Dring! Das Klingeln des Telefons riss ihn aus seinen Gedanken.
Jamil sprang auf und rannte die Treppe hinunter zum Telefon in der Küche. »Ja?«, keuchte er in den Hörer.
»Äh«, flüsterte eine Stimme zögerlich. Plötzlich bekam sie einen drohenden Klang. »Hör endlich mit der Schnüffelei auf, sonst gibt es Verletzte!«
»Wer ist da?«, fragte Jamil.
»Denk dran«, sagte die Stimme noch drohender, »wenn du nicht aufhörst, wird jemand vom Freight Train fallen und nie wieder aufstehen.«
RUMS! Mit lautem Knall hängte Jamil den Hörer auf. Der Freight Train war Hoke Valleys berühmt-berüchtigte Hardcore-Piste, auf der sowohl das Boardercross-Rennen wie auch der Sprungwettbewerb stattfinden sollten. Das Letzte, was dort passieren durfte, war eine weitere Katastrophe. Die würde das Ende der Zukunft des Snowboardens in Hoke Valley bedeuten. Sofort hob er den Hörer wieder ab und wählte die Nummer, die er im Display sah. Seine Hände zitterten. Der Anruf hatte ihn schwer gebeutelt. Nach mehrmaligem Klingeln teilte ihm eine Bandansage mit, dass die betreffende Nummer nicht zurückgerufen werden konnte – der geheimnisvolle Anrufer musste also von einem Münzfernsprecher aus telefoniert haben. Jamil legte wieder auf und wählte anschließend Nats Nummer, doch bei ihr traf er nur auf den Anrufbeantworter. Danach rief Jamil Kevin an. Der war aber auch nicht zu Hause. Vermutlich amüsierten sich die beiden noch immer bei der karibischen Nacht.
Jamil blickte aus dem Fenster und sah die blitzenden Lichter durch die Bäume und hörte den stampfenden Bass, der von den Bergen widerhallte. Er überlegte, ob er hinübergehen sollte, um die beiden zu suchen, fand dann aber doch, dass das sinnlos sein würde.
Stattdessen lief er nach oben und ließ seinen PC hochfahren.

Er wollte ihnen eine E-Mail schicken. Nat und Kevin schauten immer noch kurz in ihre Mailbox, bevor sie ins Bett gingen. Und er musste ihnen schließlich unbedingt von Corey Blakes Interview und diesem Anruf berichten.
Nachdem er zwei lange Mails abgeschickt hatte, war er zu aufgedreht, um wieder ins Bett zu gehen. Er ließ den Computer online und spielte Zorched!. Außerdem klickte er das kleine Meldeprogramm an, das ihm mitteilte, ob Nat und Kevin schon ihre Mailboxen überprüft hatten.
Während er auf eine Reaktion seiner Freunde wartete, wählte er als Charakter für das Spiel den bösartigen Mönch von Bathsheba.
Er stahl sich von Merlin einen Zauberspruch, den er jedoch unglücklicherweise falsch einsetzte. Bei jedem Schritt, den er machte, löste sich die Welt hinter ihm auf. Gleichzeitig setzte sich die Wirklichkeit immer neu und unvorhersagbar zusammen, ganz so, als würde jemand an einem Glücksrad drehen. Im einen Moment befand er sich in einem Wald. Beim nächsten Schritt konnte er in einer mit Autos voll gestopften Stadt landen.
Es gelang Jamil nicht, herauszufinden, wie er diesen Zauber brechen konnte.
Im Schneckentempo bewegte er sich vorwärts, doch fand er nirgends eine Karte, auf der er seine Position in diesem Spiel hätte feststellen können. Als dann auch noch die Fleisch fressenden Zwerge auftauchten und er keine Rückzugsmöglichkeit fand, war ihm klar, dass er in Kürze ziemlich abgeledert werden würde.
Glücklicherweise dauerte es nicht lange, bis in der oberen rechten Ecke des Bildschirms ein Smiley-Icon auftauchte, unter dem der Name NAT stand.
Nat hatte sich eingeloggt.
Jamil ging aus Zorched! heraus und setzte eine kurze Meldung ab, dass er sich mit ihr in einem Chatroom treffen wollte.

Nat: Das ist ein Hammer! Was glaubst du, wer dich da angerufen hat?
Jamil: Keine Ahnung.
Nat: Kümmer dich nicht drum! Das ist bestimmt Mitch gewesen, der dich vor dem Rennen morgen nervös machen will.
Jamil: Kann sein. Aber dieser Typ hat sich ziemlich entschlossen angehört. Ich glaube nicht, dass er irgendeinen Witz machen wollte.

Eine Meldung des Chatrooms signalisierte, dass sich nun auch Kevin eingeloggt hatte.

Jamil: Hallo, Kev. Was hältst du von der Sache?
Kevin: Gefällt mir gar nicht, aber das ist nichts, worüber wir un unmittelbar Sorgen machen müssten.
Jamil: Irgendwie scheint alles außer Kontrolle zu geraten.
Nat: Das war doch bloß ein dummer Scherz.
Jamil: Und was haltet ihr davon, dass Corey Blake hier ist?
Kevin: Wie meinst du das?
Jamil: Ich meine, er ist hier in Hoke Valley als Tourist, aber eigentlich ist er ein Konkurrent von Hoke Valley.
Kevin: Wenn dir das solche Sorgen macht, solltest du mal mit deinem Vater darüber reden.
Jamil: Klar, damit die Snowboard-Veranstaltungen sofort abgesagt werden. Tolle Idee. Mit dieser Sache müssen wir alleine fertig werden.

Gegen Mitternacht wälzte sich Jamil noch immer im Bett hin und her. Er konnte einfach nicht einschlafen. Dieser Anruf ließ ihn nicht zur Ruhe kommen und außerdem hatte er keine

Ahnung, was er nun tun sollte. Immer noch driftete karibische Musik durch den Wald in sein Schlafzimmer, aber der stetige Rhythmus beruhigte Jamil nicht.
Er wurde das Gefühl nicht los, dass dieser Anrufer wirklich meinte, was er sagte. Dass etwas Schreckliches passieren würde.

KAPITEL 10

Der Dienstagmorgen brach mit strahlendem Sonnenschein an. Das Licht, das vom Schnee reflektiert wurde, erzeugte einen grellen Glanz. Alle, die draußen zu tun hatten, trugen ihre stärksten Sonnenbrillen.
Jamil stand am Hang vor seinem Elternhaus und streute Sand. In diesen ersten Frühlingstagen hatte die Sonne gerade genug Kraft, um den Schnee etwas anzuschmelzen, sodass sich jede Nacht fast überall eine Eisschicht bildete.
An diesem Morgen fühlte er sich etwas besser. Eine Nacht im Bett war auch dann erholsam, wenn man nicht besonders gut geschlafen hatte. Bei Tageslicht versuchte er nun sich selbst davon zu überzeugen, dass Mitch oder Wall hinter den Vorgängen in Hoke Valley steckten. Der Gedanke, dass es Blake sein könnte, war einfach zu verrückt. Das würde ja bedeuten, dass Blake das Snowboarden in Hoke Valley einfach unmöglich machen wollte.
Als Jamil mit dem Streuen fertig war, lief er mit dem Snowboard unter dem Arm zum Mount-Olley-Sessellift. An der Bergstation sollte er sich mit Chip treffen, um für den Mittwoch die Boardercross-Strecke abzustecken und Zuschauerabsperrungen für den Sprungwettbewerb aufzustellen. Auch Mitch und Wall waren als Helfer eingeteilt. Jamil war schon gespannt, wie die beiden auf seinen Anblick reagieren

würden. Er wollte sehen, ob sie sich irgendwie verdächtig machten. Vielleicht waren sie ja nervös geworden? Doch Jamil konnte sich nicht sicher sein.

Als Jamil die Liftrampe hinunterglitt, war er sofort vom Zustand des Schnees begeistert. »Rattenscharf!«, sagte er. Der Schnee hatte eine perfekte Körnung, eine Beschaffenheit, wie man sie nur Anfang des Frühlings vorfand. Das versprach ein phantastisches Rennen.

Jamil sah sich nach Chip und den anderen um, konnte sie aber nirgends entdecken. Er war viel zu früh gekommen und so beschloss er die Zeit zu nutzen und ein bisschen durch den Schnee zu carven. Rasch schnallte er sich sein Brett unter die Füße, hüpfte, bis die Nase talwärts wies, und dann legte er los. Zuerst raste er auf gerader Strecke den Hügel hinunter, um auf Tempo zu kommen. Dann legte er einen steilen Eurocarve ein und zog eine Hand durch den Schnee. Eine Schneestaubwand zog sich mit elegantem Schwung hinter ihm her. Mit einer einzigen fließenden Bewegung schoss er quer über den Hang und hob auf einem massiven Buckel ab. Er zog seine Knie an und brachte das Brett bis an die Brust hoch. Dann packte er das Heck und drehte das ganze Brett zur Seite. Sein purpurfarbenes Snowboard leuchtete in den Strahlen der Sonne. Er landete gerade rechtzeitig, um mit einem Schwung nach links in eine enge Kurve einzubiegen, wo der steilste Abschnitt des Freight Train begann.

Als er um die Ecke schoss, sah er, dass es hier keinen Weg mehr gab. Eine gewaltige Pistenraupe, eine Maschine, die den Schnee mit ihren Laufketten wie ein Kampfpanzer zusammendrückte, rumpelte direkt vor ihm die Piste hinauf! Es war nur eine Frage von Sekunden, bis er gegen sie prallen würde.

Jamil stürzte wie gelähmt von seinem Brett und raste genau auf die mahlenden Ketten des Monstrums zu. Er hatte nichts mehr unter Kontrolle.

»Aaaaah!«, schrie er. Er rang nach Luft wie ein Ertrinkender.

Alles, was er sehen konnte, waren die gewaltigen Ketten, die den Schnee kneteten wie Hackfleisch. Noch ein Sekündchen und er selbst war platt wie ein Hamburger.
Doch in diesem Moment scherte die Raupe nach rechts aus und Jamil schoss an ihr vorbei.
Am Pistenrand klappte er zusammen wie ein nasser Sack. Seine Kraft reichte gerade noch aus, um die Bindungen zu lösen. Sein ganzer Körper zitterte wie Espenlaub.
Der Motor des Raupenschleppers wurde abgestellt.
Jamil holte einige Male tief Luft. »He!«, brüllte er. »Sie hätten mich fast platt gewalzt!«
Die Tür des Führerhauses ging auf und der Fahrer kletterte heraus. Als er sich umdrehte, bekam Jamil fast einen Herzinfarkt. Es war Mitch!
Lachend ließ sich Mitch von der Raupe hinuntergleiten, als er Jamils entsetzten Gesichtsausdruck sah.
»Du Idiot!«, schrie Jamil und sprang auf die Füße. »Du verdammter Idiot!« Er rannte auf Mitch zu und blieb drohend vor ihm stehen. »Du hättest mich nicht nur fast umgebracht, du schaffst es auch, dass Snowboarden in Hoke Valley verboten wird. Wenn mein Vater rauskriegt, dass ein Snowboarder eine Pistenraupe gestohlen hat, dann ist hier endgültig Schluss.«
Mitch kümmerte sich nicht um seinen Ausbruch, sondern lachte nur noch lauter. Schließlich sagte er: »Nun mach mal einen Punkt! Ich hätte dich schon nicht platt gemacht. Das war bloß ein kleiner Scherz.«
»Ich kann ohne diese Art von Scherzen leben«, schnaubte Jamil und stampfte wieder zu seinem Brett. Er drehte sich um und deutete mit einem scharfen Finger auf Mitch. »Du bist echt gefährlich!« Dann zog er den roten Filzstift aus seiner Jackentasche. »Du hast nicht nur die Schilder beschmiert und den Skiverleih zerhackt, du hast auch noch Eigentum der Gebietsverwaltung gestohlen.«
»Moment mal«, sagte Mitch und hob beide Hände.

»Das hier ist dein Stift«, fuhr Jamil fort.
»Nein«, sagte Mitch.
»Damit hast du die Schilder beschmiert«, sagte Jamil. Sein Atem ging stoßweise.
»Du sprichst mit dem Falschen«, beschwerte sich Mitch. »Der Stift da gehört Chip.«
Jamil hatte jetzt wirklich genug. »Ich gehe wegen dieser Sache jetzt sofort zu meinem Vater. Diesmal bist du zu weit gegangen. Wenn du nach den Schildern aufgehört hättest, dann würde ich dich vielleicht laufen lassen. Aber du musstest ja auch noch den Skiverleih zertrümmern und du musstest ja unbedingt dieses schwachsinnige Fax an die Zeitung schicken, und dann noch dieser Drohanruf letzte Nacht – und jetzt der Versuch, mich zu überfahren!« Jamil schüttelte angewidert den Kopf. Er war schon mehr als nur wütend. Wenn Mitch so eine miese Show abziehen konnte, dann konnte er ohne weiteres auch für alles andere verantwortlich sein.
Mitch stand wie vom Donner gerührt vor ihm. »Ich habe das nicht gemacht«, verteidigte er sich. »Und das ist bestimmt nicht mein Stift.«
»Ich habe ihn bei einem der verschmierten Schilder gefunden«, antwortete Jamil.
Als Mitch versuchte, darauf eine Antwort herauszustottern, tauchte plötzlich Chip hinter der Biegung auf.
»He, was ist denn hier los?«, fragte Chip. »Man kann euch ja bis zum Gipfel schreien hören.« Er bemerkte den Filzstift. »Ach, der gehört mir. Den wollte ich schon die ganze Zeit von Mitch zurückhaben.« Chip nahm ihn Jamil aus der Hand. »Mitch hat gesagt, er hätte ihn verloren.«
Mitch sackte im Schnee zusammen. »Ach du Schande!«
Jamil starrte ihn an, als wollte er ihn zum Abendessen verspeisen.
Mitch zuckte die Achseln. »Na schön«, gestand er unvermittelt, »das mit dem Schild war ich. Ich habe es verschmiert.«

»Es?«, fragte Jamil erstaunt. »Du meinst ›sie‹. Fast jedes Schild auf dem Gelände ist mit Farbe beschmiert worden.«
»Aber nicht von mir«, beschwor ihn Mitch. »Ich habe nur auf einem rumgekrakelt. Mit den anderen habe ich nichts zu tun. Frag doch Wall!« Er deutete den Hang hinauf.
Dort sauste gerade Wall auf seinem Snowboard die Piste herunter.
»Sagt mal, seid ihr eigentlich alle bekloppt!«, schrie Jamil.
Wall bremste seine Fahrt und hielt neben der Gruppe an. »Hä?«
»Mitch sagt, du könntest bezeugen, dass er weder den Skiverleih in Stücke gehauen noch diesen Artikel über die Snowboardrowdys an die Zeitung geschickt hat«, sagte Jamil lauernd.
Wall sah zu Boden und gab keine Antwort.
»Er sagt auch, dass du bezeugen kannst, dass er selbst nur ein einziges Schild mit Snowboardregeln verschmiert hat«, fuhr Jamil fort.
Wall brummte etwas Unverständliches.
Jamil, Mitch und Chip starrten ihn einen Moment lang an.
»Nun sag es ihnen schon!«, drängte Mitch.
Wall nickte schwach und zuckte mit den Schultern.
»Ich schwöre, dass ich es nicht gewesen bin!«, rief Mitch.
»So, jetzt sollten wir uns aber endlich an die Arbeit machen«, unterbrach Chip das Wortgefecht.
Doch bevor sie sich in Bewegung setzen konnten, kam Debbie Windsor, die Reporterin der News, in ihren Schneeschuhen die Piste heraufgetrampelt. Sie hielt einen Kassettenrekorder in der Hand und sah ganz so aus, als würde sie nicht aufgeben, bis sie irgendeine Art von Story zusammenhatte.
»Doch nicht die schon wieder«, stöhnte Jamil.
»Ist es wirklich wahr, dass Hoke Valley kein sicheres Pflaster mehr für Wintersport ist?«, sagte sie in das Mikrofon ihres Rekorders.

»Waaaas?«, japste Jamil.
»Ist Hoke Valley zu gefährlich geworden? Gibt es hier Snowboardrowdys, die alle Besucher in Gefahr bringen?«, fragte sie weiter.
»Sie sind hier am falschen Ort, Lady«, zischte Jamil. Er bückte sich und hob sein Snowboard auf. »Bedaure, aber wir haben leider keine Zeit für ein Schwätzchen. Wir müssen nämlich noch arbeiten.«
Jamil, Chip, Mitch und Wall kletterten in den Raupenschlepper. Sie wollten damit bis nach oben fahren.
»Und was ist mit der Sabotage im Skiverleih?«, rief sie ihnen nach. »Davon weiß ich zufällig ganz genau, dass es passiert ist. Ich habe es nämlich mit eigenen Augen gesehen.«
Chip drehte sich um und bestätigte ihr, dass jemand den Laden verwüstet hatte, dass aber nichts gestohlen worden sei. Außerdem habe man mittlerweile alles repariert.
»Ist das Ganze nicht vielleicht ein Versuch gewesen, die Tatsache zu vertuschen, dass man in Hoke Valley fehlerhafte und minderwertige Ausrüstungsgegenstände verliehen hat?«, fragte Debbie weiter, die sich nicht abwimmeln lassen wollte.
»Das ist doch lächerlich!«, rief Jamil.
»Nach allem, was ich weiß, ist es das nicht«, sagte Debbie. »Und morgen wird man das auch in der News lesen können.«
Jamil blieb wie angewurzelt stehen und sah ihr nach, als sie den Hügel wieder hinunterstapfte.

KAPITEL 11

Für diesen Abend war eine Tex-Mex-Nacht angesetzt. Mr Smith hatte eine riesige Fiesta organisiert, bei der eine Mariachi-Kapelle auftreten sollte.

Piñatas aller Größen baumelten an Schnüren über der Terrasse. Bunte Girlanden verzierten das Geländer, die Fenster und die Türen. Das Buffet, an dem sich jeder bedienen konnte, bestand aus harten und weichen Tacos, Enchiladas, Burritos und anderen traditionellen Gerichten.

Jamil mochte Tacos und selbst mexikanische Musik gefiel ihm einigermaßen. Deshalb hatte er sich mit Nat und Kevin zum Abendessen verabredet.

»Was ist denn mit deinem Vater los?«, fragte Nat, als sie zu Jamil ging, der neben einer großen Schüssel Bowle am Tisch lehnte. »Ist er irgendwie übergeschnappt?«

»Er hält sich für ein Genie«, meinte Jamil grinsend. »Mir kommt es allerdings so vor, als wäre ich auf einem Kreuzfahrtschiff.«

»Na ja, dann schieben wir uns mal was ins Gesicht«, sagte Nat mit einem schiefen Grinsen.

Jamil rieb sich den Bauch. »Los geht's, ich verhungere gleich. Halt! Erst muss ich dir noch erzählen, was heute Morgen passiert ist.«

Während die beiden zum Buffet marschierten, berichtete Jamil Nat von Mitch und seinem Beinahezusammenstoß mit der Pistenraupe.

Er war noch nicht fertig, als Kevin zu ihnen stieß. »Donnerwetter!«, rief Kevin.

»Warte, warte, das geht noch weiter«, sagte Jamil. »Ich habe sofort mit meinem Vater gesprochen und jetzt ist Mitch von allen Wettbewerben in Hoke Valley ausgeschlossen.«

»Das ist ziemlich hart«, fand Nat.

»Ja, schon«, stimmte ihr Jamil zu, »aber nach allem, was er angerichtet hat, hat er das auch verdient.«

»Jetzt sollten wir aber mal was essen«, schlug Kevin vor, während er die Speisen begutachtete. »Sieht aus, als würde man einige Zeit brauchen, um dieses Zeug zu verdauen.«

»Du solltest auf jeden Fall die Bohnen essen«, sagte Jamil. »Die werden dir bei dem Sprungwettbewerb den nötigen Auftrieb geben.«

»Und die anderen Teilnehmer vergasen«, fügte Nat hinzu.

»Olé!«, kommentierte Kevin.

Im Speiseraum fanden sie einen freien Tisch. Die Heizungen draußen auf der Terrasse konnten sich anstrengen, so viel sie wollten, es blieb einfach bitterkalt.

Auf Jamils Teller türmten sich sechs Tacos. Nat hatte vor sich eine Enchilada, etwas Reis und Bohnenpüree. Kevin hielt sich ausschließlich an Grünzeug. Auf seinem Teller fand man nur Salate und Salsa.

»Hasenfutter«, meinte Jamil grinsend, als er Kevins Abendessen betrachtete.

»Ich werde mir durch so ein Essen doch kein unnötiges Gewicht aufhalsen«, sagte Kevin, während er ein Salatblatt aufspießte. »Ich hoffe nur, dass Corey Blake heute Abend auch hier isst. Die meisten Gerichte dürften ausreichen, um selbst ihn zu bremsen.«

Sie lachten.

»Wenn wir schon von Blake sprechen . . .« Jamil nickte in Richtung Treppe.

Corey Blake hielt Hof. Er stand auf der fünften Stufe und unter ihm befand sich eine Menschenmenge.

Jamil entdeckte auch Debbie Windsor, die Reporterin der News. Blakes Stimme war so laut, dass man sie im ganzen Raum verstehen konnte.

»Kommt einfach nächste Woche rüber nach Barton Mountain«, sagte Blake, »dann werde ich euch mal einen echten Snowboardpark zeigen.« Er zog seine Jeans hoch wie ein Revolverheld aus einem billigen Western.

»Barton Mountain?« Kevin verschluckte sich fast. »Der macht wohl Witze.«
»Aber wenn ich schon mal hier bin«, fuhr Blake fort, »werde ich es natürlich nicht zulassen, dass mich irgend so ein dahergelaufener Amateur schlägt.«
»Au Backe, jetzt mach mal 'ne Pause!«, nuschelte Nat, die sich gerade eine Gabel Enchilada in den Mund geschoben hatte.
»Ich bin hier, um zu gewinnen«, tönte Blake weiter. »Und keiner kann springen wie ich. Die anderen können eigentlich schon mal nach Hause gehen.«
»Was für ein arroganter Depp«, sagte Nat, ohne von ihrem Teller auch nur einen Moment aufzusehen. »Ich kann mir wirklich nicht vorstellen, wieso der Typ und Chip Freunde sind.«
Jamil sagte kichernd: »Ich glaube, ich werde mir gleich mein Genick waschen. Und ihr geht besser in Deckung. Der Typ platzt ja vor Eitelkeit.«
Nat und Kevin mussten lachen.
Jamil nahm einen Bissen von einem Taco und sah sich im Raum um. Er kannte nur wenige Leute hier. Die meisten waren Urlauber. Die Einheimischen kamen eher selten zu solchen Veranstaltungen. Allerdings entdeckte Jamil Wall. Er saß zusammen mit einigen Kids am Nebentisch, die normalerweise mit Mitch zusammen waren. Bei Walls Anblick klingelte es bei Jamil und er wandte sich wieder seinen Freunden zu. »Was ist nun mit Barton Mountain?«
»Ja, ich weiß«, antwortete Kevin. »Blake hat den Namen fallen lassen und Chips Stift kommt auch daher.«
»Kann man dort wirklich Snowboarden?«, fragte Nat.
»Chip hat den Stift wahrscheinlich bei irgendeinem Skitreffen in der Region bekommen oder von Blake«, vermutete Jamil. »Blake gehört schließlich ein Teil von Barton.«
»Ja, wahrscheinlich. Aber ich kann mir einfach nicht vorstellen, wieso jemand in Barton Mountain hängen bleiben sollte, wenn Hoke Valley praktisch gerade um die Ecke an derselben

Straße liegt«, sagte Kevin. Er wischte seinen Teller mit einer Tortilla sauber.
»Die versuchen dort den Spieß umzudrehen«, sagte Nat. »Wir haben doch gesehen, dass sie den ganzen Ort renovieren, einen neuen Sessellift bauen und noch eine ganze Menge mehr. Könnte vielleicht ganz cool werden.«
»Oh, und ob«, unterbrach sie eine Stimme. Sie alle drehten sich um und starrten auf Wall, der nun alleine am Nebentisch saß. »Das stimmt. Ich habe gehört, dass sie dort einen Snowboardpark errichten wollen.«
Jamil sah ihn misstrauisch an.
»Heiße Sache«, sagte Nat nach einer Weile. »Da würde ich auch mal hingehen. In einer Halfpipe zu fahren wäre schon scharf.«
»Finde ich auch«, unterstützte Kevin sie.
»Das wird eine tolle Sache«, bekräftigte Wall. Er stand auf. »Tja, jetzt muss ich los. Vielleicht sehen wir uns ja später.«
Als Wall außer Hörweite war, beugte sich Jamil zu seinen Freunden über den Tisch. »Kommt euch das nicht auch seltsam vor, dass der Typ über Barton Mountain Bescheid weiß? Und dass er unser Gespräch belauscht hat? Haben wir uns vielleicht in Mitch getäuscht? Vielleicht ist es ja Wall.«
Seine Fragen wurden von seinen Freunden nur mit einem besorgten Schweigen beantwortet.

KAPITEL 12

»Achtung! Achtung!«, dröhnte eine Stimme über Lautsprecher. »Der Big-Air-Sprungwettbewerb wird in genau fünfzehn Minuten beginnen. Alle Teilnehmer müssen sich bis dahin am Starttor registrieren lassen!«

Jamil, Nat und Kevin sprangen von ihrem Tisch auf und rasten mit etwa einem Dutzend anderer Boarder durch die Tür hinaus. Jamil blieb keine Zeit mehr, darüber nachzudenken, was Wall vielleicht vorhatte. Er musste sich jetzt ganz auf den Wettkampf konzentrieren.

Um von einer Rampe abzuspringen, zehn oder fünfzehn Meter durch die Luft zu segeln und dann noch heil und aufrecht auf der Piste zu landen, musste man schon seine ganze Konzentration sammeln und auch jedes Quäntchen Mut.

Jamil sah zum Vollmond hinauf und hoffte, dass er ein gutes Omen darstellte. Er und seine Freunde fuhren mit dem Sessellift zum Gipfel des Mount Olley. Schon von weitem konnten sie die Zuschauermenge sehen, die sich auf den Hängen und insbesondere an der Sprungzone versammelt hatte. Von der Bergstation des Lifts mussten sie den halben Hang auf ihren Snowboards wieder hinunterfahren, um zum Startpunkt zu gelangen. Big Air war in erster Linie Sprungakrobatik, bei der der Boarder versuchte den haarsträubendsten Trick auszuführen, der ihm einfiel, und dann zu landen, ohne hinzufallen. Das war wirklich nicht leicht und man brauchte schon Nerven aus Stahl, wenn man so hoch durch die Luft fliegen wollte, ohne dabei in Panik zu geraten.

Jamil schloss die Augen und versuchte sich seinen Sprung bildlich vorzustellen. Doch es gelang ihm nicht. Stattdessen überlagerte der Anruf der vergangenen Nacht, der ihn gewarnt hatte, dass es für irgendjemanden auf der Freight-Train-Strecke ziemliche Schwierigkeiten geben würde, alle anderen Gedanken. Er wurde das Gefühl nicht los, dass überall in den

Schatten eine Gefahr lauerte. Während er im Lift nach oben glitt, suchte er die Strecke mit Blicken ab. Er konnte allerdings nichts Verdächtiges entdecken.
Als sie oben ankamen, sprangen die drei aus dem Lift und jeder machte einen Fuß in der hinteren Bindung seines Snowboards fest. Langsam kurvten sie den halben Freight Train hinab, wobei sie ihre Muskeln aufwärmten und versuchten sich zu entspannen. Am Starttor angekommen, ließen sie sich registrieren.
Als Nat erfuhr, dass sie als Erste starten sollte, war sie erleichtert. »Jetzt kann ich einfach meinen Sprung durchziehen und danach in aller Ruhe zuschauen.«
»Aber du hast keine Ahnung, was du eigentlich bringen müsstest, wenn du vorher nicht ein paar andere Springer siehst«, wandte Kevin ein. Er ließ sich auf einem festen Schneehaufen nieder, legte sich sein Brett auf den Schoß und justierte die Bindungen.
»Also, ich kann das nachfühlen«, sagte Jamil. »Besser, man bringt die Sache schnell hinter sich. Man setzt einen Standard und den müssen die anderen erst mal erreichen.«
»Ich kann diese Warterei nicht ertragen«, antwortete Nat. »Ich werde glatt wahnsinnig und kaue mir die Fingernägel bis zum Handgelenk ab, wenn ich auf meinen Start warten muss. Und bei jedem Sprung von anderen sieht irgendwas so tierisch gut aus, dass ich das nie nachmachen könnte.«
»Da hast du ganz Recht«, meinte Kevin lachend. »Es ist wirklich besser, wenn du vor uns startest, sonst machst du uns mit deinem Gezappel noch verrückt.«
Jamil hörte den anderen nicht mehr zu. Seine Aufmerksamkeit galt der Landezone unterhalb der Rampe, wo jemand in einem dunklen Skianorak und einer Skimaske gerade damit beschäftigt war, zwei etwa fünfundzwanzig Liter fassende Tonnen am Rand der Zone aufzustellen. Die Dinger sahen aus wie die Tonnen, in denen man normalerweise die Pfähle von Absper-

rungszäunen festmachte, was hier allerdings überhaupt keinen Sinn ergab. Sein Vater verwendete nie solche Tonnen für diesen Zweck.
Jamils Aufmerksamkeit wurde abgelenkt, als sein Vater mit einem Mikrofon in der Hand an den Rand der Rampe trat.
»Willkommen bei Hoke Valleys erstem Big-Air-Wettbewerb! Hier und heute haben sich zwanzig Teilnehmer angemeldet, darunter auch Corey Blake, der im Boardercross der diesjährigen Worldcup-Tour auf Platz eins geführt wird.«
Blake stand am Starttor und winkte herüber.
Die Zuschauer klatschten Beifall. Lauter Jubel hallte von den Berghängen wider.
»So, dann mache ich mich mal bereit«, murmelt Nat nervös, während sie zum Starttor hinüberglitt. Sie schnallte einen Fuß in die hintere Bindung und richtete ihr Brett hangabwärts aus.
»Let's rock and roll!«, rief Mr Smith ins Mikrofon.
Laute Musik dröhnte aus den Lautsprechern. Die Stimme eines Sprechers kündigte über dem Lärm den Beginn des Wettbewerbs an.
»Unsere erste Teilnehmerin ist Natalie Whittemore!«
Jamil suchte die Menschenmenge erneut nach dieser seltsamen Person in dem Anorak ab. »Oh nein«, stöhnte er leise. Er hatte Debbie Windsor entdeckt. Nun wusste er, dass garantiert irgendwas schief gehen würde. Sie war immer anwesend, wenn etwas passierte. Aber nun war es viel zu spät, um noch etwas unternehmen zu können.
Nervös stellte sich Jamil auf die Zehenspitzen, um einen besseren Überblick über die Landezone zu bekommen.
Mit wachsender Geschwindigkeit glitt Nat den Hang hinunter in Richtung Rampe.
Alle sahen ihr zu, wie sie ihr Tempo regulierte und sich in die richtige Position für einen perfekten Sprung brachte.
Als Nat die Kante der Sprungrampe berührte, schoss sie hoch in die Luft, zog das Brett bis auf Kopfhöhe und schenkte der

Welt einen sauberen, glatten Method. Während sie die Figur ausführte, bog sich ihr Körper elegant wie ein Schwanenhals über der Menge. Ihr Stil war perfekt.
In den Sekunden, in denen Nat im dunklen Himmel schwebte, suchte Jamils Blick den Bereich ab, in dem sie landen würde. Dabei bemerkte er die dunkle Gestalt, die plötzlich eine der Tonnen anhob und auf den Hang in der Landezone schleuderte. Eine Wasserfontäne ergoss sich über den Pulverschnee. Die Gestalt schnappte sich blitzschnell den zweiten Eimer und kippte noch eine Ladung Wasser hinterher.
So eine Katastrophe!
»Nat!«, konnte Jamil nur noch hilflos schreien.
Nat kam hart auf und landete mitten in der glitzernden Pfütze. Ihr Brett schoss wie ein Pfeil unter ihr durch. Sie überschlug sich mehrmals und stürzte den Hang hinunter wie ein abgeschossener Vogel.

KAPITEL 13

»Verdammte Schweine!«, zischte Kevin. Er sprang nach vorne und rutschte auf dem Hintern in Nats Richtung den Hang hinunter.
Nat schlitterte in einen Fangzaun und bewegte sich nicht mehr. Die Zuschauer stöhnten entsetzt auf.
Jamil suchte verzweifelt die Menge nach der dunklen Gestalt ab. Als Nat gestürzt war, hatte er sie aus dem Blick verloren. Plötzlich bemerkte er einen Schatten, der zwischen den Bäumen verschwand.
Er hatte den Eindruck, als ob da jemand auf einem Snowboard entkommen wollte. Die Gestalt fuhr genau auf den Wald zu und hatte es offensichtlich eilig, möglichst schnell von der Piste zu jagen.

Jamil schnallte sich sein Brett unter die Füße und raste auf die Stelle zu, an der er den finsteren Schatten zuletzt gesehen hatte. Im gleißenden Flutlicht konnte er eindeutig die Spuren eines Snowboardstiefels erkennen. Sie zeigten ein seltsames Abdruckmuster - einen Ring aus Diamanten, der Pfeile umgab, die auf etwas deuteten, das wie eine herausgestreckte Zunge aussah.
»Wall!«, stieß Jamil hervor. Das waren Walls Spuren! Oh Gott, er hatte sich getäuscht. Es war nicht Mitch gewesen - Wall steckte hinter all diesen Anschlägen!
Jamil schoss in den Wald hinein. Da das Licht von der Piste nicht bis hierher reichte, war er sehr dankbar für den Vollmond. Dieser leuchtete hell durch die kahlen Äste der Bäume und hob mit seinem fahlen Licht die Schatten der Snowboardspur des Flüchtenden hervor.
In Gedanken wiederholte Jamil ständig: Nicht auf die Bäume sehen. Immer die Zwischenräume im Blick behalten.
Aus schmerzhafter Erfahrung wusste er, dass man bei dem Versuch, Hindernissen oder Bäumen auszuweichen, diese niemals direkt ansehen durfte, da man sonst unweigerlich in sie hineinkrachte. Und das konnte schlimme Folgen haben. Das Letzte, was er sich jetzt wünschte, war ein Sturz in eine der Schneeverwehungen, die sich manchmal am Fuß von Bäumen bildeten. In einer solchen Wehe konnte man buchstäblich ertrinken, denn sie war in der Regel wie eine Art Loch geformt, das entstand, wenn die auf den Stamm gewehten Schneemassen abrutschten und in sich zusammenfielen.
Jamil heftete seinen Blick auf die Snowboardspur vor ihm und benutzte sie als Wegweiser.
Die Spitze seines eigenen Bretts zielte immer auf die Lücken zwischen den Bäumen, während sein Körper bei den schnellen, engen Kurven auf und ab federte.
»Hmpf!«, keuchte Jamil, als sich seine Mütze in einem niedrig hängenden Ast verfing. »Bisschen knapp.«

Jamil bremste. Er konnte die Spur nicht mehr sehen. Eine Wolke hatte sich vor den Mond geschoben und das Licht ausgeknipst. Als er sich umsah, bemerkte er, dass er sich schon nicht mehr im eigentlichen Skigebiet befand. Von jetzt an war er ganz auf sich gestellt.
Er musste weiter. Seitlich ließ er sich im Schneckentempo zwischen den Bäumen durchrutschen. Durch ein Gewirr von kahlen Ästen sah er zum Himmel hinauf. Der Mond hing immer noch hinter dem Wolkenband.
Er schob sich weiter, umfuhr Bäume und rutschte über blanke Felsen. Die Gleitfläche seines Bretts wurde aufgerissen, aber das kümmerte Jamil nicht. Er wollte nur diese Person festnageln, die gerade versucht hatte Nat das Genick zu brechen.
Jamil hielt an. Es war einfach zu dunkel, um noch weiterzufahren. Er suchte den schneebedeckten Waldboden nach Spuren ab. In der Hoffnung, bessere Sicht zu erhalten, hockte er sich hin. Es kam ihm vor, als sei da eine schwache Spur, die nach links abbog.
Wieder sah er zum Himmel hoch. Ein heller Stern leuchtete durch die Wolken. Jamil schickt einen Wunsch zu ihm hinauf und bewegte sich vorsichtig weiter.
Plötzlich hörte er ein sehr leises, knirschendes Geräusch. Wall ist von seinem Brett abgestiegen, dachte Jamil. Er war sich wieder sicher, dass er ihn nicht verloren hatte.
»Wall?«, rief Jamil in die Dunkelheit. Er bekam keine Antwort. Stattdessen ertönte zwischen den Bäumen wieder dieses Geräusch von knirschendem Schnee. »Wall?«, rief Jamil erneut. Diesmal hörte er ein eindeutig menschliches Brummen. Der Ursprung dieses Lautes schien irgendwo in einer Baumgruppe rechts von Jamils Position zu liegen. Langsam glitt er in diese Richtung.
KNACK! Ein lautes Geräusch, fast eine Explosion, kam von hinten.
Jamil warf blitzschnell einen Blick über die Schulter und über-

sah dabei die Gestalt, die sich aus dem Schatten eines Baums direkt neben ihm löste.
Diese Gestalt hielt einen großen Ast in der Hand. Als Jamil noch näher kam, holte der Schatten zum Schlag aus.
FHHWUPP! Der Ast zischte durch die Luft und knallte quer vor Jamils Brust.
Jamil wurde nach hinten geschleudert. Seine Füße saßen in den Bindungen des Snowboards fest, sodass er das Gleichgewicht nicht wieder erlangen konnte. Zum Ausgleich versuchte er sich auf den Hintern zu setzen. Stattdessen landete er auf dem Rücken und kam sofort ins Rutschen.
Nach einem Überschlag sauste er mit dem Kopf voran genau auf eine Schneewehe zu!

KAPITEL 14

Sekunden später schluckte Jamil Schnee. Verzweifelt versuchte er sich wieder aus der Schneewehe herauszuwinden, doch das war unmöglich. Mit dem Kopf voran war er hineingerauscht und nun lag er auf dem Rücken, begraben unter gut einem Meter Schnee.
Seine Füße hingen noch immer an seinem Snowboard fest. Aus diesem Grund gelang es ihm nicht, sich umzudrehen und aufzustehen.
Panik erfasste ihn. Jamil versuchte zu schreien. Seine Stimme wurde jedoch sofort vom Schnee erstickt, der sich auf sein Gesicht und in seinen Mund presste.
Es war so kalt. So schrecklich kalt.
In seinem Kopf drehte sich alles, als das Blut wie eine Flutwelle hineindrängte. Er schloss die Augen. Er glaubte, dass er jeden Moment das Bewusstsein verlieren würde. Er spürte plötzlich, dass er zu schweben anfing. Jedenfalls kam es ihm

so vor. Auf einmal presste sich der Schnee nicht mehr auf sein Gesicht. Auch das Dröhnen des Bluts hinter seiner Stirn hörte langsam auf.
Es kam ihm vor, als hörte er eine Stimme. Sie sagte etwas. Sie rief seinen Namen.
»Jamil!«
Die Stimme kam ihm bekannt vor.
»Jamil!«
Vorsichtig öffnete er die Augen. »Wall!«, keuchte er. Mit diesem Anblick hatte er wirklich nicht gerechnet. Hatte der Kerl nicht gerade versucht ihn zu töten?
»Entspann dich! Ich bin's«, flüsterte Wall.
»Hau ab!«, kreischte Jamil und versuchte von Wall wegzukriechen. »Du hast versucht mich umzubringen! Und du hast versucht Nat umzubringen!«
Wie verrückt zerrte Jamil an den Bindungen, um endlich seine Füße freizubekommen. Diesmal wollte er zur Abwehr bereit sein, wenn Wall ihn wieder angriff.
»Mann, ich doch nicht!«, schrie Wall. »Melvin! Es ist Melvin! Er hat das alles gemacht!« Wall deutete auf Chip, der hilflos in der Schneewehe um sich schlug, aus der Jamil gerade entkommen war.
Endlich riss die Wolkendecke auf und das helle Mondlicht fiel wie ein Scheinwerfer auf Chips verzerrtes Gesicht.
»Melvin?«, fragte Jamil verwirrt. Er sah hinunter zu dem schneebedeckten Chip. »Du heißt also Melvin?«, sagte er angewidert.
»Chip ist sein Spitzname«, erklärte Wall.
»Hilfe! Jamil, bitte, ich bin verletzt!«, schrie Chip.
»Geschieht dir recht«, knurrte Jamil.
»Deckung!«, schrie Wall, der plötzlich rückwärts sprang und Jamil hinter sich herzog.
Die eine Wand der Schneewehe fing an nachzugeben und klappte über Chip zusammen.

Chips Kopf tauchte wie ein Ball im Wasser über dem Schnee wieder auf.
»Der wird schon wieder«, sagte Wall nüchtern.
Plötzlich wurden ihre Stimmen vom lauten Dröhnen einiger Motoren übertönt. Helle Scheinwerfer nahmen ihnen kurzzeitig die Sicht. Dann kamen zwei Motorschlitten krachend wie ein Herde Büffel zwischen den Bäumen hervorgeschossen.

KAPITEL 15

Es war die Bergwacht von Hoke Valley.
»He!«, rief Jamil. »Hierher!«
Als sie näher kamen, fragte der Anführer der Patrouille, ein Mann namens Mike Shanahan: »Was ist denn hier passiert?«
Jamil und Wall deuteten auf Chip, der noch halb unter dem Schnee begraben lag.
Im Handumdrehen zogen die Männer Chip aus seiner Falle.
Nachdem Chip in Sicherheit gebracht worden war, legte Jamil sofort mit einer Salve von Fragen los. »Als Erstes – Wall, was machst du hier?«
Wall zuckte die Achseln. »Ich kenne Melvin, ich meine, Chip, noch aus Barton Mountain. Seinem Vater gehört das Hotel.«
»Er ist tatsächlich der Sohn von dem alten Knaben?«, fragte Jamil erschrocken.
»Als ich gesehen habe, dass er plötzlich hier in Hoke Valley arbeitet, habe ich mir schon gedacht, dass er irgendwas vorhat«, sagte Wall, »aber ich wusste nicht, was. Das ist mir erst heute Abend klar geworden. Und erst da habe ich mir gedacht, dass er möglicherweise jemandem echt an den Kragen gehen könnte. Deshalb hatte ich auch vorher nichts gesagt.«
»Dann ist er also für alles verantwortlich«, sagte Jamil.

»Außer für das erste verschmierte Schild«, erläuterte Wall. »Das war Mitch.«
»Na schön«, brummte Jamil, »außer für das erste Schild.« Dann drehte er sich um und durchbohrte Chip mit seinem Blick.
»Du hast also all diesen Mist hier gemacht, damit du das Geschäft mit den Snowboardern selbst abziehen kannst, stimmt's?«, fragte Jamil angeekelt.
Endlich musste Chip eingestehen, dass er überführt war.
»Du hättest uns umbringen können!«, brüllte Jamil los. Er war außer sich.
Chip vermied es, in Jamils Augen zu blicken. »Die Sache ist mir außer Kontrolle geraten, das gebe ich zu. Aber du hättest dich um deine eigenen Sachen kümmern sollen.«
»Du spinnst doch total«, murmelte Jamil. Er wandte sich an Mike Shanahan. »Wie haben Sie uns denn gefunden?«
»Da war diese Reporterin von der News«, antwortete Mike. »Sie hat dich und Wall in den Wald rasen sehen und hat uns sofort benachrichtigt. Sie hatte allerdings gedacht, dass du für die Sabotage bei dem Big Air verantwortlich bist.« Er nickte in Walls Richtung.
»Trotzdem vielen Dank für die Hilfe«, grinste Wall.
»Tja«, sagte Mike. »Dann machen wir uns mal auf den Rückweg.« Jamil und Wall setzten sich auf den Rücksitz von Mikes Motorschlitten, während Chip auf dem anderen einen Platz fand. Wenige Minuten später kamen sie am Hotel an. Die Menschenmenge hatte ziemlich abgenommen, aber die Mariachi-Kapelle spielte unverdrossen vor sich hin.
Nat saß in einem Klubsessel und drückte sich einen Eisbeutel ins Genick. Neben ihr saß Kevin.
Nachdem die Motorschlitten angehalten hatten, rannten Jamil und Wall sofort zu Nat. Mike Shanahan brachte Chip ins Büro, von wo aus er gleich die Polizei verständigen wollte.
»Ist alles in Ordnung mit dir?«, fragte Jamil besorgt.
Nat nickte. »Autsch.« Sie grinste schief. »Mir geht's bestens,

solange ich meinen Kopf nicht bewege. Ich habe mir das Genick verstaucht.«
»Echt brutal«, schnaubte Wall. »Brauchst du irgendwas?«
»Nur einen neuen Hals«, antwortete Nat. »Außerdem wüsste ich gerne, was eigentlich passiert ist.«
Jamil erklärte ihr, wie Chip die ganze Sache eingefädelt hatte. Nat schüttelte ungläubig, aber vorsichtig den Kopf. »Na ja, dank Wall ist dieser Fall nun doch noch aufgeklärt worden. Ich finde, wir könnten deine Hilfe durchaus mal wieder brauchen, falls uns wieder so eine haarsträubende Sache unter die Finger kommt.«
Wall zuckte gleichgültig die Achseln, aber seine Lippen verzogen sich zu einem schüchternen Lächeln. »Wichtig ist nur, dass mit dir alles in Ordnung ist.«
»Der Arzt hat gesagt, dass sie bald wieder auf die Beine kommt«, sagte Kevin. »Ein paar Tage wird sie noch Schmerzen haben, aber damit hat es sich.«
»Wie wär's mit einem Milchshake?«, fragte Jamil.
»Jetzt nicht«, antwortete Nat. »Aber sag dieser Kapelle, dass sie endlich mit dem Krach aufhören soll. Ich habe grausame Kopfschmerzen.«
»Wird gemacht«, sagte Jamil. Er ging hinaus und redete mit seinem Vater. Als er wieder zurückkam, war die Musik bereits verstummt. »Und wer hat gewonnen?«, fragte er.
»Dein Dad hat den Wettbewerb abgesagt«, antwortete Kevin. »Nach dem, was Chip gemacht hat, war die Piste einfach zu gefährlich.«
»Eine heiße Schokolade könnte ich jetzt vertragen«, meldete sich Nat.
»Oh, du armes Baby«, sagte Jamil mit gespieltem Mitleid. »Soll ich deinem Auaaua ein Küsschen geben? Brauchst du ein Lätzchen?«
»Ha, ha«, knurrte Nat mit angestrengtem Grinsen zurück.

KAPITEL 16

Ziemlich früh am nächsten Morgen tappte Jamil die Treppe hinunter und in die Küche.
Sein Vater saß am Frühstückstisch, trank seinen Kaffee und las die Zeitung. Er sah hoch, als Jamil hereinkam. »Na, wir haben Schlagzeilen gemacht.«
Jamil sah seinem Vater über die Schulter. Sein Blick fiel sofort auf den Leitartikel. Die Schlagzeile lautete:
SABOTEUR IN HOKE VALLEY AUF FRISCHER TAT ERTAPPT
Jamil leuchtete vor Stolz darüber, dass es ihm gelungen war, Chip zu erwischen und seinem Vater zu beweisen, dass Snowboarder nicht immer die eigentlichen Störenfriede waren.
»Ich habe gerade einen Anruf von der Polizei bekommen«, sagte Mr Smith. »Chip wird auf Grund der Vorkommnisse gestern Nacht wegen Körperverletzung angeklagt. Wenn wir Glück haben, können wir ihn auch noch wegen Sachbeschädigung drankriegen.«
»Heiß!«, rief Jamil. Er goss sich ein Glas Milch ein und setzte sich seinem Vater gegenüber an den Tisch. »Was wird mit ihm passieren?«
»Ich werde auf einer gerichtlichen Anklage bestehen«, sagte Mr Smith. »Er hätte fast Hoke Valleys guten Ruf ruiniert. Wenn es ihm gelungen wäre, sein Vorhaben in die Tat umzusetzen, dann hätte er unserem Geschäft im nächsten Jahr gehörigen Schaden zugefügt. Den Ruf, dass man in Hoke Valley nicht sicher ist, wären wir so schnell nicht wieder losgeworden.«
»Und stattdessen hätte er in Barton Mountain die Touristen abgezockt.« Jamil schüttelte den Kopf.
»Du sagst es«, antwortete Mr Smith. Er nahm einen Schluck Kaffee.
»Ich kann es immer noch nicht glauben, dass Chip so was gemacht hat«, fuhr Jamil fort. »Ich meine, er kam mir immer wie ein echt netter Typ vor.«

»Ich weiß«, meinte Mr Smith nachdenklich. »Und ich selbst habe mich auch auf ihn verlassen.«
»Chips Vater tut mir irgendwie Leid«, sagte Jamil. »Er war so ungeheuer stolz auf seinen Sohn. Er hatte sich vorgestellt, dass sein Sohn das Hotel retten würde. Was wird jetzt bloß aus dem Verhältnis der beiden?«
Jamil und sein Vater schwiegen eine Weile.
Schließlich brach Mr Smith die Stille. »Ich muss jetzt ins Büro. Das wird heute ein brutaler Tag. Neben dem Festival habe ich jetzt auch noch die Polizei und die Presse am Hals.« Er stand auf, spülte die Kaffeetasse aus und zog seine Jacke an.
»Werden wir uns heute Nachmittag nach dem Rennen sehen?«, fragte Jamil hoffnungsvoll.
Mr Smith schüttelte den Kopf. »Ich muss noch den italienischen Abend organisieren. Wir haben viel zu wenig Chiantiflaschen als Kerzenständer.«
Enttäuscht blickte Jamil auf den Tisch. Sein Vater verabschiedete sich von ihm, aber er sah nicht zu ihm hinüber. Jamil stand auf und ging aus dem Raum.
In der Tür murmelte Jamil noch: »Ich wünschte mir nur, du würdest mich einmal so ernst nehmen wie diesen Chip. Dann würdest du dich vielleicht auch mal auf mich verlassen.«

Während Wall und Kevin schon in der ersten Runde ausschieden, gelang es Jamil später, sich für das Finale zu qualifizieren. Jamil fand sich an der Startlinie wieder. Rechts von ihm warteten Mitch und links von ihm Corey Blake auf das Startsignal. Jamil sah kurz zu beiden hin. Er schluckte. Ein nervöses Zucken lief ihm den Rücken hinunter. In diesem nervtötenden Moment tippte ihm Mitch auf die Schulter. Jamil jaulte innerlich laut auf.
»Äh, Jamil, ich wollte dir nur dafür danken, dass du deinem Vater die Sache erklärt hast«, murmelte Mitch. »Wenn du das nicht getan hättest, könnte ich heute nicht starten.«

Und du könntest mir jetzt nicht auf die Nerven gehen, dachte Jamil. »Keine Ursache. Aber ich glaube, mein Vater hat für dich schon ein Programm ausgearbeitet, damit du nach der Saison den Ärger, den du gemacht hast, wieder gutmachen kannst, indem du für ihn arbeitest.«
Mitch verzog die Mundwinkel zu einem säuerlichen Grinsen. »Ja, ja, im Sommer. Aber ich hatte wirklich einen echten Schock, als er mich ausgeschlossen hatte. In Zukunft werde ich auf der Piste keinen Mist mehr bauen.«
»Toll, wunderbar, beruhigt mich ungemein«, sagte Jamil und wandte sich ab. Er versuchte sich wieder voll auf den Hang zu konzentrieren. Außerdem musste er seinen rasenden Puls unter Kontrolle bringen.
Über Lautsprecher stellte ein Ansager dem Publikum die Konkurrenten vor. Jamil streckte die Arme aus und ging in die Hocke. Jeden Moment konnte der Startschuss erfolgen.
»Los, leg die Rakete ein!«, rief ihm Nat vom Rand der Strecke aus zu.
Jamil sah hinunter und wollte ihr zulächeln. Stattdessen entdeckte er jedoch ein anderes Gesicht. Das Gesicht seines Vaters. Mr Smith winkte seinem Sohn zu und hielt die Daumen hoch. Jamil grinste zurück.
»Auf die Plätze!«, rief der Ansager,
Eine Welle der Ruhe durchlief Jamils Glieder.
»Fertig!«
Die Pause schien Stunden zu dauern.
PENG! Der Schuss hallte von den Bergen wider.
Die Boarder schossen auf die Strecke, schoben und drückten sich beiseite, um auf die beste Linie für die erste Kehre zu kommen. Boardercross war nicht gerade etwas für zurückhaltende Gemüter. Man brauchte dafür eine eiserne Entschlossenheit und Mut und außerdem natürlich die Fähigkeit, sich blitzschnell auf die Gegebenheiten einer tückischen Strecke einstellen zu können.

Glücklicherweise gelang es Jamil, sich vor die beiden anderen zu setzen. Niedrig und sehr kontrolliert sprang er über den ersten Schneebuckel.
Er kämpfte das Verlangen nieder, sich nach den anderen umzusehen. Er wusste genau, dass ihn das wertvolle Zehntelsekunden kosten würde. Und eine Zehntelsekunde konnte schon über Sieg oder Niederlage entscheiden.
Stattdessen stürzte sich Jamil ungerührt den Hang hinunter. Er blieb immer nahe am Boden und bewältigte problemlos alle Hindernisse, bis die letzten hundert Meter vor ihm lagen. Als er auf die letzte Gerade einbog, kam Blake langsam hinter ihm auf. Jamil beging den Fehler, bei einem Sprung zu hoch abzukommen. Dadurch verlor er Geschwindigkeit - und Blake schoss an ihm vorbei.
Nun ging Jamil noch tiefer in die Hocke. Er war fest entschlossen die verlorene Zeit wieder einzufahren. Als sich die beiden im rasenden Tempo der Ziellinie näherten, lag Blake nur noch wenige Zentimeter vor Jamil.
Aber Jamil legte noch Tempo zu, während Blake langsamer wurde. In dem Moment, in dem die beiden die rote Linie überfuhren, hatte Jamil die Nase vorn und brachte Blake um den schon sicher geglaubten Sieg!
Jamil riss die Arme hoch. Die Menge stürmte auf ihn zu. Alle gratulierten ihm und klopften ihm anerkennend auf den Rücken. Durch eine Lücke in der Menge konnte Jamil Blake sehen, der neben der Piste im Schnee hockte. Und dann entdeckte Jamil seinen Vater, der den Hügel herunterrannte, herunterhüpfte, und dabei laute Freudenschreie ausstieß.

Kampf
in der Kletterwand

Titel der Originalausgabe:
XTREME MYSTERIES –
ROCKED OUT: A SUMMER X-GAMES SPECIAL

KAPITEL 1

Kevin Schultz hing kopfüber an zwei Fingern unter einem Felsüberhang. Seine Füße versuchten in einer schmalen Spalte Halt zu finden. Kevin konnte es noch gar nicht richtig fassen. Er schwebte rund zehn Meter über dem Boden von San Diegos bester Kletterhalle. Er war, und zwar zum ersten Mal alleine, etwa tausend Meilen von zu Hause entfernt. Dies war eine Anlage der Summer-X-Games und für Kevin der absolut coolste Ort der Welt. Sein Onkel Doug arbeitete für das Touristenzentrum von San Diego und hatte seine Beziehungen spielen lassen, um Kevin und seinem Freund Wall Evans einen Job bei diesem Wettbewerb zu verschaffen.
Kevin blieb fast die Luft weg, als er nach unten sah und Bobby Champier entdeckte. Der beste Kletterer der Welt wärmte sich in ein paar Metern Entfernung an der Übungswand auf.
Ja, Fans, wir stehen im wirklich knappen Finale der X-Games, glaubte Kevin schon im Geiste den Ansager zu hören. Bobby Champier, der Michael Jordan des Kletterns, tritt gegen den Newcomer Kevin Schultz an.
Noch weiter unten stand Kevins Freund Walter »Wall« Evans auf dick gepolsterten Matten, die mit schweren Pflöcken im

Boden verankert waren. Kevins Sicherungsseil lief in einer Achterschleife durch Walls Hüftgurt. Walls Liebe für alle Arten von Gerätschaften verlieh ihm ein besonderes Gespür dafür, wie er ohne große Anstrengung Seil zugeben oder einholen konnte.

»Du bist der Meister aller Klüfte und Spalten!«, rief Wall. Er war der Einzige in der Halle, der Kevin beobachtete. Alle anderen hatten ihre Aufmerksamkeit auf Bobby gerichtet, der sich gerade zu einem Zweifingerloch streckte und dadurch sechs Etappen auf seiner Kletterroute einsparte.

Die Menge unterstützt natürlich noch den Champion, ließ Kevin seinen imaginären Kommentator weiterreden, aber der Herausforderer hat offenbar die Absicht, jetzt die Führung zu übernehmen.

Kevin ließ seine freie Hand nach hinten schwingen und tauchte sie in einen Beutel mit Kalkpuder, der an seinem Hintern baumelte. Der Schweiß lief ihm in Strömen über den Körper.

Kevin Schultz hat nun die Chance, als erster afroamerikanischer Kletterer einen großen Wettbewerb zu gewinnen, ließ Kevin seinen Phantasiekommentator ins Mikrofon flüstern.

Er holte tief Luft und machte sich freischwingend zu einem Dyno bereit. Das war ein ziemlich gewagtes Manöver. Sein Körper segelte nach links.

Einen Sekundenbruchteil hatte er keinen Kontakt mehr zur Wand. Sein rechter Fuß schwang zur Seite und bohrte sich in einen fast unsichtbaren Spalt. Sein linker Fuß folgte nach, wobei er über den Fels schrammte.

»Hoch mit dir, du Spinne!«, rief jemand aus dem Publikum. Die Leute fingen langsam an auch Kevin zu beobachten.

Nachdem er sich bis zu einem senkrechten Überhang vorgearbeitet hatte, machte Kevin eine Pause, um über den nächsten Griff nachzudenken und sich wieder mit Luft voll zu pumpen.

Leute, hier bahnt sich eine Überraschung an, dachte Kevin. Hier seht ihr die neue Nummer eins der X-Games. Die Hüfte fest an das Dach des Überhangs gepresst, streckte Kevin Arme und Beine aus. Dann vollführte er plötzlich mehrere rasche Bewegungsabläufe hintereinander, wobei sich seine Hände an vier nicht gerade sehr geeigneten Haltepunkten festkrallten, um nicht in die Tiefe zu stürzen.

Er brauchte einen Moment, um seine Akkus wieder aufzuladen. Dann stieß er sein Hinterteil in die Luft und führte eine schnelle, saubere Serie von Haltesprüngen aus, bis er an die äußere Ecke gelangte. Dort ließ er seine Hand um die Kante gleiten, deren Rückseite er nicht einsehen konnte. Er tastete nach einem Halt und fand eine winzige Senke, die gerade genug Platz für zwei Fingerspitzen bot. Er versuchte nun sich um die Kante zu schwingen.

Und da geht der Newcomer den Bach runter, dachte Kevin.

Es gab vereinzelten Applaus. Doch die meisten Zuschauer stöhnten auf.

Kevin stürzte etwa einen Meter tief, bevor er von seinem Sicherungsseil aufgefangen wurde. Zur Feier des Tages machte er an der Sicherung einen Überschlag in der Luft. Er konnte es einfach nicht glauben, dass er es auf einer so schwierigen Strecke so hoch geschafft hatte. Und er konnte es immer noch nicht fassen, dass er sich mit den Weltbesten in ein und derselben Halle befand.

Für ihn war sein Traum in Erfüllung gegangen. Er hatte die phantastische Chance, diese großartigen Athleten aus nächster Nähe und noch dazu live zu beobachten.

Wall ließ Kevin langsam an seinem Seil auf den Boden herunter. »Sag mal, seit wann bist du so extrem gut?«, fragte Wall erstaunt.

Kevin grinste, während er den Karabiner von seinem Sicherungsgeschirr löste. »Tja, ich habe halt fleißig an der Wand geübt, die mein Vater in seinem Laden gebaut hat.« Kevins Vater Gene Schultz war in seinem Heimatort Hoke Valley, Colorado, stolzer Besitzer des Sportgeschäfts »Alpine Sports«.

Als das Sportklettern langsam, aber sicher immer beliebter wurde, hatte Kevins Vater in seinem Geschäft eine zehn Meter hohe Kletterwand errichten lassen, um damit Kunden anzulocken. Wann immer Kevin im Sommer nicht gerade auf seinem Mountainbike die Gegend unsicher machte, klebte er an dieser Wand.

Abgesehen davon fiel es Kevin ohnehin nicht schwer, jede Sportart, für die er sich interessierte, zu meistern. Er und Wall, und auch ihre besten Freunde in Hoke Valley, Natalie »Nat« Whittemore und Jamil Smith, waren in so ziemlich jeder modernen Sportart begeistert aktiv. Ihre Interessen reichten vom Snowboarden bis zum Wasserskifahren, vom Sportklettern bis zum BMX-Fahren, vom Skateboarden bis zum Inlineskaten.

Kevin schnallte sein Geschirr ab und hielt es Wall hin. »Jetzt bist du dran.«

»Aber hallo«, protestierte Wall. Er schüttelte sich und wischte sich sein schulterlanges braunes Haar aus dem Gesicht. »Ich bin ja bei vielen Sachen ein totaler Freak, aber nicht an der Steilwand. Ich habe nun mal Höhenangst. Wenn du gerne wie eine Fliege kopfüber in zehn Metern Höhe rumhängst, halte ich doch lieber Ausschau nach irgendwelchen geheimnisvollen Angelegenheiten, die man friedlich vom Boden aus aufklären kann.« In Hoke Valley hatten sich Wall, Kevin, Nat und Jamil immer wieder mit der Aufklärung irgendwelcher Rätsel und mysteriöser Vorfälle zu beschäftigen.

Kevin grinste. Er erinnerte Wall nicht daran, dass dieser nicht die geringsten Schwierigkeiten hatte, auf seinem Snowboard durch die Luft zu segeln oder auf einem Skateboard aus einer Halfpipe zu schießen. Ein Nosegrind to 540° war für Wall überhaupt kein Problem. Andererseits musste Kevin gestehen, dass diese Kletterwände auch für ihn durchaus etwas Furchteinflößendes hatten.

Kevins Onkel Doug kam zu ihnen herüber. »Großartig! Ich freue mich wirklich, dass ich endlich einen Experten im Strippenziehen für den Wettbewerb gefunden habe«, sagte Doug kichernd. »Nennen sie dich Wall, weil du so schön mit beiden Füßen vor der Wand auf dem Boden bleibst?«

Kevin musste lachen. Langsam fing er an seinen Onkel Doug richtig zu mögen. Anfangs war er noch etwas nervös gewesen, weil er seinen Onkel seit Jahren nicht mehr gesehen hatte und nun ganz allein zu ihm nach San Diego kommen sollte. Allerdings war sein Wunsch, an den X-Games teilzunehmen, größer gewesen als all seine Bedenken. Und als er dann noch erfuhr, dass er als freiwilliger Helfer auch bei allen Partys dabei sein durfte, hätten ihn keine zehn Elefanten mehr aufhalten können.

Zu seiner großen Freude war es dann auch noch seinem neuen Freund Wall möglich gewesen, ihn zu begleiten. Das war zwar kein voller Ausgleich dafür, dass Nat und Jamil, die er schon wesentlich länger kannte, nicht mitkommen konnten. Aber er war dennoch sehr glücklich darüber, die Erfahrung dieses Abenteuers mit einem Freund teilen zu können.

»Mir geht's am besten, wenn ich nicht zehn Meter über dem Boden an einem Seil hänge«, sagte Wall. »Wenn ich runterschauen muss, wird mir schwindlig.«

»Vertigo«, sagte ein großer Mann, der nun auch zu der Gruppe kam. In seinem Gesicht leuchteten die grünsten Augen, die Kevin je gesehen hatte. Sie erinnerten ihn an die Augen einer Schlange. »Die Angst vor großen Höhen nennt man Vertigo. Ein englisches Wort und seit einem gleichnamigen Film von Alfred Hitchcock weltweit bekannt. Es handelt sich um ein Übelkeit erregendes, schwirrendes Gefühl im Kopf, durch das man seinen Gleichgewichtssinn verliert.«

»Ja, hört sich ganz so an, wie das Gefühl, das ich immer habe«, sagte Wall.

»Das hatte ich auch, als ich noch ein Kind war«, erläuterte der Mann. »Deshalb habe ich mit dem Klettern angefangen. Ich wollte meine Angst besiegen.«

»Oh«, sagte Wall, »tolle Idee. Man zwingt sich dazu, eine Klippe raufzukrabbeln, damit einem schwindlig wird, man runterfällt und sich das Genick bricht.«
Der Mann lachte. »Ganz so ist es nicht, aber grob gesagt, ist das der Gedanke, der dahinter steckt«, antwortete er.
In diesem Moment hörten sie einen Schrei, der von der Wand kam, an der Bobby kletterte. Er baumelte am Ende seines Seils und sah ziemlich wütend aus.
In der Zuschauermenge erhob sich ein überraschtes Murmeln.

KAPITEL 2

Kevin sah zu Bobby hoch. »Was ist passiert?«
»Tja, keine Ahnung, aber nett war es nicht«, antwortete Doug.
»Ich schwirre mal besser da drüben hin«, sagte der Mann mit den grünen Augen und war im nächsten Moment schon verschwunden.
»Dieser Bobby ist eine heiße Nummer«, sagte Doug kopfschüttelnd. »Scharf wie ein Bluthund, wenn es um seine Reklame geht. Er war schon in allen Fernsehshows, und diese Woche wird er bei jeder Gelegenheit überall in der Stadt auftreten.«
Wall sah dem Mann mit den grünen Augen hinterher und deutete mit dem Daumen in seine Richtung. »Wer war denn das?«
»Greg Lee, dein Boss«, erläuterte Doug. »Tut mir Leid, dass ich euch nicht mehr vorstellen konnte.«
»Na toll«, stöhnte Wall. »Dann habe ich also gerade meinem neuen Boss erklärt, dass ich Angst vor meinem Job habe.«
Kevin machte sich Sorgen, ob seine eigene Tätigkeit hier gut laufen würde, aber er wollte Wall nicht mit seinen Ängsten anstecken. Er hatte ihm nichts von den Purzelbäumen erzählt, die sein Onkel bei ihrer Aufnahme ins Team hatte machen müssen, weil die beiden eigentlich noch zu jung für ihre Jobs

waren. Kevin hatte seinem Onkel versprochen, dass sie die besten Helfer sein würden, die es bei den X-Games jemals gegeben hatte.
Wall schnallte seinen Sicherungsgürtel ab. »Wo sollen wir diese . . .« Er brach seine Frage mitten im Satz ab, als er hörte, wie sich Bobby und Greg Lee stritten.
»Wenn das die Art ist, wie Sie diesen Wettbewerb leiten«, sagte Bobby gerade, »dann fahre ich sofort wieder nach Hause!«
»Brutal«, murmelte Wall, als er sah, wie Greg immer wieder nickte und sich vielmals entschuldigte.
Bobby knallte sein Geschirr auf den Boden.
Ein kleiner dunkelhaariger Mann schob Bobby zur Seite. »Wir ziehen unsere Teilnahme zurück«, verkündete der Mann.
»Wer ist das denn?«, erkundigte sich Kevin.
»David Pompey, Bobbys Manager«, antwortete Doug. »Ich gehe besser auch mal rüber. Sieht so aus, als könnte Greg Verstärkung gebrauchen.«
Kevin schüttelte den Kopf. »Ich wünschte mir, die Leute hätten Namensschildchen. Ich glaube nicht, dass ich mir all die Namen merken kann.«
»Solange du dich an den Namen von deinem Boss erinnerst, kann dir gar nichts passieren«, meinte Wall.
»Wie heißt der noch? Lester?«, witzelte Kevin.
»Irgendwie so ähnlich«, grinste Wall.
Ein paar Meter von ihnen entfernt wurde die Auseinandersetzung plötzlich noch heftiger.
»Sie brauchen sich natürlich nicht von dem Wettbewerb zurückzuziehen«, sagte Greg beharrlich. »Es ist alles ganz sicher. Das hier ist doch nur eine Trainingswand. Die Wettkampfeinrichtungen sind in perfektem Zustand. Ich habe die Wände selbst entworfen und gebaut. Diese Wand hier stammt nicht von mir.«
Bobby kickte sein Geschirr zur Seite und stampfte hinüber zu seiner Sporttasche.

»Ich kann diesen Kerl nicht verstehen«, meinte Kevin. »Wieso ist er so sauer? Er ist aus der Wand gefallen. Na und?«
David Pompey, Doug und Greg gingen nun mit gedämpften Stimmen zu einer hitzigen Diskussion über.
»Scharfe Technik«, sagte ein Kletterer, der im Vorübergehen Kevin die Hand auf die Schulter legte.
Kevin drehte sich um und erblickte einen Jungen und ein Mädchen, die etwa so alt waren wie er und Wall. Beide hatten sich Klettergeschirr umgeschnallt.
»Danke«, sagte Kevin lächelnd.
»Wo hast du klettern gelernt?«, fragte der Junge. Er war ungefähr so groß wie Kevin, aber viel drahtiger und muskulöser. »Bist du schon mal im Monument Basin gewesen?«
»Nur in meinen Träumen«, antwortete Kevin. »Mein Dad hat in unserem Sportgeschäft eine Kletterwand aufgebaut.«
»Cool«, sagte das Mädchen und stieß einen kurzen Pfiff aus. Ihr langes braunes Haar war zu einem Pferdeschwanz zusammengebunden. Sie war ebenso drahtig und muskulös wie der Junge. »Eine eigene Wand hätte ich auch gerne. Dann müsste ich nicht dauernd durch die Gegend jetten und mir eine passende Herausforderung suchen.« Sie lächelte Kevin freundlich an. »Ich heiße Sophie.«
»Und ich bin Mike«, sagte der Junge.
»Seid ihr hier auch Helfer?«, erkundigte sich Wall.
Mike und Sophie sahen einander an und grinsten.
»Äh.« Mike zögerte mit der Antwort. »Nicht so ganz.«
In diesem Moment stampften Bobby und sein Manager an ihnen vorbei.
»Ich werde jedenfalls alles tun, damit diese Kiddies hier keinen Blumentopf gewinnen«, zischte Bobby. »Meinen Rekord wird keiner brechen.«
»Wisst ihr vielleicht, wieso Bobby so ausgerastet ist?«, fragte Wall Mike und Sophie. »Und, bitte, wer sind diese ›Kiddies‹, von denen er gerade gesprochen hat?«

»Einer seiner Haltegriffe hat sich gelöst. Damit ist er aus der Wand gefallen. Jetzt gibt er Greg die Schuld dafür«, antwortete Mike. »Er sagt, das Ganze sei eine Verschwörung gegen ihn, damit er seinen Rekord verliert und nicht mehr der Jüngste ist, der jemals eine der großen Meisterschaften gewonnen hat.«
»Und die ›Kiddies‹ . . .«, fing Sophie an.
». . . seid du und Mike!«, rief Kevin und schlug sich vor die Stirn. »Ihr seid mir vorhin schon bekannt vorgekommen. Ich fasse es nicht, dass ich euch nicht gleich erkannt habe. Ich muss euch schon in einem Dutzend Magazine gesehen haben.«
»Na ja, das liegt daran, dass wir im Original einfach viel attraktiver sind«, meinte Mike grinsend.
»Wieso habt ihr uns denn nichts gesagt?«, fragte Kevin.
»Na ja, es wäre doch irgendwie komisch, wenn wir uns so vorstellen: Hallo, ich bin Mark Swift, der zukünftige Spitzenkletterer. Dürfte ich dir vielleicht meine neueste Kollektion Kletterschuhe präsentieren?«
Sie alle bogen sich vor Lachen.
»Wir bleiben lieber anonym«, fügte Sophie hinzu. »Ist es nicht so, Clark Kent?«
»So ist es, Lois«, antwortete Mike.
»Dieser ganze Wirbel um uns hat erst vor ein paar Monaten angefangen«, sagte Sophie. »Damals hat Mike bei einem Worldcup-Wettbewerb den zweiten Platz belegt. Und ich den dritten Platz.«
»Aber nach diesen X-Games werdet ihr wohl kaum noch anonym bleiben können«, sagte Kevin. »Es werden doch schon Wetten abgeschlossen, dass ihr diesmal Gold holt.«
In diesem Moment kam eine Frau vorbei, auch eine Kletterin. »Sag mal, Sophie, was hältst du denn davon?«, fragte sie. »Dieser Bobby ist wirklich unglaublich. Manchmal benehmen sich Männer immer noch wie ihre Vorfahren, die Affen.«
»Odile!« rief Sophie überrascht. »Das ist aber schön, dich hier zu sehen. Ich wusste gar nicht, dass du auch teilnimmst.« Sie

wandte sich an Kevin und Wall. »Das ist meine Freundin Odile Rousseau.«
»Ich weiß, wer du bist«, sagte Kevin. »Neulich habe ich im Cragging Magazine einen Artikel über deine Erfolge gelesen. Du hältst die Spitze bei den Frauen.«
»Aber nicht mehr lange«, kicherte Sophie verschmitzt.
Odile grinste. »Ich muss wieder zurück. Ich bin die Nächste in der Wand.«
Als sie wegging, rannte ein Mann mittleren Alters polternd durch die Hallentür und sah sich im Raum um. Als er Mike entdeckte, kam er mit langen Schritten auf ihn zu.
»Mike, dein Dad!«, sagte Sophie. »Er sieht besorgt aus.«
»Diesen Blick hat er bei Wettbewerben immer«, meinte Mike. »Er kommt einem dann so vor, als müsse er selbst die Wand hinaufklettern und nicht ich.«
»Wie ist die Haftung in der Wand?«, fragte Mr Swift, als er auf die Gruppe zusteuerte.
»Ich bin noch nicht geklettert«, antwortete Mike.
»Du bist vor einer halben Stunde weggegangen und noch nicht geklettert?«, stieß Mr Swift hervor. »Wir haben zu viel zu erledigen, als dass du einfach so rumhängen könntest.«
»Ich wollte ja anfangen, aber Bobby hat sich vorgedrängt«, stotterte Mike. »Jetzt muss ich warten, bis ich dran bin.«
»Oh«, sagte Mr Swift. »Tut mir Leid. Dieser Wettbewerb macht mich ganz nervös. Ich heiße übrigens Wayne.« Er gab Kevin und Wall die Hand. »Wir haben an einem neuen Design für die Kletterschuhe gearbeitet und jetzt kann ich es gar nicht erwarten, bis Mike sie ausprobiert.«
Mike klinkte seinen Karabinerhaken in ein Seil ein.
»Ich werde dich sichern«, sagte Wayne. Er hob ein Sicherungsgeschirr vom Boden auf und schnallte es um.
»Mr Swift ist aber ziemlich heftig«, meinte Wall zu Sophie, als Wayne und Mike in Richtung Kletterwand losgezogen waren.
»Mike liebt die Kletterei, aber seit sein Vater mit dem Kletter-

schuhgeschäft angefangen hat, steht Mike ziemlich unter Erfolgsdruck«, erklärte Sophie.
»Das ist echt hart«, brummte Wall. »Dabei kann einem wirklich der Spaß am Sport vergehen.«
»Und ob«, stimmte ihm Sophie zu. »Ich bin nur froh, dass meine Mutter mich unterstützt, ohne mich zu etwas zwingen zu wollen.« Sie zurrte die Gurte ihres Klettergeschirrs fester an. »Wall, Kevin, jetzt muss ich aber doch ein bisschen trainieren. Schön, euch kennen gelernt zu haben.«
»Ja, wir werden uns bestimmt noch öfter sehen«, antwortete Kevin.
»Woah, hier kann man coole Leute treffen«, stieß Wall hervor, nachdem Sophie gegangen war. »Und wir waren sogar Augenzeugen einer echten Auseinandersetzung unter Kletterern. Meinst du, dass Greg diesen Griff wirklich sabotiert hat?«
»Wir sollten hier keine voreiligen Schlüsse ziehen«, antwortete Kevin. »Bobby wirkt wie einer von diesen Typen, die gerne einen Haufen Wirbel um sich machen, damit man über sie spricht. Aber es ist schon seltsam, dass sich so ein Griff aus der Wand gelöst hat. Die Geräte hier sind eigentlich ganz neu.«
»Du willst also damit sagen . . .«, fing Wall an.
Kevin zog die Augenbrauen hoch. »Es sieht ganz so aus, als hätten wir hier einen neuen Fall, Watson!«
»Unter diesen Umständen sollten wir gleich mit den Nachforschungen beginnen, Holmes«, antwortete Wall mit betont englischem Akzent.
Kevin kniete sich an der Stelle hin, an der die Matten gegen die Kletterwand stießen. Dort lag ein kleines, schüsselförmiges Griffstück. Kevin hob es auf und untersuchte es. Außer einigen Kratzern am Rand sah das Ding brandneu aus.
»Wenn dieser Griff aus der Wand gefallen ist, dann muss ihn jemand vorher gelockert haben«, stellte er fest. »Sieht nicht so aus, als würde damit etwas nicht in Ordnung sein. Aber du hast einen besseren Blick für so was. Was hältst du davon?«

Er warf Wall den Griff hinüber. Wall untersuchte ihn und rubbelte mit dem kleinen Finger in der verdrahteten Höhlung an der Rückseite. »Diese Drähte hier sind völlig blank. Wenn sich jemand an diesem Griff festhalten will, rutscht er sofort aus der Halterung.«
»Schau mal!«, unterbrach ihn Kevin. Bobby ging zu Wayne, um ihm eine Mappe zu geben.
»Das mit der Bemerkung über die Kiddies habe ich vorhin nicht so gemeint«, sagte Bobby. »Hier sind Mikes Wettbewerbsunterlagen. Er hat vergessen sie mitzunehmen.«
»Danke«, antwortete Wayne und verstaute die Mappe in Mikes Sporttasche. »Aber von welcher Bemerkung sprichst du?«
Bobby sah zu Mike hinauf, der gerade kopfüber unter dem Dach hing. »Sagen Sie es einfach Mike. Er weiß, worum es geht.« Bobby wandte sich ab und ging hinüber zu David Pompey. Beide verließen die Halle.
Kevin und Wall sahen sich verwirrt an.
»Was hatte denn das zu bedeuten?«, fragte Kevin. »Wieso ist er denn auf einmal so nett? Vor einer Minute war er noch der reinste Idiot.«
»Und wieso hat Mike seine Wettbewerbsunterlagen vergessen?«, schob Wall nach. »Will er vielleicht nicht teilnehmen?«
»Natürlich will er teilnehmen«, antwortete Kevin. »Immerhin hat er die Chance, gleich ein paar Rekorde zu brechen, wenn er als jüngster männlicher Teilnehmer Gold bei den X-Games holt.«

KAPITEL 3

»Komm mit«, sagte Kevin. »Ich glaube, wir sollten mal mit Doug über diese Sache reden.« Wall warf ihm den Handgriff zu und er fing ihn auf.

Doug verdrückte gerade einen Hotdog an einem Imbissstand. Der Geruch von Hotdogs und Pommes erinnerten Wall und Kevin daran, dass sie die Mittagszeit schon um einiges überschritten hatten.

»Wollt ihr auch einen?«, fragte Doug.

»Du kannst Gedanken lesen!«, antwortete Kevin. »Aber bis die Dinger fertig sind, solltest du dir das hier mal anschauen.« Er gab seinem Onkel den Griff.

Doug untersuchte das Teil, während Kevin und Wall ihre Hotdogs in Empfang nahmen. »Was ist denn das? Einer der Griffe aus der Kletterwand? Was soll ich denn damit?« Doug hatte eigentlich nicht die geringste Ahnung von der Kletterei. Im Gegensatz zu seinem Bruder, Kevins Vater, war Doug ein eingeschworener Bürohengst. Die schärfste Art von Gymnastik, zu der er fähig war, bestand im Tippen auf der Tastatur seines Computers. Ein kräftiger Fettwulst über seiner Hüfte war der sichtbare Beweis für diesen Umstand.

»Der Griff ist innen blank geschabt«, sagte Kevin. »Wir dachten, dass das jemand wissen sollte.«

»Greg Lee soll sich das mal ansehen«, sagte Doug. Er winkte Greg, der sich gerade am Informationsschalter aufhielt, zu sich herüber.

»Was gibt's?«, fragte Greg, als er sich auf den freien Stuhl am Tisch sinken ließ.

Doug nahm die Gelegenheit wahr, Kevin und Wall angemessen vorzustellen. Greg sagte, er sei froh sie in seiner Mannschaft zu haben, und händigte ihnen Ausweisschilder des Helferteams aus, die sie an Kettchen um den Hals tragen konnten. Dann erklärte ihm Doug, dass es sich bei diesem Teil

um den Griff handelte, der aus der Wand gebrochen war, als Bobby gerade trainierte.
»Hm«, brummte Greg. Er drehte den Griff einige Male in den Fingern. »Das kann ich gar nicht verstehen. Ich habe diese Wand selbst gebaut. So etwas durfte nicht passieren.«
Kevin trat Wall unter dem Tisch vors Schienbein. Zu Bobby hatte Greg noch gesagt, dass er selbst mit dem Bau dieser Übungswand nichts zu tun gehabt hätte!
Wall rieb sich das Schienbein und nickte Kevin kaum merklich zu, um zu zeigen, dass er seinen Hinweis verstanden hatte. »Kann das Ding einfach so abbrechen?«, fragte er.
»Eigentlich nicht«, antwortete Greg. »Es kommt schon mal vor, dass sich so ein Griff lockert und wackelt, aber der hier ist ja richtig rausgerissen.« Er tippte auf die Kratzer am Rand des Griffs. »So was habe ich noch nie an einem Griff gesehen. Es sieht so aus, als hätte jemand das Ding mit einem Brecheisen aus der Wand gehebelt.«
Noch kauend deutete Doug auf Kevins angenagten Hotdog. »Isst du den noch auf?«
»Kannst ihn haben«, sagte Kevin und schob ihn zu Doug hinüber. Das, was Greg zu sagen hatte, interessierte ihn zu sehr, als dass er hätte essen können.
Greg seufzte und wippte auf seinem Stuhl nach hinten. »Es scheint, als würde alles, was irgendwie mit Bobby zu tun hat, schief laufen. Erst gefällt ihm das Sunshine Beach Resort, in das wir ihn einquartiert haben, nicht, und das ist noch das hübscheste Hotel in der ganzen Stadt. Und jetzt ist auch noch die Trainingswand defekt. Ich kann nur hoffen, dass nichts schief geht, wenn der eigentliche Wettbewerb beginnt. Im Moment haben wir das Problem, dass Bobby droht seine Teilnahme abzusagen. In gewisser Weise fände ich das gar nicht so schlecht. Er kann einem Kopfschmerzen bereiten.«
Kevin sah Greg erstaunt an.
»Na ja, so habe ich das nun auch wieder nicht gemeint«, wie-

gelte Greg sofort ab. »Es ist nur so, dass er und sein Manager an allem Möglichen rumnörgeln und sich beschweren, hier entspräche nichts ihrem üblichen Niveau.«

»Und woher wollen sie das wissen?«, fragte Kevin. »Die richtige Wand in San Diego Bay haben sie doch noch gar nicht gesehen.«

»Stimmt genau«, antwortete Greg. »Ich glaube, die beiden wollen den Wettbewerb nur verschärfen, indem sie alle Leute nervös machen. Sie sollten das nur nicht ausgerechnet dauernd mit mir machen.« Er schwieg eine Weile. »Na ja, jetzt muss ich aber wieder an die Arbeit.« Er stand auf und schickte sich an zu gehen.

»Dann bis morgen«, sagte Wall.

»Und zwar um Punkt acht Uhr!«, ermahnte sie Greg. »Und ich will hier keine Schlafmützen als Helfer sehen. Also bereitet euch gut vor.«

Kopfschüttelnd verschwand er in der Halle.

»Ich will noch mal im Ausstellungszelt vorbeischauen. Wollt ihr mitkommen oder hier bleiben?«, fragte Doug, als er seinen Stuhl nach hinten schob und aufstand.

Wall sah Kevin an. »Also, die Ausstellung würde ich mir ganz gerne ansehen.«

»Da könnt ihr auch einen Blick auf die Kletterwand werfen«, sagte Doug. »Die steht direkt neben dem Zelt.«

»Ich glaube nicht, dass wir heute noch klettern werden«, meinte Kevin. »Aber die Ausstellung interessiert mich auch.«

Sie zwängten sich alle in Dougs Lieferwagen mit der Aufschrift »San Diego Besucherzentrum« und fuhren quer durch die Stadt nach Mariner's Point, dem Austragungsort der X-Games. Als Kevin San Diego an sich vorbeiziehen sah, war er von der Schönheit dieser Stadt einfach begeistert. Keine Wolke zeigte sich am tiefblauen und klaren Himmel. Alles schien unter der Sonne zu glitzern und zu glänzen.

Als sie den eigentlichen Austragungsort erreichten, verschlug es den beiden Jungs fast den Atem, denn das Gelände lag direkt am Strand.

»Woah!«, rief Wall. »Da können wir ja zwischen den Wettbewerben an den Strand gehen.«

»Dann solltet ihr mal die Boogieboards ausprobieren«, schlug Doug vor. »Ihr könnt die Bretter da drüben ausleihen.«

»Scharf«, antwortete Kevin.

Als sie um die Ecke eines fünfzehnstöckigen Hotels bogen, sahen sie vor sich ein Zelt mit flatternden Fahnen.

Doug fuhr bis vor das Tor des eingezäunten Geländes und ein Wachmann gab den Weg frei. Sie parkten direkt vor dem Eingang.

»Wir treffen uns in einer Stunde wieder hier am Wagen«, sagte Doug.

»Klar doch«, antwortete Kevin. Er und Wall hängten sich ihre X-Games-Ausweise um.

»Das ist ja echt cool!«, rief Wall, bevor er sich in die Menschenmenge stürzte.

»Warte mal 'ne Sekunde!«, rief Kevin und hielt Wall am T-Shirt fest. »Wir sollten erst mal über unseren Fall sprechen.«

Wall versuchte sich loszureißen, aber Kevin hatte ihn gut im Griff. »He, können wir nicht später darüber reden? Sonst verpassen wir noch die heißesten Sachen!« Die Hersteller von Ausrüstungsgegenständen aller möglichen Sportarten präsentierten hier ihre neusten Produkte.

»Ich habe über das nachgedacht, was Greg erzählt hat«, sagte Kevin, ohne auf Walls Protest einzugehen.

»Und was ist damit?«, fragte Wall.

»Na ja«, fing Kevin an, »ich fand es nur irgendwie seltsam, wie er über Bobby hergezogen ist. Meinst du, Greg könnte vielleicht hinter Bobbys Unfall stecken?«

»Wieso denn?«

»Weil er etwas gegen ihn zu haben scheint«, antwortete Kevin. »Greg würde es leicht fallen, eine Wand zu bauen, die Mikes

Fähigkeiten entgegenkommt und Bobby Schwierigkeiten bereitet. Als mein Dad und ich unsere Wand gebaut haben, mussten wir uns erst mal überlegen, welche Arten von Schwierigkeiten wir einbauen wollten. Manche Leute kommen gut mit weiten Griffstrecken zurecht und andere finden Haltepunkte für die Füße wichtiger. Bei diesen X-Games wird ein Aufstieg über zwanzig Meter die schwierigste Übung sein. Wenn diese Wand richtig konstruiert ist, kann sie den einen fertig machen, bevor er oben ist, während sie einem anderen einen richtigen Energieschub versetzt. Der eigentliche Trick besteht darin, ganz verschiedene Arten von Hindernissen einzubauen, damit niemand einen Vorteil hat.«

»Donnerwetter«, schnaubte Wall, der sich gerade ein Wakeboard ansah. »Aber was hat das mit diesem Griff zu tun, der herausgefallen ist? Ich sehe keinen Zusammenhang.«

»Bis jetzt gibt's auch noch keinen«, gestand Kevin. »Ich musste nur daran denken, dass Greg, was den Bau der Übungswand betrifft, entweder uns oder Bobby belogen hat. Ich finde es wahrscheinlicher, dass er uns nicht belogen hat, vor allem wenn man daran denkt, was er über Bobby gesagt hat.«

»Du meinst also, dass Greg die Karten zu Mikes Vorteil mischen würde?« Wall dachte einen Moment darüber nach. »Ich wünschte nur, dass Nat und Jamil auch hier wären. Die könnten uns helfen.«

»Jetzt mal ohne Quatsch«, sagte Kevin. »Ich glaube, wir sollten darauf vorbereitet sein, dass Greg mit Bobby noch irgendein linkes Ding abzieht, bevor dieser Wettbewerb vorbei ist.«

»Das heißt, falls Greg wirklich vorhat Bobby zu schaden«, wandte Wall ein. »Ich glaube nicht, dass er so was machen kann, ohne dabei seinen Job zu verlieren. Nach dem, was wir gehört haben, ist Bobby komplett publicitygeil. Vielleicht hat er das Ding selbst gedreht, um mal wieder ins Gespräch zu kommen. Das wäre doch eine tolle Schlagzeile: Bobby überwindet alle Widerstände, um Gold zu gewinnen.«

»Da hast du Recht«, antwortete Kevin. »So hatte ich die Sache noch gar nicht gesehen. Wir sollten auch Bobby unter die Lupe nehmen, für den Fall, dass er ein paar Tricks versucht.«
»Also, mir würde es gar nicht gefallen, wenn Greg seinen Job verliert, bloß weil ihm so jemand wie Bobby ein Bein stellt. Andererseits kann ich es nicht ausstehen, wenn man einem Wettkampfteilnehmer die Chancen vermasselt«, sagte Wall.
»Stimmt«, meinte Kevin. »Also, dann werfen wir mal unsere Angeln aus.«
»He, schau mal!«, rief Wall. Die Blitze von Kameras ließen das Zeltdach hell aufleuchten. Wall und Kevin liefen los, um herauszufinden, was dieser Wirbel zu bedeuten hatte. Die Scheinwerfer eines Fernsehteams beleuchteten eine Bühne und im Zentrum der Lichtkegel stand Bobby. Offensichtlich hatte er über dem Messestand eines Herstellers für Kletterartikel eine Art Schaukel angebracht und an der schwang er nun kopfüber. »So einen Knoten habe ich noch nie gesehen.« Wall deutete auf ein kompliziert verknotetes Seilknäuel, das sich an einer der großen Zeltstangen befand.
»Den nennt man Lerchenfuß. Diese Art von Knoten benutzt man, um eine Schlinge an einem Pfosten zu befestigen«, bemerkte Kevin. Seine eigentliche Aufmerksamkeit galt jedoch Bobby, der die Reporter und Fotografen mit einer Reihe akrobatischer Überschläge in Atem hielt. »Der Kerl ist wirklich ein Profi. Die Presse kann ja gar nicht genug von ihm bekommen.«
»Überrascht dich das? Doug hat doch gesagt, dass er ein Experte darin ist, alle Augen auf sich zu ziehen«, meinte Wall. In der Nähe hing über einem Ausstellungsstand ein Banner mit der Aufschrift SWIFT-SCHUHE . . . UND SIE GEHEN DIE WÄNDE HOCH!.
Die beiden Jungs schoben sich weiter durch den Gang und entdeckten Wayne und Mike. Sie hatten sich in die hinterste Ecke ihres Stands verzogen und schienen hitzig zu diskutieren. Kevin hielt Wall am Arm fest. »Wir sollten vielleicht besser

nachher noch mal vorbeischauen.« Wall nickte und die beiden gingen an dem Stand vorbei.
»He!«, rief Mike, als er sie bemerkte. »Wo wollt ihr denn hin? Schön, euch zu sehen.«
»Na, wie ist dein Training gelaufen?«, fragte Kevin.
Eine Wolke schien über Mikes Gesicht zu ziehen. »Na ja, einigermaßen, glaube ich, aber langsam hängt mir all dieser Wirbel zum Hals heraus. Ich wäre lieber im Monument Basin und würde am Pixie Stick hochkrabbeln.« Pixie Stick war ein erstaunlicher, völlig frei stehender Sandsteinturm, der im Monument Basin in Utah fast hundert Meter in die Höhe ragte. Es war das Paradies aller Kletterer.
»Das würden wir wohl alle gerne«, meinte Wayne lächelnd. »Aber zuerst müssen wir diesen Wettbewerb hier gewinnen.« Er klopfte seinem Sohn auf die Schulter. »Ich mache mir nur Sorgen wegen Bobby Champier. Er würde doch wirklich alles tun, um zu gewinnen.«
»Wie meinen Sie das?«, fragte Kevin.
»Letzten Monat hat Bobby Mike in Italien ein ziemlich durchgescheuertes Seil gegeben«, erklärte Wayne. »Mike hätte sich fast das Genick gebrochen.«
Kevin sah vor seinem geistigen Auge die Szene vor sich, als Bobby Wayne die Mappe mit den Wettbewerbsunterlagen überreichte.
Vielleicht war Publicity ja doch nicht das einzige Interesse von Bobby. Dieser Bursche entwickelte sich langsam zu einer ziemlich zwielichtigen Gestalt.
Mike verdrehte die Augen zur Decke. »Dad, wie oft sollen wir denn das noch durchkauen?«, stöhnte er ungeduldig. »Bobby hat das nicht mit Absicht getan. Er hat nur zufällig ausgerechnet dieses kaputte Seil erwischt.«
»Bei einem Wettbewerb ist doch wohl zu erwarten, dass alle Seile nagelneu sind«, hielt Wayne dagegen. »Jemand muss damals dieses Seil eingeschmuggelt haben.« Wayne schüttelte

angewidert den Kopf. Dann ging er zu einigen Kunden, die an den Stand gekommen waren.
Wall sah sich um. »Ist ja wirklich cool hier.«
»Ja, wenn man das nicht jeden Tag erleben muss.« Mike seufzte. »Wie auch immer, jetzt suchen wir euch mal ein paar Schuhe aus.« Er führte sie zu einem Stapel Schuhkartons.
»Meinst du, das geht klar mit deinem Dad?«, fragte Kevin.
»Ihr seid zwei sehr wichtige Leute«, antwortete Mike. »Ihr seid dafür verantwortlich, dass bei dieser Veranstaltung alles glatt geht. Also habt ihr auch die eine oder andere Aufmerksamkeit verdient.«
»Toll!«, sagte Wall. »Ich habe Größe neun.«
Mike wühlte in dem Stapel und zog einen Karton mit Größe neun heraus. »Probier die mal an!«
Wall setzte sich auf den Boden und zog seine Schuhe von den Füßen. Kaum hatte er die Kletterschuhe an, lief er auch schon federnd durch den Ausstellungsstand. »Die fühlen sich an wie Hausschuhe.«
»Hoffentlich sind sie nicht wirklich so bequem wie Hausschuhe«, meinte Mike nachdenklich. »Eigentlich sollen sie sich wie eine zweite Haut anfühlen. Ganz eng. Wenn sie bequem sind, sind sie zu groß.«
Während Kevin Wall beobachtete, der kreuz und quer herumlief und alle möglichen Stellungen ausprobierte, bekam er Bedenken, ob es richtig war, dieses Schuhgeschenk von einem der Wettbewerbsteilnehmer anzunehmen. Es war ihm wichtig, dass alles in ordentlichen Bahnen ablief. Er wollte nicht, dass Greg glaubte, er sei bestechlich.
»Ähm, ich weiß nicht, ob wir das annehmen können.«
Wall fiel der Unterkiefer herunter. »Was soll das heißen? Die Dinger gibt's umsonst!«, maulte er.
»Mike nimmt an diesem Wettbewerb teil und wir arbeiten für den Veranstalter«, sagte Kevin kopfschüttelnd. »Ich finde, es ist nicht vertretbar, wenn wir von ihm Geschenke annehmen.

Was würde denn passieren, wenn Bobby Champier auf einmal behauptet, dass wir Mike unterstützen? Diese Schuhe könnte er jedenfalls als Beweis gegen uns verwenden.«
»Wie können ausgerechnet wir irgendjemanden unterstützen?«, fragte Wall. »Und außerdem müssen wir das ja nicht an die große Glocke hängen.«
»Bestimmt wird sich kein Mensch darum kümmern«, unterstützte ihn Mike.
Kevin verschränkte die Arme und dachte einen Moment lang nach. »Okay, dann machen wir es folgendermaßen. Wenn Greg sagt, dass das in Ordnung geht, kommen wir wieder und holen die Schuhe ab. Abgesehen davon weiß ich wirklich nicht, wozu du diese Dinger brauchst. Außer zum Klettern kann man die doch gar nicht anziehen.«
»Es gibt sie umsonst! Und außerdem fühlen sie sich so cool an, dass ich sie wahrscheinlich nie wieder ausziehen werde«, verkündete Wall, während er vor Kevin auf den Zehenspitzen auf und ab hüpfte.

KAPITEL 4

»Willkommen in Waterworld!«, rief ein Ansager durch die Lautsprecher über die Köpfe der Menschenmenge hinweg.
»Das ist ja das reinste Paradies!«, rief Wall begeistert, während er, Kevin und Doug barfuß am Strand zum Austragungsort der Wakeboard-Vorentscheidung liefen. »Ich bin froh, dass der Wakeboard-Wettbewerb schon einen Tag früher stattfindet.«
»Wir sind hier in San Diego, im Paradies der Surfer«, grinste Doug. »Die Leute werden hier schon mit einem Surfbrett unter den Füßen geboren.«
Alle lachten. Nach einiger Zeit fanden sie einen guten Beobachtungspunkt am Strand. Eine kühle Brise wehte über sie hinweg. Obwohl es schon später Nachmittag war, stand die Sonne hoch am Himmel. Es würde noch Stunden dauern, bis sie unterging.
Doug schüttelte den Kopf, als er sah, wie einer der Wellenreiter einen unglaublichen Whirlibird vollführte. Der Kopf des Wakeboarders schien eine Ewigkeit genau auf der Heckwelle des Boots zu hüpfen, bis sich der Mann wieder aufrichtete. »Habt ihr das gesehen? Diese Kerle sind phantastisch.«
Ein anderer Wakeboarder machte direkt vor ihren Nasen nacheinander fünf saubere Überschläge. Er beendete seine Vorführung mit einem total irren Hochsprung, der direkt in die Wolken zu gehen schien.
»Das muss ich auch mal ausprobieren«, sagte Wall.
Doug stand auf und klopfte sich den Sand von der Hose. »Jungs, ihr könnt so lange hier bleiben, wie ihr wollt. Ich muss jetzt noch ein paar Telefonate erledigen. Es reicht, wenn ihr vor Einbruch der Nacht wieder in der Wohnung seid.«
Kevin lächelte. Es gefiel ihm, dass Doug ihn wie ein vernünftiges menschliches Wesen behandelte und nicht wie ein kleines Kind, dem man alle fünf Minuten vorschreiben musste, was es zu tun hatte.

Am nächsten Morgen brachen Kevin und Wall schon auf, während Doug noch seinen Kaffee trank. Er hatte vor an diesem Tag nur in seinem Büro zu arbeiten. Sie alle wollten sich später wieder in der Wohnung treffen und anschließend zu einer X-Game-Party gehen.
Sie trafen Greg Lee an den beiden Kletterwänden in der Nähe des Jachthafens. Eine Wand war für den Wettbewerb der Männer und die andere für den Wettbewerb der Frauen errichtet worden. Beide waren mit einer riesigen Plane verhängt, sodass niemand die Strecke im Voraus studieren konnte.
»Euch beide werde ich im Isolationszelt einsetzen«, erklärte Greg Kevin und Wall. »Dort könnt ihr den Kletterern Drinks und was zu essen anbieten, während sie auf ihren Start warten. Und steht bitte nicht im Weg herum.«
Kevins Stimmung bekam einen merklichen Dämpfer. Er hatte sich darauf gefreut, in der Nähe der Wand zu sein und den Wettbewerb beobachten zu können.
»Aber ich wollte eigentlich näher bei den Kletterern sein. Vielleicht könnte ich mich an der Wand nützlich machen. Mein Vater hat auch so eine Wand in seinem Laden und ich klettere dort fast jeden Tag.«
Greg sah irgendwie geistesabwesend aus. »Na schön, weißt du, wie man ein Seil aufwickelt, ohne dass es sich verheddert?«
»Klar«, antwortete Kevin erfreut.
»Also, im Isolationszelt liegt ein ganzer Haufen Seile, die aufgewickelt werden müssen. Wenn du das ordentlich machst, dann werde ich mir vielleicht noch etwas anderes für dich einfallen lassen.« Greg drehte sich um und lief in Richtung der Haupttribüne zu den Wettkampfrichterboxen.
Der erste Wettbewerb bildete ein schwieriger Aufstieg, bei dem die Teilnehmer ein Problem aus verschiedenen Winkeln lösen mussten. Für diesen Morgen war die Vorrunde der Männer angesetzt. Die Vorrunde der Frauen sollte gleich im Anschluss daran stattfinden.

Kevin und Wall gingen in das Isolationszelt. Drinnen war es still. Man konnte die Anspannung im ganzen Raum spüren.
»Hier kommt es einem so vor, als würden alle auf ihre Hinrichtung warten«, flüsterte Wall. Etwa zwanzig Kletterer machten Dehnübungen und wärmten sich auf. Mike und Bobby waren allerdings nirgendwo zu entdecken.
Kevin nickte, während er einen Trainer dabei beobachtete, wie er das Bein eines Kletterers massierte.
Einen Moment später steckte Greg seinen Kopf durch den Zelteingang. »Alle Kletterer können jetzt rauskommen und sich die Wand ansehen. Denkt daran: Das mit der roten Bande abgesperrte Gebiet dürft ihr nicht betreten, sonst werdet ihr disqualifiziert. Ihr habt fünf Minuten Zeit, euch die Wand außerhalb der Absperrung anzusehen.« Im Gänsemarsch schoben sich die Kletterer durch den Ausgang. Greg wandte sich an Kevin und Wall. »Na los, Jungs, an die Arbeit.«
Wall bezog hinter dem Tisch mit den Erfrischungen seinen Posten. Kevin kniete vor einem Haufen völlig verworrener Seile nieder.
»Langsam mache ich mir Sorgen. Mike ist immer noch nicht hier. Er wird sich die Wand nicht mehr ansehen können. Dann muss er auf erste Sicht klettern«, sagte Kevin.
»Auf erste Sicht?«, fragte Wall.
»Na ja, das heißt, er wird nicht wie die anderen Kletterer die Wand vorher studieren können.«
»Na und? Er ist schließlich ein guter Kletterer«, meinte Wall achselzuckend.
»Ja, aber er wird keine Gelegenheit haben, sich vorab eine Route zu überlegen. Er muss die Sache praktisch aus dem Stegreif erledigen«, erläuterte Kevin, »und das bedeutet, dass er sich wahrscheinlich in Schwierigkeiten hineinklettern wird, aus denen er nicht mehr herauskommt.«
»Bobby ist aber auch noch nicht da. Dann haben immerhin beide denselben Nachteil.« Wall deutete mit einem Kopf-

nicken auf den Seilhaufen. »Meinst du, du könntest mir mal zeigen, wie man so einen Lerchenfußknoten macht?«
»Klar«, sagte Kevin. Er nahm ein Seil doppelt und verknotete es. Dann legte er es um eine der Zeltstangen und zog daran. »Geht ganz einfach.«
»Cool!«
Ein älterer Kletterer kam von der Besichtigung zurück und fing genau vor ihnen mit einigen Dehnübungen an.
Kevin sah zu, wie der Mann sich ziemlich seltsam verbog, um seine Rückenmuskulatur zu strecken. »Brauchst du Hilfe?«
»Und ob«, sagte der Kletterer. »Danke.«
Er und Kevin stellten sich Rücken an Rücken und hakten die Arme ineinander. Dann beugte sich Kevin nach vorne und hob so den Burschen vom Boden.
In diesem Moment tauchte Gregs Kopf wieder im Zelteingang auf. Seine Stirn legte sich in Falten, als er Kevin sah. »Es würde mir sehr gefallen, wenn ihr Kids euch aus allem raushaltet. Ich möchte nicht, dass ihr die Teilnehmer nervt.« Seine elektrisch grünen Augen bohrten sich wie Laserlanzen durch die beiden. Kevin lief rot an und ließ den Kletterer wieder auf den Boden sinken.
»Er hat mir nur beim Dehnen geholfen«, versuchte der Kletterer die Situation zu erklären.
»Tut mir Leid, Jungs, aber mir wäre es lieber, wenn ihr ausschließlich euren eigentlichen Aufgaben nachgeht«, sagte Greg. »Noch mehr Unfälle können wir uns nicht leisten.« Er lächelte dem Kletterer zu. »Und dir, Alfie, will ich keine Ausreden frei Haus liefern, falls du heute nicht gewinnst.«
»Schon gut, Greg«, antwortete Alfie. »Mit meinen alten Knochen bin ich schon froh, wenn ich die Sache mit Anstand hinter mich bringe.«
»Viel Glück.« Greg winkte ihm zu und ging.
»Tut mir Leid, dass ich dich in Schwierigkeiten gebracht habe«, sagte Alfie zu Kevin.

»Greg ist ein bisschen empfindlich, hä?«, bemerkte Wall.
»Ach, mach dir keine Sorgen«, sagte Kevin und ging wieder zu seinem Seilhaufen.
Die anderen Kletterer kamen nacheinander herein und fingen mit ihren Vorbereitungen an. Einige der Athleten kamen zu Walls Tisch und bestellten ein Getränk. Im Zelt war es heiß. Alle wollten sichergehen, dass sie nicht vorzeitigen Flüssigkeitsmangel erlitten.
Nervös behielt Kevin den Eingang im Auge. »Hoffentlich kommt Mike endlich«, sagte er. »So, wie bis jetzt alles gelaufen ist, habe ich das Gefühl, dass heute noch etwas Mieses passieren wird. Ich spüre so was!«
»Lass das bloß nicht Greg hören«, zischte Wall. »Überhaupt nichts wird passieren. Mit unserer Arbeit hier werden wir zurechtkommen. Ich meine, um Seile aufzuwickeln und Erfrischungen zu servieren, braucht man kein Atomwissenschaftler zu sein. Und bis jetzt hat es auch noch bei niemandem ein Problem gegeben.«
»Da hast du Recht.«
»Und außerdem gibt es niemanden, der mysteriöse Angelegenheiten so gut aufklären kann wie wir«, fuhr Wall fort. »Falls wir hier noch einen ungeklärten Fall bekommen.«
»Schade, dass Nat nicht hier ist, um uns ans Händchen zu nehmen und uns für alle möglichen Arbeiten vorzuschlagen, die wir eigentlich nicht machen wollen«, sagte Kevin grinsend. Nat besaß die Fähigkeit, mit Volldampf alles Mögliche zu organisieren und bei dieser Gelegenheit auch ihre Freunde zu irgendwelchen unerwünschten Tätigkeiten zu verdonnern.
»Also, mir tut es immer noch Leid, dass sie nicht mitkommen konnte«, grinste Wall zurück. »Die X-Games sind doch ein Paradies für jedes Organisationstalent. Stell dir vor, wo sie überall helfen könnte. Mit ihr am Schalthebel würden diese Spiele wie ein frisierter Motor laufen.«
»Das wäre wundervoll«, sagte Kevin in gespieltem Ernst.

»Ja, und leider ist auch Jamil nicht da, der in jedem einen Verdächtigen sehen und jeder schwachsinnigen Spur hinterherlaufen würde. ›Das Geheimnis des halb verzehrten Hotdogs‹!«, kicherte Wall.
»Tja, bei einem Fall hat er mit der Erdnussbutterspur ein bisschen übertrieben«, fügte Kevin hinzu. »Aber er war bei der Aufklärung doch in gewisser Weise hilfreich, wenn auch ziemlich eigenartig.«
Sich an seine Freunde aus Hoke Valley und an die Fälle zu erinnern, die sie schon gemeinsam gelöst hatten, ließ Kevin wieder etwas Selbstvertrauen gewinnen. »Du hast Recht. Wir können uns hier auf eine Art nützlich machen, von der Greg Lee nicht die geringste Ahnung hat. Bevor die Spiele beendet sind, werden wir die Sache mit dem Handgriff aufgeklärt haben.«
»Na, das ist doch ein Wort, Junge«, antwortete Wall.
Es gab ein wenig Aufregung, als Bobby und sein Manager in das Zelt marschierten. Die anderen Kletterer unterbrachen ihre Gespräche und beobachteten die beiden. David, der vorneweg ging und zwei große Sporttaschen über der Schulter trug, führte Bobby in eine Ecke des Raums, in der sich noch niemand befand. Obwohl die beiden zwei ganz normale Menschen waren, schienen sie durch ihre Anwesenheit plötzlich das gesamte Zelt auszufüllen.
»Das ist ja seltsam«, sagte Kevin, während er David Pompey beobachtete, der die beiden Taschen auf den Boden plumpsen ließ. »Bobby hat wirklich die Besichtigung der Wand verpasst. Und das, obwohl sein Rekord auf dem Spiel steht. Dabei sollte man doch annehmen, dass er sich jeden Vorteil sichert, den er kriegen kann.«
»Es sei denn, er will jemand anderen durch seine Art verunsichern«, überlegte Wall.
»Aber wie? Ich meine, wieso sollten sich die anderen Teilnehmer darum kümmern, ob Bobby die Besichtigung mitmacht oder nicht?«, meinte Kevin zweifelnd.

»Vielleicht denkt Bobby, dass er dadurch noch undurchschaubarer und gefährlicher wirkt.« Wall zuckte die Achseln. »Du weißt schon, damit es so aussieht, als fühle er sich so riesenstark, dass er gar keine Vorbereitung braucht.«
Wall und Kevin behielten den Zelteingang auch weiterhin im Auge, während sie ihrer Arbeit nachgingen.
»Also, Mike könnte jetzt wirklich mal auftauchen«, sagte Wall nach einer Weile nervös. »Oh, da fällt mir was ein. Hast du Greg eigentlich wegen dieser Schuhe gefragt?«
»Greg würde mir den Kopf abreißen, wenn ich ihm ausgerechnet jetzt mit so was käme«, schnaubte Kevin.
»Dann lass uns doch einfach die Schuhe behalten. Wir brauchen ja niemandem etwas davon zu sagen«, schlug Wall vor.
»Nein, nein«, antwortete Kevin. »Ich will mit meiner Frage nur auf den richtigen Moment warten. Vielleicht heute Abend.«
Wall ging nach hinten und schlug die Klappe der Zelttür beiseite. Draußen ragte die massive Kletterwand in den Himmel und wartete auf die Wettbewerbsteilnehmer. »Ich kann es einfach nicht begreifen. Wieso sollte jemand freiwillig an so einem Ding hochklettern wollen?«
Kevin sah über Walls Schulter hinaus. »Das ist eine echte Herausforderung. Das ist genauso, als würde man ein schwieriges mathematisches oder naturwissenschaftliches Problem lösen.« Er trat vor das Zelt. »Ich wünschte mir, ich wäre auch so gut, an diesem Wettbewerb teilnehmen zu können.«
Wall folgte ihm nach draußen und ließ die Plane der Tür wieder hinter sich zufallen. Plötzlich bemerkte er Odile Rousseau, die Favoritin im Wettbewerb der Frauen, die am hinteren Ende des Zelts an einer halb geöffneten Tür stand. »He, Kevin, was hat die denn vor?«
Kevin folgte Walls Blick. Er schlüpfte wieder zurück ins Zelt und sah David Pompey, der die Zeltplane von innen aufhielt. Offenbar war er in ein hitziges Gespräch mit Odile vertieft.
»Wir sollten das mal überprüfen«, sagte Kevin. Die beiden

machten sich auf den Weg zu David Pompey. Aber Wall achtete nicht darauf, wo er hintrat. Er stolperte prompt über einen Klappstuhl und fiel mit lautem Getöse hin.
Der Lärm erregte sofort Pompeys Aufmerksamkeit. Er ließ die Zeltplane herunterfallen. Dann ging er hinüber zu Bobby, kniete neben ihm nieder und redete hastig auf ihn ein. Kevin und Wall konnten deutlich hören, dass dabei auch über Mike und Sophie gesprochen wurde.
Plötzlich steckte einer der Schiedsrichter den Kopf ins Zelt und rief Bobbys Namen. Er sollte sich in den Aufwärmbereich begeben, da er als Nächster in die Wand musste.
»Glaubst du, die beiden haben irgendwas vor?«, fragte Kevin. Sie sahen Bobby und David Pompey hinterher, als sie aus dem Zelt verschwanden. »Es ist gegen die Regeln, dass jemand aus dem Iso-Zelt geht und wieder hereinkommt. Pompey war schon fast draußen und hat sich mit Odile unterhalten. Was hat Odile überhaupt mit ihm zu reden?«
»Meinst du, wir sollten das melden?«, fragte Wall.
»Ich weiß nicht. Aber die Sache gefällt mir nicht«, antwortete Kevin. »Und dass er anschließend auch noch über Mike und Sophie gesprochen hat, gefällt mir noch weniger.« Kevin sah sich im Zelt um.
»Also, wenn du dir Sorgen machst, dann sollten wir das doch melden«, schlug Wall vor.
Kevin schüttelte den Kopf. »Ich will, dass wir die Sache selbst lösen. Dann können wir außerdem Greg beweisen, dass wir genau die Helfer sind, die er schon immer gesucht hat.«
»Gute Idee«, sagte Wall. »Und im Moment sehe ich was Herrliches zum Futtern.« Er schnappte sich einen Schokoriegel und riss die Verpackung auf.
Donnernder Applaus von draußen ließ die Zeltplane vibrieren, als ein Kommentator über Lautsprecher verkündete: »Und damit belegt der Worldcup-Champion Bobby Champier vorläufig den ersten Platz!«

Kevin stöhnte auf.
»Ach, entschuldige mal«, sagte ein Kletterer direkt hinter ihm. »Könntest du meine Teilnehmerkarte zu den Schiedsrichtern auf die Tribüne bringen?« Er hielt Kevin eine etwa 9 x 13 Zentimeter große Karte unter die Nase.
»Klar. Bin schon unterwegs«, antwortete Kevin. Er zischte los und stürmte die Treppe zu den Richterboxen hinauf. Als er die Karte dem Kommentator überreichte, hörte er, wie sich Greg gerade mit einem der Schiedsrichter unterhielt.
»Wenn Mike Swift nicht innerhalb der nächsten fünf Minuten hier erscheint, wird er gnadenlos disqualifiziert«, sagte der Schiedsrichter zu Greg.
Kevin schnappte nach Luft und rannte sofort zum Zelt zurück, um Wall eiligst zu erzählen, was er gerade gehört hatte.
Über Lautsprecher kam in diesem Moment auch schon die Ansage: »Meine Damen und Herren, unser letzter Teilnehmer, Mark Swift, steht kurz davor, disqualifiziert zu werden. Innerhalb der nächsten fünf Minuten muss er sich im Aufwärmbereich einfinden, ansonsten wird er von der Teilnehmerliste gestrichen.«

KAPITEL 5

»Von wegen!« Aus der Tür des Isolationszelts hörte man einen lauten Schrei. Im nächsten Moment stürmte Mike in den Aufwärmbereich. Sein Vater Wayne klebte ihm an den Fersen. Er schleppte eine Sporttasche und sah ziemlich fertig aus. Mike wirkte etwas verärgert, aber als er an Kevin vorbeistürmte, rief er ihm grinsend zu: »Die Wand mache ich platt!«
»Komm her!« Kevin winkte Wall, der noch im Zelteingang stand. »Mike ist der letzte Kletterer. Wir müssen auf niemanden mehr im Zelt aufpassen.«
»Der ist ja cool wie ein Kürbis!«, rief Wall, als sie Mike beobachteten, der sich nur zweimal kurz streckte und dann auf die Wand zuging.
»Das muss er sein«, bemerkte Wayne. »Er will dem, der seinen Terminplan geändert hat, nicht auch noch eine Freude machen, wer immer das gewesen ist . . .« Sein Gesicht verzog sich zu einer wütenden Maske. »Mikes beste Antwort besteht darin, zu klettern - und zu gewinnen!« Wayne zog ein Blatt Papier aus seiner Tasche und zeigte es Wall und Kevin. »Auf diesem Terminplan steht, dass er nicht vor heute Nachmittag dran sein würde. Wir hatten Glück, dass wir gerade drüben im Ausstellungszelt waren. Irgendjemand, den ich nicht kenne, hat uns gesagt, dass Mike gleich disqualifiziert werden soll. Also haben wir unsere Hintern sofort hierher bewegt.«
Mike winkte seinem Vater mit erhobenem Daumen zu.
»Ich hoffe nur, dass er nicht runterfällt«, sagte Wayne besorgt. »Um ins Finale zu kommen, muss er nur den achten oder einen besseren Platz belegen.«
»Bis ganz oben hat es keiner geschafft. Alle haben aufgegeben oder sind abgestürzt«, beruhigte ihn Kevin. »Er braucht also keinen perfekten Aufstieg hinzulegen.«
Wayne knabberte an seiner Unterlippe und beobachtete seinen Sohn, der anmutig wie eine Spinne in die senkrechte

Wand stieg. Mühelos wanderten seine Hände von einem Griff zum nächsten, während er sich mit den Füßen ausbalancierte oder vorwärts schob, ohne dabei auch nur einen Blick auf seine jeweilige Position zu werfen.

Es war Kevin bis dahin noch gar nicht aufgefallen, aber Mikes Hände waren wirklich groß. Es sah fast so aus, als wären aus seinen langen, sehnigen Armen irgendwelche Gewächse herausmutiert. Während Mike bei einem schwierigen Abschnitt die Wand nach einem sicheren Halt abtastete, schien seine Spannweite auf einmal auf das Doppelte seiner Körpergröße anzuwachsen. Seine verhaltene, sparsame Art, sich zu bewegen, erinnerte Kevin an eine Katze, die geschmeidig an einem riesigen Möbelstück hinaufglitt.

Dabei musste Kevin wieder an ein Gedicht über eine Katze denken, das er im letzten Frühjahr für die Schule hatte auswendig lernen müssen. Er nahm sich vor Wall zu fragen, ob er sich noch daran erinnern konnte. Die Chancen dafür standen gut, denn Walls Gehirn besaß die Fähigkeit, die seltsamsten Sachen dauerhaft zu speichern.

»Du schaffst es!«, rief Wayne, als die Menge bei einem gewaltigen Sprung laut losjubelte. »Das kann keiner außer Mike«, sagte Wayne voller Stolz.

Nur an seinen Fingern hängend und ohne jeden Fußkontakt zur Wand zog sich Mike durch zwei der schwierigsten Abschnitte und schwang sich dann elegant mit einer 360°-Wende zu einer Stelle, an der die Wand fast in die Waagerechte überging.

»Seine Hände sind ja die reinsten Bratpfannen«, stieß Wall hervor.

Wie ein Scheunentor schwang Mike mit auswärts gedrehtem Körper herum, bis er einen besseren Halt fand.

»Das ist wohl seine größte Stärke – aber auch seine Schwäche«, meinte Wayne. »Seine unglaubliche Griffstärke hat dazu geführt, dass er nie eine solide Fußtechnik entwickelt hat. Er kann seine Füße überall hinschleudern und er fällt trotzdem nicht runter. Seine Hände und seine Gummiarme retten ihn immer wieder.«

Kevin sagte überhaupt nichts mehr. Seine ganze Aufmerksamkeit galt einer unmöglichen Stellung, bei der Mike wie eine Brezel aussah. Kevin schüttelte nur ungläubig den Kopf. »Um so beweglich zu sein, müsste ich die nächsten Jahre nichts als Yoga machen.«

Nun kam Mike zum schwierigsten Teil des Aufstiegs. Wenn es ihm gelang, diese Hindernisse zu überwinden, würde er der Erste sein, der die Wand tatsächlich bis ganz nach oben durchstiegen hatte.

Er streckte Arme und Beine bis zur vollen Länge aus und gönnte sich einen Moment Ruhe. Die Zuschauer zischten einige Kletterer im Publikum an, die gerade halblaut darüber diskutieren wollten, wie man diese Hindernisse am besten bewältigen konnte.

Nach dieser kurzen Verschnaufpause fing Mike an unentschlossen mit den Füßen vor- und zurückzutasten. Schließlich rammte er seine Ferse gegen einen Griff und stieß sich über das erste Hindernis hinweg. Dann krallte er sich in einen Zweifingergriff und heftete seine Zehen an einigen flachen Vorsprüngen fest. Seine Hüfte klebte an der Wand, seine Arme und Beine waren weit ausgestreckt. Er sah aus, als hätte man ihn auf ein mittelalterliches Folterinstrument gespannt. In Wirklichkeit handelte es sich bei dieser Haltung jedoch nur um die beste Art, sich auszuruhen.

Mit einer schnellen Bewegungsfolge von Griff zu Griff katapultierte er sich zum obersten Haltepunkt und fasste daneben. Wie eine Schlange, die sich häutet, ließ die Wand Mike von sich abfallen.

Kevin stieß Wall mit dem Ellbogen an. »Also, eines ist jedenfalls sicher: Greg hat diese Wand bestimmt nicht so geplant, dass Mike besser daran klettern kann als die anderen.«

»Dann können wir Greg also von der Liste der Verdächtigen streichen«, überlegte Wall.
»Vielleicht«, antwortete Kevin. »Aber denk dran, jeder ist ein Verdächtiger, solange der Fall nicht geklärt ist.«
»Ich wusste doch, dass es einen Grund gibt, dir nicht zu trauen«, sagte Wall kichernd. »Du steckst hinter der ganzen Sache.« Nun mussten beide lachen.
Die Menge applaudierte, als der Kommentator bekannt gab, dass auch Mike es bis ins Finale geschafft hatte, und zwar auf dem achten und letzten Platz.
»Juhu!«, schrie Wayne und stieß die Faust in die Luft.
Mike machte einige Überschläge, während er an seinem Sicherungsseil zu Boden gelassen wurde. Dort schälte er sich aus seinem Klettergeschirr und rannte sofort zu seinem Vater.
»Toller Aufstieg!«, sagte Kevin.
Mike grinste ihn breit an. Dann sah er sich um. »Wir müssen Sophie finden. Sie hat auch den falschen Terminplan. Ich habe beim Frühstück mit ihr gesprochen. Sie glaubt, dass sie erst am Nachmittag dran ist und nicht jetzt gleich!«
»Wir haben sie noch nicht gesehen«, bestätigte Wall. Er sah Kevin aus dem Augenwinkel an.
»Sie muss aber sofort herkommen«, sagte Mike und seine Stimme hörte sich angespannt an. »In ein paar Minuten soll sie die Wand besichtigen.«
»Wir sollten in ihrem Hotel anrufen«, schlug Wayne vor.
Als sie gemeinsam zu dem Telefon im Iso-Zelt rannten, ging Wall mit Kevin einen Schritt zur Seite.
»Meinst du, es geht dabei um das, was Odile und Pompey besprochen haben?«
»Wäre schon möglich«, antwortete Kevin. »Aber die Beweise sind noch zu dünn, um zu einem Schluss zu kommen.«
»Na ja, aber es hat bestimmt nichts mit Greg oder dem abgerissenen Griff zu tun«, fügte Wall hinzu. »Oder vielleicht doch?«
»Also, es ergibt keinen Sinn, dass jemand Bobby und Mike und

Sophie sabotieren will«, überlegte Kevin. »Es sei denn, der erste Unfall war nur eine Finte, um diejenigen in die Irre zu führen, die vermuten, dass hier jemand mit gezinkten Karten spielt. Denk dran, Bobby hat nur trainiert – das war noch nicht der Wettbewerb. Es kam also nicht darauf an, ob er runterfällt oder nicht.« Kevin kratzte sich an der Stirn und fuhr fort: »Das würde bedeuten, dass Bobby nicht der Saboteur ist, denn wenn er es wäre, hätte er Mike an der Übungswand klettern lassen, und zwar in der Hoffnung, dass er sich verletzt und nicht mehr am Wettbewerb teilnehmen kann.«

»Das ist aber ziemlich weit hergeholt. Ich glaube, es ist besser, erst mal Sophie zu finden und mit ihr zu reden«, schlug Wall vor. »Außerdem würde ich ganz gerne wissen, weshalb Odile mit diesem Pompey gesprochen hat.«

Sie holten Mike und seinen Vater ein, als Mike schon dabei war, die Nummer des Hotels zu wählen. Er fragte nach Sophies Zimmer, doch dort hob niemand ab. Er knallte den Hörer auf die Gabel.

»Wo steckt sie denn bloß?«, rief Mike außer sich. »Wenn sie nicht rechtzeitig an der Wand ist, wird man sie vom Wettbewerb ausschließen!«

KAPITEL 6

»Ich muss jetzt zurück zu unserem Ausstellungsstand. Dort warten schon ein paar Kunden auf mich«, sagte Mikes Vater. »Aber ihr Jungs solltet rüber zur Wand gehen. Vielleicht hat irgendjemand Sophie schon mitgeteilt, dass ihr Wettbewerb gleich stattfinden wird. Mike hat es ja auch so erfahren.«

Nachdem sie sich noch mal am eigentlichen Austragungsort umgesehen hatten, liefen Kevin, Wall und Mike direkt zurück ins Iso-Zelt. Als sie durch den Eingang traten, verschwand

gerade jemand durch die Tür am anderen Ende. Kevin versuchte noch zu sehen, um wen es sich dabei handelte, aber er konnte nur einen Schatten ausmachen.
»Ich hoffe nur, dass Sophie hier ist«, sagte Mike nervös.
Das Zelt war jedoch völlig leer.
»Gruselig«, sagte Wall. »Die müssen alle von Aliens entführt worden sein.«
»Ach, die sind alle draußen und sehen sich die Wand an«, schnaubte Mike, während er ungeduldig auf und ab lief. »Wenn ich nur wüsste, wie es zu diesem verdammten Durcheinander gekommen ist.«
»Meinst du, Bobby könnte dahinter stecken? Oder vielleicht Odile?«, fragte Kevin, der sich wieder daran erinnerte, dass er gesehen hatte, wie Bobby Mikes Wettbewerbsunterlagen an dessen Vater weitergegeben hatte. Vielleicht hatte er ja auch Sophies Unterlagen in den Fingern gehabt.
»Das ergibt doch keinen Sinn«, antwortete Mike. »Odile ist Sophies Freundin. Und Bobby ist zwar manchmal ein richtiger Idiot und ich weiß auch, dass er unbedingt seinen Rekord vor mir schützen will, aber er würde mich nie absichtlich übers Ohr hauen. Ganz gleich, was mein Vater sagt, bei uns Kletterern gibt es eine ziemlich enge Kameradschaft. Wir reisen schließlich zusammen durch die ganze Welt.«
In diesem Moment kam Greg ins Zelt gestürmt. Er wirkte angespannt. Als er Kevin und Wall erblickte, kam er sofort zu ihnen. »Wo seid ihr gewesen? Gleich beginnt der nächste Wettbewerb und ihr lasst mich einfach sitzen und verschwindet.«
»Tut uns Leid«, sagte Kevin, »aber Mike brauchte unsere Hilfe. Er sucht Sophie. Aus irgendeinem Grund haben die beiden falsche Terminpläne bekommen.«
»Sophie besichtigt gerade die Wand«, antwortete Greg darauf.
»Sophie ist hier?«, rief Mike und sauste wie ein geölter Blitz aus dem Zelt.
»Sie hat mir schon von diesem Terminproblem erzählt und ich

habe ihr das Gleiche gesagt wie Wayne. Es tut mir schrecklich Leid, dass so was passiert ist. Die Sache wird später noch untersucht werden. Jetzt müssen wir diesen Mist allerdings vergessen und sicherstellen, dass wir die Show gut über die Bühne bekommen. Also, geht wieder an eure Arbeit.«

Er marschierte ebenso entschlossen wieder aus dem Zelt, wie er hereingekommen war.

Kevin blieb einen Moment wie vom Donner gerührt stehen. Dann wandte er sich an Wall. »Kommt es dir nicht auch ein bisschen komisch vor, dass Greg diese verkorksten Termine für die beiden Top-Kletterer einfach so vom Tisch wischt?«

»Glaubst du, es gibt etwas, was wir über Greg wissen sollten?«, fragte Wall.

»Könnte schon sein«, antwortete Kevin. »Wir sollten heute Abend mal mit Doug reden. Vielleicht weiß er was.«

»Gute Idee«, antwortete Wall.

Mike und Sophie kamen ins Zelt, Odile Rousseau direkt hinter ihnen.

»Wenn Odile nicht gewesen wäre, hätte ich überhaupt nichts von der Sache mitbekommen«, sagte Sophie gerade zu Mike.

»Als ich gesehen habe, dass Mike fast zu spät kam«, fügte Odile hinzu, »habe ich mir Sorgen gemacht, dass Sophie vielleicht auch aufgehalten würde. Ich bin sofort zu ihr ins Hotel gegangen und habe sie in der Cafeteria getroffen.«

Wall und Kevin sahen sich an. Wie es schien, war Odile damit von der Verdächtigenliste gestrichen. Aber wieso hatte sie sich mit David Pompey unterhalten?

»Ich gehe besser an meinen Erfrischungsstand, bevor mich Greg wieder ohne Aufgabe erwischt«, sagte Wall.

»Mit den Seilen bin ich fertig«, meinte Kevin. »Aber ich habe irgendwie das Gefühl, dass ich Greg jetzt besser nicht belästige. Ich helfe dir einfach.«

»Vielleicht können wir ihn ja morgen dazu überreden, uns etwas Interessanteres zu geben«, schlug Wall vor.

»Das will ich hoffen«, sagte Kevin.
In diesem Moment hörten sie einen wütenden Schrei von der anderen Seite des Zelts.
»Das sind nicht meine Schuhe!«, beschwerte sich Sophie.
»Schon wieder ein Problem!«, stöhnte Kevin, als er zusammen mit Wall zu Sophie rannte.
»Ich werde Mike und Wayne den Hals umdrehen«, zischte Sophie wütend, während sie die Kletterschuhe anzog.
»Wieso?«, fragte Kevin überrascht.
»Mike und Wayne müssen meine alten Schuhe gegen neue im Swift-Design ausgetauscht haben, ohne mich vorher zu fragen«, antwortete sie. Sie stand auf und wippte auf den Zehen. »Na ja, die fühlen sich ganz gut an. Aber sie hätten mich wenigstens fragen sollen.«
Sophies Name wurde aufgerufen. Sie lief sofort zum Aufwärmbereich.
Da niemand zum Erfrischungsstand kam, rannten Kevin und Wall vor das Zelt, um Sophie beim Klettern zuzusehen.
Sophie ging entschlossen auf die Wand zu. Schnaufend durchstieg sie die ersten Griffe, bis sie auf ein schwieriges Hindernis stieß. Um es zu überwinden, musste sie sich mit einem Scheunentorschwung zu den nächsten Griffen katapultieren. Sie streckte sich und krallte sich in einem Ein-Finger-Loch fest. Dann stemmte sie den linken Fuß gegen die Wand und stieg, indem sie sich an einem senkrechten Vorsprung festhielt, fast zwei Meter hoch.
»Sie ist phantastisch«, stieß Kevin atemlos hervor, während er sich beim Zuschauen fast das Genick ausrenkte.
Vorsichtig, jedoch ohne Mühe, schob sich Sophie über einen waagrechten Überhang. Über die äußere Ecke krabbelte sie schließlich seitwärts wie ein Krebs.
Das Publikum klatschte Beifall, doch davon merkte Sophie nichts. Sie war schon mit dem nächsten Hindernis beschäftigt, bei dem ein mageres Ein-Finger-Loch der einzige feste Punkt

zwischen ihr und dem klaren blauen Himmel war. Ihr linker Fuß tastete die Wand ab und suchte nach einem halbwegs sicheren Vorsprung.
Als sie kurz vor einem möglichen Halt mit dem Schuh an der Wand entlangschrammte, löste sich die schwarze Gummisohle von der Unterseite ab!
Sophie fiel sofort wie ein Stein aus der Wand.

KAPITEL 7

Ein, zwei Sekunden pendelte Sophie kopfüber hin und her, bis sie sich wieder aufrichten konnte. Dann packte sie das Seil und ließ sich daran hinuntergleiten.
Marcie Wood, Sophies Mutter, rannte sofort zu ihr. Kevin, Wall und Mike trafen direkt nach ihr ein.
Bevor sie jedoch von Sophie selbst erfahren konnten, was in der Wand passiert war, hörten sie aus dem Iso-Zelt ein lautes Geschrei.
»Sophie!«, rief eine Frauenstimme.
Die Zeltplane schlug Wellen, als ob da drinnen zwei Leute miteinander kämpften.
Eine Männerstimme bellte: »Du gehst da nicht raus!«
»Lass mich gefälligst los!«, schrie die Frau. Sie raste aus der Zelttür.
Es handelte sich um Odile Rousseau, die barfuß und mit wütendem Blick zu Sophie gerannt kam.
»Damit ist dein Vertrag geplatzt!«, rief David Pompey. Er schäumte vor Wut, als er hinter ihr aus dem Zelt stürzte.
Odile hielt mitten in der Bewegung inne und drehte sich zu ihm um. »Wenn das alles ist, wofür du dich interessierst, dann viel Spaß! Ich werde auch noch einen anderen Ausstatter finden, der mich sponsert«, rief sie ihm zu. Dann wandte sie sich

wieder Sophie zu und strich ihr die hellbraunen Haare aus dem Gesicht. »Na, ist alles in Ordnung mit dir?«
Sophie nickte. Mrs Wood hatte ihren Arm um Sophies Schulter gelegt und Mike ging neben ihr zurück ins Iso-Zelt. Bei jedem Schritt klatschte die abgerissene Sohle unter Sophies Schuh wie ein loses Stück Haut auf den Boden.
Kevin und Wall hätten am liebsten gleich herausgefunden, was passiert war, aber zuerst mussten sie miteinander reden.
»Die Sache wird langsam bizarr«, flüsterte Kevin.
»Total abartig«, stimmte ihm Wall zu. »Kannst du dir vorstellen, wer dahinter stecken könnte?«
»Das wüsste ich auch gerne«, antwortete Kevin. »Odile nicht. Das dürfte jetzt ziemlich klar sein. Ich glaube nicht, dass sie eine Disqualifizierung riskieren würde, wenn sie etwas damit zu tun hätte.«
»Immerhin wissen wir jetzt, wieso Odile mit Pompey geredet hat. Er ist der Tour-Manager ihres Sponsors«, bemerkte Wall.
Kevin nickte. »Was mich allerdings verwirrt, ist die Tatsache, dass Sophie Swift-Schuhe anhat. Damit hat unsere Theorie von Bobby als Hauptverdächtigem einen ordentlichen Knacks bekommen.«
»Vor allem weil er nicht mal in der Nähe ist«, fügte Wall hinzu, der die Menge mit Blicken absuchte. »Er hatte gar keine Gelegenheit, diese Dinger hier einzuschmuggeln.«
»Genau«, musste Kevin zustimmen. »Aber er hätte sie auch schon früher hier unterbringen und dann verschwinden können.« Als Kevin in diesem Moment einen Blick zum Iso-Zelt hinüberwarf, entdeckte er David Pompey, der heimlich durch einen Spalt in der Plane hineinspähte. »Und wenn man es sich genau überlegt, dann war Pompey der Einzige, der jedes Mal anwesend war, wenn irgendwas schief gegangen ist.«
»Du hast Recht!«, sagte Wall aufgeregt. Es sah ganz so aus, als hätte der Fall damit eine neue Wendung bekommen. »Und wie können wir ihn festnageln?«

»Weiß ich noch nicht.« Kevin sah zu Sophie hinüber. »Komm, jetzt erkundigen wir uns einfach mal bei ihr.« Sie folgten den anderen ins Iso-Zelt und gingen zu Sophie, neben die sich ihre Mutter gesetzt hatte.

»Mir geht's gut, ich bin nur ein bisschen durchgeschüttelt«, sagte Sophie. »Aber ich habe eine verdammt miese Laune. Wenn dieser verfluchte Schuh nicht gewesen wäre, hätte ich es bis ganz oben schaffen können!« Sie riss sich den Schuh vom Fuß und warf damit nach Mike. »Vielen Dank für deine Hilfe.«

»Moment mal!«, rief Mike empört. »Das war ich nicht. Ich habe deine Schuhe nicht ausgetauscht. Und mein Dad auch nicht. Er war seit meinem Auftritt die ganze Zeit drüben im Ausstellungszelt.«

»Und wer dann?«, platzte Kevin heraus.

Sophie sah sie verwirrt an. »Meine Tasche war nur unbeaufsichtigt, als ich draußen war und mir die Wand angesehen habe.«

Mike hob den Schuh vom Boden auf. Er untersuchte die Sohle. »Mit dem Schuh stimmt was nicht«, murmelte er überrascht. Er zeigte den anderen den Schuh und deutete auf eine Stelle, an der sich Sohle und Oberschuh voneinander getrennt hatten. »Das sollte sich mal mein Vater ansehen. Das sieht so aus, als hätte jemand die Sohle aufgerissen und dann wieder verleimt.«

»Vielleicht hat der Hersteller einen Fehler gemacht«, meinte Wall.

»Aber nicht bei unseren Schuhen«, verteidigte sich Mike. »Ich bin gleich wieder da.«

»Warte!«, rief Kevin. »Ich komme mit.« Er wandte sich an Wall. »Kannst du mich hier vertreten?«

»Na klar. Und du pickst dir mal wieder die interessanten Sachen raus«, sagte Wall im Spaß. »Aber kein Problem. Komm nur schnell wieder und erzähl mir alles!«

Im Ausstellungszelt stand Wayne hinter seinem Warentisch,

auf dem eine Reihe von Kletterschuhen ausgebreitet war. Er sprach gerade mit zwei etwa vierzigjährigen Leuten.
Ungeduldig warteten Mike und Kevin an der Seite des Stands, während Wayne weitschweifige Erläuterungen zu den Vorzügen von Swift-Kletterschuhen machte.
»Wenn ich ihn bei einem Verkaufsgespräch unterbreche, reißt er mir den Kopf ab«, stöhnte Mike. Er schlug Sophies Schuh gegen seinen Oberschenkel. »Jetzt mach endlich«, murmelte er.
Von der Wettbewerbsveranstaltung driftete schwach eine Lautsprecheransage zu ihnen herüber. »Es sind jetzt nur noch vier weitere Teilnehmerinnen auf der Liste. Damit hat Sophie Wood noch immer eine Chance auf die Finalteilnahme. Derzeit steht sie auf dem fünften Platz, und es genügt, wenn ihre Vorstellung besser war als die einer der vier noch kommenden Teilnehmerinnen.«
Aus der Menge gab es vereinzelten Applaus.
»Ich hoffe, sie schafft es«, sagte Mike besorgt. »Wenn sie ins Finale kommt, hat sie gute Chancen auf den ersten Platz.«
Wayne gab dem Mann eine Quittung und steckte zwei Paar Kletterschuhe in eine Tasche.
Mike ging zu ihm hinüber und knallte Sophies Schuh vor ihm auf den Tisch.
»Dad, du kannst dir nicht vorstellen, was gerade passiert ist«, sagte Mike.
Dann erzählte er seinem Vater, dass Sophies alte Schuhe gegen ein Paar Swift-Schuhe ausgetauscht worden waren und dass einer dieser Schuhe während ihres Aufstiegs einfach auseinander gerissen war.
»Aber sie trägt doch gar nicht unsere Schuhe«, sagte Wayne leicht verwirrt. »Sie wird doch von Airo Shoes gesponsert.«
»Stimmt. Also muss jemand ihre richtigen Schuhe gegen unsere ausgetauscht haben«, erläuterte Mike geduldig.
»Lass sehen«, meinte Wayne und nahm den Schuh in die Hand. »Der ist gar nicht fertig! Das ist ein Ausstellungsstück,

an dem ich den Kunden die einzelnen Bestandteile und die Qualität unserer Schuhe demonstriere. Ich hatte mich schon gefragt, wieso die Dinger verschwunden sind. Irgendjemand muss sie gestohlen und dann die Einzelteile so zusammengeleimt haben, dass Sophie es nicht gemerkt hat.«
»Dann wollte also jemand absichtlich Sophie den Auftritt vermasseln«, schlussfolgerte Kevin.
»Das ist ja echt link«, japste Mike.
Kevin warf einen Blick auf seine Uhr. »Ich zische besser wieder zum Iso-Zelt zurück, bevor bei Greg noch eine Sicherung durchbrennt.«
Als Kevin ins Zelt trat, war Wall gerade dabei, die Erfrischungen einzupacken. Die letzte Wettkampfteilnehmerin befand sich in der Wand. Wenn sie vorzeitig abstürzte, war Sophie im Finale.
»Wo steckt Sophie?«, erkundigte sich Kevin.
Wall zuckte die Achseln. »Also los, was hat Wayne gesagt?«
Kevin erklärte ihm, dass der fragliche Schuh eigentlich ein Ausstellungsstück war. »Mir fällt gerade was auf. Bis jetzt waren Bobby und David Pompey immer in der Nähe, wenn irgendwas schief gegangen ist. Der Griff ist rausgebrochen, als Bobby kletterte . . . Und dann die Sache mit den falschen Unterlagen. Aber bei diesem Schuh kann ich keine Verbindung zu den beiden herstellen.«
»Aber irgendjemand muss die Möglichkeit gehabt haben, die Schuhe auszutauschen«, antwortete Wall. »Weißt du noch, du hast doch gesehen, wie jemand das Iso-Zelt verlassen hat, als wir nach Sophie gesucht haben?«
Kevin schlug sich an die Stirn. »Das habe ich total vergessen. Aber das hätte so ziemlich jeder sein können, der . . .«
»Bobby – Pompey – und sogar Greg!« Wall zählte die Namen an seinen Fingern ab.
»Greg! An den hatte ich schon gar nicht mehr gedacht. Er gehört auf jeden Fall zu den Verdächtigen. Er wirkte so völlig

unbeeindruckt von dieser Sache mit den falschen Terminplänen«, überlegte Kevin.
»Und was die Übungswand angeht, hat er uns auch belogen«, fügte Wall hinzu.
Kevin fuhr sich frustriert durch seine kurzen Afrolocken. »Ich möchte mal wissen, wieso die bösen Buben keine großen Schilder auf dem Rücken tragen, damit wir sie besser finden können . . .«
In diesem Moment verkündeten die Schiedsrichter die Namen der Teilnehmerinnen im Semifinale.
Darunter befand sich auch Sophie.

KAPITEL 8

Kevin und Wall waren ziemlich aus dem Häuschen - Onkel Doug wollte sie tatsächlich zu einer X-Game-Party mitnehmen, bei der alle Teilnehmer und Teilnehmerinnen anwesend sein würden. Das bedeutete, dass sie die coolsten Athleten aus allen modernen Sportarten kennen lernen konnten. Aber vor der Party nahm Doug die beiden noch zur Finalrunde der Skateboard-Streetcompetition mit, bei der die zwanzig besten Fahrer innerhalb von sechzig Sekunden ihre irresten Tricks abziehen mussten.
Am Schluss des Wettbewerbs blieben nur noch zwei alte Rivalen übrig: Steve Kadar und Jacob Gager.
Steve Kadar war der erste Fahrer. Er wartete oben auf der Startrampe und stand auf dem Heck seines Bretts, das er genau auf der Coping ausbalanciert hatte. Wie ein Blitz ließ er sich plötzlich in die Strecke fallen, raste eine Rampe hinauf, kam mit einem Olly auf eine einen Meter hohe Rail, die er mit einem zwei Meter langen Nosegrind beglückte. Dann ließ er sich auf die Plattform zurückfallen und sprang von dort hi-

nunter auf den Boden, wobei er sein Brett noch einen ewigen Boardspin vollführen ließ.
Schließlich stieß er sich zweimal ab, landete auf einer kleinen Box, um mit einem Olly einen Meter höher auf einer großen Box zu landen. Danach stürzte er sich auf der anderen Seite wieder hinunter auf eine Rampe und machte sich auf den Weg zu einer fünf Meter hohen Quarterpipe.
»Der Typ ist echt gut!«, rief Wall. »So einen Streetcourse muss ich mir auch mal bauen.«
Bevor man es gemerkt hatte, war Steve Kadars Lauf beendet. Die Schiedsrichter gaben ihm fast die Höchstnote. Um Steve Kadar noch zu schlagen, musste Jacob Gager praktisch mit Engelsflügeln skaten.
Gerade als Gager auf die Rampe springen wollte, sah Doug auf seine Uhr. »Wir sollten jetzt besser zu dieser Party gehen. Ich habe keine Lust, das Buffet zu verpassen.« Er rieb sich über seinen mächtigen Bauch. »Ich spüre ganz deutlich, dass ich langsam an Auszehrung leide.«
Im Ballsaal des Hotels steuerte Doug sofort das Buffet an. Kevin und Wall blieben zunächst an der Tür stehen und sahen sich um wie zwei Kinder im Spielwarenladen.
»Da drüben ist Dave Walters.« Kevin deutete auf einen der besten BMX-Trickfahrer, der nur zehn Meter von ihnen entfernt über die Tanzfläche schwofte. »Mit wem tanzt er denn da?«
»Das ist Betty Singer, die Snowboarderin«, antwortete Wall. »Sie ist wegen des Hochsprungwettbewerbs hier.« Bei den Sommer-X-Games gab es tatsächlich einen Sprungwettbewerb für Snowboarder. Dazu hatte man auf einem künstlichen Hügel einige Millionen Liter Wasser in Schnee verwandelt.
»Ich habe sie gar nicht erkannt, so ganz ohne Winterklamotten. Außerdem ist sie im Fernsehen ja immer nur zehn Zentimeter groß«, meinte Kevin.
»Na, hast du Lust zu tanzen?«, fragte Sophie, die sich von hinten an Kevin herangeschlichen hatte.

»Cool!«, sagte Kevin. Sie gingen zusammen auf die Tanzfläche. Die »Leopards«, eine angesagte Ska-Band, überschütteten die Leute mit scharfen Bläserriffs und peitschten die Stimmung hoch. »Die Leopards mal live zu erleben ist schon den Preis für das Flugticket wert gewesen.«
»Mein Lieblingssong ist ›Tune Dead Rose‹«, rief ihm Sophie über die dröhnende Musik hinweg zu.
»Wo steckt Mike?«, fragte Kevin.
»Er ruht sich in seinem Zimmer aus. Sein Vater will, dass er sich auf den Wettbewerb konzentriert«, erklärte ihm Sophie. »Solange ein Wettbewerb läuft, geht Mike nie auf Partys.«
»Voll stark!«, rief Kevin, als der Song zu Ende war.
Schließlich traf er Wall am Buffet wieder. Die beiden verbrachten den Rest des Abends im Wesentlichen damit, die berühmten Sportstars bewundernd anzustarren.

»Ich glaube nicht, dass es heute so aufregend wird wie gestern«, sagte Wall am nächsten Morgen, während er und Kevin sich im Iso-Zelt Sandwiches vom Frühstücksbuffet angelten.
»Da wäre ich mir nicht so sicher«, meinte Kevin. »Wir sollten jedenfalls auf alles vorbereitet sein.« Die beiden waren schon bei Tagesanbruch auf dem Gelände eingetroffen, um Greg dabei zu helfen, die letzten Feinheiten an der Wand zu verbessern, an der die Semifinalausscheidung stattfinden sollte.
Eine Stunde vor Beginn des Wettbewerbs trommelte Greg alle Helfer zu einer Besprechung zusammen und verteilte die jeweiligen Arbeitsaufträge. Kevin und Wall waren wieder für das Iso-Zelt eingeteilt.
»Ich möchte, dass ihr beide heute euren Job mit etwas mehr Sorgfalt ausübt«, teilte ihnen Greg mit. »Ihr habt euch gestern ein bisschen zu oft rumgetrieben. Und du, Kevin, bist gestern Nachmittag sogar einfach verschwunden. Wenn das wieder passiert, werde ich dich durch jemanden ersetzen lassen, der zuverlässiger ist.«

»Keine Sorge«, antwortete Kevin. Das war ihm sehr peinlich. Er hatte seine Pflichten wirklich vernachlässigt. Allerdings hatte er dafür auch seine Gründe gehabt.
»Na schön«, meinte Greg. »Wenn heute alles klappt, dann werde ich euch beide vielleicht brauchen können, wenn ich die Wand für das Finale umbaue.« Greg wandte sich nun wieder an den Rest der Gruppe und sagte: »Das wäre alles. Und jetzt an die Arbeit!«
Wall warf eine Rosine in die Luft und fing sie mit dem Mund auf. »Das torpediert ja jetzt wohl alles. Wie sollen wir denn an unserem Fall arbeiten, wenn er uns an den Erfrischungsstand kettet?«
»Na ja, da können wir immerhin herausfinden, wer lieber Fruchtsaft statt Wasser trinkt«, brummte Kevin. Dann erinnerte er sich jedoch wieder daran, wie hart Doug sich für sie eingesetzt hatte, um ihnen diesen Job bei den Spielen zu verschaffen. »Also, machen wir uns an die Arbeit, bevor uns Greg auf die Pelle rückt.« Gemeinsam stellten sie die Stühle am Zeltrand so auf, dass die Kletterer in der Mitte genügend Platz für ihre Dehnübungen hatten. Danach füllten sie eine zweihundert Liter fassende ehemalige Mülltonne mit Eis und frischen Getränken auf.
»Hoffentlich ist Mike heute pünktlich«, meinte Wall nach einer Weile.
»Dafür wird sein Vater schon sorgen«, erwiderte Kevin. »Wayne scheint sich ja wirklich mit aller Kraft für Mikes Erfolg einzusetzen.«
Die Morgensonne leuchtete durch die weißen Zeltplanen und verlieh dem Innenraum ein schimmerndes Leuchten, als würde das Licht von einem Swimmingpool reflektiert. Die Luft hatte sich schon aufgeheizt, aber eine leichte Brise von der Bucht sorgte für Abkühlung.
Mike erschien eine halbe Stunde vor Wettbewerbsbeginn. Er kam mit seinem Vater und fing sofort an sich für seinen

Aufstieg vorzubereiten. Kevin und Wall blieben standhaft an ihrem Tisch, denn sie wollten Mike bei seinen Vorbereitungen nicht stören.
»Wenn du gewinnst, wirst du ein gemachter Mann sein. Unser Schuhunternehmen wird förmlich abheben.« Wayne kniete vor seinem Sohn und massierte ihm die Beine. »Stell dir mal vor, mein Junge, du hast die Möglichkeit, deine gesamte finanzielle Zukunft abzusichern. Und du bist erst fünfzehn Jahre alt!«
Mike ließ seine Schultern rotieren. »Schon gut, Daddy.«
»Schon gut? Was soll denn ›schon gut‹ heißen?«, fragte Wayne fassungslos. »Wir sprechen hier von deiner Zukunft.«
Mike ertrug die aufmunternden Worte seines Vaters geschlagene zwanzig Minuten, doch Kevin und Wall konnten selbst aus der Entfernung erkennen, dass er sich nicht besonders dafür interessierte. Dann wurde er zusammen mit den anderen Teilnehmern aufgerufen, jetzt die Wand zu besichtigen und sich anschließend für den Wettkampf fertig zu machen.
Die anderen Teilnehmer kehrten nach einiger Zeit wieder ins Zelt zurück, während Mike im Aufwärmbereich blieb und dort darauf wartete, an den Start gerufen zu werden.
Kevin steckte genau in dem Moment den Kopf durch die Zelttür, als Mike die erste Griffkombination hinter sich brachte. »Heute sieht die Wand schwieriger aus«, sagte Kevin.
Er schlich sich vorsichtig aus dem Zelt. Er war einfach zu neugierig auf Mikes Kletterkunst.
Das Publikum jubelte, als sich Mike mit einem gewaltigen Sprung über fünf Griffe schwang.
»Mann, der stellt einen Geschwindigkeitsrekord auf!«, rief Kevin. »Er ist unglaublich!«
Ohne eine einzige Pause stieg Mike bis nach ganz oben durch.
»Meine Damen und Herren, Sie sahen Mike Swift bei einem Sonntagsspaziergang!«, rief der Kommentator durch die Lautsprecher. »So einen sauberen Aufstieg habe ich noch nie gesehen.«

Als Mike das letzte Griffstück packte und sich auf die obere Plattform hievte, wurde das Publikum wild. Sogar die Wakeboarder, die gerade vom Strand kamen und ein bisschen Schatten suchten, riefen Mikes Namen.
»Das wird man wohl kaum noch schlagen können. Hoffentlich klettert er im Finale genauso gut«, sagte der Kommentator, bevor er den Namen des nächsten Kletterers aufrief.
Mike war gerade wieder auf dem Erdboden gelandet, als auch schon sein Vater auf ihn zugestürmt kam.
»Mike, das war gut, das war mehr als gut, das war überirdisch«, fing Wayne an. »Aber deine Fußtechnik am Überhang war schwach, und als du an der Rille den Lay-back gemacht hast, hättest du die Fläche besser queren sollen.«
Mike stand stocksteif da und starrte seinen Vater an. »Das soll wohl ein Witz sein, oder? Ich habe gerade einen perfekten Aufstieg hingelegt. Hast du den Sprecher nicht gehört?«, stieß er hervor. »Er sagte, dass er noch nie so einen glatten Aufstieg gesehen hat.«
»Ja, sicher, aber . . .«, fing Wayne erneut an.
Mike riss sich die Schuhe von den Füßen, schleuderte sie vor seinem Vater auf den Boden und stürmte in Richtung Strand davon.

KAPITEL 9

Wall warf Kevin einen enttäuschten Blick zu. »Wenn Mike seinen Aufstieg so ganz ohne Probleme hingekriegt hat, dann gibt es hier vielleicht gar keinen Fall für uns zu klären. Vielleicht sollten wir das Ganze unter Betriebsunfall abheften.«

»Im Moment ist das nicht so wichtig. Es sieht so aus, als könnte Mike jetzt einen Freund gebrauchen«, bemerkte Kevin. »Wir sollten ihm besser nachgehen.«

»Das ist aber gar keine gute Idee«, antwortete Wall. »Du weißt doch noch, was Greg heute Morgen gesagt hat.«

Kevin nickte zustimmend.

Für den Nachmittag war das Halbfinale der Damen angesetzt. Als Sophie in der Wand war, konnten Kevin und Wall nicht der Versuchung widerstehen, vor das Zelt zu gehen und ihr zuzuschauen.

»Oje, Kev«, murmelte Wall und stieß seinen Freund an. Aus einer der Schiedsrichterboxen wurden sie finster von Greg angestarrt.

»Komm mit«, sagte Kevin. Die beiden huschten wieder ins Zelt. »Dann beobachten wir sie eben von der Tribüne aus.« Wall folgte Kevin durch den anderen Ausgang des Zelts, der sie praktisch direkt auf die Rückseite der Tribünen führte. Von hier aus waren sie nicht nur für Greg unsichtbar, sie hatten auch noch eine bessere Sicht auf die Wand.

Sophies Arme schwangen mit Leichtigkeit und Anmut hoch und zogen ihren Körper hinter sich her. Ohne Anstrengung brachte sie die ersten Hindernisse mit einer Abfolge von Finger- und Zehenspitzenschüben hinter sich. Dann stemmte sie sich mit dem rechten Bein gegen die Wand und gelangte so in die richtige Position für einen Überhang.

Sie machte eine Pause und versuchte die Anordnung der Haltepunkte zu durchschauen.

»Um über dieses Ding zu kommen, müsste man schon eine

Spannweite von vier Metern haben«, flüsterte Kevin Wall zu.
Sophie streckte einen Arm in der Diagonalen aus, stemmte den Ballen ihres Fußes gegen die Wand und stieß sich schließlich mit dem Knie vorwärts. Sie bewegte sich über diesen Überhang wie ein Segelschiff, das auf den Wellen tanzte.
»Wie hat sie denn diese Kombination sehen können?«, fragte Wall voller Staunen.
»Und das, ohne die Strecke vorher zu kennen!«, fügte Kevin hinzu.
In Windeseile war Sophie an der Außenkante angekommen und bereitete sich auf den letzten Griff vor dem Ziel vor, als ihr plötzlich der Dampf auszugehen schien. Sie hing wie ein Bleigewicht in der Wand und an ihren Armen und Beinen zeigte sich deutlich das Elvis-Syndrom, bei dem es durch die Erschöpfung der Muskeln zu unkontrollierbarem Schütteln und Zucken kam.
»Mist, gleich fällt sie runter«, sagte Wall enttäuscht.
Sophie brachte sich in eine angenehmere Haltung und streckte Arme und Beine gerade aus.
Nach einigen Minuten Pause war sie bereit weiterzumachen. Aber nun konnte man deutlich sehen, dass sie ihre Energie verbraucht hatte. Ihre Bewegungen waren langsam und wirkten angestrengt.
»Sie wird es nicht schaffen«, musste schließlich auch Kevin einräumen.
Einen Moment später rutschte Sophie von der Wand ab.
Dennoch jubelte das Publikum, als sie an ihrem Seil auf den Boden heruntergelassen wurde.
»Wir gehen besser wieder an unsere Arbeit zurück, bevor uns Greg erwischt«, meinte Kevin. »Später können wir ja noch mal bei den Skateboardern vorbeischauen.«
Sie rannten zurück ins Iso-Zelt und verbrachten den Rest des Nachmittags hinter ihrer Theke.
Nachdem an der Kletterwand die Wettbewerbe für diesen Tag

beendet waren, sonnten sich Kevin und Wall in der Nähe der Halfpipe. Hier sollte gleich der Skateboard-Wettbewerb beginnen. Kevin sah auf die Uhr. »Greg hat gesagt, dass wir in einer Stunde wieder zurück sein sollen.«

»Das sollte reichen, um sich ein paar gute Läufe anzusehen«, meinte Wall, während sie sich unter Einsatz ihrer Ellbogen bis an den Rand der Halfpipe vorkämpften. »Ich bin wirklich froh, dass wir diese X-Game-Ausweise haben. Damit kommen wir überallhin.«

Einer nach dem anderen der weltbesten Skateboarder stürzte sich in die Pipe und lieferte ein blendendes Feuerwerk von Tricks - 540°er, 360°er, Tailwhips, Backflips.

Der Wettkampf war so faszinierend, dass die Stunde wie im Flug verging. Glücklicherweise streifte Kevins Blick irgendwann seine Uhr. Er erkannte, dass sie sofort aufbrechen mussten, um nicht zu spät zu kommen.

Sie rannten mit Volldampf los und schafften es gerade noch rechtzeitig.

Wall lehnte sich keuchend gegen die Kletterwand. »Und wo ist Greg? Wir rennen wie die Blöden und er ist nicht hier«, japste er atemlos.

In diesem Moment kam Greg mit einem großen Laster herangefahren, auf dem sich ein Kran mit einem Korb befand. Er sprang aus dem Führerhaus und winkte den beiden zu. »Hallo, schön, dass ihr so pünktlich seid!« Er wirkte viel entspannter und freundlicher als vorher. »Ihr beiden habt heute wirklich gut gearbeitet. So, und jetzt müssen wir diese Wand hier in die richtige Form für das Finale bringen. Ich möchte das Ding an ein paar Stellen noch ein bisschen verschärfen, damit unsere lieben Kletterer morgen ein paar Überraschungen erleben.«

»Klasse!«, rief Wall.

»Also, wer will mit mir in die Luft gehen?«, fragte Greg. »Ich brauche jemanden, der mir die Griffe anreicht, die ich noch einbauen muss.«

Wall hob abwehrend die Hände und machte einige Schritte nach hinten. »Nicht mit mir! Ich werde mit diesem Korb keine zwanzig Meter hoch in den Himmel fahren.«
Greg und Kevin fingen an zu lachen.
»Der ist so sicher wie eine Babywiege«, sagte Greg.
»Ja, ja, bis der Ausleger bricht«, unkte Wall. »Ich bleibe auf dem Boden und überwache die ganze Angelegenheit.«
Im Korb breitete Greg einen Plan der Route aus, die er entworfen hatte. Er gab Kevin einen Sack voller Griffe. Kevin war sehr darauf bedacht, Greg davon zu überzeugen, dass er ein verantwortungsbewusster und verlässlicher Arbeiter war. Allerdings hätte er Greg auch liebend gern gefragt, wieso er ihn in Bezug auf die Übungswand angelogen hatte.
Greg betätigte einige Hebel und brachte den Korb vor der Wand in Position.
»Jetzt einen Pinch«, sagte er und streckte Kevin wie ein Chirurg im Operationssaal die Hand entgegen.
Kevin wühlte in dem Sack herum und förderte einen Pinch-Griff zu Tage.
Greg schraubte ihn ein und zog ihn mit einem Schraubenschlüssel fest an. Dann ließ er den Korb an die nächste Stelle gleiten. »Einen Fünf-Finger-Griff.«
Kevin wühlte erneut. Während er darauf wartete, dass Greg das neue Teil sicher befestigt hatte, sammelte er allen Mut, um ihn wegen der Übungswand zu fragen. »Warum haben Sie gelogen, als Sie sagten, dass Sie die Trainingswand nicht gebaut hätten?«, brachte er schließlich über die Lippen.
Greg sah ihn überrascht an. »Hä?« Er überlegte einen Moment. »Ach so, jetzt versteh ich. Du hast ja mitbekommen, wie ich das zu David und Bobby gesagt habe.«
Kevin nickte und wartete auf Gregs Erklärung.
»Tja, jetzt hast du mich kalt erwischt. Nun, ich habe gelogen, um den beiden keinen Grund für Beschwerden über die Wettbewerbsumstände zu liefern«, sagte Greg. »Bobby ist einer der

schlimmsten Jammerer bei dieser Veranstaltung. Er macht das, um alle anderen Teilnehmer zu verunsichern. Und üblicherweise wird dann der Veranstalter deswegen in die Mangel genommen.«

»Das ist aber ziemlich fies«, bemerkte Kevin.

»Kann man wohl sagen. Immerhin gewinnt er andauernd irgendwelche Wettbewerbe, also muss seine Masche ja wohl ziehen. Ich wollte bloß nicht, dass er das gleiche Ding auch bei mir abzieht.« Greg grinste verhalten. »Tja, deswegen habe ich zu einer platten, kleinen Lüge gegriffen.« Dann ließ er den Korb zu einer anderen Stelle der Wand schweben.

Kevin durchwühlte wieder den Sack und zog ein buckelförmiges Griffstück heraus. Er war erleichtert, nachdem er nun herausgefunden hatte, dass Greg nichts mit der Sabotage zu tun hatte. Dennoch bekam er kein klares Bild. Wer steckte dann hinter dieser ganzen Angelegenheit?

Während sie sich an der Wand weiter hinaufbewegten, verstärkte sich bei Kevin das Gefühl, dass er Greg trauen konnte und dieser ihm die Wahrheit gesagt hatte. Greg vertiefte sich immer mehr in seine Arbeit, während Kevin die Zeit nutzte, um auf den Strand hinunterzusehen. Irgendwann fiel sein Blick auch auf die Halfpipe und den Wettbewerb, der dort immer noch in Gang war. Von hier oben hatte er eine unglaubliche Sicht, eine Sicht, die niemand sonst auf der Welt hatte. Wie hypnotisiert beobachtete er einen Burschen mit Gipsarm, der bei seiner Fahrt hart an die Grenze des Machbaren ging. Fast zehn Meter schoss er über den Rand der Pipe hinaus und ließ sich sicher wieder hineinfallen. Der Kerl musste eine ungeheure Kraft haben.

Gregs Stimme schreckte Kevin auf. Sie hatte plötzlich einen harten Klang bekommen.

»He, pass gefälligst auf. Ich habe dich nicht mitgenommen, damit du hier die Sehenswürdigkeiten bewunderst. Jetzt gib mir einen Muldengriff.«

Eilig durchsuchte Kevin den Sack und zog einen Muldengriff heraus. Das Ding war ein echter Hammer. Es war die Art von Griff, von der jeder Kletterer träumte. In der Tat durchstiegen viele Kletterer eine Wand nur, um einmal einen derart massiven und soliden Griff unter die Fingerspitzen zu bekommen.
Kevin beobachtete Greg, wie dieser in Höchstgeschwindigkeit den Griff festschraubte. Irgendwie kam ihm Greg jetzt sehr ungeduldig vor. In Windeseile wanderte der Korb noch ein Stück an der Wand hoch.
»So, das ist der Letzte«, sagte Greg.
Als sie fertig waren, ließ Greg den Kran hinunter. Während sie an der Wand entlangglitten, stieß Kevin versehentlich mit der Hand gegen den massiven Muldengriff. Das Ding rotierte wie ein Kreisel.
Kevin schluckte. »Ähm, äh, Greg?«
Greg hielt den Kran an. »Was ist?«
Kevin deutete nach oben auf den Griff. »Der Griff, den Sie eingeschraubt haben, ist nicht fest.«
Greg starrte ihn einige Sekunden wortlos an. Dann sagte er: »Na, da bin ich ja froh, dass du das entdeckt hast und nicht einer der Wettkämpfer. Das nächste Mal passt du besser gleich auf und träumst nicht in der Weltgeschichte herum.«
Kevin fühlte sich, als hätte man ihn vor den Kopf geschlagen. Er war schließlich nicht derjenige gewesen, der den Griff angeschraubt hatte. Allerdings musste er zugeben, dass er wirklich nicht die ganze Zeit aufgepasst hatte. »Tut mir Leid.«
Als Kevin und Wall sich auf den Weg zu Dougs Wohnung machten, waren die Straßen voll von Leuten, die nun von den Tribünen an der Pipe wegströmten. Für heute waren die Spiele beendet.
»Er hätte sich wenigstens bei mir bedanken können, dass ich diesen losen Griff entdeckt habe«, beschwerte sich Kevin.
»Meinst du, er hat sich geärgert, weil du ihn erwischt hast?«, fragte Wall. »Wenn er wirklich vorhat, Mike um seinen Sieg zu

bringen, wäre es da nicht die perfekteste Methode, einfach die Wand zu sabotieren? Das würde auch genau zu der Vermutung passen, dass der lose Griff an der Trainingswand nicht für Bobby, sondern für Mike bestimmt war.«

Sie blieben unter dem Vordach des Sunshine-Beach-Hotels stehen und unterhielten sich weiter.

Kevin seufzte. »Es wäre schön, wenn das so einfach wäre. Aber wenn wir Greg als Verdächtigen betrachten, gibt es doch einige Probleme. Erstens, wenn ein Kletterer wegen eines losen Griffs abstürzt, hat er einen zweiten Versuch frei. Zweitens, und das ist noch wichtiger, Greg hat eigentlich kein richtiges Motiv, um Mike zu schaden.«

»Das stimmt«, musste Wall eingestehen.

»Ich denke, wir sollten unsere Aufmerksamkeit auf Bobby und Pompey richten. Beide haben genügend Gründe, sich zu wünschen, dass Mike und Sophie aus dem Wettbewerb ausscheiden. Bobby will auf jeden Fall seinen Rekord als jüngster Sieger bei einer Meisterschaft behalten«, sagte Kevin.

Wall stupste mit seiner Schuhspitze gegen den Bordstein und sah die Straße entlang. »Ja, Pompey könnte wirklich dahinter stecken, entweder gemeinsam mit Bobby oder alleine.«

In diesem Moment kam jemand aus dem Hotel. Der Mann zündete sich eine Zigarette an und warf sich eine Tasche über die Schulter.

»Wenn man schon von Pompey spricht«, murmelte Kevin. Der Manager kam genau auf sie zu. Dabei rannte er fast eine andere Gestalt über den Haufen, die gerade aus dem daneben liegenden Hotel trat.

»Schau mal, da ist Mike«, sagte Wall.

Mike und Pompey sahen sich kurz an, dann blickte Pompey in eine andere Richtung und huschte um die nächste Ecke.

»Das ist vielleicht ein Miesling«, meinte Wall kopfschüttelnd. »Hast du gemerkt, wie er Mike links liegen gelassen hat?«

»Mike!«, rief Kevin und winkte.

Mike sah sich verblüfft um, bis er sie entdeckte.
»Na, willst du noch ausgehen?«, fragte Wall.
»Äh, nein«, sagte Mike ausweichend. »Ich bin ziemlich geschafft. Wollte nur mal kurz Luft schnappen.«
»Wir sind schon gespannt wegen morgen«, sagte Kevin. »Wir wollen dich so scharf klettern sehen wie heute.«
Mike lächelte ihn wenig überzeugend an. »Klar doch. Na dann, man sieht sich.« Er ging wieder ins Hotel zurück.
Durch die Fenster des Hotelfoyers sah Wall, wie Mike auf den Aufzug zusteuerte. Dann bemerkte Wall aus dem Augenwinkel einen Schuhkarton, der aus dem Mülleimer vor dem Hoteleingang ragte. »Donnerwetter!«, rief er, als er den Karton aus dem Müll gezogen hatte. »Schau dir das mal an!« Er holte zwei Swift-Kletterschuhe aus dem Karton.
»Wieso schmeißt denn jemand so was weg?«, fragte Kevin. »Die Dinger sehen doch nagelneu aus.«
Wall drehte die Schuhe um. »He! Größe neun. Genau meine Größe!« Er grinste Kevin strahlend an. »Und sie sind in perfektem Zustand. Jetzt brauche ich mir wohl keine Gedanken mehr zu machen, ob es falsch oder richtig ist, Schuhe von einem Wettkampfteilnehmer anzunehmen.«
»Gut. Und ich muss Greg nicht mehr fragen, ob wir von Mike Geschenke annehmen dürfen«, antwortete Kevin erleichtert. »Aber merkwürdig ist es schon, dass jemand unbenutzte Kletterschuhe in den Müll schmeißt«, meinte er.

KAPITEL 10

Am nächsten Tag standen Kevin und Wall wieder hinter der Erfrischungstheke im Iso-Zelt. Das Finale der Männer hatte bereits begonnen und die beiden wurden langsam kribbelig, weil sie noch nichts davon gesehen hatten.

»Also, eines steht fest«, sagte Wall nachdrücklich, »Mikes Aufstieg werden wir uns heute Morgen auf jeden Fall ansehen. Es ist mir völlig wurscht, was passiert.«

In diesem Moment wurde Mike informiert, dass er bis zu seinem Start noch fünf Minuten hatte.

Mike öffnete seine Sporttasche und wühlte eine Weile darin herum. Schließlich stülpte er sie ganz um und ließ den gesamten Inhalt herausfallen. »Dad!«

»Was ist?«, fragte Wayne, ohne von den Papieren aufzusehen, die er gerade bearbeitete.

»Dad«, wiederholte Mike, »komm mal her.«

»Hä?« Wayne stand auf.

»Wir haben ein Problem«, erklärte Mike. »Meine Schuhe sind verschwunden.«

Wayne schnappte sich die Tasche und durchsuchte sie ebenfalls. Dann stocherte er in den Gegenständen herum, die am Boden lagen.

»Bleib ganz ruhig«, stieß Wayne hervor und raste aus dem Zelt. »Ich hole ein neues Paar vom Ausstellungsstand. Dauert nur einen Moment!«, rief er über die Schulter.

Einen Augenblick später tauchte sein Kopf noch einmal in der Zelttür auf. »Und leih dir bloß keine Schuhe von irgendeinem anderen Kletterer!«

»Jetzt beeil dich!«, rief Mike, doch er hörte sich nicht besonders zuversichtlich an. Er ließ sich auf einen Stuhl fallen, sackte zusammen und starrte Löcher in die Luft.

»Vielleicht können wir ihm ja helfen«, schlug Wall vor. Er machte Anstalten, zu Mike zu gehen.

»Hm, hm«, brummte Kevin. »Greg hat uns gesagt, dass wir keinen Kontakt mit den Kletterern aufnehmen sollen.«
»Aber er ist unser Freund«, beschwerte sich Wall.
»Es gibt nichts, was wir tun könnten«, hielt Kevin dagegen. »Nach dieser Geschichte mit Sophies vertauschten Schuhen wird Mike garantiert nicht so dumm sein, sich von jemand anderem Schuhe zu leihen. Das ist viel zu riskant.«
Ein Schiedsrichter forderte Mike auf, sich in den Aufwärmbereich zu begeben.
»Bin schon unterwegs«, sagte Mike.
Kevin sah immer wieder nervös auf die Uhr. Er hatte keine Ahnung, welche Verspätung man Mike zubilligen würde. Zwei Minuten, drei Minuten, vier Minuten vergingen. Plötzlich kam Wayne mit leeren Händen ins Zelt gestürmt.
»Wo sind die Schuhe?«, fragte Mike gereizt.
Wayne warf verzweifelt die Hände hoch. »Irgendjemand hat alle Schuhe in den Größen neun, zehn und elf gestohlen.«
In diesem Moment verkündete ein Ansager über Lautsprecher: »Achtung, meine Damen und Herren! Achtung! Mike Swift ist soeben disqualifiziert worden. Er hat sich nicht in der festgesetzten Zeit an den Start begeben.«
Mikes Schultern sackten hinunter.
»Wieso hast du nicht deine Tasche überprüft, bevor wir aus dem Hotel gegangen sind?«, wollte Wayne wütend wissen.
»Das habe ich doch«, stöhnte Mike. Er schnappte sich einen Reiskeks von der Theke und knabberte missmutig daran.
»Wo ist Greg?«, kläffte Wayne.
»Genau hier«, sagte Greg, der gerade ins Zelt kam.
»Wieso ist das Iso-Zelt nicht abgesichert worden?«, rief ihm Wayne entgegen.
»Was soll denn das heißen?«, fragte Greg verblüfft. »Nach der Sache mit Sophie habe ich hier noch zusätzliche Sicherheitskräfte postiert.«
»Nun, das waren jedenfalls nicht genug«, schnauzte Wayne.

»Mikes Schuhe wurden aus seiner Tasche gestohlen. Das ist jetzt das zweite Mal, dass sich jemand im Iso-Zelt an der Ausrüstung der Kletterer vergreift.«

Greg hob abwehrend eine Hand. »Was?! Wie ist das passiert? Ich bitte alle Anwesenden mir zu glauben, dass mir dieses Hickhack langsam aus dem Hals raushängt.«

»Das genügt mir aber nicht«, knurrte Wayne.

»Mir auch nicht«, stimmte ihm Greg zu. »Und deshalb werde ich jetzt sofort Maßnahmen ergreifen, um das Iso-Zelt so wirksam wie möglich abzusichern.« Er ging zu Kevin und Wall. »Ihr beide seid hiermit von euren Aufgaben entbunden. Ihr habt dieses Zelt in den letzten Tagen zu oft unbeaufsichtigt gelassen. Ich werde euch durch Leute ersetzen lassen, die ihre Arbeit ernst nehmen und verantwortungsbewusst sind.«

»Sie meinen, jetzt sofort?« Kevin schluckte.

»Jetzt sofort«, antwortete Greg bestimmt.

Vor dem Zelt hielt Kevin Wall an der Schulter fest. »Warte mal einen Moment. Wir haben doch Mike die ganze Zeit beobachtet, seit er ins Zelt gekommen ist, stimmt's?«

»Stimmt«, antwortete Wall. »Wieso?«

»Nun, hast du gesehen, ob jemand außer Mikes Vater in seine Nähe gekommen ist?«, fragte Kevin.

»Nein«, antwortete Wall.

»Also kann auch niemand seine Schuhe gestohlen haben«, schlussfolgerte Kevin.

»Aber Mike hat doch gesagt, dass er die Schuhe noch bei sich hatte, als er heute Morgen das Hotel verließ«, wandte Wall ein. »Und dann kommt noch die Frage dazu, wer die Schuhe aus dem Ausstellungsstand gestohlen haben könnte.«

»Verdammt noch mal, die Schuhe in der Mülltonne müssen Mike gehört haben! Pompey hat sich vor dem Hoteleingang herumgetrieben, als wir die Dinger gefunden haben.« Kevin machte eine Pause und überlegte. »Oder hat vielleicht Mike selbst seine eigenen Schuhe weggeworfen?«

KAPITEL 11

Mit jedem Tag hatten sich mehr Zuschauer vom Sportklettern begeistern lassen und nun schien wirklich jeder vom Strand gekommen zu sein, um sich das Finale der Damen anzusehen. Angesichts der Lautstärke und des allgemeinen Gewusels glich die Tribüne einem Zoo.

»Ich wünschte nur, dass es uns möglich gewesen wäre, Sophie noch einmal zu warnen, damit sie besonders vorsichtig ist«, sagte Kevin.

»Ich bin sicher, dass Mike nach seinem Erlebnis mit ihr gesprochen hat«, meinte Wall zuversichtlich. Er nahm einen Schluck aus der Wasserflasche, die er noch von der Theke mitgenommen hatte.

Die Tribüne war in grelles Sonnenlicht getaucht. Der Tag war perfekt zum Klettern, es gab keinen Regen und die Luftfeuchtigkeit war so niedrig, dass auch sie die Wand nicht glitschig machen konnte. Andererseits hieß das aber auch, dass alle Anwesenden beinahe gegrillt wurden.

Kevin drehte sich um und beobachtete die Wakeboarder, die hinter starken Motorbooten über das Wasser der Bucht schossen. »Das muss ich einfach mal ausprobieren!«

»Kann eigentlich auch nicht schwieriger sein als Snow- oder Skateboarden«, bemerkte Wall.

Als das Finale der Damen begann, beobachteten Wall und Kevin abwechselnd die Kletterer und die Wakeboarder. Sophie lag bei acht Finalistinnen auf dem fünften Platz.

Als sie schließlich aus dem Zelt kam und die Wand besichtigte, richteten Kevin und Wall ihre Aufmerksamkeit auf sie.

»Da drüben ist Mike«, sagte Kevin und deutete auf einen Punkt auf der anderen Seite der Tribüne. »Sophies Mutter ist bei ihm.«

Wall nickte.

Sie sahen Sophie zu, wie sie ihre Hand an dem Kalkbeutel rieb, der an ihrem Gürtel hing. Sie zögerte, holte tief Luft und fasste dann die ersten Griffe. Der Mann, der sie sicherte, straffte das durchhängende Seil. Doch bevor auch nur jemand blinzeln konnte, fiel Sophie aus der Wand.

Ein Schiedsrichter blies auf seiner Pfeife und damit war Sophie disqualifiziert. Sie war tatsächlich bei ihrem ersten Griff abgestürzt.

»So etwas ist noch nie passiert«, hörte man den Kommentator erschrocken ins Mikrofon sagen.

»Komm mit!«, rief Kevin Wall zu, während er selbst schon die Treppe hinunterraste und auf die Absperrung zusteuerte, die Sportler und Zuschauer voneinander trennte.

»Ich konnte mich einfach nicht festhalten«, schluchzte Sophie und legte den Kopf enttäuscht auf die Schulter ihrer Mutter.

Mike und Odile standen neben den beiden und versuchten Sophie zu trösten.

»Irgendwas klebt an meinem Kalkbeutel. Das Zeug ist an meine Hände gekommen«, erklärte Sophie. »Es ist irgendwie fettig.«

In diesem Moment tauchte einer der Schiedsrichter auf, um die Disqualifizierung persönlich auszusprechen. Mrs Wood zeigte ihm den Kalkbeutel. Er nahm ihn und brachte ihn zu den anderen Schiedsrichtern, die nun den Fall untereinander diskutierten.

Kurz darauf wurde über Lautsprecher verkündet, dass die Schiedsrichter darüber berieten, ob Sophies Disqualifizierung widerrufen werden sollte. Sekunden später schoss David Pompey aus dem Iso-Zelt und brachte bei den Zuständigen einen formellen Protest vor.

Kevin bemerkte, wie sich Odiles Blick verfinsterte, als sie Pompey entdeckte.

»Die Regeln besagen eindeutig, dass jemand, der abstürzt, an diesem Tag nicht mehr klettern darf«, hörten ihn Kevin und Wall zu den Richtern sagen.

Sophie wischte sich die Tränen mit einem Handtuch ab. »Sie müssen mir einfach eine zweite Chance geben«, sagte sie entschlossen.
»Ich hole dir einen anderen Kalkbeutel«, sagte Odile und rannte ins Zelt.
Als sie zurückkam, nahm ihr Kevin den Beutel aus der Hand. »Den sehe ich mir erst einmal an«, sagte er bestimmt. Er klatschte ihn fest gegen seine Handflächen und rieb dann seine Hände aneinander, um die Reibung zu testen. »Der hier scheint in Ordnung zu sein.« Er reichte ihn Mrs Wood, die ihn an Sophies Gürtel befestigte. Sie war der festen Überzeugung, dass man Sophie einen zweiten Versuch zugestehen würde.
Einige Minuten später tauchte der Schiedsrichter wieder auf. »Sophie, in fünf Minuten darfst du noch einmal starten.«
»Aber erst wäschst du dir die Hände.« Mrs Wood begleitete ihre Tochter ins Iso-Zelt, während Greg sich an der Wand zu schaffen machte, um die Schmiere von den Griffen abzuwischen, die Sophie berührt hatte.
In Windeseile war Sophie zu ihrem zweiten Versuch bereit.
Sie packte das erste Griffstück. Diesmal hielt ihr Griff. Sie umfasste den zweiten und zog sich vom Boden hoch.
Dann rutschte ihre Hand ab!
Durch das Publikum ging ein entsetzter Aufschrei.
Aber Sophie stürzte nicht ab. Sie kalkte ihre Hände noch einmal ein und stieg dann mit der Anmut einer Tänzerin weiter aufwärts.

KAPITEL 12

Zusammen mit Mrs Wood und Mike sahen Kevin und Wall zu, wie Sophie auf das Siegerpodest stieg und die Goldmedaille entgegennahm. Neben ihr stand Odile. Sie hatte Silber gewonnen. Trotz der Anfangsprobleme hatte Sophie einen perfekten Aufstieg präsentiert und sie war die einzige der Teilnehmerinnen, die es bis ins Ziel geschafft hatte.

Sophie strahlte, als sie ihre Medaille hochhielt und dem Publikum zeigte. Unbeschreiblicher Jubel brandete auf.

Der Kommentator erklärte, dass Sophie mit ihren fünfzehn Jahren die jüngste Teilnehmerin sei, die jemals einen so bedeutenden Wettbewerb gewonnen habe, übrigens auch im Vergleich zu den Männern.

Als Kevin das hörte, machte etwas in seinem Kopf »klick«. Er zog Wall beiseite. »Weißt du eigentlich, dass wir etwas ganz Grundlegendes übersehen haben? Ich könnte mir selbst in den Hintern treten.«

»Was denn?«, fragte Wall.

»Wenn es sich tatsächlich um Bobby handelt, hätte er nicht nur Mike vom Gewinnen abhalten müssen, sondern auch Sophie. Denn sie hat seinen Rekord ja auch brechen können!«, stieß Kevin hervor.

»Aber was können wir jetzt noch unternehmen?«, fragte Wall.

»Warte mal. Da war noch eine zweite Sache«, fuhr Kevin fort. »Du hast doch auch gesehen, wie Pompey aus dem Zelt gekommen ist, um zu verhindern, dass Sophies Disqualifizierung aufgehoben wird, oder?«

»Ja und?«, antwortete Wall.

»Nun denk doch mal nach«, drängte Kevin. »Als Sophie zur Wand ging, war Bobby nicht mal in der Nähe, aber Pompey.«

»Also hätte Bobby Sophies Kalkbeutel gar nicht austauschen können!«, rief Wall.

»Genau!«, stimmte ihm Kevin zu. »Und der einzige Mensch, der

bei jeder verdächtigen Situation dabei gewesen ist, ist Pompey. Er muss unser Täter sein.«
»Sie sind brillant, Holmes«, antwortete Wall.
»Das Einzige, was mir noch Sorgen macht, ist die Sache mit Mikes verschwundenen Schuhen«, knurrte Kevin nachdenklich. »Nachdem Sophies Schuhe gestohlen wurden, hätte man doch annehmen müssen, dass Mike und Wayne besonders vorsichtig sein würden. Und dass Pompey wirklich alle Schuhe vom Ausstellungsstand mitgehen lassen würde, kommt mir irgendwie komisch vor.«
»Na ja, der einzige andere Mensch, der sich vor der Hoteltür rumgetrieben hat, als wir die Schuhe in der Mülltonne gefunden haben, war Mike«, bemerkte Wall. »Aber er kann es nicht gewesen sein.«
»Vergiss Pompey nicht. Der war auch dort«, erinnerte ihn Kevin. Kevins Blick blieb an Odile kleben. »Ich weiß nicht. Wir sollten uns mal mit Odile unterhalten. Ich glaube, sie weiß etwas, von dem sie niemandem etwas gesagt hat.«
Als sich die Veranstaltung auflöste, folgten Kevin und Wall Odile auf die Straße.
»Odile! Hast du mal einen Moment Zeit?«, rief Kevin.
Odile drehte sich um und nickte.
»Ich glaube, du weißt mehr über all die Störmanöver, als du bis jetzt mitgeteilt hast«, sagte Kevin geradeheraus.
»Ich habe keine Ahnung, wovon du sprichst«, meinte Odile ausweichend. Sie drehte sich um und wollte weitergehen.
»Warte!«, rief Kevin. »Du musst uns alles sagen. Du bist die Einzige, die mit diesem Spuk Schluss machen kann.«
Odiles Lippen zitterten. »Nein. Ich muss jetzt gehen.« Fast im Laufschritt eilte sie davon.
An diesem Abend gingen Kevin und Wall schon ziemlich früh zur Siegerparty.
»Mann, ich habe vielleicht einen vollen Bauch!«, brummte Wall, als sie den Tanzsaal betraten.

Bis jetzt waren erst wenige Gäste eingetroffen. Die Band stellte gerade ihre Ausrüstung auf die Bühne.
»He! Da drüben sind Mike und Sophie!«, rief Kevin. »Vielleicht können wir jetzt erfahren, was mit den Schuhen passiert ist.«
Mike und Sophie saßen an einem Tisch direkt neben der Tanzfläche. Kevin war überrascht Mike hier anzutreffen, da er bis jetzt noch an keinem gesellschaftlichen Ereignis im Rahmen der X-Games teilgenommen hatte. Und er war auch überrascht, dass Mike so entspannt wirkte.
»Hallo, Leute! Könnt ihr bei eurer Party noch Gäste gebrauchen?«, fragte Kevin, als er und Wall sich an den Tisch setzten und die Rucksäcke abstreiften.
»Aber klar!«, sagte Mike. »Heute Abend geht hier der Bär ab.«
Kevin beobachtete Mike eine Weile. Schließlich fragte er: »Okay, was ist los? Sophie hat gesagt, dass du dich bei Wettbewerben nie unters Volk mischst. Morgen ist aber das Zeitklettern, oder?«
Mike wurde rot. »Ich wollte bloß mal ein bisschen Spaß haben«, sagte er ausweichend.
»Nein, das ist es nicht«, beharrte Kevin. »Du hast heute Morgen deinen eigenen Auftritt sabotiert, oder etwa nicht?«
»Wir haben gestern Abend gesehen, wie du deine Schuhe in den Müll geworfen hast«, setzte Wall nach.
Mike kümmerte sich nicht um Kevins Frage und nahm einen Schluck von seinem Drink.
Sophie sah Mike ausdruckslos an.
»Wieso?«, fragte Kevin fordernd.
Auf der Bühne fing die Band an zu spielen.
»Ich glaube, ich werde jetzt tanzen«, sagte Mike.
Sophie hielt ihn am Arm fest. »Mike, gib ihm eine Antwort.«
Mike ließ sich auf seinen Stuhl zurückfallen. »Na gut. Ja, ich habe meine Schuhe weggeschmissen. Und die anderen habe ich an unserem Stand versteckt. Ich hatte einfach genug von diesem verfluchten Druck. Das Klettern hat mir keinen Spaß

mehr gemacht. Und als Sophies Schuhe vertauscht wurden, da habe ich gedacht: Das ist es! Das war genau die Möglichkeit, um aus diesem Wettbewerb problemlos rauszukommen. Ich hatte mir gedacht, wenn ich nicht antreten kann, würde mein Vater mich nicht länger unter Druck setzen. Er ist so scharf darauf, mich in sein Schuhbusiness einzuspannen, dass er gar nicht merkt, wie egal mir dieser ganze Kram ist. Alles, was ich will, ist klettern.« Mike sah auf das Glas in seiner Hand. »Ich bin zu jung. Ich will einfach Spaß haben.«

Sophie legte ihren Arm um Mike. »Ich habe gewusst, dass mit dir irgendwas nicht stimmt. Wieso hast du es mir denn nicht anvertraut? Vielleicht hätte ich ja mit deinem Vater reden können.«

Mike schüttelte den Kopf. »Das hätte auch nichts genützt. Er hätte es nicht verstanden. Bis heute!« Mike sah seine Freunde an. »Nachdem alles gelaufen war, hat Dad sich die Sache zusammengereimt. Und jetzt sagt er, dass er es begriffen hat. Er hat versprochen mich nicht mehr unter Druck zu setzen, damit ich gewinne.«

Kevin und Wall grinsten breit. Sie waren froh, dass sie diesen Teil des Rätsels gelöst hatten. Aber sie wussten auch, dass sie den größeren noch vor sich hatten.

Den Rest des Abends verbrachten sie mit Mike und Sophie. Sie amüsierten sich prächtig, bis Kevin sich im Raum umsah und plötzlich zu einer Salzsäule erstarrte. David Pompey kam gerade durch die Tür marschiert. »Wir sehen uns später«, sagte Kevin eilig zu Mike und Sophie. Er packte Wall und zerrte ihn vom Tisch weg. Wall hatte gerade noch Zeit, seinen Rucksack zu schnappen, dann rannte er auch schon Kevin hinterher.

»Sollen wir ihn verfolgen?«, erkundigte sich Wall, während sie Pompey beobachteten, wie er sich seinen Weg durch den Ballsaal bahnte.

»Wir bleiben in seiner Nähe und sehen uns mal an, was er macht«, schlug Kevin vor.

Sie nahmen sich Gläser mit Mineralwasser vom Tablett eines Obers und schoben sich durch die Menge in die Nähe des Tischs, an dem Bobby und Pompey saßen. Knapp drei Meter von diesem Tisch entfernt bezogen sie hinter einer breiten Säule Stellung.

»Hör zu, Bobby, wir können diesen Wettbewerb immer noch rumreißen, wenn du morgen das Zeitklettern gewinnst«, sagte Pompey.

»Ich habe durchaus vor zu gewinnen«, antwortete Bobby.

»Und das wirst du auch«, sagte Pompey, wobei er sich so sicher anhörte, als hätte er den Gewinn tatsächlich schon in der Tasche. »Da fällt mir ein . . .« Er sah auf seine Uhr. ». . . ich muss mich beeilen.«

Pompey stand auf und lief in Richtung Ausgang.

»Was hat er vor?«, fragte Wall überrascht.

»Pst!«, zischte Kevin. Er gab ein Zeichen, dass sie ihm folgen sollten. Sie hefteten sich an Pompeys Fersen. »Er hat sich ganz so angehört, als ob er irgendetwas plant«, flüsterte Kevin. »Wir dürfen ihn nicht aus den Augen verlieren.« In diesem Moment entdeckte Kevin einen Polizisten in der Nähe des Ausgangs. »Du hängst dich an Pompey. Ich bin gleich wieder da«, raunte er Wall zu.

Wall zurrte noch einmal die Gurte seines Rucksacks fest und verschwand dann durch die Hotelhalle.

»Herr Wachtmeister!«, rief Kevin. »Ich möchte Ihnen einen beabsichtigten Sabotageversuch melden und ich befürchte, die Person, die dieses Verbrechen plant, ist gerade auf dem Weg zu der Sportkletterwand, um diesen Plan auszuführen.«

Der Polizist sah ihn erstaunt an. »Und woher weißt du das?«

Kevin zögerte. Er wusste, dass er dem Polizisten nicht die ganze Geschichte erklären konnte, weil sonst zu viel wertvolle Zeit verstreichen und dann alles zu spät sein würde. Also entschloss er sich zu einer Notlüge. »Ich habe gerade gehört, wie der Kerl gesagt hat, dass er das tun will.«

Der Polizist nickte Kevin knapp zu und zog sein Funkgerät aus dem Gürtel. Kevin wartete allerdings die Antwort des Polizisten nicht mehr ab. Er rannte schon durch die Hotelhalle davon. Hoffentlich hatte er Recht. Der Polizist sah nicht so aus, als wäre er erfreut, wenn sich herausstellen sollte, dass Kevin ihm einen Bären aufgebunden hatte.
Kevin schluckte und rannte noch schneller.
Vor dem Hotel sah Kevin, wie Pompey gerade die Straße in Richtung der Kletterwände überquerte. Wall war hinter einem Laternenpfahl in Deckung gegangen und nur als schmale Silhouette sichtbar. Er rannte zu Wall und winkte ihm zu, er solle ihm sofort folgen.
Gemeinsam liefen sie geduckt über die menschenleere Straße und steuerten auf einen großen Blumenkübel zu.
Hinter dem Kübel setzten sie sich erst einmal auf den Boden und schnappten nach Luft. »Du hast Recht«, japste Wall. »Aber wie sollen wir ihn jetzt noch aufhalten?«
»Ich habe die Sache schon der Polizei gemeldet«, keuchte Kevin zurück. »Sie wird jeden Moment hier sein.« Kevin blickte über den Kübel und bemerkte eine Bewegung unter der Plane, die die eine Kletterwand abdeckte. »Er will die Wand hochklettern. Los, komm mit!«
Sie rannten auf die Wand zu. Durch die Plane schimmerte der Lichtkegel einer Taschenlampe, der sich langsam nach oben bewegte.
»Wenn er es bis oben schafft, kann er ohne Probleme abhauen«, stieß Wall hervor.
Das Gerüst dieser Kletterwand war an den Mauern eines angrenzenden Hotels befestigt. Von diesem Gerüst aus konnte man direkt auf das Dach des Hotels steigen.
»He!«, schrie Kevin und tauchte unter die Plane.
Der Kletterer hielt an und sah nach unten. Dann warf er seine Taschenlampe nach ihnen.
»Wir müssen ihn aufhalten«, keuchte Wall.

Kevin fing an in die Wand zu steigen.
»Tu das nicht!«, schrie Wall. »Du brichst dir das Genick!«
»Ich werde ihn runterholen«, sagte Kevin seelenruhig, während er weiterkletterte. »Du bleibst unten und passt auf, dass er nicht entkommt. Mach dir wegen mir keine Sorgen. Wände für das Zeitklettern sind nie schwierig. Die Griffe liegen meistens direkt übereinander.«
»Aber du hast kein Sicherungsseil und außerdem kannst du unter dieser blöden Plane nichts sehen«, beharrte Wall.
Kevin kümmerte sich nicht weiter um seinen Freund. Er war hinter Pompey her. Nervös sah Wall ihm nach.
Als Kevin schon fast bei Pompey war, rief er: »Pompey! Sie sind erledigt!«
Pompey schleuderte ein Brecheisen in Kevins Richtung. Als das Ding klirrend genau vor Kevin gegen die Wand prallte, wusste dieser, was Pompey eindeutig vorhatte. Er erinnerte sich, dass Greg ihnen gesagt hatte, dass der Griff an der Übungswand mit einem Brecheisen herausgehebelt worden war. Und das hatte Pompey also auch diesmal mit einem anderen Griffstück vor!
Kevin stieß sich mit einem Sprung bis zu Pompeys Füßen hoch. »Geben Sie endlich auf!«
Pompey sah kurz nach unten und trampelte dann auf Kevins Hand.
Kevin rutschte fast von der Wand ab, aber es gelang ihm gerade noch, mit der anderen Hand einen Halt zu finden. »Hilf mir, Wall!«, schrie er verzweifelt. In der getroffenen Hand pochte ein rasender Schmerz. »Ich glaube, er hat mir die Hand gebrochen. Ich kann mich nicht mehr festhalten!«
»Oh nein!«, schrie Wall. »Ich kann doch nicht klettern.« Er sah zu Kevin hinauf und wusste gleich, dass Kevin jeden Moment auf den Asphalt fallen würde, wenn er nicht versuchte zu ihm hochzukommen. Dann dachte Wall daran, dass er noch immer Mikes Kletterschuhe in seinem Rucksack hatte. In rasender

Eile zog er sie an und schnappte ein Seil und einige Karabinerhaken, die am Fuß der Wand lagen. Dann legte er das Seil zu einer Schlinge zusammen und schlug einen Lerchenfußknoten hinein. So begann er mit seinem Aufstieg.
»Ein Griff nach dem anderen, ein Griff nach dem anderen«, wiederholte er immer wieder unhörbar, während er an der Wand hochstieg. Dank der Schuhe gelang es ihm, mit überraschender Leichtigkeit Halt zu finden. Die Sohlen krallten sich in jeden brauchbaren Griff, als seien sie Finger.
Pompeys Umriss war bereits am oberen Ende der Wand verschwunden.
Als Wall bei seinem Freund angekommen war, schlang er das Seil rasch um einen Pfosten, der aus der Oberkante der Wand ragte, und klinkte einen Karabiner sowohl am Seil als auch an Kevins Gürtelschnalle ein.
»Ich hoffe, das hält«, sagte er nervös.
Kevin entspannte sich ein wenig. »Freut mich, dich zu sehen.«
Mittlerweile hatten auch die Teilnehmer der Party, die nun nach Hause gehen wollten, bemerkt, dass an der Wand irgendetwas vor sich ging. Die Leute kamen näher, um nachzusehen. Sie zogen die schwere Plane von unten beiseite. Kurz darauf erschien Greg mit seinem Kranwagen an der Wand und schickte den Korb zu den beiden hinauf. Es dauerte keine Minute und Kevin und Wall waren wieder sicher auf dem Boden gelandet.
Nachdem Kevin wieder einigermaßen zu Atem gekommen war, sah er seinen Freund an und sagte grinsend: »Na also, ich habe dir doch gesagt, dass Klettern ganz einfach ist.«
Wall lachte. Als er die Wand hinaufsah, konnte er einfach nicht glauben, dass er da hinaufgeklettert war.
»Ich muss mich bei euch bedanken«, sagte Greg etwas verlegen. »Die Polizei hat gerade Pompey verhaftet, als er sich aus dem Hotel schleichen wollte. Sieht ganz so aus, als sei er für diese Sabotagefälle verantwortlich.«

Außer für Mikes verschwundene Schuhe, dachte Kevin. Aber davon sagte er nichts. Er wollte Mike nicht in eine peinliche Situation bringen.

»Ach, nichts zu danken«, sagte Kevin. »Aber es war sehr nett, dass Sie uns aus der Wand geholt haben.«

»Tja, ich möchte euch Jungs eben in Bestform morgen früh hier wieder sehen«, sagte Greg. »Helfer wie euch kann ich gut gebrauchen. Tut mir Leid, dass ich euch das Leben so schwer gemacht habe.«

»Sie hatten ja Recht«, gab Kevin zu. »Wir haben unsere Pflichten wirklich vernachlässigt. Aber immerhin haben wir versucht diesen Fall zu klären.«

»Und ich bin sehr froh, dass ihr das getan habt«, sagte Greg dankbar. »Dieser Wettbewerb wäre fast zu einer totalen Katastrophe geworden. So, und jetzt lass sofort deine Hand behandeln.« Er winkte einigen Sanitätern zu, die sich sogleich um Kevin kümmerten.

Am nächsten Morgen postierte Greg Kevin und Wall als Sicherheitsposten direkt vor der Tribüne. Kevins Hand war unter einem dicken Gipsverband verschwunden, sodass er eigentlich nicht viel tun konnte. Dafür hatte er jedoch eine herrliche Sicht auf die Veranstaltungen dieses Tages.

Als der Wettbewerb in seine zweite Hälfte ging, kam Greg zu ihnen herüber und teilte ihnen mit, was er von der Polizei erfahren hatte. »Anscheinend hat Pompey versucht Bobbys Rekord als jüngster Goldmedaillengewinner zu schützen. So einfach ist die Sache. Für Bobbys Sponsoren ging es dabei um verdammt viel Geld.«

»Er hat also wirklich hinter allem gesteckt?«, fragte Wall.

Greg nickte.

»Und was hatte er letzte Nacht in der Wand zu suchen?«, hakte Kevin nach. »Sophie hatte den Rekord doch ohnehin schon gebrochen.«

»Ich weiß. Aber ich glaube, zu diesem Zeitpunkt war er einfach

nur noch verzweifelt. Pompey wollte nicht, dass Bobby auch noch von Mike geschlagen wird. Und für das Zeitklettern war Mike eindeutig der Favorit«, erklärte Greg. »Pompey hat nicht geglaubt, dass Bobby eine Chance gegen Mike haben könnte. Na ja, jetzt ist er gefeuert worden und außerdem wird man ihn vor Gericht anklagen.«
»Und was hat Bobby zu der Sache zu sagen?«, fragte Kevin.
»Er sagt, dass er nichts davon gewusst hat. Es gibt auch keinerlei Beweise, die gegen ihn sprechen.«
Genau in diesem Moment gingen Bobby und Mike entschlossen auf die Wand zu. Nach dem Halbfinale waren nur noch sie übrig geblieben. Jetzt hieß es für beide, ein Kopf-an-Kopf-Rennen hinzulegen.
Als der Startpfiff ertönte, schossen die beiden wie zwei glühende Blitze die Wand hinauf. Innerhalb von Sekunden war der Zweikampf vorüber und Bobby hatte Mike mit einer halben Sekunde Vorsprung geschlagen.
Danach umarmte Mike Bobby so heftig, dass diesem fast die Luft wegblieb. Und Mike sah aus, als hätte er endlich wirklich seinen Spaß.

Duell
um die Halfpipe

Titel der Originalausgabe:
XTREME MYSTERIES –
OUT OF LINE

PROLOG

Hoke Valley Network
Xtreme Sports Chatroom
Donnerstag, 11 Uhr 50

X-Liner: Hallo.
Schweigen.
X-Liner: Ist jemand da?

Wieder Schweigen.
Niemand sonst hatte sich in den Chatroom des Computernetzes eingeloggt.
X-Liner fand aber doch, dass er eine Nachricht hinterlassen sollte.

X-Liner: Die Skater herrschen! Der neue Skatepark muss gebaut werden, sonst werden alle anderen leiden müssen. Alle Schwachköpfe, die sich der Sache entgegenstellen, werden aufpassen müssen. Niemand kann den X-LINER aufhalten! Der X-LINER schläft nie. Ha, ha, ha, ha!

X-Liner kappte die Verbindung. Den Rest der Nacht meldete sich niemand mehr im Xtreme Sports Chatroom des Hoke-Valley-Computernetzes.

KAPITEL 1

»Geht nicht.«
»Geht doch.«
Die dreizehnjährige Natalie Whittemore ließ sich in die Halfpipe ihres Freundes Wall Evans fallen, um zu beweisen, dass sie einen Invert mehr als drei Sekunden lang durchstehen konnte. Sie hatte seit einem Monat an diesem Trick gearbeitet und nun war sie bereit ihn vorzuführen.
Auf ihren Inlineskates raste sie die Wand hinunter. Auf der anderen Seite schoss sie wie eine Rakete wieder hoch und stemmte sich mit einer Hand von der Oberkante der Bahn ab. Dabei schnellten ihre Beine wie Sprungfedern nach oben und schleuderten ihre Skates in Richtung Himmel. Eine ziemlich anstrengende Art von Handstand.
»Einundzwanzig . . .«, zählte Wall.
Nats Arm wackelte und zitterte wie ein Zweig bei einem Hurrikan, während sie im Handstand blieb.
Sie war nicht sehr groß. Ihr Gesicht wirkte eher zart, aber hinter diesem Erscheinungsbild verbarg sich eiserner Wille. Und sie war in Topform.
». . . zweiundzwanzig . . ., dreiundzwanzig.«
Wumm! Nats Skates knallten mit den Rollen auf die Sperrholzbahn. Sie ging in die Knie, um ihr Gleichgewicht zu behalten, und zischte an der anderen Wand wieder hoch.
Blitzschnell machte sie ein volle Drehung, um mehr Geschwindigkeit aufzunehmen, rollte dann an der gegenüberliegenden Wand hinauf und rutschte bildschön mit ihren Skates auf der Coping entlang.
»Ist ja groovy!«, jubelte Wall.
»Groovy?«, rief Kevin Schultz von der Einfahrt herüber. Er kam auf seinen Inlineskates herangerollt, während Jamil Smith auf einem Skateboard hinter ihm herglitt. Die beiden waren gerade erst bei Walls Haus angekommen. Nat, Wall, Jamil und

Kevin, das war die X-Crew, vier Kids, die Extremsportarten liebten und außerdem gerne geheimnisvolle Angelegenheiten aufdeckten. »Was ist denn ›groovy‹ für ein Wort? Hatten wir gerade einen Rückfall in die sechziger Jahre oder so was?«
Wall grinste. »Hat mein Vater gestern benutzt. Hat mir gut gefallen.« Wall ging hinüber zu seinen Freunden und klatschte ihnen auf die Hände. »Von jetzt an wird's groovy, Mann.«
»Also, bevor ich anfange ›groovy‹ zu sagen, sollte ich mir aber noch schnell einen wuscheligen Afrolook wachsen lassen«, witzelte Kevin. Sein leicht welliges, schwarzes Haar war zu einem knappen Bürstenhaarschnitt zusammengestutzt.
»Was geht hier eigentlich ab?«, unterbrach ihn Jamil.
Nat hüpfte aus der Halfpipe und stakste auf ihren Skates über das Gras zu ihnen hinüber. »Ich habe Wall nur gerade mal gezeigt, dass Inliner genauso bescheuertes Zeug machen können wie Skateboarder.«
Wall hob beschwörend die Hände. »Sie hat gewonnen! Hiermit lege ich einen feierlichen Eid ab. Ich will nie wieder etwas gegen Inlineskater sagen.«
Nat lächelte zufrieden. »Wenn du glaubst, dass das gut war, dann solltest du dir mal Ewan ansehen. Der wird dir zeigen, was ein Aggressive-Skater alles machen kann.«
Ewan McKindrick war der radikalste der Inlineskater im Hoke Valley, Colorado. Er war im zweiten Jahr an der Highschool. Nat hatte ihn im Planungskomitee kennen gelernt, das sich mit dem neuen Skatepark befasste.
»Urgh! Schon wieder Ewan!«, rief Jamil. »Seit du in diesem Komitee bist, redest du andauernd von Ewan. Er tanzt also Rock 'n' Roll auf Skates. Das ist echt cool, aber das war's dann auch schon.«
Nat lief rot an. Ihr selbst war gar nicht aufgefallen, dass sie so viel von Ewan redete. Glücklicherweise wurde die Aufmerksamkeit der anderen in diesem Moment durch das Bellen eines Hundes abgelenkt.

»Wuff! Wuff!« Ein Golden Retriever trottete heran und rieb seine Nase an Jamils Hand.
»He!«, rief Jamil. »Ich hatte dir doch gesagt, dass du verschwinden sollst.«
»Wer ist das denn?«, fragte Wall seinen Freund.
Jamil kniete sich hin und kraulte den Hund hinter den Ohren. Im Fell des großen Tieres steckten Blätter und Zweige, als würde er die meiste Zeit im Wald leben. »Der hat sich vor dem Seniorenheim rumgetrieben, als ich gerade rausgekommen bin. Ich habe ihm ein paar Kekse gegeben, die mir eine der alten Damen in die Hand gedrückt hatte. Na ja, jetzt werde ich den Kerl anscheinend nicht mehr los.«
Der Retriever leckte Jamils Gesicht hingebungsvoll ab.
»Igitt!«
»Ich will doch hoffen, dass in den Keksen keine Schokolade gewesen ist«, sagte Nat. »Schokolade ist tödlich für Hunde.«
»Nein«, versicherte Jamil. »Reine Haferflockenkekse.«
»Hast du eigentlich ein paar T-Shirts verkaufen können?«, erkundigte sich Nat.
Sie hatte Jamil als Spendeneintreiber für den neuen Skatepark eingespannt. Das Komitee hatte sich auf den Verkauf von T-Shirts geeinigt.
Nats Idee war es gewesen, es auch einmal im Seniorenheim zu versuchen. Zuerst hatte Jamil gezögert. Er hatte nicht geglaubt, dass die alten Leute besonderes Interesse daran hätten, ausgerechnet für einen Skatepark T-Shirts zu kaufen.
»Ich neige mein Haupt vor dir, oh Allwissende«, antwortete Jamil. »Jeder, aber auch jeder in diesem Heim hat eines gekauft.« Jamil knuddelte heftig den Nacken des Hundes. »Stimmt doch, alter Junge, oder?«
Der Hund hechelte und seine Zunge hing ihm auf einer Seite aus dem Maul.
Nat versuchte nicht allzu stolz auszusehen. Durch ihre Idee hatte das Komitee schon fast eintausend T-Shirts verkauft.

»Ich kann überhaupt nicht mehr unterscheiden, wo der Hund aufhört und Jamil anfängt«, kicherte Kevin dazwischen. »Ihr habt ja beide Dreadlocks.«
Jamils blonde Rastalocken hatten die gleiche Farbe wie das verfilzte Fell des Hundes.
»Mach jetzt bloß keine haarigen Witze, Kevin«, schnappte Jamil zurück. »Sag mal, wie viele T-Shirts hast du eigentlich verkauft?«
Ein etwas verlegenes Grinsen zog sich über Kevins Gesicht. »Eine dicke, fette Null. Ich bin gerade mit meinem wissenschaftlichen Projekt ziemlich beschäftigt. Ach, da fällt mir ein, ich bin ja eigentlich hergekommen, um euch diesen coolen Trick zu zeigen.« Er nahm seinen Rucksack ab und wühlte darin herum. Dann zog er ein Glas, eine Flasche mit Wasser, ein weißes Blatt Papier und ein Stück weiße Pappe mit einem etwa zwei Zentimeter langen Spalt in der Mitte heraus. Seine Freunde folgten ihm zu dem Picknicktisch neben der Halfpipe. Der Hund tapste hinterher und legte sich in den Schatten unter der Tischplatte.
Kevin füllte das Glas mit Wasser und stellte die Pappe aufrecht davor, sodass die Sonne genau durch den Spalt und das Wasser auf das weiße Papier leuchtete.
»Ein Regenbogen!«, rief Wall. »Wie hast du das gemacht?«
»Lichtbrechung. Das Wasser spaltet das Licht je nach Wellenlänge in die einzelnen Spektralfarben auf. Dann kann man alle Farben sehen, die im Licht enthalten sind«, erklärte Kevin. »Das gehört zu meinem Projekt, das ich für Mr Clarys Kurs ausarbeite.«
Nat stöhnte. »Mit meinem habe ich noch nicht mal angefangen. Aber wir haben doch noch drei Wochen Zeit, oder?«
Kevin nickte. »Ich wollte mit meiner Sache schon mal anfangen, damit ich sie beim Wissenschaftswettbewerb einreichen kann.« Er kippte das Wasser ins Gras und stopfte seine Utensilien zurück in den Rucksack. »So, und jetzt lasst mich mal in

die Pipe!« Auf seinen Skates watschelte er wie eine Ente hinüber zur Halfpipe.
Kevin rollte so lange hin und her, bis er genügend Schwung hatte, um an die obere Kante zu kommen. Wie immer stand Kevin auf den coolsten Skates, die man im Handel erhalten konnte. Sie bestanden aus einer kombinierten harten und weichen Schale mit speziellen Fuß- und Knöchelpolstern. Seinen Eltern gehörte »Alpine Sports«, eines der Sportgeschäfte am Ort. Das bedeutete natürlich, dass er immer die maximale Ausstattung zur Verfügung hatte.
Mit der rechten Ferse stieß er sich von der Oberkante der linken Wand ab und segelte etwa einen Meter weit.
Dann riss er blitzschnell sein rechtes Bein über das linke und packte gleichzeitig mit den Fingerspitzen die Rollen an seinem rechten Skate.
»Scharfer Lu Kang!«, rief Nat. »Oh-oooh!« Nat schlug die Hände vors Gesicht. Stehend würde Kevin diesen Stunt nicht beenden können . . .
Krawumm!
Doch Kevins Aufprall wurde durch das scheppernde Geräusch von Metall, das auf den Boden fiel, übertönt.
Die Mülltonne, die üblicherweise neben der Hintertür des Hauses stand, rollte über die Pflastersteine.
Halb verrottete Bananenschalen und andere Küchenabfälle flogen durch die Gegend, als der Hund die dünnen Plastiktüten in Fetzen riss . . .

KAPITEL 2

»He! Hau bloß ab!«, schrie Mick Evans, Walls Vater, wütend, als er die Hintertür mit Schwung aufstieß.

Der Retriever zischte weg, als erwarte er jeden Moment eine Tracht Prügel zu bekommen. Seinen Schwanz hatte er zwischen die Hinterbeine geklemmt.

»Wem gehört dieser Hund?«, wollte Mr Evans wissen.

Der Golden Retriever ging an Jamils Seite in Deckung.

»Ist das dein Hund, Jamil?«

»Ähm, also, gewissermaßen . . .«, stotterte Jamil. »Er ist mir hinterhergelaufen und jetzt werde ich ihn nicht mehr los.«

»Na gut, aber dann halte ihn von meinem Müll fern«, meinte Mr Evans knapp. »Wall, du und deine Freunde, ihr werdet diese Schweinerei wieder aufräumen.«

»Klar doch, Dad«, antwortete Wall.

»Mr Evans, wissen Sie vielleicht, wie spät es ist?«, fragte Nat.

Mr Evans warf einen Blick auf seine Uhr. »Kurz vor vier.«

»Ich muss sofort losdüsen, Jungs«, sagte Nat und lief auf ihren Skates in Richtung Straße davon.

»He, Moment mal! Mein Dad hat gesagt, dass wir alle hier aufräumen sollen!«, rief ihr Wall hinterher.

Mit einer schwungvollen Drehung hielt Nat an und warf die Hände in die Luft. »Tut mir Leid, ich habe ein Treffen mit dem Bezirksausschuss. Die wollen heute darüber entscheiden, ob wir den Skatepark bauen dürfen oder nicht.«

»Na dann, beeil dich!«, rief Wall. »Aber denk daran: Wir sind für das Football-Spiel verabredet. Du hast mir versprochen, dass du diesmal kommst.«

Nat winkte ihm noch kurz zu, dann raste sie los.

»Hau ab!« Jamil fuchtelte wild mit den Armen, um den Retriever zu verscheuchen, doch der Hund blieb ungerührt stehen. Er bellte nur und wedelte mit dem Schwanz. Frustriert hob Jamil einen Stock auf und schleuderte ihn weg.

Mit langen, hohen Sprüngen jagte der Retriever dem Stock hinterher. Mit seiner Schnauze hob er ihn auf und brachte ihn Jamil zurück.
»Er denkt, dass du mit ihm spielen willst«, bemerkte Kevin.
»Blöder Hund«, murmelte Jamil. Er hob den Deckel der Mülltonne vom Rasen auf.
Wall stellte die Tonne wieder richtig hin. »He, Jungs, sagt mal, habt ihr Lust auf eine Runde ›Zorched‹?«
»Zorched« war das heißeste Spiel im Internet. Die Teilnehmer erfanden ihre eigenen Charaktere und statteten sie mit besonderen Kräften aus, um sich dann mit ihnen durch eine futuristische Welt zu schlagen.
»Yeah!«, rief Jamil, knallte den Deckel auf die Mülltonne und ließ den Verschluss einschnappen. »So, die kriegt er nicht mehr auf.«
Kevin setzte sich auf die Stufen der Hintertreppe und zog seine Skates aus. »Los! Auf in den Kampf!«
In Walls Zimmer warteten sie darauf, dass sich der Computer in den lokalen Internetserver, das Hoke Valley Net, auch HVNet genannt, einloggte.
»Ich hoffe ja, dass bei Nats Besprechung alles glatt läuft«, sagte Kevin. »Ich bin schon ziemlich scharf auf einen Skatepark mit ein paar herben Hindernissen.«
»Und ob, dann hätten wir endlich mal einen Platz, an dem wir richtig aufdrehen könnten«, stimmte ihm Jamil zu.
»Vielen Dank«, kommentierte Wall.
»Autsch. Entschuldigung. Du weißt schon, wie ich das meine«, sagte Jamil eilig. »Deine Halfpipe ist wirklich stark. Aber so eine richtige Anlage wäre doch mega.«
»Ja, ja, schon klar«, sagte Wall. »Ich bin auch scharf auf diesen Park. Langsam finde ich die Rumkurverei auf dem platten Spielplatz nervig. Das ist einfach zu öde!« Er hackte auf ein paar Tasten herum und klickte dann mit der Maus ein Fenster an. »Wir klinken uns erst mal in den Xtreme-Chatroom ein.«

»Cool«, meinte Kevin.

Wall klickte sein Lesezeichen an. Dann scrollte er die Liste durch und doppelklickte auf den Xtreme-Sports-Chatroom-Eintrag. Das Chatroom-Fenster öffnete sich und Walls Online-name wurde abgeschickt: Wallit. Drei andere Teilnehmer hatten sich auch in den Chatroom eingeloggt.

»He, Ian und Mark sind drin!«, rief Jamil.

Bei Wall stellten sich die Nackenhaare auf. Vor ein paar Monaten hatte er Mark bei einem Wettbewerb um ein Schulprojekt geschlagen, das sich zu einer ziemlich mysteriösen Angelegenheit ausgewachsen hatte. Seitdem hatten er und Mark kein vernünftiges Wort mehr miteinander gewechselt. Ian war ein radikaler BMX-Fahrer, der seine eigene Halfpipe auf dem Grundstück seiner Eltern besaß. »Wer ist X-Liner?«

»Keine Ahnung«, antwortete Jamil. X-Liner war der dritte Teilnehmer im Chatroom.

»Ich auch nicht«, sagte Kevin. »Frag ihn mal nach seiner Identität.«

Wall drückte einige Tasten.

`X-Liner - bitte um Statusangaben.`

Einige Sekunden vergingen.

`Hier ist der härteste Inliner auf dem ganzen Planeten Hoke Valley. Schneller, höher, weiter, größer!`

»Von solchen Typen sollten wir mehr haben«, meinte Jamil. »Frag ihn mal, ob er auch schon heiß auf den Skatepark ist.«

Wall musste grinsen, als er seine Frage eintippte.

`X-Liner, kannst du die Bremse noch anziehen, bis der neue Skatepark aufmacht?`

Als Antwort kam:

`Die Rollen glühen schon. Aber angeblich wollen die Football-Deppen quer schießen. Wenn sie das versuchen, geht bei denen das Licht aus!`

Wall tippte eilig:

Groovy!

»Mann, das ist ja schnarchlangweilig«, beschwerte sich Kevin. »Gib mir endlich ›Zorched‹!«

»Moment noch«, sagte Wall und tippte noch einige Worte ein.

Die Skater herrschen!

Dann klinkte sich Wall aus und öffnete erneut sein Lesezeichen-Menü. »Glaubt ihr wirklich, dass sie versuchen werden die Sache mit dem Skatepark aufzuhalten?«, fragte er plötzlich etwas besorgt.

»Ach was«, antwortete Jamil. »Das Geld dafür ist schon aufgebracht worden und sogar die Bürgermeisterin steht hinter der Sache.«

Der Feuer speiende Drache von »Zorched« erschien auf dem Monitor und stieß eine heftige Flammendusche aus. Der Bildschirm löste sich langsam in einem Flammenmeer auf, das ganz langsam zurückging, bis das Startmenü sichtbar war.

KAPITEL 3

Nat stand vor der offenen Tür des Kühlschranks und starrte hinein. Ihr rechter Arm lehnte am Butterfach.

Bevor sie zu ihrem Treffen mit dem Bezirksausschuss gehen wollte, hatte sie noch einen kurzen Zwischenstopp bei sich zu Hause eingelegt.

Vor ihr gähnten fast leere Fächer. Der Inhalt war äußerst mager - eine Kanne mit Milch, ein Apfel, übrig gebliebene Spaghetti, ein Beutel Karotten und eine Dose Hüttenkäse, dessen Verfallsdatum bereits vor einer Woche abgelaufen war. Nats Eltern gaben sich nicht allzu viel Mühe, einen perfekten Haushalt zu führen. Die meiste Zeit verbrachten sie in der Buchhandlung, die ihnen gehörte und die sich direkt unter ihrer Wohnung befand. Nats Vater, Jack Whittemore, war eigentlich ein ausgezeichneter Koch, aber schon seit einer Woche hatte er keine Gelegenheit mehr gehabt, die Küchenvorräte aufzufüllen. Ihre Mutter, Wendy Whittemore, gehörte zu der Art von Mensch, die sich über die Spüle beugte und trockene Cornflakes aus der Schachtel aß, damit sie kein dreckiges Geschirr abspülen musste.

»Bist du das, Nat?«, rief Mr Whittemore von unten hinauf.

»Ja, Daddy.«

Mr Whittemore kam die Treppe hinaufgestapft. Er trug eine Brille mit dicken Gläsern, bei der ein Bügel mit einer Sicherheitsnadel an der Fassung befestigt war.

Auf seinem Hemd prangte mitten auf der Brust ein Kaffeefleck. Wie üblich war er zu geistesabwesend, um den Zustand seiner Klamotten zu bemerken.

Nat war nicht ganz so schlampig. In vielerlei Hinsicht entsprach Nat gar nicht ihren Eltern. Sie liebte es, sich draußen herumzutreiben und irgendwelche Sachen anzustellen. Ihre kleine Schwester Ella ähnelte den beiden viel mehr. Meistens hing sie nach der Schule irgendwo im Hinterzimmer des Ladens herum und las ein Buch.

Als Mr Whittemore sah, wie sich Nat über den leeren Kühlschrank beugte, sagte er: »Tut mir Leid wegen der Nahrungssituation. Ich wollte eigentlich gerade Einkaufen gehen. Möchtest du irgendwas Besonderes?«

»Was zu essen«, jammerte Nat theatralisch. Sie schnappte sich eine Karotte und fing an sie über der Spüle zu schälen.

»Schon gut, ich habe den dezenten Hinweis verstanden«, räumte Mr Whittemore ein. »Ich mache mich sofort auf den Weg.« Er holte seine Jacke und marschierte zur Tür. Draußen wurde es nun schon am Spätnachmittag etwas kühl, denn der Herbst zog herauf.

»Dann komme ich mit!«, rief Nat und lief ihm nach. Sie warf sich ihre Skates über die Schulter und zog den Reißverschluss an ihrem Kapuzenshirt zu. »Ich habe doch gleich dieses Treffen

mit dem Bezirksausschuss. Wegen des Skateparks.«
Mr Whittemore strahlte leise vor sich hin. Er war sehr stolz auf die Aktivitäten seiner Tochter.
Als Nat das Treffen erwähnte, fiel ihr auch wieder ein, dass Ewan dabei sein würde. Einen Augenblick lang zögerte sie ihren Vater um Rat zu fragen. Aber dann stürzte sie sich wie üblich kopfüber ins kalte Wasser. »Papi?«
»Ja?« Mr Whittemore steckte die Hand in seine Jackentasche und klimperte mit dem Schlüsselbund.
»Äh, wenn man Leute so richtig gerne hat, was macht man, damit die das auch merken?«, fragte Nat fast flüsternd.
»Na ja, ich denke, man sollte versuchen ihr Freund zu sein«, antwortete Mr Whittemore. »Man lädt sie zu irgendwas ein oder man hilft ihnen, wenn sie Hilfe brauchen.«
Das war nun nicht so ganz die Art von Antwort, auf die Nat gehofft hatte, aber es war ihr einfach zu peinlich, die Sache genauer zu erklären. Einige Straßenzüge lang marschierten die beiden schweigend nebeneinanderher.
»Wirst du zum Abendessen zu Hause sein?«, fragte Mr Whittemore, als sie an einer Kreuzung ankamen.
Nat schüttelte den Kopf. »Ich habe Wall und den anderen versprochen, dass ich mich mit ihnen beim Football treffe. Kannst du mir vielleicht ein bisschen Geld für einen Hotdog geben?«
Mr Whittemore kramte tief in seinen Taschen herum. Fünf Dollar förderte er zu Tage. »Hier hast du dein Taschengeld. Denk dran, nach mehr brauchst du gar nicht zu fragen.«
Nat stopfte das Geld in die Tasche. Sie war enttäuscht, denn sie hatte gehofft, dass ihr Vater ihr diese kleine Ausgabe nicht auf ihr wöchentliches Taschengeld anrechnen würde.
Nach ein paar Schritten trennten sich ihre Wege.

KAPITEL 4

Peng! Peng! Der Hammer des Vorsitzenden des Bezirksausschusses knallte auf den Tisch, um die Anwesenden zur Aufmerksamkeit zu rufen.
»Hiermit ist die Anhörung bezüglich des geplanten Baus eines Skateboard-Parks neben dem Footballfeld der Hoke Valley Highschool eröffnet«, verkündete Adam Jacobson, der in seinem marineblauen Nadelstreifenanzug äußerst offiziell wirkte. Er war einer der ansässigen Makler und Bauunternehmer. Wie die anderen Ausschussmitglieder auch, übte er seine Tätigkeit hier ehrenamtlich aus.
Auf dem Podium beugte sich eine ältere Frau mit dicken Brillengläsern über das vor ihr stehende Mikrofon. »Und wir sollten die Sache lieber schnell hinter uns bringen. Heute Abend ist schließlich noch das große Footballspiel unserer Heimmannschaft zu Ehren der Jahrgangsbesten.« Auf dem Namensschildchen vor ihr stand »Betty Gill«.
Ein zustimmendes Murmeln ging durch den Raum.
Nat drehte sich um und sah, dass der Raum voll war. Mindestens fünfzig Leute drängten sich auf den Plätzen hinter ihr. »Ich hoffe, das sind nicht alles Footballfans«, flüsterte sie Ewan McKindrick zu, der neben ihr saß.
Beide hatten in der ersten Reihe vor dem Podium Platz genommen, in der auch die anderen Leute, die sich in der Angelegenheit zu Wort melden wollten, saßen. Nat fand es sehr aufregend, so nahe bei ihm zu sein. Aber gleichzeitig hatte sie schreckliche Angst, irgendetwas zu sagen oder zu tun, das Ewan blöd finden konnte.
»Hoffentlich nicht, sonst bekommen wir ernste Schwierigkeiten«, antwortete Ewan.
»Wieso?«
»Football ist so ziemlich das Schwachsinnigste, was ich mir vorstellen kann. Letztes Jahr habe ich als Halfback mitgespielt.

Aber als der Trainer dieses Jahr gemerkt hat, dass ich die ganze Zeit auf meinen Skates rumdüse, hat er einen Anfall bekommen«, erklärte Ewan. »Er hat mir gesagt, dass er mich aus der Mannschaft werfen würde, wenn ich während der Saison weiter skate.« Ewan zuckte die Achseln. »Also hat er mich rausgeschmissen.« Nat sah, wie sich Ewans Kiefermuskeln anspannten, als er das sagte.
»Das ist echt mies«, sagte sie. »Ich kann mir nicht vorstellen, warum jemand einen Sport betreiben sollte, der einen so einschränkt.«
»Das war wirklich wie im Gefängnis«, fügte Ewan hinzu. Er sah sich im Raum um. »Siehst du den Kerl da drüben?«
Nat versuchte seinem Blick zu folgen. Ganz hinten an der Wand stand ein mächtig wirkender Mann mit einer roten Sportjacke und einer schwarzen Kappe. »Ja, was ist mit dem?«
»Das ist Trainer Hamilton. Die Leute hier in der Stadt halten ihn für einen Gott«, knurrte Ewan mürrisch. »Wenn er gegen den Park ist, dann haben wir nicht die geringste Chance. Hier würde keiner wagen sich gegen ihn zu stellen. Er ist schon seit mehr als dreißig Jahren der Football-Trainer.«
»Aber die Bürgermeisterin ist doch auch in unserem Komitee«, wandte Nat ein, die sich nun doch Sorgen machte.
»Völlig gleichgültig. Wenn Ham das Ding nicht will, wird es das Ding nicht geben«, sagte Ewan bestimmt.
»Ach was, ich glaube, du leidest an Verfolgungswahn.« Aber Nats Blick wanderte wieder zu dem Trainer. Ihr fiel ein Junge mit roten Haaren auf, der neben ihm stand. Der Junge trug ein riesiges Blumengebinde.
Sieht ja abartig aus, dachte Nat.
Der Vorsitzende Jacobson setzte seine Ansprache fort. »Heute Abend haben wir die Frage zu klären, ob, erstens, auf dem brachliegenden Feld hinter dem Football-Gelände der Skatepark gebaut werden soll und, zweitens, wann mit dem Bau der Anlage begonnen wird, falls dem Antrag zugestimmt wird.

Zuerst sollen die Leute vom Skatepark-Komitee ihre Argumente vorbringen und dann die Vertreter der Gegenseite. Margaret, würdest du bitte den Anfang machen?«

Bürgermeisterin Margaret Masters betrat das Podium. »Vielen Dank, Adam.« Sie zog einen Stapel Konstruktionspläne aus ihrem Aktenkoffer und verteilte Kopien an die Mitglieder des Ausschusses. »So sehen die bisher ausgearbeiteten Entwürfe für den Park aus. Wie Sie sehen, passt er ausgezeichnet auf das Gelände hinter dem Footballplatz. Die Zugänge zu dem Skatepark behindern in keiner Weise den Spielbetrieb auf der anderen Anlage.«

»Soll der Skatepark auch eine Flutlichtanlage für den Nachtbetrieb haben?«, fragte Mr Jacobson.

»Nein«, antwortete die Bürgermeisterin. »Ich darf noch darauf aufmerksam machen, wie effizient das Gelände genutzt wird.« Sie wies auf einige besondere Merkmale des Entwurfs hin, durch die sich der Park ganz unauffällig in die umgebende Landschaft einfügte.

»Werden durch diese Anlage unter Umständen nicht zweifelhafte Elemente in unsere Gemeinschaft gelockt?«, fragte Francis Teagarden, ein anderes Ausschussmitglied.

Vielleicht solltest du mal an die zahlenden Touristen denken, dachte Nat.

»Ganz im Gegenteil«, antwortete die Bürgermeisterin. »Den Kids wird dadurch ein Platz gegeben, an dem sie skaten können. Die Skater brauchen dann nicht mehr vor den Läden zu üben.«

Teagarden nickte. Ihm gehörte »Muddy Waters«, ein kleines Kaffeegeschäft am Main-Street-Markt, der sich über die Hauptstraße erstreckte. Viele der Geschäftsinhaber an dieser Einkaufsstraße hatten sich schon über die Skateboarder und Inlineskater beschwert, die vor den Geschäften herumkurvten und angeblich die zahlende Kundschaft verärgerten.

Bürgermeisterin Masters beendete die Vorstellung des Projekts mit der Bitte, den Bau so schnell wie möglich in Angriff zu nehmen. »Es ist sehr wichtig, die Bauarbeiten noch vor November zu beenden, bevor der allgemeine Baustopp in Kraft tritt.« Da die Region in hohem Maße von Winterurlaubern abhing, wurden in Hoke Valley alle Baumaßnahmen an Straßen und Gebäuden von November bis April eingestellt.

»Halt!« Nat sprang von ihrem Stuhl hoch. »Der Park könnte doch auch für die Sommerurlauber ein Magnet sein. Wir könnten dann sogar Wettbewerbe in Verbindung mit dem Bear-Claw-Mountainbike-Rennen veranstalten. Der nächste Skatepark liegt in Denver. Wir wären die einzige Stadt der ganzen Touristenregion, die einen hätte.«

Die Mitglieder des Ausschusses starrten Nat an, als sei sie ein giftiges Insekt.

Der Vorsitzende Jacobson warf einen Blick auf seine Rednerliste. »Und wer bist du?«

»Natalie Whittemore, Sir«, antwortete Nat nervös.

»Dein Name befindet sich nicht auf der Rednerliste. Setz dich bitte wieder hin.«

Nat glitt zurück auf ihren Stuhl. »Ich bin aber auch im Skateparkkomitee, genauso wie die Bürgermeisterin, und sie hat einen der Punkte vergessen, die wir vorstellen wollten.«

Die Bürgermeisterin legte Nat sanft die Hand auf die Schulter und flüsterte ihr ins Ohr: »Cyrus wird diese Punkte noch erläutern.« Cyrus McGowan gehörte »Rumble Boards«, der beste Laden am Ort für Snow- und Skateboards.

Nat lief rot an. Es war ihr also doch gelungen, sich vor Ewan zu blamieren. Sie versuchte möglichst unauffällig in ihrem Stuhl zu versinken.

»Kommt auch nicht mehr drauf an«, murmelte Ewan.

Nat musste lächeln. Sie wusste es sehr zu schätzen, dass Ewan ihren Ausrutscher nicht zur Kenntnis nahm.

»Der Park wird sowieso nicht gebaut«, fuhr Ewan fort. »Adam Jacobson ist irgendwann mal der Super-Quarterback in der

Mannschaft von Trainer Ham gewesen. Die hat es damals bis in die Liga geschafft. Wenn sein Trainer dagegen ist, gibt es keine Möglichkeit, dass dieser Park gebaut wird.«

Nat warf einen überraschten Blick auf Ewan. Sie konnte es gar nicht fassen, dass er so negativ eingestellt war. Bei den zurückliegenden Treffen des Komitees war er immer der überzeugteste Verfechter des Parks gewesen.

»Cyrus, bist du bereit?«, fragte Mr Jacobson.

Cyrus ging auf das Podium und fing mit seiner Vorstellung des Projekts an. Nachdem er alles erläutert hatte, setzte er sich wieder auf seinen Platz.

»Es wird langsam etwas spät«, sagte Betty Gill, als sie auf ihre Uhr gesehen hatte. Die Zeiger der Wanduhr standen bei fünf Uhr nachmittags. Das Footballspiel sollte gegen sieben beginnen. »Wir sollten jetzt vielleicht Trainer Ham aufrufen, damit er rechtzeitig zum Spiel im Stadion sein kann.«

»Sehr gut«, meinte der Vorsitzende Jacobson. »Trainer Ham, vielleicht möchten Sie jetzt etwas sagen?«

»Danke, Adam«, sagte der Trainer und ging vor zum Rednerpult. »Ich möchte nur einen Punkt anmerken. Football hat in dieser Gemeinde eine lange Tradition. Das ist ein Sport, der den Kindern Disziplin und Gemeinschaftsgeist beibringt. Der Skatepark wird die Kinder nur ablenken. Das Geld dafür ließe sich besser verwenden, wenn man damit das Footballprogramm für die Junior-Highschool unterstützen würde.«

Eine ganze Anzahl von Leuten im Raum stimmten diesem Vorschlag mit halblautem Gemurmel zu.

Nachdem der Trainer gegangen war, redeten noch die anderen Leute, die ebenfalls Argumente gegen den Park vorzubringen hatten. Gegen halb sieben war die Anhörung in der Sache beendet.

»Das war dann wohl alles«, sagte Mr Jacobson.

»Ähm, Herr Vorsitzender«, unterbrach ihn Mrs Gill.

»Ja, Betty?«

»Ich möchte den Antrag stellen, dass wir gleich über den Park abstimmen«, sagte sie.
»Dem kann ich mich nur anschließen«, pflichtete Mr Teagarden ihr bei.
»Na gut. Also: Alle, die dafür sind, dass sofort über den Park abgestimmt wir, mögen bitte die Hand heben«, sagte Mr Jacobson. Er sah in beide Richtungen des Tisches und betrachtete die anderen Mitglieder. Alle außer Jacobson hatten mit Ja gestimmt. »Die Versammlung hat beschlossen die Angelegenheit sofort zu entscheiden. Also werden wir umgehend abstimmen.« Er wartete einen Moment. »Alle, die für einen Skatepark sind, mögen nun die Hand erheben.«
Erneut stimmten alle Ausschussmitglieder mit Ja, abgesehen von Jacobson. »Na also!«, rief Nat, als sie von ihrem Stuhl aufsprang und dabei heftig in die Hände klatschte.
Mr Jacobson wirkte, als hätte er einen Faustschlag erhalten. »Also, das scheint dann wohl geregelt zu sein«, sagte er. »Bleibt nur noch der Termin für den ersten Spatenstich. Ich schlage vor, dass wir diese Entscheidung bis zur nächsten Woche vertagen.«
»Wird unterstützt«, sagte eines der Ausschussmitglieder eilig.
Einstimmig entschied sich der gesamte Ausschuss für eine einwöchige Vertagung dieser Frage.
»Die Sitzung ist damit geschlossen«, verkündete Mr Jacobson und schlug mit seinem Hammer auf den Tisch. »Jetzt wollen wir uns noch ein Footballspiel ansehen!«
»Freu dich nicht zu früh«, meinte Ewan zu Nat. »Der Ausschuss kann den Baubeginn immer noch hundert Jahre hinauszögern. Die Sache ist erst vom Tisch, wenn die Bagger loslegen.«
»Jetzt hör endlich auf zu unken«, sagte Nat. »Wir müssen den Ausschuss doch nur noch davon überzeugen, dass man sofort mit den Bauarbeiten anfangen sollte.«
»Nur noch«, sagte Ewan.
Nat folgte ihm aus dem Saal. Sie überlegte sich, ob sie Ewan

vielleicht zu dem Footballspiel einladen sollte, damit er auch mal ihre Freunde kennen lernte.
Als sie nach draußen vor das Gebäude traten, kam der Junge mit dem dicken Blumengebinde anmarschiert.
»He, Ewan, riech doch mal an meinen Blumen.« Er beugte sich zu Ewan und ein Wasserstrahl spritzte aus dem Strauß in Ewans Gesicht.
»Jetzt hör schon auf, Roman«, sagte Ewan ungeduldig. »Deine lächerlichen Scherze finde ich wirklich nicht komisch.«
Roman kippte vor Lachen fast um, als hätte er gerade den ulkigsten Witz aller Zeiten erzählt.
Ewan sah die Straße hinunter. »Ich muss jetzt los.«
»Warte«, rief Nat. »Ich werde mir mit ein paar Freunden das Spiel ansehen. Willst du nicht mitkommen?«
»Ich habe noch was zu erledigen«, brummte Ewan.
Nat blieb stehen. Sie war enttäuscht, dass Ewan so schnell abgehauen war. Sie war gerne in seiner Nähe. Er war nicht nur ein radikal guter Skater, sie fühlte sich bei ihm einfach wohl. Etwas Ähnliches hatte sie noch bei keinem anderen Jungen gespürt.
»Willst du auch mal schnuppern?«, fragte Roman und bespritzte Nat mit Wasser.
Nat wischte sich das Wasser aus dem Gesicht. »Sehr komisch.«
»Danke vielmals«, antwortete er. »Jetzt muss ich mich aber beeilen und für das Spiel umziehen.« Mit Höchstgeschwindigkeit sauste er die Straße entlang.
»Interessiert mich nicht die Bohne!«, rief Nat säuerlich hinter ihm her.

KAPITEL 5

»Und verlier deine Eintrittskarte nicht. In der Halbzeit wird es eine Verlosung geben. ›Auto Starr‹ spendiert dem Gewinner Motoröl für ein ganzes Jahr«, sagte die Kartenverkäuferin zu Nat, nachdem diese ihre fünfundzwanzig Cent bezahlt hatte.

»Vielen Dank, Mrs Grenon. Motoröl für ein ganzes Jahr ist genau das, was ich dringend brauche«, sagte Nat und verdrehte die Augen.

Mrs Grenon musste lachen.

Nat lief rasch weiter zu den Tribünen. Sie hatte mit Kevin, Wall und Jamil abgesprochen sich in der obersten Reihe zu treffen. Als sie die Treppen hinaufstürmte, konnte sie sehen, dass ihre Freunde schon warteten. »He!«

Jamil winkte ihr zu. »Beeil dich!«

Nat nahm zwei Stufen auf einmal und hüpfte im Slalom um einige Leute herum. Auf der Seite des Stadions, die traditionell von den Hoke-Valley-Fans in Beschlag genommen wurde, waren schon fast alle Plätze besetzt. Auf der Seite der Gäste war noch die Hälfte frei.

Die Flutlichtlampen des Stadions ließen das Spielfeld taghell erstrahlen. Das brummende Geräusch der Scheinwerfer zog Kevins Aufmerksamkeit auf sich. »Das sind Bogenlampen. Sie erzeugen Licht durch Infrarotstrahlen, die sich am unteren Ende des normalen Lichtspektrums befinden und üblicherweise unsichtbar sind.«

»Wie gut, dass wir das jetzt wissen«, meinte Jamil trocken.

»Und wie, Kev. Ich bin mir sicher, dass ich diese wertvolle Information in meinem späteren Leben noch Gewinn bringend anwenden kann«, stimmte Nat ebenso trocken zu.

Kevin zuckte die Achseln. »Ich kann nichts dagegen machen. Bei meinem Wissenschaftsprojekt geht es nun mal um Infrarot- und ultraviolettes Licht. Ich habe mir da ein paar coole Sachen mit Schwarzlicht und Bogenlampen ausgedacht.«

»Schwarzlicht!«, rief Wall. »Groovy. Mein Vater hat noch so ein paar Poster aufgehoben, die ich mal als Kind bei mir hängen hatte. Wenn man da mit Schwarzlicht draufleuchtet, sehen die Dinger echt cool aus. Irgendwie scheinen sie dann richtig von der Wand zu springen.«

»Meine Damen und Herren, hier kommen die Hoke Valley Miners!«, bellte eine Stimme aus dem Lautsprecher über ihren Köpfen.

Die Menge erhob sich zu stehenden Ovationen, als die Mannschaft auf das Spielfeld hinauslief.

»Das ist ja der reine Wahnsinn!«, schrie Nat ihren Freunden zu. »Ich wusste gar nicht, dass Football so eine große Sache ist.« Sie ließ ihre Skates auf die Skates und Skateboards ihrer Freunde plumpsen, die an einer freien Stelle zwischen den Stühlen einen kleinen Haufen bildeten.

»Eine echt große Sache«, antwortete Kevin. »Meine Eltern verkaufen die Trikots und all die andere Ausrüstung an die Mannschaft. Die Jungs da unten schaufeln mit den Tickets und den Werbeverträgen so viel Geld rein, dass sie sich jedes Jahr komplett neu ausstaffieren können.«

»Die reinste Geldmaschine«, sagte Wall.

»Kann man wohl sagen«, nickte Kevin. »Nächste Woche lassen sie die große Anzeigetafel austauschen.«

»Liefern die auch deine Eltern?«, fragte Nat.

»Nee, nee, die kommt von einer Firma, die auf so was spezialisiert ist«, antwortete Kevin. »Aber ich glaube, mein Dad würde das auch noch gerne machen. Aufgestellt wird das Ding übrigens von Jacobsons Bauunternehmen.«

»Jacobsons Bauunternehmen? Etwa der Jacobson, der auch im Bezirksausschuss ist?«, fragte Nat.

Kevin nickte.

»Nennt man so was nicht Interessenkonflikt?«, erkundigte sich Nat verblüfft.

»Kann man so sagen«, antwortete Kevin.

»Das ist aber nicht gut«, meinte Nat kopfschüttelnd. »Vielleicht hat Ewan ja doch Recht.«
»Mit was?«, fragte Wall.
Nat erzählte ihren Freunden, was Ewan ihr nach der Anhörung gesagt hatte. »Wenn Jacobson und der Trainer wirklich so dicke Freunde sind und er der Ausschussvorsitzende ist, dann wird er wahrscheinlich doch noch einen Weg finden, um den Skatepark zu verhindern.« Nat ließ sich missmutig auf den Sitz fallen und fuhr sich mit den Fingern durch die langen blonden Haare.
Jamil lehnte sich über das Tribünengeländer und stieß einen Pfiff aus. »He, Buddy!«
»Buddy? Wer ist Buddy?«, fragte Nat.
»So hat er den Hund genannt«, erklärte Wall.
Jamil drehte sich zu ihnen um. »Also, wenn ich ihn schon nicht loswerden kann, dann finde ich es besser, wenn ich ihm einen Namen gebe. Er läuft da unten rum.«
Nat beugte sich auch über das Geländer und sah Buddy zwischen den Sitzen stehen. »Wann fängt das Spiel eigentlich an? Ich würde gerne mal wissen, wieso sich so viele Leute ausgerechnet Football ansehen. Ich verstehe das einfach nicht.«
»Ich finde Football ziemlich cool«, sagte Wall. »Du kannst dabei so richtig mit Körpereinsatz in Leute reinknallen.«
Nat warf ihm einen schiefen Blick zu. Manchmal wusste sie nicht, was sie von Wall halten sollte. »Oh, klar, das hört sich wirklich nach 'ner Menge Spaß an.«
»Nein, ernsthaft, wann kann man schon mal jemanden einfach so umhauen und keinen Ärger dafür bekommen?«, versuchte Wall sich zu rechtfertigen.
»Na ja, wenn meine Schwester mitspielen würde, hätte ich auch meinen Spaß daran, sie über den Haufen zu rennen«, gestand Nat lachend ein.
»Also, ich bin ganz auf Nats Seite«, mischte sich plötzlich Jamil ein. »All den Zirkus um Football verstehe ich auch nicht.«

»Schaut euch einfach das Spiel an, dann werdet ihr es schon kapieren. Die Sache macht Spaß«, sagte Kevin. »Ich spiele es immer noch gerne mit meinem Dad.«
»Ich auch«, sagte Wall. »Jetzt geht's gleich los.«
Die beiden Mannschaften hatten auf dem Platz Aufstellung genommen.
»Gegen wen spielen wir eigentlich?«, wollte Nat nun wissen.
»Die Miners nehmen heute die Padden Panthers in die Mangel«, erläuterte Kevin.
»Da drüben ist Roman Jacobson.« Wall deutete auf den dick gepolsterten Spieler der Miners, der den Anstoß geben sollte.
»Ist sein Vater etwa der Jacobson, von dem wir die ganze Zeit reden?«, fragte Nat.
»Der und kein anderer«, antwortete Kevin. »Und außerdem hält sich Roman für den größten Spaßvogel auf dieser schönen Erde. Das einzige Problem dabei ist – keiner will sich dieser Einschätzung anschließen.«
Roman rannte zum Abschlagpunkt und kickte den Ball hoch in die Luft. Ein Panther fing den Ball ab und rannte damit hinter die Keilformation, die von seinen Mannschaftsmitgliedern gebildet wurde.
Die beiden Teams krachten ineinander, aber irgendwie gelang es einem Panther, sich abzusetzen. Er raste mit Höchstgeschwindigkeit auf die Endzone zu. Roman hängte sich an seine Fersen, aber der Läufer hängte ihn mühelos ab. Touchdown für die Panthers.
»Geschieht ihm recht«, knurrte Nat.
»Aber die Miners verlieren gerade«, wandte Wall ein. »Mir ist ziemlich egal, was für ein Depp Roman ist. Ich will bloß nicht, dass die Miners verlieren. Und schon gar nicht in der Homecoming-Nacht, wenn es um die Ehre unserer Jahrgangsbesten geht.« Doch Walls Wunsch schien nicht in Erfüllung zu gehen.
Die erste Halbzeit ging zu Ende. Punktestand: Panthers 14, Miners 0.

»In der zweiten Hälfte werden sie schon noch aufholen«, meinte Kevin hoffnungsvoll.
Nun kam die Marschkapelle der Highschool auf den Platz. Ihr folgte ein Dutzend Miniaturautos, die von erwachsenen Männern gefahren wurden. Jeder dieser Männer hatte einen Fes mit einer baumelnden Quaste auf dem Kopf.
»Was sind denn das für Typen?«, fragte Wall.
»Die Shriners«, sagte Kevin lachend. »Die fahren dauernd mit diesen komischen Wägelchen durch die Gegend und versuchen im ganzen Land Geld für das Kinderkrankenhaus zu sammeln. Die sind doch bei jeder Parade hier in der Stadt dabei.«
»Vielleicht würden sie mehr bekommen, wenn sie diese blöden Hüte wegließen«, kommentierte Wall.
»Ich habe eigentlich keine Lust, hier rumzusitzen und diesen Typen auf ihren Autoscootern zuzusehen«, maulte Jamil.
Nat sah über das Spielfeld hinüber zum Treppenaufgang der Highschool. »He! Da drüben sind ein paar Kids auf Skates. Nichts wie hin!«
Nat und ihre Freunde schnappten sich ihre Skates und Skateboards und rasten die Tribünentreppe hinunter.
Als sie schon fast aus dem Stadion waren, rollte ein Cabrio majestätisch auf das Spielfeld. Darin saßen strahlend die Homecoming Queen der Highschool und der dazugehörige König, die heute Abend offiziell als Jahrgangsbeste gekrönt werden sollten.
Kevin warf einen Blick auf die Stadionuhr über der Anzeigetafel. »Wir haben noch fünfzehn Minuten, dann geht das Spiel weiter.«
Auf dem Parkplatz zurrten Nat und Kevin ihre Skates fest.
»Wir sehen uns drüben!«, rief Wall, als er auf sein Skateboard hüpfte. Dicht hinter ihm rollte schon Jamil. Sie flitzten neben der Kante des Bürgersteigs her und stießen sich ein paar Mal mit dem Fuß ab, um richtig auf Touren zu kommen. Dann ließ Wall sein Brett mit einem kräftigen Tritt abheben und landete

elegant auf dem Trottoir. Jamil versuchte das Gleiche, aber seine Landung ging glatt daneben.
Nat und Kevin zischten an ihm vorbei, als er gerade wieder aufstehen wollte.
Plötzlich bremste Nat ihre Fahrt mit einem seitlichen Schwung ab. »He! Schaut euch das mal an!«, rief sie.
Auf dem oberen Absatz der breiten Schultreppe rollte ein Skater in einem Kapuzenshirt langsam auf das Geländer zu. Als er längsseits angekommen war, sprang er plötzlich in die Luft und drehte seine Schultern nach rechts. Wie von selbst schienen seine Füße hinter ihm immer höher zu steigen. Als er parallel zum Geländer flog, kamen seine Skates auf die Höhe des Handlaufs. Die Schiene seines rechten Skates dockte am Geländer an. Er verlagerte sein Gewicht auf die rechte Seite des Geländers und packte dann seinen linken Skate, einerseits um das Gleichgewicht zu halten, andererseits aus stilistischen Gründen. Dann rutschte er rückwärts den ewig langen Handlauf hinunter, das rechte Bein stark angewinkelt.
Am Ende angekommen, stieß er sich ab, landete und rollte rückwärts einige Meter weiter, bis er seine Balance wieder gefunden hatte. Dann skatete er ohne ein Wort in die andere Richtung davon, während Nat und ihre Freunde ihm nachstarrten.
»Scharfer Trick!«, rief Wall. »Der hat das mit einem einzigen Skate gemacht. Langsam gefallen mir diese Inliner.«
»Heißes Styling«, meinte Kevin anerkennend. »Das war doch ein voller Spin mit Alley Oop Makio, oder?«
»Stimmt genau – und butterweich dazu«, schnaufte Nat. »Das Geländer ist doch bestimmt zehn Meter lang.«
Jamil rollte neben Nat. »Sag mal, war das eben nicht Ewan?«
»Echt?«, fragte Nat überrascht. »Ich habe nicht gesehen, wer unter der Kapuze steckte. Das werde ich aber gleich rausfinden.« Auf ihren Skates raste sie in die Richtung davon, die der unbekannte Skater genommen hatte. »Wir sehen uns, Jungs.«

»Also, dieses Geländer muss ich auch mal reiten«, sagte Wall. »Ich denke, das könnte ich mit einem Fifty-Fifty schaffen.«
»Das träumst du aber nur«, prustete Jamil.
Mit dem Skateboard in der Hand spurtete Wall die Treppe hinauf. Oben angekommen, hielt er sein Brett hoch und rief: »Jetzt kommt der Champion!«
Seine Freunde mussten lachen.
»Denkste!«, schrie jemand hinter Wall.
Wall drehte sich verdutzt um und sah einen Jungen in seinem Alter heranskaten. Wie der erste Skater trug auch dieser ein Kapuzenshirt. Als er dicht bei dem Geländer war, schoss er wie eine Sprungfeder hoch und legte einen Sluislide hin. Der dauerte aber nur eine halbe Sekunde. Gerade als er sein rechtes Bein strecken und nach dem Skate greifen wollte, folgte der Rest seines Körpers dem Schultergürtel und er klatschte wie eine umgestoßene Milchflasche auf die Stufen.
»Platsch!«, kommentierte Wall.
Unten am Fuß der Treppe wandte sich Jamil an Kevin. »Sag mal, ist das nicht Rocket Sinclair?«
»Ja. Der ist wahrscheinlich wegen des Spiels hier. Der wohnt doch in Padden«, antwortete Kevin.
»Hallo, Rocket!« Jamil winkte dem am Boden Liegenden zu. »Du solltest mal dein Triebwerk überprüfen lassen.«
»Ha! Ha!«, antwortete Rocket. Er stand auf und ging die Stufen hinunter. Als er bei den beiden unten angekommen war, musterte er Wall herausfordernd. »Dann zeig doch mal, was du draufhast, mein Junge!«
Wall lächelte. Er ging etwa dreißig Meter weit zurück, um genügend Anlauf zu haben. Als er dann bei dem Geländer ankam, stieß er sein Brett hoch und landete mit einem perfekten Fifty-Fifty-Grind auf dem Handlauf. Die Lager der Vorder- und Hinterräder saßen so fest auf dem Geländer, als hätte er sie festgeklebt. Während er hinunterraste, stoben hinter ihm im Dämmerlicht Funken hoch.

»Wir sollten noch mal zurückkommen und das Ganze auf Video aufnehmen. Das war so cool, das muss man einfach für die Ewigkeit aufbewahren«, sagte Jamil.
Nat skatete hinter der Gästetribüne entlang. Sie glaubte Ewan irgendwo hinter den Getränkebuden gesichtet zu haben, aber durch die Menschenmenge konnte sie nicht an ihn herankommen. Aber plötzlich war er auch schon wieder verschwunden. Sie rollte zurück zum Parkplatz, denn sie dachte, dass er wohl doch nicht mehr zum Spiel erscheinen würde. Sie fuhr immer schneller und schlängelte sich zwischen den Leuten hindurch, die gerade wieder auf dem Weg zu den Tribünen waren. Als sie hinter dem Stadion um eine Ecke bog, glaubte sie einen Hund hinter sich bellen zu hören. Sie drehte sich um. Vielleicht war das ja Buddy.
Krach!
Es rumste ziemlich, als sie gegen Roman Jacobson in seiner schweren Footballmontur krachte. Wie eine Flipperkugel prallte sie von ihm ab.
»He, pass doch auf, wo du hinrennst!«, rief Roman. Dann stampfte er an ihr vorbei, ohne auch nur den Versuch zu unternehmen, ihr wieder auf die Füße zu helfen.
Eine geschlagene Minute blieb Nat auf dem Boden sitzen und kochte vor Wut. Dann hörte sie wieder den Hund bellen. Sie rappelte sich auf und rollte weiter zum Parkplatz. Dort, aber am anderen Ende, sah sie Ewan, der wieder in Richtung Schule skatete, wobei Jamils Hund hinter ihm hersprang und versuchte nach seinen Skates zu schnappen.
Eigentlich hätte Nat Ewan immer noch gerne eingeholt, aber es kam ihr nun plötzlich doch etwas blöde vor, ihm weiter zu folgen. Sie konnte sich nicht so recht vorstellen, was sie ihm hätte sagen sollen, wenn sie ihm tatsächlich gegenüberstehen würde. Sie machte kehrt und rollte wieder zur Tribüne. Die Krönungszeremonie der Schulhoheiten ging gerade zu Ende. In ein paar Minuten sollte das Spiel weitergehen.

Nat setzte sich auf die Stufen der Tribüne, um ihre Skates auszuziehen. Leute quetschten sich an ihr vorbei und eilten zu ihren Sitzen.
Sie öffnete die Verschlüsse des ersten Skates und schlüpfte heraus. Sie rieb ihren Fuß und wackelte mit den Zehen. Es spielte keine Rolle, wie oft und wie lange sie skatete, jedes Mal fühlten sich ihre Füße danach steif und müde an.
Plötzlich wurde das gesamte Stadion in völlige Dunkelheit getaucht. Alle Lichter waren ausgegangen.
Vor Schreck hörten die Leute auf zu reden. Es schien, als hätte der Stromausfall nicht nur die Lichter abgeschaltet, sondern auch die Stimmen aller Zuschauer.
Dieses Schweigen dauerte allerdings nicht lange. Innerhalb von Sekunden ging ein Murmeln durch die Menge. Man rätselte, was da passiert sein könnte.
Irgendjemand meldete sich über die Lautsprecher, um die Leute zu beruhigen. »Meine Damen und Herren, das Licht wird gleich wieder angehen. Bleiben sie bitte einfach dort, wo sie sich gerade befinden.«

KAPITEL 6

Nat schluckte und überlegte, was sie jetzt tun sollte. Sie wollte nicht unbedingt auf der Treppe sitzen bleiben, wo jeder über sie stolpern konnte, oder abwarten und Däumchen drehen, bis das Licht wieder anging. Sie hielt es für das Beste, erst mal ihre Freunde wieder zu finden. Auch wenn dieser Stromausfall aller Wahrscheinlichkeit nach ein schlichter Unfall war, so bestand doch immerhin die Möglichkeit, dass es sich um den Beginn irgendeiner mysteriösen Geschichte handelte. Und wenn dem so war, dann wollte sie zusammen mit der X-Crew dabei sein.

Nat stand auf und tappte vorsichtig los. Sie kam nur langsam vorwärts, da sie weder ihre eigenen noch die Zehen der anderen Leute sehen konnte. Schließlich schaffte sie es doch noch bis zum Ausgang. Zuletzt hatte sie Jamil, Wall und Kevin an der Eingangstreppe der Schule gesehen. Sie beschloss zuerst dort hinzugehen.

Zu ihrer Überraschung brannten auf dem Parkplatz sämtliche Lampen. Nur im Stadion waren die Lichter ausgefallen. Viele Zuschauer hatten sich bei ihren Autos versammelt. Nat machte einen weiten Bogen um diesen Menschenauflauf und ging weiter in Richtung Schultreppe. Ihre Freunde konnte sie bis jetzt noch nicht entdecken. Sie hoffte nur, dass sie noch da waren. Mehrmals hüpfte sie hoch, um einen besseren Blick über die Köpfe der Leute zu bekommen.

Plötzlich krallten sich von hinten Finger in ihre Schulter und sie sprang unwillkürlich in die Luft. Ihr war fast das Herz stehen geblieben.

Wieder auf dem Boden, wirbelte Nat herum. Direkt hinter ihr standen ihre drei Freunde.

»Hat dich das erschreckt?«, fragte Jamil unschuldig lächelnd. Er wusste genau, dass er sie überrascht hatte, und nun genoss er seinen Triumph.

Nat keuchte. »Ihr Esel! Euch habe ich gesucht. Wisst ihr, was passiert ist?«
»Ja, das Licht ist ausgegangen«, antwortete Wall nüchtern.
»Tolle Antwort, Sherlock. Haben Sie das ganz alleine herausgefunden?«, fragte Nat.
»Nur mit Hilfe meiner geschätzten Kollegen«, antwortete Wall höflichst.
In diesem Moment begann der stellvertretende Direktor der Schule, Mr Brooks, über ein Megafon zu sprechen. »Achtung! Das Spiel ist abgesagt worden. Heute Nacht lassen sich die Lampen nicht mehr reparieren. Es tut mir sehr Leid, aber Sie können nun eigentlich alle nach Hause gehen.«
Hier und da gab es Buhrufe und enttäuschtes Stöhnen aus der Menge. Aber die meisten Zuschauer machten sich auf den Weg zu ihren Wagen und fuhren los. Eine Weile lang sahen die vier den Leuten bei ihrem Aufbruch zu.
»Und jetzt?«, fragte Kevin.
»He, Moment mal!«, rief Jamil plötzlich. »Kevin! Wall! Erinnert ihr euch noch daran, was wir heute Nachmittag im Chatroom gelesen haben?«
»Klar, da war der Typ, der sich über aggressive Skater aufgeregt hat«, antwortete Wall, der offensichtlich keine Ahnung hatte, worauf Jamil hinauswollte.
»Würde mir das bitte mal jemand erklären?«, fragte Nat ungeduldig.
»Nein, der andere . . . Welchen Namen hatte der Typ noch?« Jamil schnipste mit den Fingern, während er versuchte sich zu erinnern.
»X-Liner«, antwortete Kevin schließlich.
»Richtig. Dieser X-Liner hat doch mit etwas gedroht. Er hat gesagt, wenn die Sache mit dem Park blockiert würde, dann würde er im Stadion die Lichter ausgehen lassen«, erklärte Jamil. »Das passt doch genau zusammen. Vielleicht hat er das Spiel sabotiert.«

»Vielleicht«, meinte Kevin nachdenklich.
»Puh! Dann muss der ja echt einen Dachschaden haben«, fuhr Jamil fort.
»Na gut«, mischte sich Nat ein. »Dann sollten wir jetzt mit Mr Brooks reden. Vielleicht können wir ja irgendwas in Erfahrung bringen.«
Sie liefen in die Richtung, in der sie Mr Brooks vermuteten. Als sie ihn entdeckten, stand er mit Trainer Ham zusammen.
»Mr Brooks!«, rief Kevin zu ihm hinüber.
Mr Brooks wandte sich den Freunden zu. »Was gibt's, Kevin?« Mr Brooks kannte Kevin, denn er kaufte öfter bei seinen Eltern ein. Er kam zu ihnen herüber.
»Was ist denn passiert?«, erkundigte sich Kevin.
»Das weiß ich noch nicht so genau«, antwortete Mr Brooks, »aber unser Platzwart hat mir gesagt, dass die Kabel am Sicherungskasten durchgeschnitten worden sind.«
»Dann war das also kein Unfall?«, fragte Nat.
Mr Brooks rückte den Knoten seiner Krawatte zurecht, bevor er antwortete. »Tja, allem Anschein nach war es tatsächlich kein Unfall.«
»Ich hab's doch gewusst!«, rief Jamil triumphierend.
»Was hast du gewusst?«, fragte Mr Brooks erstaunt.
Jamil kam ins Stottern. »Na ja, dass das jemand absichtlich gemacht hat.«
Mr Brooks musterte Jamil mit einem misstrauischen Blick. »Nun, wenn einer von euch irgendetwas über diesen Vorfall weiß, dann sollte er augenblicklich genauere Angaben dazu machen, denn sonst könntet ihr in ernste Schwierigkeiten geraten.«
Nat, Jamil, Wall und Kevin sahen einander an. Sollten sie Mr Brooks wirklich etwas über die Drohung dieses X-Liners sagen? Das kam gar nicht in Frage! Die X-Crew hatte ihr ungelöstes Geheimnis und ihre Mitglieder wollten um keinen Preis irgendetwas davon verraten. Lieber präsentierten sie die Lösung auf

einem Silbertablett. Und zwar mit einem rosa Schleifchen obendrauf.

»Ähm, ich glaube, wir müssen jetzt los, Mr Brooks«, sagte Nat und trat langsam den Rückzug an. Sie zupfte ihre Freunde an den Hemden. »Los, wir sollten uns sofort von meiner Wohnung aus in den Xtreme-Sports-Chatroom einklinken«, sagte sie, nachdem sie außer Mr Brooks' Hörweite waren.

»Wuff! Wuff!«

Jamil drehte sich um. Buddy hatte sie gefunden. »Na, dann komm mit, alter Junge. Wir haben ein Rätsel zu lösen.«

»Wuff!« Buddy sprang im Kreis herum und jagte seinem eigenen Schwanz hinterher.

»Hoffentlich drehen wir uns nicht auch bald im Kreis«, meinte Kevin mit leichtem Grinsen. Innerhalb kürzester Zeit saßen die vier im Hinterzimmer der Buchhandlung »Bookworm« vor dem Computer, den Nats Eltern gerade nicht brauchten. Routiniert drückte Nat einige Tasten und klickte einige Icons an, bis sie endlich im HVNet war.

`Hallo, du hast Post!`

verkündete der Computer, als die Verbindung aufgebaut war. Nat bewegte den Cursor auf das E-Mail-Icon.

»Vergiss jetzt deine Post. Mach schon den Chatroom auf«, drängte Kevin ungeduldig.

Nat klickte den Zugang an und schaltete sich durch eine Reihe von Fenstern, bis sie drin war. Sie war anscheinend allein.

»Und was machen wir jetzt?«, fragte Jamil.

»Warten«, brummte Wall. Und genau das taten sie.

Jamil trommelte mit den Fingern auf die Tischplatte. »Vielleicht sollten wir mal sein User-Profil abchecken.«

Nat öffnete weitere Fenster, bis sie zu der Seite kam, auf der sie eigentlich X-Liners Profil hätte finden müssen.

»Da steht nichts!«, sagte Kevin verblüfft. »Ich habe gedacht, jeder müsste ein Profil haben, wenn er in den Chatroom will.«

»Ich auch«, stimmte Nat zu.

»Ziemlich merkwürdig«, meinte Wall. »Lass mich mal was ausprobieren.«
Nat stand auf. Wall setzte sich auf ihren Platz vor dem Monitor. In Windeseile tippte er einige Kodes ein und plötzlich tauchte die Abonnentenliste mit allen Namen und Adressen auf dem Bildschirm auf.
»Woah! Wie hast du denn das gemacht?«, fragte Kevin.
Wall lächelte bescheiden. »Och, ich habe mal das Passwort des Servers rausgekriegt. Also, eigentlich bin ich direkt darüber gestolpert. Aus irgendeinem Grund scheinen die das hier mit dem Datenschutz im Netz nicht so genau zu nehmen.«
»Na, und jetzt? Wo ist dieser X-Liner?«, fragte Nat ungeduldig. Sie lehnte sich neugierig über Walls Schulter, um die Liste mit eigenen Augen sehen zu können.
Wall scrollte bis zum Ende durch, da die Namen der Teilnehmer alphabetisch geordnet waren.

```
Wallit
Win8
Wonk264
Xerxes1
Zuzuzu
```

»Hä? Und wo ist X-Liner?«, fragte Nat.
»Da stimmt doch was nicht. Wenn er das HVNet benutzt, muss er auf dieser Liste stehen«, murmelte Wall nervös. Er tippte ein weiteres Passwort ein. »Ohne Anmeldung sollte hier eigentlich keiner reinkommen.«
»Du hast es aber auch geschafft«, wurde er von Kevin erinnert.
»Rein technisch gesehen, ja. Aber wir haben uns beim Server unter Nats Kodenamen eingeloggt. Der Name von diesem Burschen ist aber auf keiner Liste. Das heißt, er ist eigentlich ein Geist. Offiziell gibt es diesen Kerl gar nicht«, erklärte Wall.
»Vielleicht sollten wir mal wieder in den Chatroom gehen«, schlug Jamil vor. »Dort haben wir bis jetzt die einzige Spur gefunden.«

Wall navigierte zum Chatroom zurück. Jetzt waren noch zwei andere Leute anwesend, X-Liner allerdings nicht.
»Hier ist er jedenfalls nicht«, sagte Jamil. »Was meint ihr, sollen wir der Polizei von ihm erzählen?«
Die anderen drei sahen sich schweigend an.
»Ich finde, wir sollten zuerst weitersuchen«, schlug Kevin schließlich vor. »Ganz ohne handfeste Beweise möchte ich nicht bei der Polizei aufkreuzen. Ich meine, wir haben ja noch nicht einmal einen Beweis dafür, dass X-Liner je im HVNet gewesen ist. Zumindest das hat Wall bei seiner Suche doch herausgefunden.«
»Ja, die Polizeibeamten denken dann doch bloß, dass wir sie auf den Arm nehmen wollen«, fügte Wall hinzu.
»Es gibt noch etwas Wichtigeres«, warf Nat ein. »Wir dürfen auf keinen Fall Trainer Ham oder Mr Jacobson Munition liefern, die sie gegen unseren Skatepark verwenden könnten. Wenn sie die durchgeschnittenen Kabel im Stadion irgendwie mit dem Skateparkprojekt in Verbindung bringen, dann wird sie das erst recht in ihrer Meinung bestärken, dass die Skater nichts als Ärger machen. Ewan hat mir neulich gesagt, dass Ham Skater einfach nicht ausstehen kann. Ewan ist deswegen von ihm aus der Mannschaft rausgeschmissen worden.«
»Na gut. Und dieser X-Liner? Was glaubt ihr, wer das sein könnte?«, fragte Jamil.
»Jemand, der auf das Stadion stinksauer ist, oder jemand, der glaubt, dass durch den Football der Skatepark nicht zu Stande kommt«, meinte Kevin. »Wie auch immer, Nat hat Recht. Ham würde auf jeden Fall versuchen die Sache so zu drehen, dass er damit beweisen könnte, wie schädlich der Skatepark für die Stadt wäre.«
»Dann sollten wir unser Wissen besser für uns behalten«, schlug Nat vor.
»Und wir machen uns auf die Suche nach diesem Typen, bevor er . . .«, fing Jamil an.

»Oder sie . . .«, unterbrach ihn Nat.
»Jaja, oder sie noch mehr Schaden anrichtet«, beendete Jamil seinen Satz.

KAPITEL 7

Acht Uhr, für Nat an einem Samstagmorgen ziemlich früh. Aber sie hatte schlecht geschlafen. Der Gedanke, dass ein Inlineskater etwas mit dem Vorfall im Stadion zu tun haben könnte, gefiel ihr gar nicht und machte sie nervös. Ständig hatte sie sich in ihrem Bett wie ein gestrandeter Fisch hin und her gewälzt und doch war es ihr nicht gelungen, eine bequeme Lage zu finden.
Geschlagene fünfzehn Minuten starrte sie verschlafen auf die Anzeige ihrer Digitaluhr auf dem Nachttischchen, bevor sie sich endlich entschloss aufzustehen. Ihre jüngere Schwester Ella lag friedlich schlummernd in ihrem Bett auf der anderen Seite des Zimmers.
Nat schob leise die Decke beiseite und schwang sich aus dem Bett. Auf gar keinen Fall wollte sie Ella aufwecken. Sie brauchte dringend etwas Ruhe und Frieden. Und wenn Ella aufwachte, war es mit beidem vorbei. Es schien, als wäre in Ellas Mund ein Rekorder mit einem Endlosband eingebaut. Nat hoffte immer darauf, dass das Endlosband irgendwann einmal reißen oder dass sie sich verschlucken würde oder sonst was, aber diese Hoffnung erfüllte sich nie. Ella plapperte ständig unverdrossen weiter über Gott und die Welt.
Nat schlüpfte in ihre Hausschuhe und schnappte sich ihren Morgenmantel. Geräuschlos schlich sie aus dem Schlafzimmer und ging durch den Flur in die Küche.
»Morgen, du alte Pfadfinderin«, wurde sie von ihrem Vater begrüßt. Ihre Eltern saßen in ihren Morgenmänteln am Früh-

stückstisch und lasen die Zeitung. Bis zur Öffnung des Ladens hatten sie noch anderthalb Stunden Zeit.
Nat gähnte und winkte zur Begrüßung kurz mit der Hand. Sie war noch nicht auf längere Gespräche eingestellt. Sie nahm sich eine Schüssel, die Schachtel mit den Cornflakes, Milch und einen Löffel. Sie hoffte, dass ihr das Frühstück ein wenig Energie verleihen würde. Ein Glas Fruchtsaft konnte auch nicht schaden.
Ihr Vater saß ihr gegenüber. Sein Gesicht war hinter der Zeitung verborgen. Nats Blick wanderte über die Meldungen auf der ihr zugewandten Seite. Aber dort standen nur die Aufmacher, die sie, wie üblich, wenig interessierten - bis zu dem Moment, als sie den Leitartikel sah.
Sie streckte die Hand quer über den Tisch aus und stieß dabei den Saft um. Ohne sich darum zu kümmern, riss sie ihrem Vater die Zeitung aus der Hand. »Natalie!«, wurde sie von beiden Eltern gleichzeitig beschimpft.
»Hol sofort einen Lappen und wisch das auf!«, wurde sie von Mrs Whittemore ermahnt.
»Gleich, dauert bloß eine Sekunde«, antwortete Nat geistesabwesend. Eilig überflog sie den Artikel.

Verbrecherische Skater können wir in Hoke Valley nicht gebrauchen

von Thaddeus Hamilton, Footballtrainer

Im Laufe des gestrigen Abends sabotierten einige jugendliche Straftäter das Homecoming-Footballspiel der Hoke Valley Highschool, indem sie das Hauptkabel der Stadionbeleuchtung durchtrennten. Dadurch gingen in der gesamten Anlage die Lichter aus. Dieser Vorfall ist genau die Art von krimineller Handlung, die ich befürchtet habe, seit der Vorschlag für den Bau eines Skateparks auf den Tisch gebracht wurde. Kinder, die auf Skateboards und Inlineskates herumrasen, entziehen sich jeder Überwachung. Sie nehmen an Aktivitäten teil, von denen es nur noch ein kleiner Schritt bis hin zur Straffälligkeit ist. Kinder brauchen die Anleitung durch Erwachsene, die ihnen beibringen, was es heißt, Verantwortung für die Gemeinschaft zu übernehmen, und die ihnen darüber hinaus eine moralische Richtschnur . . .

»Uff!«, stöhnte Nat. Die Zeitung fiel ihr aus den Fingern und landete in der Saftlache.
»So habe ich das eigentlich nicht gemeint«, sagte Mrs Whittemore, während sie beobachtete, wie sich das Papier voll sog.
»Oh, tut mir Leid, Ma. Ich wollte das nicht, aber . . .« Nat deutete mit dem Finger auf den Artikel. Ihre Eltern beugten sich über die nasse Zeitung und lasen.
»Ach so, jetzt verstehe ich«, sagte Mrs Whittemore. »Das hört sich nicht besonders gut an, oder?«
»Du untertreibst ein bisschen, Ma. Das ist eine Katastrophe«, antwortete Nat. »Wenn Trainer Ham sich durchsetzt, ist das wahrscheinlich das Ende unseres Skateparks. Wenn das passiert, sterbe ich!«
»Sei bitte nicht so dramatisch«, schnaubte Mr Whittemore.
»Bin ich gar nicht!«, jammerte Nat. »Du weißt ja nicht, wie hart wir an dieser Sache gearbeitet haben.« Nat stampfte aus der Küche. Die Verständnislosigkeit ihrer Eltern hatte sie verletzt. Sie war auf dem Weg in ihr Zimmer, als ihr Ella wieder einfiel. Also bog sie stattdessen in das Badezimmer ab und setzte sich auf den Klodeckel. Sie zog die Knie bis zum Kinn an und umschlang sie mit den Armen.
Sie wünschte sich, sie hätte jetzt mit Ewan sprechen können. Bei seiner Einstellung gegenüber Trainer Ham hätte er ihre Befürchtungen mit Sicherheit verstanden. Sie überlegte, ob sie nicht seine Telefonnummer aus der Komiteeliste heraussuchen sollte, ließ den Gedanken aber doch wieder fallen. Sie war einfach zu schüchtern. Was, wenn er sie wieder abblitzen ließ? Sie glaubte nicht, dass sie das jetzt ertragen hätte.

Während sie noch im Badezimmer saß und sich all das durch den Kopf gehen ließ, fiel ihr plötzlich auf, dass Trainer Ham seinen Artikel überraschend schnell zu Papier gebracht haben musste, damit er noch in der Zeitung erscheinen konnte.
Nat fragte sich, wie er das geschafft hatte. Es war schließlich schon spät gewesen, als das Spiel abgebrochen wurde. Eigentlich hätte er sich zu dieser Zeit um ganz andere Dinge kümmern müssen.
Je länger sie darüber nachdachte, desto unwahrscheinlicher kam es ihr vor, dass Trainer Ham diesen Artikel noch rechtzeitig vor Redaktionsschluss schreiben und bei der Zeitung hatte abliefern können.
»Er muss ihn schon vor dem Spiel geschrieben haben!«, rief Nat plötzlich aus. Sie schlug sich mit der Faust in die Hand. »Und wenn das stimmt, dann hat er schon im Voraus gewusst, dass der Strom ausfallen wird!«
Pong! Pong! Pong!
»He! Wer ist denn da bei dir drin?«, schrie Ella, die ungeduldig gegen die Badezimmertür hämmerte. »Mach endlich auf!«
Nat drehte die Dusche auf, um die Stimme ihrer Schwester zu übertönen.

KAPITEL 8

Nat zog sich eilig an, um so schnell wie möglich skaten zu können. Sie dachte, dass sie vielleicht Ewan über den Weg laufen würde, da er meistens auf seinen Inlinern unterwegs war.
Außerdem war sie irgendwie sauer, seit sie den Zeitungsartikel gelesen hatte, und sie wusste nicht, wohin mit ihrem Zorn. Abgesehen davon musste sie unbedingt wieder ein bisschen üben, selbst wenn sie Ewan nicht dabei traf. Sie hatte neue Grind-Platten montiert und die wollte sie nun ausprobieren.

Draußen war es ziemlich kühl. Ein frischer Wind fegte durch die Bäume, die entlang der Straße standen. Die Blätter hatten sich noch nicht verfärbt, aber das konnte nicht mehr lange auf sich warten lassen. Da Hoke Valley hoch in den Bergen lag, stellte sich der Herbst immer früh ein.

Nat zog den Reißverschluss ihrer Fleecejacke zu und skatete in Richtung Junior Highschool. Alle fuhren dort am liebsten. Die weite Asphaltfläche und die Rampen für Rollstühle mit den langen Geländern machten diesen Schulhof zum idealen Übungsgelände für Grinds und andere Tricks.

Einige Straßenzüge weiter bog sie rechts neben dem Eisenwarenladen in eine schmalere Straße und dann sah sie auch schon den zweieinhalb Meter hohen Maschendrahtzaun, der das Schulgelände einzäunte. Sie fuhr weiter zum Eingang. Gelegentlich wurde sie von einem Pkw überholt.

Der Schulhof war leer. »Zeichentrickfilmzeit«, murmelte Nat. Sie selbst hatte noch nie die Geduld gehabt, vor einem Fernseher sitzen zu bleiben, aber die meisten Kids, die sie kannte, glotzten gnadenlos alles, was nicht nach Nachrichten aussah.

Nat zuckte die Achseln und rollte auf eine der Rollstuhlrampen zu. Sie fand, dass es für sie langsam Zeit wurde, einen anständigen Suislide zu trainieren. Das war schließlich der schärfste und coolste Trick, den die Kids in diesen Skate-Videos ständig vorführten. Und sogar Kevin hatte gestern gezeigt, dass er ihn draufhatte. Sie musste sich gestehen, dass sie ihn deswegen wenigstens etwas beneidete.

Der Suislide war so schwierig, weil der Skater den Grind auf der Außenplatte des rechten Skates stehen musste, während er den linken Skate nach vorne zu strecken und mit der Hand zu fassen hatte.

Das hörte sich leicht an, aber dabei auch noch sein Gleichgewicht und das richtige Timing zu finden erforderte eine Unmenge Training.

Oben auf der Rampe blieben ihr etwa vier Meter, um Anlauf zu nehmen. Das war gerade noch ausreichend. Nat wollte nicht zu langsam sein, denn sonst wäre sie sofort umgekippt, sobald die Skates das Geländer berührten.
»Hier ist ja echt nichts los«, sagte sie mit einem Blick auf den leeren Pausenhof.
Sie stieß sich mit dem rechten Skate ab. Dann mit dem linken. Blitzschnell hatte sie ein ganz schönes Tempo drauf. Schneller, als sie erwartet hatte, war sie auch schon an der Kante der Rampe angelangt. Sie hielt den Atem an. Mit vorgebeugtem Körper sprang sie ab.
Klack! Indem sie den rechten Skate nach innen drehte, schaffte sie es, mit der äußeren Grind-Platte auf den Handlauf des Geländers zu kommen. Dann verlagerte sie ihren Schwerpunkt nach hinten und leicht seitlich neben das Geländer, streckte ihren linken Fuß aus und umfasste die Schale des Skates.
»Uiuiui!«, stöhnte Nat. Ihr Kopf kam viel zu weit nach vorne. Sie küsste schon fast den Boden. Geistesgegenwärtig riss sie die linke Schulter nach vorne und schlitterte über den Schultergürtel weiter. Dann überschlug sie sich einige Male und blieb schließlich liegen. Sie kauerte sich hin und prüfte, wo sie sich verletzt hatte.
Ihr T-Shirt war an der Schulter eingerissen, aber ansonsten ging es ihr gut. Nichts tat ihr besonders weh. Sie hatte nur einen blauen Fleck am Schulterblatt.
Nat wiederholte den Trick noch mehrmals, konnte ihn jedoch nie stehend beenden.
Nach etwa einer halben Stunde hatte sie die Nase voll und hielt es für besser, Schluss zu machen.
»Bin wohl nicht ganz bei der Sache«, sagte sie sich, was halbwegs auch der Wahrheit entsprach. Sie wollte unbedingt irgendetwas gegen Trainer Hams Artikel unternehmen, bevor die ganze Sache völlig außer Kontrolle geriet. Die andere Hälfte der Wahrheit bestand darin, dass sie einfach nicht

genug geübt hatte. Und außerdem fehlte ihr die Geduld, so lange auf die Nase zu fallen, bis es dann irgendwann klappte. Nat skatete noch einmal die Rampe hinauf. Wenigstens einen kleinen Erfolg wollte sie sich noch gönnen. Wie zur Belohnung legte sie einen super guten Torque-Soul hin. Beide Skates kamen glatt auf der Außenseite auf und sie rutschte wie auf einem Stück Butter bis ans Ende des Geländers. Danach machte sie sich sofort auf den Weg nach Hause. Dort kümmerte sie sich gar nicht erst um die Treppe, die von der Straße aus direkt zur Wohnung ihrer Familie führte, sondern stürmte krachend durch die Eingangstür des Buchladens.

»He! Hier drin keine Inliner! Das weißt du doch!«, rief Mr Whittemore ihr zu.

Nat winkte nur kurz und watschelte wie eine Ente ins Hinterzimmer. Sie hatte zwar gewusst, dass sie einen Rüffel erhalten würde, wenn sie mit ihren Skates durch den Laden marschierte, aber sie war zu sehr in Eile, um die Dinger auszuziehen. Sie musste unbedingt Margaret Masters, die Bürgermeisterin, anrufen.

Sie wählte die Nummer. Am anderen Ende der Leitung klingelte es einige Male, bis endlich jemand abhob.

»Hallo?«, sagte eine Frauenstimme.

»Frau Bürgermeisterin?«, fragte Nat.

»Am Apparat. Bist du das, Nat?«, erkundigte sich Mrs Masters.

»Haben Sie schon den Artikel von Trainer Ham in der Zeitung gelesen?«, fragte Nat an Stelle einer Antwort.

»Den ganzen Morgen muss ich deshalb schon Anfragen beantworten«, seufzte die Bürgermeisterin.

»Und was sollen wir jetzt machen?«, wollte Nat wissen.

»Ich bin schon dabei, eine Antwort zu verfassen, die morgen in der Zeitung erscheinen soll. Falls er allerdings wirklich Beweise dafür hat, dass das durchtrennte Stromkabel irgendwas mit den Skatern zu tun hat, dann sieht es für den Skatepark ziemlich düster aus.«

»Könnte ich irgendetwas tun?«
»Nein. Für den Montagabend werde ich eine Sondersitzung des Skatepark-Komitees einberufen. Da können wir dann überlegen, wie wir vorgehen wollen«, antwortete die Bürgermeisterin. »Versuch dir nicht allzu viele Sorgen zu machen.«
Aber Nat konnte mit diesem Ratschlag nichts anfangen, denn die Bürgermeisterin wusste ja nichts von dem, was sie selbst wusste. Der Trainer hatte unter Umständen doch Recht. Vielleicht war es ja wirklich ein Inlineskater gewesen. Auf jeden Fall wenn das, was ihre Freunde gestern im Chatroom gelesen hatten, stimmte.
Nat fuhr den Computer hoch und loggte sich im Chatroom ein. Außer ihr war niemand anwesend. Gedankenverloren saß sie einige Minuten da, starrte die Decke an und grübelte über die Zukunft des Parks nach.
Als ihr Blick wieder auf den Bildschirm fiel, bemerkte sie, dass sie nicht mehr allein war.
X-Liner war im Chatroom.

NatSk8: Wie läuft's, X-Liner?
X-Liner: Hast du gestern vielleicht ein bisschen im Stadion am Lichtschalter gespielt?

Nat überlegte, ob sie ihn wegen dieser Sache in die Mangel nehmen sollte oder ob es besser wäre, ihn glauben zu lassen, dass sie auf seiner Seite sei. Vielleicht konnte sie dann in Erfahrung bringen, um wen es sich bei dem Typ handelte.

NatSk8: Total irrer Trick. Warst du das?
X-Liner:
Rosen sind rot,
Veilchen sind blau,
doch der Rasen wird brauner,
und dem Football wird flau!

Danach klinkte sich X-Liner wieder aus.
»Hä?«, schnaubte Nat. »Was soll das denn heißen?«
Sie nahm einen Stift und schrieb das seltsame Gedicht auf ein Blatt Papier. Vielleicht konnten ihre Freunde irgendwas damit anfangen.
Sie klickte auf »Message erstellen«.

Von: NatSk8
An: Wallit, Kevlar, JamMan
Betrifft: X-Liner
Überprüft folgende Nachricht von X-Liner:
Rosen sind rot,
Veilchen sind blau,
doch der Rasen wird brauner,
und dem Football wird flau!
Vor ein paar Minuten habe ich ihn im Chatroom wieder getroffen. Habt ihr vielleicht eine Ahnung, was er vorhat? Ich merke nur, dass er noch immer einen Hass auf Football hat.
Bis später.

KAPITEL 9

Am Montagmorgen war das Aufstehen für Nat noch schlimmer als am Sonntag. Sie kroch aus ihrem Bett, als käme sie direkt aus der Gruft.
Ihr gegenüber saß Ella auf dem Bett. Sie war schon vollständig angezogen und band gerade ihre Schuhe zu.
»Mama! Sie ist wach!«, brüllte Ella.
Nat stülpte sich das Kissen über den Kopf. »Musst du denn so plärren?«
»Entschuldigung!«, brüllte Ella und rannte aus dem Zimmer.

Nachdem sie einige Minuten damit verbracht hatte, sich von Ellas markerschütterndem Geschrei zu erholen, rollte sich Nat vom Bett auf den Boden. Dort blieb sie auf dem Rücken liegen und versuchte sich daran zu erinnern, welcher Tag heute eigentlich war.

Mrs Whittemore steckte den Kopf durch die Tür und sah ihre Tochter an. »Nun mach schon, Nat, sonst kommst du zu spät zur Schule.«

Nat stöhnte. Sie setzte sich hin und scheuchte ihre Mutter mit einigen Handbewegungen aus dem Zimmer. »Bla, bla, bla.« Ihre langen blonden Haare fielen ihr ins Gesicht.

Als sie endlich angezogen war, hatte Ella die Wohnung schon in Richtung Schule verlassen.

»Wie oft soll ich es dir denn noch sagen? Jetzt beeil dich doch mal«, drängte Mrs Whittemore. Sie drückte Nat den Rucksack und die Fleecejacke in die Hand. »Zum Frühstücken bleibt keine Zeit mehr. Hier, den Apfel kannst du unterwegs essen.« Sie ließ einen Apfel in Nats andere Hand fallen.

Auf dem gesamten Schulweg nagte Nat an diesem Apfel herum. Sie fühlte sich wie ein Zombie.

»Ich hasse Montage«, brummte sie, als sie das Kerngehäuse in eine Mülltonne knallte.

Schließlich kam sie bei der Schule an. Der Pausenhof war menschenleer. Offensichtlich hatte der Unterricht schon begonnen.

»Wuff!«

Jamils Hund Buddy saß vor dem Haupteingang am Fuß der Treppe. »Du verziehst dich besser, mein Junge«, sagte Nat und kraulte den Hund hinter den Ohren. »Der Direktor kann Tiere nicht ausstehen.«

»Wuff!«

Nat lief eilig in das Gebäude und machte sich auf den Weg zum Klassenraum.

In der ersten Stunde hatte sie Physik. Eigentlich machte sie sich keine Sorgen wegen ihres Zuspätkommens, denn mit Mr

Clary, dem Lehrer, kam sie bestens aus. In der Freizeit hatte sie mit ihm schon bei der Organisation der Bear-Claw-Mountainbike-Rennen zusammengearbeitet.
Als Nat das Klassenzimmer betrat und zu ihrem Platz schlich, verharrte Mr Clary vor der Tafel mitten in der Bewegung.
»Schön, dass du uns auch noch die Ehre deiner Anwesenheit gibst, Nat. Hast du Donuts mitgebracht?«, fragte er.
Die ganze Klasse lachte.
Nat sah ihn verblüfft an. »Donuts?«
»Ja. Von heute an musst du für uns alle Donuts mitbringen, wenn du mal wieder zu spät kommst«, sagte Mr Clary. Dann wandte er ihr den Rücken zu und machte mit dem Unterricht weiter.
Es ging um die Sonne. Eine große Karte mit dem Bild der Sonne hing vor der Tafel. Mit einem Zeigestock deutete Mr Clary auf diese Abbildung und erläuterte den Aufbau der verschiedenen Schichten des Sterns.
Nat warf einen Blick zum Nachbartisch. Dort saß Kevin und machte sich wie ein Wilder Notizen. Sie musste grinsen, denn Kevin war hier voll in seinem Element und sog all die Fakten wie ein Schwamm in sich auf.
Im Gegensatz zu ihm war sie selbst nur daran interessiert, eine halbwegs anständige Note im Zeugnis zu bekommen. Eigentlich bedeutete ihr Physik nicht viel, andererseits hatte sie keine Lust, vor Kevin dumm dazustehen und eine schlechtere Note als er zu kassieren.
Nat trat gerne mit anderen in einen Wettbewerb – egal, um was es ging.
Sie schlug ihr Heft auf und fing nun auch an sich Notizen zu machen. Das, was sie vom Anfang der Stunde verpasst hatte, wollte sie sich nachher von Kevin geben lassen.
Die fünfzig Minuten Unterricht zogen sich endlos in die Länge. Mr Clary stopfte sie alle mit Informationen über die Sonne so voll, dass Nat glaubte, ihr würde gleich der Kopf platzen.

Drrring! Endlich ertönte die Klingel, die das Ende der Stunde verkündete. Alle knallten ihre Hefte zu und machten sich auf den Weg zum nächsten Unterrichtsraum.
Nat hielt Kevin am Arm fest. »Hast du einen Moment Zeit?«
»Ich wollte auch mit dir reden«, sagte Kevin. »Ich habe die ganze Zeit darüber nachgedacht, wieso X-Liner kein User-Profil im Netz hat. Vielleicht kann uns ja Mr Clary helfen den Kerl ausfindig zu machen.«
»Gute Idee«, sagte Nat. Von einer Sekunde auf die andere hatte sie vergessen, dass sie ihren Freund um die Unterrichtsnotizen bitten wollte. »Mr Clary! Wir brauchen Ihre Hilfe.«
Mr Clary saß noch an seinem Tisch, als Nat und Kevin auf ihn zustürmten. »Was kann ich denn für euch tun?«
»Nun, wir haben uns gefragt, ob Sie vielleicht wissen, wie jemand in das Hoke Valley Net kommen kann, ohne dabei Spuren zu hinterlassen«, erklärte ihm Kevin.
»Seid ihr wieder hinter irgendeiner krummen Sache her?«
»Kann sein«, sagte Kevin ausweichend. Er hatte eigentlich nicht vor, die Sache mit X-Liner und der plötzlichen Dunkelheit im Stadion auszubreiten. »Im Moment würden wir nur gerne wissen, wie es möglich ist, dass jemand bei dem Server einsteigt, ohne auf der offiziellen Teilnehmerliste zu stehen.«
Mr Clary legte seine Fingerspitzen vor der Nase zu einem kleinen Dach zusammen. »Das kann ich euch auch nicht sagen, aber warum ruft ihr nicht mal beim HVNet an? Die müssten euch eigentlich weiterhelfen können. Und wenn das stimmt, was ihr sagt, dann werden sie selbst mit Sicherheit gerne Näheres darüber erfahren. Der HVNet-Server befindet sich in der Universität in Denver. Ruft da mal an.«
»Vielen Dank, Mr Clary!«, rief Kevin über die Schulter, als er und Nat bereits auf den Flur hinausliefen. Sie hatten noch knapp drei Minuten Zeit bis zur nächsten Unterrichtsstunde.
»Vielleicht können wir ja die Leute vom HVNet dazu bringen, X-Liner aufzustöbern«, meinte Nat aufgeregt.

»Pass auf, wir treffen uns nach der Schule und dann rufen wir sofort da an.« Mit diesen Worten verschwand Kevin im Gewühl. Die Mathestunde fand auf der anderen Seite des Gebäudes statt. Wenn er einen kurzen Spurt einlegte, konnte er es noch vor dem Klingeln schaffen.

KAPITEL 10

»Wer als Erster zu Hause ist!«, rief Nat Jamil, Wall und Kevin zu. Für diesen Tag war die Schule zu Ende. Alle vier hatten es eilig, zu Nats Wohnung zu kommen und die Leute vom HVNet anzurufen.

Nat hatte den besten Start, aber Kevin legte sich mächtig ins Zeug. Er war schnell, wirklich schnell. Nat wusste, dass sie Wall und Jamil schlagen konnte, aber um schneller als Kevin zu sein, musste sie das Letzte aus sich herausholen.

Während sie die Straße entlangzischte, ermahnte sie sich selbst, nicht über die Schulter zu schauen. Das konnte bei jeder Art von Rennen das Aus bedeuten. Man verlor dadurch mindestens eine halbe Sekunde, die möglicherweise über Sieg oder Niederlage entschied.

Am Ende des Straßenzugs bremste sie ab, um nicht aus der Kurve getragen zu werden, als sie in ihre eigene Straße einbog. Hier konnte sie der Versuchung nicht widerstehen, einen kurzen Seitenblick aus dem Augenwinkel nach hinten zu werfen. Keinen Meter hinter ihr keuchte Kevin. Und Buddy, Jamils niedlicher Retriever, kam so schnell herangeprescht, dass er sie beide gleich überholen würde.

Darum hätte sie sich allerdings gar keine Gedanken mehr machen müssen. Hinter der Straßenecke kam ihr nämlich genau in diesem Moment Roman Jacobson entgegen.

Krawumm!

Der Zusammenstoß war unvermeidlich.
»Autsch!« Nat prallte von Roman ab und erwischte Kevin, der an ihren Fersen hing. Kevin fiel nach hinten über Buddy. Buddy jaulte.
»Entschuldigung«, sagte Roman.
Jamil und Wall blieben stehen.
»Das hätte mich fast umgebracht, Roman«, keuchte Nat.
Roman zuckte die Achseln. »Tut mir Leid, aber ich kann schließlich nicht um die Ecke sehen.« Er schwieg einen Moment. »Aber das kann ich!« In seiner rechten Hand hielt er einen Vierteldollar. »Und jetzt aufgepasst.« Er fuhr mit seiner linken Hand darüber. Das Geldstück war verschwunden.
»Wie süß«, meinte Nat mit gequältem Grinsen.
»Und jetzt noch mal aufgepasst«, sagte Roman, der sich gar nicht um Nats Bemerkung kümmerte. Er streckte seine rechte Hand aus, bis sie fast Nats Ohr berührte. Dann rieb er die Finger aneinander und ein wahrer Wasserfall an Münzen sprudelte plötzlich aus ihrem Ohr.
»Echt cool!«, sagte Jamil staunend.
Roman lächelte. Er bückte sich und sammelte das Geld wieder ein. »Dient nur zur Unterhaltung der Massen.«
»Vielen Dank für die Show, Roman, aber wir haben es ein bisschen eilig«, sagte Nat.
»Wenn ihr es wegen dem Skatepark eilig habt, dann könnt ihr die Sache gleich vergessen. Der Park wird nicht gebaut«, antwortete Roman seelenruhig.
Nat fiel der Unterkiefer herunter. »Woher willst denn du das wissen?«
»Mein Vater hat den Vorsitz beim Bezirksausschuss«, sagte Roman.
»Du spinnst doch«, mischte sich Wall ein. »Der Bezirksausschuss hat für den Park gestimmt!«
»Ein Krieg ist erst vorbei, wenn die letzte Schlacht geschlagen ist«, meinte Roman grinsend. »Und ich sage euch, die letzte

Schlacht kommt erst noch.« Ohne ein weiteres Wort ging er an den vieren vorbei.
Nat, Jamil, Wall und Kevin starrten einander entsetzt an.
»Was sollte denn das heißen?«, fragte Jamil.
»Frag mich was Leichteres«, antwortete Nat. »Aber ich finde, wir sollten den Typ genauer unter die Lupe nehmen.«
»Du ziehst mal wieder voreilige Schlüsse, Nat«, warnte Kevin. »Er spielt Football und sein Vater ist gegen den Park. Es ist doch klar, dass er solche Töne spuckt.«
»Vielleicht hast du Recht«, räumte Nat ein. »Na ja, jetzt rufen wir an.«
Die drei Jungs ließen sich am Tisch nieder, während Nat in Denver anrief. Sie musste es eine ganze Weile klingeln lassen, bis jemand beim HVNet den Hörer abnahm.
»Büro Dr. David Dixon«, meldete sich eine Dame.
»Ja, guten Tag. Ich würde gerne mit jemandem wegen des HVNets sprechen«, brachte Nat ihr Anliegen vor.
»Oh, dann müssen Sie mit Dr. Dixon persönlich sprechen«, sagte die Sekretärin. »Er wird allerdings erst nächste Woche wieder hier sein.«
»Kann ich ihn vielleicht irgendwo erreichen?«, fragte Nat.
»Nun, in den nächsten Tagen nimmt er an einer Konferenz teil. Danach wird er das Wochenende in seinem Haus in den Bergen verbringen«, antwortete die Frau, während sie anscheinend im Terminkalender Dr. Dixons blätterte. »Möchten Sie ihm eine Nachricht hinterlassen?«
»Wo liegt denn dieses Wochenendhaus?«, fragte Nat.
»In Hoke Valley, aber dort ist er für niemanden zu sprechen«, erklärte die Frau. »Nächste Woche wird er wieder in seinem Büro für Sie da sein.«
»Dann ist es vielleicht schon zu spät«, sagte Nat.
Schließlich gab sie der Sekretärin ihren Namen und ihre Telefonnummer und trug ihr auf, Dr. Dixon zu sagen, dass es wirklich dringend sei.

»Also?«, fragte Wall erwartungsvoll.
Nat ließ sich auf den Boden sinken. »Dr. Dixon, der Typ, der HVNet leitet, ist nicht da. Bis nächste Woche!« Sie verdrehte die Telefonschnur zwischen den Fingern. »Und so, wie sich im Moment alles entwickelt, könnte es dann schon zu spät sein.«
»Hat man dir nicht sagen können, wo sein Wochenendhaus liegt?«, fragte Wall.
Nat nickte. »Doch, irgendwo hier in Hoke Valley.«
»Dann sollten wir vielleicht mal ins Telefonbuch schauen«, schlug Wall vor.
»Daran hätte ich eigentlich auch denken können«, knurrte Nat. Sie holte das Telefonbuch aus einer Schublade und begann rasch, darin zu blättern. »D . . ., D . . ., Di . . . ., Dix.« Sie sah weiter unten nach. »Steht nicht drin. Hier gibt es keinen Dr. David Dixon.«
»Gibt es andere Dixons?«, fragte Kevin.
»Zwei andere«, antwortete Nat.
»Dann probieren wir's mal bei denen«, meinte Jamil.
Nat nahm das Telefon und wählte die erste Nummer. Es läutete nur kurz, dann nahm jemand den Hörer ab.
»Ist dort Dr. Dixon?«, fragte Nat.
»Da müssen Sie sich verwählt haben«, kam als Antwort.
Nat wählte die zweite Nummer.
Es klingelte und klingelte und klingelte. Niemand hob ab.
Nat schüttelte den Kopf. »Und jetzt?«
Ihre Freunde schwiegen.
»Ich glaube, wir stecken in einer Sackgasse«, sagte Kevin.
»Jedenfalls bis nächste Woche«, verbesserte ihn Nat. »Vielleicht meldet er sich ja dann bei mir.«
»Wenn das unsere einzige Chance ist, X-Liner zu finden . . .«, brummte Wall enttäuscht.
»Vielleicht gelingt es uns ja, dieses Rätsel zu entschlüsseln«, warf Kevin ein.
»Auf jeden Fall bedeutet es, dass X-Liner wieder irgendwas

gegen die Footballer unternehmen will. ›Doch dem Football wird flau‹ klingt doch ziemlich eindeutig«, meinte Wall.
Nats Blick fiel auf die Uhr über dem Herd. »Oh Mann. Ich muss los. Die Komiteesitzung fängt in einer halben Stunde an.«
Wall, Jamil und Kevin beschlossen nach Hause zu gehen und Hausaufgaben zu machen.
Nat zwängte sich in ihre Inlineskates und rollte in Richtung Highschool davon. Das Treffen sollte in einem der Klassenräume stattfinden.
Mrs Masters, die Bürgermeisterin, stand vorne vor der Tafel. Sieben andere Komiteemitglieder saßen abwartend im Raum. Da waren Ewan, Cyrus McGowan, Jane Kirby, eine Englischlehrerin von der Junior Highschool, die außerdem die Tante von Bob Williams war, dem vielleicht wildesten Skateboarder in der ganzen Gegend, dann der Vater von Nats Klassenkamerad Ian, ein ehemaliger Skiliftbetreiber namens Brad Atkins sowie die Besitzerin eines Lebensmittelladens, Michelle Perkins, und natürlich Nat.
»Nun, zuerst die schlechte Nachricht«, eröffnete die Bürgermeisterin die Sitzung.
Alle stöhnten.
»Adam Jacobson strengt vor dem Bezirksgericht ein Verfahren gegen den Skatepark an«, fuhr die Bürgermeisterin fort.
»Wie kann er das denn machen?«, prustete Nat los. »Sein eigener Ausschuss hat für den Park gestimmt!« Sie konnte einfach nicht glauben, was sie da gerade gehört hatte. »Das ist doch illegal.«
»Jetzt beruhige dich mal, Nat«, meinte die Bürgermeisterin beschwichtigend. »Hör dir erst einmal an, was ich noch zu sagen habe.«
»Tut mir Leid«, entschuldigte sich Nat. Sie presste ihr Kinn auf die Brust und kochte im Stillen vor Wut.
»Derzeit vertritt Adams nur eine kleine Fraktion. Seine Begründung für die Einleitung des Verfahrens beruht auf seiner

Behauptung, dass die Grundstückspreise fallen würden, da der Park angeblich eine Zweckentfremdung des Geländes darstellt. Stattdessen schlägt er vor, dort einen Hockeyplatz zu bauen.«

»Wir sollten das Footballstadion einreißen und den Hockeyplatz dort hinpflanzen«, platzte Nat lautstark heraus.

Die Bürgermeisterin hob die Hand, um Nat zum Schweigen zu bringen.

Nat sah zu Ewan hinüber. Was sie dort sah, überraschte sie. Er schien der ganzen Sache überhaupt keine Aufmerksamkeit zu schenken. Stattdessen schrieb er etwas in sein Notizbuch. Das war ziemlich seltsam. Wenn sich jemand mit aller Kraft für den Skatepark einsetzte, dann war das doch eigentlich Ewan.

Nat knüllte ein Stückchen Papier zusammen und warf damit nach ihm. Die Kugel landete auf seinem Tisch, doch Ewan wischte sie einfach weg, ohne hochzusehen.

»Pst«, flüsterte Nat. »He, Ewan.«

Wieder nahm Ewan keine Notiz von ihr. Etwas beleidigt wandte sich Nat wieder der Bürgermeisterin zu.

»Vor allem müssen wir jetzt den Bezirksausschuss dazu bewegen, sofort einen Zeitplan für die Bauarbeiten aufzustellen«, sagte Margarete Masters. »Wenn der erst einmal vorliegt, dann gibt es nicht mehr viel, was Adam tun kann, um uns zu stoppen, es sei denn, er erwirkt vor Gericht eine einstweilige Verfügung.« Sie machte eine Pause. »Aber das halte ich für ziemlich unwahrscheinlich.«

Die Komiteemitglieder erörterten noch einige andere Fragen, die sich seit dem letzten Treffen angesammelt hatten, und dann wurde die Sitzung geschlossen.

Als alles vorbei war, ging Nat sofort zu Ewan hinüber.

»Ist mit dir alles in Ordnung?«, fragte sie besorgt.

Ewan zuckte die Achseln. »Es läuft alles so ab, wie ich es vorhergesagt hatte. Trainer Ham wird gewinnen. Er gewinnt immer. Und keiner kann ihn aufhalten.«

»Die Sache ist noch nicht erledigt«, sagte Nat, die Ewan gerne getröstet hätte.
»Da hast du allerdings Recht«, stieß Ewan plötzlich sehr energisch hervor.
Nat sah ihn verdutzt an. »Was meinst du denn damit?«
»Ach, gar nichts. Ich kann es bloß nicht ertragen, dass Trainer Ham in dieser Sache gewinnt«, sagte Ewan. »Ich würde alles tun, damit er es nicht schafft.«
In Nats Kopf ging eine Alarmglocke an. Wie weit würde Ewan tatsächlich gehen? War er vielleicht X-Liner?
Ewan ging auf den Ausgang zu.
»Warte mal!«, rief ihm Nat hinterher. Sie wollte herausfinden, was Ewan vorhatte, aber sie wusste nicht, wie sie vorgehen sollte. Dann hatte sie einen Geistesblitz. »He, willst du nicht morgen mal zu meinem Freund Wall kommen? Er hat eine Halfpipe im Garten. Die ist total stark.«
Ewan lächelte. »Klingt super gut. Ich hab schon so was läuten hören, dass er eine hat. Die würde ich gerne ausprobieren.«
»Die ist perfekt für Xtreme-Skater«, fuhr Nat fort.
»Ians Halfpipe finde ich langsam ein bisschen langweilig. Die ist einfach zu breit, wenn man nicht auf einem BMX-Rad steht«, sagte Ewan.
»Na dann, bis morgen«, sagte Nat erleichtert.
Ewan winkte ihr zu und verschwand durch den Ausgang.

KAPITEL 11

Am nächsten Tag marschierten die Freunde nach der Schule direkt zu Walls Halfpipe, um sich dort mit Ewan zu treffen. Mit wedelndem Schwanz wurden sie am Fuß der Schultreppe von Buddy begrüßt.

»Sag mal, läuft der dir eigentlich dauernd hinterher?«, wurde Jamil von Wall gefragt.

»Sieht ganz so aus«, antwortete Jamil. »Wenigstens scheint es meinen Eltern nichts auszumachen. Mein Vater mausert sich langsam zum Hundefreund.«

»Ist ja cool«, meinte Wall.

Buddy tapste ihnen bis zu Walls Haus nach.

»Ich kann es gar nicht erwarten, Ewan richtig bei der Arbeit zu sehen«, sagte Kevin aufgeregt. »Ich bin mir sicher, dass er in der Pipe extrem starke Sachen macht.«

»Und ich mache mir einfach zu viele Sorgen um den Skatepark, um diesen Nachmittag genießen zu können«, seufzte Nat. »Wenn wir doch bloß diesen Dr. Dixon aufstöbern könnten. Wenn X-Liner wieder zuschlägt, dann sind vielleicht alle hier in der Stadt gegen den Park. Dann gewinnt Trainer Ham doch.«

»Besteht nicht auch die Möglichkeit, dass Trainer Ham hinter der ganzen Sache steckt, damit die Leute gegen den Park sind?«, fragte Jamil.

Kevin schüttelte den Kopf. »Doch nicht Trainer Ham. Er ist zwar ein harter Brocken, aber aufrichtig.«

»Sein Artikel war aber ziemlich schnell in der Zeitung«, wandte Nat ein. »Ein bisschen zu schnell für meinen Geschmack.«

»Kann schon sein, aber so was würde überhaupt nicht zu Trainer Ham passen«, verteidigte ihn Kevin. »Ich glaube, bei ihm sind wir auf dem Holzweg.«

»Und wie wäre es mit jemandem, der ihm vielleicht aus der Klemme helfen will?«, warf Wall ein.

»Jungs, also, gestern ist mir plötzlich ein Gedanke gekommen«, unterbrach Nat die anderen. Sie zögerte weiterzureden, besonders weil Ewan bei ihr doch ziemlich hoch im Kurs stand. »Ewan ist stocksauer auf Trainer Ham und alles, was mit Football zu tun hat. Er meint, dass das Komitee machen kann, was es will. Seiner Ansicht nach wird der Park doch nicht gebaut.«

»Ach ja? Da könnte er sogar Recht haben«, meinte Kevin. »Trainer Ham ist tatsächlich das Haupthindernis.«

»Das weiß ich auch. Aber Ewan ist mir gestern seltsam vorgekommen, als ich mich nach der Sitzung noch mit ihm unterhalten habe. Er sagte so was wie, er würde alles tun, um den Trainer aufzuhalten.«

»Und damit könnte er gemeint haben, dass es ganz nett wäre, die Footballspiele zu unterbrechen, um sich für all den Ärger mit dem Skatepark zu rächen . . .«, führte Kevin Nats Gedanken weiter.

»Stimmt«, sagte Nat. »Aus diesem Grund habe ich ihn auch für heute eingeladen. Ich dachte mir, dass wir ihn beobachten sollten. Vielleicht macht er ja irgendeine Bemerkung.«

»Und ich habe gedacht, du hast ihn eingeladen, weil du scharf auf ihn bist«, meinte Jamil grinsend.

»Sehr komisch«, schimpfte Nat.

»Jetzt hör auf damit, Jamil«, zischte Kevin.

»Wir könnten das ganze Problem mit einem Schlag lösen, wenn wir herausfinden, wer X-Liner ist«, mischte sich nun Wall ein, der versuchte das Thema zu wechseln.

Jamil hüpfte auf einen Feuerhydranten und reckte die Arme in die Luft. »Abwarten, Leute. Ich bin in der Lage, uns von allen Problemen zu befreien.«

»Ach ja, und wie?«, fragte Nat giftig, die ihm wegen seiner letzten Bemerkung immer noch gerne den Hals umgedreht hätte.

»Du hast doch gesagt, dass dieser Dr. Dixon hier in Hoke Valley wohnt und dass seine Nummer nicht im Telefonbuch steht.« Jamil hüpfte wieder von dem Hydranten herunter.

Nat nickte.
»Nun, das könnte heißen, dass er eine Geheimnummer hat. Aber es gibt auch einen anderen Grund, wieso jemand hier wohnen und doch keine eigene Nummer im Buch haben kann. Vielleicht gehört ihm ja einer von diesen Schuppen an den Skipisten. Bei diesen Häusern wird die Verbindung direkt über die Zentralvermittlung im Ort hergestellt«, erklärte Jamil.
»Das sollten wir sofort überprüfen!«, rief Wall.
»Moment mal! Erst treffen wir uns mit Ewan«, bremste ihn Nat. »Jamil kann das immer noch heute Abend überprüfen. Außerdem wird Dr. Dixon erst Ende der Woche hier sein.«
An der Halfpipe zogen Nat und Kevin ihre Skates an, während sich Jamil und Wall mit ihren Skateboards auf einigen niedrigen Rampen aufwärmten, die Wall in der Auffahrt aufgebaut hatte. Die X-Crew hatte dort einen kleinen Streetcourse mit einigen Kisten unterschiedlicher Größe, einer Rail und zwei Rampen eingerichtet.
Buddy bezog wieder seinen schattigen Posten unter dem Picknicktisch.
Wall hob von einer der Rampen ab und legte einen 180° Backside Grab hin. Schwerelos drehte er sich durch die Luft und machte eine bildschöne Landung. Jamil folgte ihm mit einem Frontside Grab. Elegant zog er sein Board hoch und auch er landete glatt.
In der Zwischenzeit waren Kevin und Nat mit ihren Vorbereitungen fertig geworden.
Kevin nahm einen schnellen Anlauf und sprang auf die Rail, die aus einer alten Eisenbahnschiene bestand, die sie im Wald gefunden und hierher getragen hatten.
Er spreizte seine Skates nach außen und glitt auf der Innenseite der Skates über die Rail. Ein exzellenter Alien Soul.
Nat kümmerte sich nicht um die Rail. Sie nahm Anlauf und sprang auf die etwa einen halben Meter hohe Kiste, um gleich darauf mit einem Flying Fish abzuheben. Einen Fuß zog sie

unter sich, den anderen streckte sie in gerader Linie vor. Sie sah genauso aus wie ein Fisch, der aus dem Wasser springt.
»Uff!« Die Landung hätte sie beinahe nicht mehr geschafft. Ihre Skates schlingerten bedenklich, als sie versuchte die Balance zu halten.
»Sie wackelt, sie zappelt, aber sie fällt nicht!«, rief Jamil.
Alle lachten. Plötzlich beteiligte sich Buddy mit wildem Gebell. »Wuff! Wuff!«
Als die vier mit ihrem Gelächter aufhörten, wurde Buddys Bellen noch heftiger. Er kam unter dem Tisch hervor und richtete sich auf. »Wuff! Wuff! Wuff!«
In diesem Moment bemerkten auch die anderen Ewan auf der Straße. Er lief bereits auf seinen Skates und kam mit gleichmäßig schwingenden Armen auf Walls Haus zugerollt.
Als Buddy ihn klar erkennen konnte, rannte er sofort in seine Richtung los.
»Buddy!«, kommandierte Jamil. »Komm sofort zurück!«
Aber Buddy kümmerte sich nicht um Jamils Befehle.
Jamil lief ihm hinterher, doch der Hund hatte schon einen erheblichen Vorsprung.
Auch Ewan hatte mittlerweile Buddy entdeckt. Er ging in die Hocke und rollte direkt auf den Hund zu.
»Ich kann gar nicht hinsehen«, stöhnte Nat und schlug die Hände vors Gesicht.
Genau in dem Moment, in dem Ewan und Buddy eigentlich hätten zusammenstoßen müssen, sprang Ewan hoch in die Luft und segelte über den Hund hinweg. Zusätzlich absolvierte er bei seinem Flug noch einen haarsträubenden Ku Lang.
Buddy raste unterdessen weiter vorwärts und versuchte etwas zu erwischen, das schon lange nicht mehr da war.
Ewan landete genau in Walls Einfahrt und hüpfte zur Abwechslung auf die Rail. Dort legte er noch schnell einen Basic Soul hin und sprang dann ab. Mit knirschenden Rollen kam er vor Nat zum Stehen.

»Hallo, Nat!« Ewan strahlte sie mit einem breiten Grinsen an.
»Das war echt riesig«, sagte Nat.
Buddy hatte es inzwischen geschafft zu wenden und raste nun wieder genau auf Ewan zu. Als er mit heraushängender Zunge die Einfahrt hinaufjagte, stellte sich ihm Jamil in den Weg und fing ihn mit beiden Armen auf.
»Ganz ruhig, mein Junge«, flüsterte er dem Hund zu. »Das ist ein Freund von uns.«
»Wuff!« Buddy versuchte sich aus der Umarmung zu winden.
»Ich bringe ihn besser weg«, keuchte Jamil. »Er scheint Ewan nicht zu mögen.«
»Diese Wirkung habe ich auf eine ganze Menge Hunde«, meinte Ewan mit ausdruckslosem Gesicht.
Das Halsband fest im Griff, zog Jamil Buddy hinter sich her.
Den Rest des Nachmittags verbrachten Nat, Wall, Kevin und Ewan mit ausgiebigem Skaten. Allerdings sprach Ewan während der ganzen Zeit kaum ein Wort.

In einem Raum am anderen Ende der Stadt ging eine Schreibtischlampe an. Das Licht breitete sich über den Tisch aus. Eine Hand schob einen Stapel Anforderungsformulare beiseite, die darauf warteten, von Mr Smith, dem Tourismusmanager des Skigebiets in Hoke Valley, unterzeichnet zu werden.
Jamil zog den Desktopcomputer zu sich heran und schaltete ihn ein.
Er hatte es sich auf dem Stuhl seines Vaters in dessen Büro bequem gemacht. Hier saß er gewissermaßen im Herzen des gesamten Feriengebiets. Er hatte sich vorgenommen die Unterlagen nach der Adresse von Dr. Dixon zu durchforsten.
Seine erste Vermutung, dass die Telefongespräche zu Dr. Dixon über die Zentrale vermittelt wurden, war ein Reinfall gewesen. Nun hoffte er aber, dass er Dixons Adresse in der Liste der Gästeausweise finden würde. Dixon musste einen

Gästeausweis besitzen. Schließlich hatte er ein Ferienhaus in Hoke Valley.
Die Namen aller Einwohner der Stadt, und auch die nur zeitweiligen, waren in der Datenbank seines Vaters gespeichert. Jamil tippte »Dixon, David« in die Suchmaske ein. Die Festplatte surrte.
Etwa eine halbe Minute später war Jamil auf die ersehnte Goldader gestoßen. Dr. David Dixon, 144 Mountain Crest.
Jamil notierte sich die Adresse auf einem Zettel. Eine Telefonnummer gab es anscheinend nicht. Das war zwar merkwürdig, aber Jamil wusste auch, dass die Datenbank seines Vaters nicht immer ganz vollständig war.
Als Jamil gerade den Computer wieder abschalten wollte, bemerkte er, dass Dr. Dixon außer seinem eigenen noch zwei weitere Gästeausweise angefordert hatte. Jamil öffnete ein weiteres Bildschirmfenster, um nachzusehen, auf wen diese Ausweise ausgestellt waren.
Zuerst kam Dr. Dixons Name, dann der einer Frau – und dann kam noch einer . . .
Ewan McKindrick!

KAPITEL 12

Mittagessen an der Hoke Valley Junior Highschool war nur ein anderes Wort für Katastrophe. Dort, wo die Warteschlange begann, hing die Speisekarte, auf der das vermerkt war, was die Schule als Nahrungsmittel ausgab: Makkaroni mit Käse, Spaghetti mit Fleischklößen, Fischstäbchen.

»Ich hätte gerne Spaghetti«, sagte Nat zu der Serviererin hinter der Theke.

Die Serviererin löffelte eine große Portion einer leuchtend orangefarbenen Substanz, die an bindfadenartigen Objekten klebte, aus einem Bottich und ließ das Ganze auf einen Teller fallen, den sie Nat in die Hand drückte.

»Vielen herzlichen Dank.«

Wall stand in der Reihe direkt hinter Nat. Er sah ihr über die Schulter. »Nun stell dir mal vor. Vor uns liegt ein ganzes Jahr, in dem wir uns täglich auf solches Essen freuen dürfen.«

»Mir dreht sich gleich der Magen um«, stöhnte Nat. Nachdem sie die Schlange hinter sich gelassen hatte, bemerkte sie Kevin, der ihr von der anderen Seite des Raums zuwinkte.

Nat und Wall bahnten sich durch den überfüllten Speisesaal einen Weg zu ihm.

»Jamil hat uns etwas Wichtiges mitzuteilen«, sagte Kevin.

Genau in diesem Moment kam Mr Hogg, der stellvertretende Direktor der Schule, an ihren Tisch. »Natalie Whittemore?«

Nat nickte.

»Du sollst sofort ins Büro kommen«, sagte Mr Hogg.

Finsteres Schweigen senkte sich über die Gruppe. In das Büro des Direktors gerufen zu werden bedeutete nichts Gutes.

»Ich habe überhaupt nichts angestellt«, protestierte Nat.

»Beeil dich«, sagte Mr Hogg. Dann wandte er sich um und ging weiter, um jemand anderem den Tag zu versauen.

Ihre Freunde sahen Nat schweigend nach, als sie wie eine zum Tode Verurteilte aus dem Speisesaal schlurfte.

Zögernd blieb Nat vor der Tür des Direktors stehen. Sehr oft war sie noch nicht da drin gewesen. Aber bei den wenigen Gelegenheiten war es immer recht unangenehm geworden. »Da führt kein Weg dran vorbei«, murmelte sie tonlos. Sie drückte die Tür auf und stand kurz darauf inmitten einer ganzen Gruppe von Lehrern und Sekretärinnen, die durcheinander wuselten.
Mrs Hickock sah auf und bemerkte Nat. »Telefon für dich.« Sie deutete auf den Apparat auf ihrem Tisch. »Leitung eins.«
Nat lief ein kalter Schauer den Rücken hinunter. Weshalb sollte man sie ausgerechnet in der Schule anrufen? Im Geiste ging sie eine Liste aller möglichen Katastrophen durch. Dann drückte sie auf den blinkenden Knopf.
»Hallo?«, fragte sie nervös.
»Natalie? Hier ist Margarete Masters. Etwas Schreckliches ist passiert. Komm nach der Schule direkt zum Footballplatz. Ich und die anderen vom Komitee werden da sein«, sagte die Bürgermeisterin eilig.
»Wieso? Was ist denn los?«, fragte Nat aufgeregt.
Als Antwort erhielt sie nur noch ein lang gezogenes Tuten aus dem Hörer. Die Bürgermeisterin hatte bereits aufgelegt.
In Nats Magen bildete sich ein Kloß. Sie glaubte nicht, dass sie nun noch ihr Essen hinunterschlucken konnte.
Deshalb ging sie in die Bibliothek und holte sich aus dem Regal den Band »Q« der Enzyklopädie. Wann immer sie sich aufregte, las sie zur Beruhigung in der Enzyklopädie. Aufs Geratewohl schlug sie eine Seite auf, deren oberster Eintrag »Queeg, Captain« lautete.
Nach der Schule machten sich Nat und ihre Freunde sofort auf den Weg Richtung Footballstadion. Wie üblich hechelte ihnen Buddy hinterher. Er hatte schon den ganzen Tag vor der Schule auf Jamil gewartet.
Als Nat und ihr Gefolge das Stadion betraten, brannten bei Buddy wieder die Sicherungen durch. Er hechelte mitten aufs

Spielfeld hinaus. Dort sprang er wild bellend herum. Jamil rannte ihm sofort nach.
Nat, Wall und Kevin kletterten die Tribünentreppen hinauf, dorthin, wo bereits die anderen Mitglieder des Komitees saßen. Auf dem Weg nach oben kamen sie an Roman Jacobson vorbei. Er spielte mit einigen Freunden Karten.
Außer Ewan waren alle Komiteemitglieder erschienen. Nat war überrascht, dass gerade er fehlte. Sie konnte es nicht fassen, dass er bei einer anscheinend doch wichtigen Angelegenheit nicht dabei sein sollte.
»Was ist denn los?«, fragte sie atemlos. Sie ließ sich auf einen der Sitze fallen und atmete erst einmal tief durch. Wall, Jamil und Kevin blieben einige Meter entfernt sitzen. Nat gehörte zum Komitee und nicht sie. Dennoch fühlten auch sie sich in dieser Sache angesprochen.
Trainer Ham war auch da. Er stand hinter den anderen und deutete wortlos mit einem spitzen Finger auf das Spielfeld.
Nat folgte diesem Fingerzeig mit den Augen - und es verschlug ihr den Atem. Mitten auf dem Spielfeld an der Fünfzig-Yard-Linie war wie üblich ein riesiger Football mit weißer Farbe eingezeichnet. Doch er war umgeben von einem Ring aus braunem Gras, totem Gras. Und dieser braune Ring wurde von einer ebenso braunen Linie aus totem Gras durchkreuzt. Das war das international anerkannte Zeichen für »Nein«. Und direkt unterhalb dieses Zeichens war auch noch ein »Sk8« in den Rasen gebrannt.
»Kein Football«, las Nat das Zeichen laut vor. »Skate.«
»Stimmt genau. Kein Football«, wiederholte Trainer Ham.
»Wir haben ein Problem«, unterbrach ihn die Bürgermeisterin.
»Holt endlich diesen verdammten Köter von meinem Platz!«, brüllte der Trainer.
Buddy rannte wie von der Tarantel gebissen um den braunen Kreis herum und bellte inständig. Jamil holte ihn endlich ein, packte den Hund am Halsband und zerrte ihn vom Feld.

Die Bürgermeisterin wartete, bis sich der Trainer wieder beruhigt hatte. »Es ist mir aufgefallen, dass die Vorgänge hier im Stadion, der heutige und der Stromausfall am letzten Freitag, offenbar in einem größeren Zusammenhang stehen. Diese Angriffe auf die Footballeinrichtungen sind erst aufgetreten, als es bei der Auseinandersetzung um den Skatepark sozusagen in die heiße Phase gegangen ist. Nach Aussage des Platzwartes könnte das Gift, mit dem der Rasen zerstört wurde, irgendwann im Laufe des gestrigen Tages ausgestreut worden sein. Niemand befand sich gestern im Stadion und auch die Mannschaft hat nicht trainiert.« Die Bürgermeisterin warf Nat einen kurzen Blick zu. »Es erscheint nur allzu schlüssig, dass diese üblen Streiche von jemandem verübt wurden, der ein gewisses Interesse am Skaten hat. Angesichts dieser Schlussfolgerung bleibt mir in Hinsicht auf den Skatepark nichts anderes übrig, als jede weitere Entscheidung so lange zu vertagen, bis diese Sache hier aufgeklärt ist.«
Nat schluckte.
Nach dieser Ankündigung der Bürgermeisterin löste sich die Versammlung rasch auf. Nat, Wall und Kevin trafen Jamil auf dem Parkplatz wieder.
»Das war übrigens ganz toll von dir«, zischte Nat Jamil an.
»Das war doch nicht mein Fehler«, verteidigte sich Jamil. »Buddy ist einfach abgehauen.«
Genau in diesem Moment preschte Buddy wieder los, doch diesmal blieb er vor der Tür der Herrentoilette stehen. »Wuff! Wuff! Wuff!«
»Hör mal, wir sollten Trainer Ham nicht zusätzlich verärgern. Häng deinem Vieh endlich eine Leine um«, knurrte Nat.
Als Jamil hinüberging, um Buddy wieder einzufangen, kam Ewan aus der Tür. Er nickte den anderen wortlos zu.
Nat schluckte erneut. Sie wusste nicht, ob sie sich freuen oder wütend sein sollte. Sie mochte ihn noch immer, aber was war, wenn er hinter all diesen Anschlägen steckte?

Buddy versuchte sich von Jamil loszureißen. Er wimmerte und sprang immer wieder in Ewans Richtung.
»Tut mir Leid, aber ich glaube, er mag dich nicht«, keuchte Jamil.
Ewan zuckte die Achseln.
»Gehen wir irgendwohin, wo wir in Ruhe reden können«, sagte Wall.
»Warum nicht auf das Gelände, auf dem der Skatepark gebaut werden soll?«, schlug Jamil vor.
Nat bedachte Jamil mit einem giftigen Blick.
»Was ist? Was habe ich denn jetzt schon wieder gesagt?«, fragte Jamil.
Nat seufzte. »Tut mir Leid. War nicht dein Fehler. Die Sache ist nur so: Der Skatepark liegt erst mal auf Eis.«
Jamil fielen fast die Augen aus dem Kopf. »Das soll doch wohl ein Witz sein, oder?«
»Nein«, mischte sich Ewan ein. »Aber ›auf Eis‹ bedeutet nichts anderes, als dass er überhaupt nicht mehr gebaut werden wird. Es läuft genau so, wie ich es vorhergesagt habe. Ich wusste, dass sie das Projekt kippen werden. Keiner wagt es, sich gegen Trainer Ham zu stellen.«
»Warte mal«, hielt Nat dagegen. »Aus diesem Grund ist der Park nicht auf Eis gelegt worden. Die Sache verzögert sich, weil erst geklärt werden muss, auf wessen Konto diese Anschläge gehen. Du warst bei dem Treffen nicht dabei, also kannst du das auch nicht wissen.«
Ewan schüttelte den Kopf und sah Nat an, als hätte er ein Kleinkind vor sich. Dann drehte er sich um und stapfte davon. Sein Blick traf Nat wie ein Faustschlag.
Damit war wohl jede Chance vertan, dass sie seine Freundin werden könnte. Wieso sollte sich Ewan auch mit einem »Kleinkind« abgeben, das ohnehin keine Ahnung von den großen Dingen des Lebens hatte?
»Jetzt komm schon mit«, sagte Kevin und zog Nat hinter sich

her. In seinem Kielwasser marschierten die drei hinüber zu dem freien Feld, auf dem einmal der Skatepark stehen sollte. Stangen mit roten Fähnchen markierten bereits das Baugelände. Die vier setzten sich genau in die Mitte der abgesteckten Fläche.

»Hier hätte eigentlich die Halfpipe stehen sollen«, sagte Nat traurig.

»Du darfst noch nicht aufgeben«, sagte Jamil. »Wenn wir den Übeltäter finden, können wir das Projekt wahrscheinlich wieder in Gang bringen.«

»Richtig«, stimmte Wall ihm zu.

Nat rupfte einen Grashalm aus dem Boden, klemmte ihn zwischen ihre Daumen und blies durch den schmalen Spalt. Twiiiiet.

»Also, ich glaube, Trainer Ham hasst die Skater so sehr, dass er das alles selbst inszeniert«, sagte Jamil.

Kevin sah Jamil von der Seite an. »Du spinnst doch, Mann. Trainer Ham, der geht doch nicht mal bei Rot über die Ampel.«

»Kann schon sein, aber wie hat er seinen Artikel so schnell in die Zeitung gebracht?«, fragte Nat, die sich mit Jamils Argument anfreunden konnte. »Und wir haben gesehen, was er macht, wenn er einen Skater in seiner Mannschaft findet. Er schmeißt ihn einfach raus. Schau dir doch mal an, was er mit Ewan gemacht hat.«

»Ihr zieht wieder voreilige Schlüsse«, warnte Kevin die anderen. »Wir wissen doch gar nicht, ob das wirklich der Grund war, weshalb Ewan aus der Mannschaft geflogen ist. Das ist lediglich Ewans Behauptung.«

»Na gut, dann fragen wir Roman«, sagte Nat. »Der weiß es doch bestimmt ganz genau.«

»Gute Idee«, sagte Wall.

Jamil schlug sich an die Stirn. »Menschenskinder, ich hatte euch doch beim Mittagessen etwas erzählen wollen. Als Nat ins Büro gerufen wurde, hab ich das völlig vergessen. Ewan

wohnt im gleichen Haus wie Dr. Dixon. Das habe ich gestern Abend noch aus dem Computer meines Vaters herausgeholt.«
»Dann hätte er also die Möglichkeit haben können, völlig unbemerkt in das HVNet einzudringen!«, rief Kevin aufgeregt.
Nat stöhnte. Der coolste Inlineskater der ganzen Gegend war möglicherweise ein Krimineller. »Das passt ja wunderbar«, murmelte sie.
»Was ist?«, fragte Wall.
»Nichts, gar nichts.« Nat sah ihre Freunde an. »Also los, suchen wir Roman. Vielleicht hängt er ja noch hier rum.«

KAPITEL 13

Roman saß auf der Motorhaube einer großen Limousine auf dem Schulparkplatz. Er unterhielt sich mit den beiden Jungs, mit denen er schon im Stadion Karten gespielt hatte.
»Roman? Hast du mal eine Sekunde Zeit?«, rief Nat, als sie ihn entdeckte. Sie und ihre Freunde gingen zu ihm hinüber.
»Was gibt's?«, begrüßte Roman sie.
»Musst du nicht zum Training?«, fragte Jamil.
»Ist abgesagt worden«, antwortete Roman. »Der Trainer ist wegen der Sache mit dem Spielfeld ziemlich fertig.«
»Wir haben uns gefragt, ob du vielleicht weißt, was damals zwischen Ewan und Trainer Ham vorgefallen ist«, sagte Nat.
»Ich weiß alles«, meinte Roman etwas herablassend.
»Und das wäre?«, setzte Nat nach.
Roman zuckte die Achseln. »Ewan wollte nicht auf den Trainer hören. Er wollte nicht so spielen, wie es der Trainer ihm gesagt hatte. Stattdessen hat er seine eigene Taktik durchgezogen und der Quarterback konnte ihn beim Abspielen einfach nie finden.«
»Football ist ein Präzisionsspiel«, sagte einer von Romans

Freunden. »Wenn nicht jeder genau weiß, wo der andere steht, dann bricht das ganze Spiel zusammen.«
»Tja dann, danke«, sagte Nat. Sie und ihre Freunde marschierten wieder ab.
»Wartet mal!«, rief Roman ihnen nach. Er hielt ein Kartenspiel hoch. »Zieht eine Karte. Irgendeine.«
Nat grinste. »Na gut.« Sie zog ein Karo-Ass aus dem Stapel und zeigte es ihren Freunden. Dann steckte sie die Karte in den Stapel zurück.
Roman hielt den Stapel an seine Stirn. »Karo-Ass.«
»Wie hast du das gemacht?«, fragte Nat staunend.
»Ein Zauberer verrät niemals seine Geheimnisse«, antwortete Roman.
Nat und die Crew zogen nun endgültig ab.
Nachdem sie weit genug von Roman entfernt waren, wandte sich Jamil an seine Freunde. »Das sieht jetzt so aus, als hätte Ewan uns angelogen.«
»Na ja, jede Geschichte hat ihre zwei Seiten«, wandte Nat ein. Obwohl auch sie glaubte, dass Ewan etwas mit den Anschlägen zu tun haben könnte, spürte sie immer noch den Drang, ihn zu verteidigen.
»Na? Und was machen wir jetzt?«, fragte Jamil. »Ich meine, es muss doch Ewan sein. Er wohnt bei dem Typen, der das HVNet betreibt, und er ist sauer auf Football.«
»Und außerdem glaubt er, dass der Park nicht gebaut wird, ganz gleich, was wir unternehmen«, fügte Nat hinzu.
»Moment mal!«, rief Jamil plötzlich. »Das ist noch nicht alles. Denkt mal dran, was Buddy wohl von Ewan hält.«
Alle nickten.
»Bei Ewan flippt er immer aus. Das macht er sonst nie, bei niemandem. Nur heute Nachmittag wieder, als er an dem Gras rumgeschnüffelt hat.« Er sah seine Freunde an. »Also riecht Ewan für ihn genauso, wie das Zeug, das den Rasen kaputtgemacht hat. Damit haben wir ihn doch.«

»Wenn wir ihn mit einer Dose von dem Zeug in der Hand erwischen«, kommentierte Nat.
»Gut, und wie können wir ihn erwischen?«, fragte Wall.
»Ich glaube nicht, dass wir ihn mit unseren Vermutungen konfrontieren sollten«, meinte Kevin nachdenklich. »Wir müssen ihn auf frischer Tat ertappen.«
»Es gefällt mir überhaupt nicht, dass ich so einen phantastischen Skater überführen soll, aber ich befürchte, es bleibt uns keine andere Wahl«, sagte Nat. »Aber wie soll das gehen?«
»Er scheint eine Vorliebe für das Dramatische zu haben. Ich möchte wetten, dass er vor dem nächsten Spiel am kommenden Freitag nichts unternehmen wird«, überlegte Kevin.
»Wir müssen herausfinden, wie sein nächstes Ding aussehen könnte«, sagte Wall. »Und da gibt es wohl nur einen Weg.«
»Aber wir können ihn doch nicht vierundzwanzig Stunden am Tag beschatten«, wandte Jamil ein.
»Das wollte ich auch gar nicht vorschlagen. Aber vielleicht erinnerst du dich daran, Jamil, dass Ewan gerne im Chatroom angibt und dabei auch immer wieder einen Hinweis auf seine nächste Aktion fallen lässt«, erklärte Wall.
»Also gehen wir abwechselnd in den Chatroom und halten Wache«, sagte Nat zuversichtlich.
»Und bis sich dort was tut, sollten wir vielleicht versuchen, wieder etwas Unterstützung für unseren Skatepark zu mobilisieren«, sagte Kevin. »Fällt jemandem etwas Brauchbares ein?«
Alle schwiegen. Keiner hatte auch nur die geringste Idee.
Dann zog ein Lächeln über Nats Gesicht. »Wall, das wird dir bestimmt gefallen.« Sie klopfte ihrem Freund auf den Rücken. »Wir könnten doch eine öffentliche Skatevorführung bei Walls Halfpipe veranstalten. Dann könnten wir allen beweisen, dass Skaten gesund und gut für Kids ist.«
»Ausgezeichnet!«, stimmte Jamil zu. »Wir könnten den gesammelten Bezirksausschuss einladen und alle anderen – Trainer Ham natürlich auch.«

Den nächsten Tag verbrachte die X-Crew damit, zur Schule zu gehen, die Vorführung auf die Beine zu stellen und den Chatroom zu überwachen.
Nat übernahm wie üblich den größten Teil der Öffentlichkeitsarbeit. Jamil unterstützte sie dabei, indem er Anrufe erledigte und Flugblätter in der ganzen Stadt verteilte.
Wall und Kevin konzentrierten sich auf den Xtreme Sports Chatroom. Jeden wachen Moment verbrachten sie vor ihren Computern und warteten ...
Bis ...
Mittwochnachmittag, der Tag vor der Skatevorführung. Wall und Kevin waren beide eingeloggt, als X-Liner im Chatroom auftauchte.

X-Liner: Wie geht's, Mann?
Wallit: Was gibt's, Sk8man?
X-Liner: Das Leben ist ein Grind, und ich liebe es.
Kevlar: Exakt.
X-Liner: Muss euch was erzählen.
Wallit: Na los.
X-Liner: Footballspieler haben nicht nur keine Ahnung, sie wissen auch nicht, wie das Spiel steht!

X-Liner verschwand aus dem Chatroom.

Kevlar: Er ist weg.
Wallit: Ja, aber wir sollten kein Risiko eingehen. Wir treffen uns bei Nat.
Kevlar: Werde da sein.

Nat hing am Telefon, während Jamil die Liste der Leute durchging, die noch unbedingt angerufen werden mussten.
»Na, wie läuft's?«, erkundigte sich Wall, als er und Kevin in die Küche kamen.

»Toll!« Jamil grinste die beiden breit an. »Bis jetzt wollen alle kommen, sogar Trainer Ham und Mr Jacobson.«
»Und ich hatte gedacht, die beiden ließen sich nie von unserer Sache überzeugen«, sagte Kevin erstaunt.
»Das dachte ich auch. Aber zur Sicherheit laden wir auch alle Skatefans der Stadt ein«, erläuterte Jamil. »Auf diese Weise sehen die beiden, dass Skaten beliebter ist, als sie dachten.«
Nat deckte den Telefonhörer mit der Hand ab. »Cyrus hat bei ›Rumble Boards‹ im Schaufenster ein großes Schild mit unserer Ankündigung aufgestellt. Und die Bürgermeisterin findet unsere Idee auch gut.«
»Ich dachte schon, sie hätte mittlerweile Zweifel an unserer Sache bekommen«, meinte Wall überrascht.
»Tja«, sagte Nat vergnügt und setzte ihr Telefongespräch fort.
»Sie hat halt Zweifel an ihren eigenen Zweifeln bekommen«, sagte Jamil.
»Dann ist also alles geregelt?«, fragte Kevin aufgeregt.
Jamil nickte.
»Und wir haben auch noch gute Nachrichten«, sagte Kevin.
»Na ja, gewissermaßen«, fügte Wall hinzu.
»Ja, X-Liner steckt noch immer irgendwo da draußen. Ungefähr vor einer Stunde ist er uns im Chatroom über den Weg gelaufen«, erklärte Kevin. »Seine Botschaft lautet diesmal: Footballspieler haben nicht nur keine Ahnung, sie wissen auch nicht, wie das Spiel steht!«
»Und was soll das bedeuten?«, fragte Jamil.
Wall schüttelte den Kopf. »Sieht so aus, als müssten wir das noch herausfinden.«
»Ich muss jetzt losdüsen. Die Forschung wartet auf mich. Muss mal wieder an meinem Projekt arbeiten«, sagte Kevin.
»Aber vergiss nicht deine Skates nach der Schule zu Wall mitzubringen«, wurde er von Jamil grinsend erinnert.
»Ich glaube nicht, dass ich das vergessen könnte«, antwortete Kevin. Dann sauste er im Laufschritt auf die Straße hinaus.

KAPITEL 14

Am Donnerstagnachmittag war die X-Crew darauf vorbereitet, dass etwa fünfzig Leute in Walls Garten einfallen würden.
»Mein Dad ist nicht gerade begeistert«, sagte Wall, als die ersten Zuschauer aufkreuzten. »Er meint, die würden seinen englischen Rasen meucheln.«
Wall hatte gerade die Stereoanlage seines Vaters nach draußen transportiert und stöpselte nun ein Mikrofon ein.
»Ist aber für einen guten Zweck«, sagte Nat ungerührt.
»Das habe ich ihm auch gesagt. Das lässt er auch gelten, aber falls der Rasen ruiniert wird, muss ich neuen säen«, fuhr Wall fort. »Ich habe ihm gesagt, dass ihr mit Freuden dabei helfen werdet.«
»Danke, dass du uns so nett einplanst«, sagte Jamil grinsend.
Nat nahm das Mikrofon in die Hand. »Willkommen bei unserer Skatevorführung!«
Einige Leute im Publikum applaudierten. Trainer Ham beugte sich zu Mr Jacobson und flüsterte ihm etwas ins Ohr.
Nat bemerkte dies und versuchte es zu ignorieren. »Der Erste auf der Bahn ist Jamil Smith. Er wird Ihnen zu Ihrer Unterhaltung einige radikale Skateboardtricks vorführen.«
Jamil kletterte in die Pipe und die Zuschauer drängten näher heran.
Auf der Oberkante hockend, sah sich Jamil die Pipe noch einmal genau an. Er wollte auf keinen Fall Mist bauen.
»Jetzt gibt's kein Zurück mehr.« Er ließ sich in die Pipe fallen, rollte auf der anderen Seite wieder hoch, wendete, und raste dann wieder an der anderen Wand hinauf. Mit geducktem Körper und angewinkelten Knien wiederholte er dies mehrmals, um auf Tempo zu kommen.
Plötzlich schoss er hoch über den Rand der Pipe hinaus. Etwa zwei Meter über der Kante vollführte er einen 360° mit einem Toeside Grab. Danach kam er wieder perfekt in die Pipe hi-

nunter. Eine Welle von Selbstvertrauen stieg in ihm hoch. Allerdings blieb ihm keine Zeit, sich zu feiern. Mit halsbrecherischer Geschwindigkeit jagte er wieder an der anderen Wand hinauf.

Oben angekommen, schwenkte er sein Brett zur Seite und führte auf der Coping einen Fifty-Fifty über anderthalb Meter aus, bevor er sich wieder in die Pipe fallen ließ.

»Das reinste Genie«, kommentierte Nat über das Mikrofon.

Jamil richtete sich auf. Er segelte hoch über die Pipe hinaus und machte einen Big Grab.

»Ein Alley Oop Frontside Air!«, rief Nat.

Die Landung verlief etwas rau, aber Jamil stand wie angeleimt auf seinem Brett. Er schlingerte an der einen Wand hoch und kam stabil wieder herunter.

Zum Schluss präsentierte Jamil noch einen grandiosen Cabbalerial, aber das Deck glitt ihm unter den Füßen weg. Er rutschte an der Wand herunter auf den Boden der Pipe.

Die Erwachsenen in der Menge sahen sich verwundert um, als die Kids vor Begeisterung wild wurden.

Jamil schwenkte sein Skateboard über dem Kopf und sprang aus der Pipe. Der Applaus war ohrenbetäubend.

»Der Nächste ist Kevin Schultz«, verkündete Nat. Alles Weitere wurde vom Jubel der Zuschauer übertönt.

Oben auf der Pipe wartete Kevin erst einmal eine Minute, bis er voll konzentriert war.

Er hatte sich vorgenommen Jamil noch zu übertreffen. Und er wusste, dass das schwierig sein würde.

»Eins . . ., zwei . . ., los«, sagte Kevin laut. Er stürzte sich in die Pipe und kam wie ein Blitz an der anderen Seite wieder hoch. Seine Skates dockten an der Coping der Pipe an und völlig mühelos legte er einen Soul Grind hin.

Kaum an der anderen Wand wieder hochgerast, ging er über seinem rechten Skate in die Hocke und packte seinen linken.

»Ein phantastischer Fishbrain!«, rief Nat aufgeregt.

Mit halber Lichtgeschwindigkeit kam Kevin aus der Pipe. Gegen alle Gesetze der Schwerkraft schossen seine Füße nach oben in die Luft. Eine Ewigkeit hing er so am Himmel und hielt seine Skates mit den Händen. Dann drehte er sich und landete rückwärts und glatt auf den Rollen.
»Ein Rocket!«, erklärte Nat den staunenden Zuschauern.
Gleich im Anschluss kam Kevin an die gegenüberliegende Kante der Pipe und klebte seine Hand auf das kalte Metall. Seine Skates zischten hoch über seinen Kopf hinaus zu einem wirklich extremen Invert.
Aber Kevin verlor das Gleichgewicht und rutschte wie ein Sack Kartoffeln an der Wand der Pipe hinunter.
»Autsch!«, rief jemand aus dem Publikum.
Kevin hob die Hand, um zu zeigen, dass er in Ordnung war.
Genau in diesem Moment wurde Nat von der Bürgermeisterin und von Trainer Ham am Ärmel gezupft.
Margarete Masters versuchte schreiend den Lärm zu übertönen. »Natalie, das ist ja unglaublich. Ich wusste zwar, dass Skaten Spaß macht, aber ich hatte ja keine Ahnung, wie schwierig die Sache ist. Ihr müsst bestimmt viel üben, bis das so klappt.«
»Deshalb brauchen wir auch den Skatepark – zum Üben.«
Trainer Ham nickte. »Dazu braucht man wirklich viel Körperbeherrschung. Ich hatte gedacht, dass Skaten ein alberner Sport von oberflächlichen Kids sei. Aber diese Art von sportlicher Leistung weiß ich sehr zu schätzen.«
»Vielen Dank, Mr Hamilton«, sagte Nat, der ein ganzes Gebirge vom Herzen fiel.
»Sobald morgen die neue Anzeigetafel im Stadion aufgestellt worden ist, setzen wir uns alle zusammen. Dann besprechen wir, wie ich euch helfen kann«, sagte Trainer Ham. Er streckte seine Hand aus und Nat schlug erleichtert ein.
Kevin kletterte aus der Pipe. Nun war Wall an der Reihe. Nat winkte Kevin mit erhobenem Daumen zu.

»Und?«, fragte Kevin.
»Trainer Ham steht auch hinter uns!«, rief ihm Nat entgegen.
»Na also! Super!«
»Der Trainer will sich morgen mit uns treffen, wenn die neue Anzeigetafel im Stadion montiert ist«, berichtete ihm Nat.
»Die neue Anzeigetafel?«, wiederholte Kevin.
Nat nickte.
»Du weißt doch, was das heißt, oder?«, fuhr Kevin fort.
»Hä?«
»X-Liner wird die Anzeigetafel ruinieren. Das hat er doch gesagt: Footballspieler haben nicht nur keine Ahnung, sie wissen auch nicht, wie das Spiel steht!«, sagte Kevin.
»Na prima!« Nat grinste ihn an. »Jetzt haben wir ihn!«

KAPITEL 15

»Dieser Plan ist echt scharf, Kevin«, sagte Jamil, als er, Kevin, Wall und Nat im Footballstadion in die Umkleidekabine der Gastmannschaft gingen. Am anderen Ende des Raums waren vier Arbeiter damit beschäftigt, den Stromkasten für die neue Anzeigetafel zu installieren, bevor am Abend das Spiel stattfinden sollte.

»Siehst du, Nat, es doch nicht reine Zeitverschwendung, sich mit Physik zu beschäftigen«, sagte Kevin, als er sich zu ihr umwandte.

»Diesmal hast du vielleicht Recht, aber im Großen und Ganzen langweilt es mich«, maulte Nat. »Die Sache mit dem Licht ist allerdings einigermaßen cool, das muss ich zugeben.«

Kevin hielt die Dose mit dem Babypuder hoch. »Es dürfte für Ewan unmöglich sein, das Zeug wieder loszuwerden, es sei denn, er duscht sich ab und zieht neue Klamotten an.«

»Und das dürfte ihm ziemlich schwer fallen, wenn er gleichzeitig draußen bei uns sein und sich die Show ansehen will«, fügte Wall hinzu.

Die Arbeiter waren mit dem Schaltkasten fast fertig.

»Verzeihen Sie bitte«, sagte Kevin zu dem Mann, der gerade die Schaltafel abdecken wollte.

Der Mann warf ihm einen fragenden Blick zu.

»Trainer Ham hat uns gebeten das Innere des Kastens mit diesem Babypuder zu bestreuen«, fuhr Kevin fort.

»Was?«, fragte der Mann erstaunt.

Kevin erklärte ihm, dass an diesem Abend vermutlich jemand versuchen werde den Schaltkasten aufzubrechen und dass man ihn mit Hilfe dieses Babypuders leichter identifizieren und festnehmen könne.

Der Mann sah Kevin an, als hätte er es mit einem Irren zu tun. »Aber wenn der Trainer meint, es funktioniert, dann könnt ihr das meinetwegen machen«, murmelte er skeptisch.

Kevin nickte. »Die Anzeigetafel werden wir direkt überwachen lassen können, aber wie Sie ja selbst sehen, lässt sich dieser Schaltkasten wegen seiner Lage in der Kabine nur sehr schwer ständig im Auge behalten.« Der Kasten befand sich versteckt in einer Wand, die die Umkleidekabine von den öffentlichen Toiletten trennte, die sowohl vom Gästeteam als auch von den Besuchern benutzt wurde. »Hunderte von Leuten werden an diesem Kasten vorbeilaufen.«

»Und wir wollen den Kerl ja auch nicht verscheuchen, bevor wir ihn erwischt haben«, ergänzte Wall. »Deshalb können wir uns nicht direkt davorstellen und auf ihn warten.«

»Hört sich vernünftig an«, musste der Mann einräumen.

Kevin schüttete großzügig Puder über die Tür und die Schalter. Dann verteilte er das Pulver auch noch auf dem Boden vor dem Kasten. »Das müsste reichen.«

Nat nickte. »Und jetzt nichts wie raus hier.« Sie sah sich um. »Ich möchte nicht unbedingt hier drin sein, wenn sich die Jungs von der anderen Mannschaft umziehen.«

Wall, Jamil und Kevin lachten.

»Das dauert noch mindestens eine Stunde«, sagte Wall.

Nat warf einen Blick auf die Wanduhr. »Dann sollten wir jetzt vielleicht diese Lampe anbringen.«

Die vier gingen auf den Flur vor der Umkleidekabine. Jamil und Wall schleppten eine Bank heran und platzierten sie unter der Lampe, die genau über der Tür hing. Kevin stellte sich auf die Bank und holte eine purpurfarbene Glühbirne aus seinem Rucksack.

»Bist du sicher, dass das funktioniert?«, fragte Nat.

»Absolut«, sagte Kevin mit Nachdruck. Er schraubte die Birne ein. »Das ist Schwarzlicht. Das Puder wird leuchten, als sei es selbst eine Lichtquelle.«

Ein violettblaues Licht überflutete den Gang und die Tür.

»Gut! Jamil und Nat, ihr beide geht da drüben in Stellung«, befahl Kevin. »Von dort habt ihr die beste Sicht.«

»Und Wall und du, ihr bewacht den anderen Eingang der Kabine?«, erkundigte sich Jamil.
Kevin nickte. Dann trugen er und Wall die Bank zurück an ihren Platz. Kevin tauschte auch die Glühbirne über dem anderen Eingang aus. Schließlich gingen die beiden hinter einem Mülleimer in Deckung.
»Tolle Wahl, Kev«, beschwerte sich Wall. »Den Duft von verrottendem Müll habe ich schon immer besonders gemocht.«
Kevin lächelte. »Immerhin habe ich dich nicht dazu verdonnert, dich in der Mülltonne zu verstecken.«
Am anderen Eingang lehnte Nat an der Wand und trat von einem Fuß auf den anderen.
»Puh, ist das langweilig.«
»Ja, aber was tut man nicht alles für eine gute Sache«, beschwichtigte Jamil sie.
»Ich wünschte nur, wir könnten gleich loslegen und Ewan festnageln«, sagte Nat.
»Und mit welchen Beweisen? Alle Spuren führen zu ihm, aber wir haben nichts Handfestes«, wandte Jamil ein. »Wir müssen ihn mit den Fingern in der Marmelade erwischen.«
»Beziehungsweise im Puder«, sagte Nat und grinste.
Eine geschlagene Stunde tat sich absolut nichts in der Umkleidekabine. Dann kamen die ersten Besucher ins Stadion. Einige Männer gingen durch die Kabine zu den Toiletten. Als sie wieder zurückkamen, zeigten sich an ihnen keinerlei Puderspuren.
»Wo steckt Ewan bloß?«, fragte Jamil.
»Also, ich habe ihn schon seit ein paar Tagen nicht mehr gesehen«, sagte Nat. »Ich hatte eigentlich erwartet, dass er zu unserer Vorführung kommen würde, aber da hat er sich ja auch nicht blicken lassen.« Sie zuckte die Achseln. Sie war traurig. Sie hatte ihn für den coolsten Skater überhaupt gehalten, aber nun würde es nicht mehr lange dauern, bis sie ihm die Anschläge beweisen konnten. Sie wünschte nur, er hätte

ihr damals geglaubt, als sie gesagt hatte, dass der Kampf um den Skatepark noch nicht verloren war.
Von oben konnten sie hören, wie sich die Musikkapelle am Spielfeldrand einspielte. Einige Zuschauer fingen an Beifall zu klatschen.
»Möchte wissen, was Kevin und Wall machen«, sagte Jamil.
»Du kannst ja mal nachschauen. Den Eingang hier kann ich auch alleine bewachen«, schlug Nat vor.
»Danke. Hier falle ich vor Langeweile gleich um«, sagte Jamil und lief los.
Nat lehnte sich gegen ein Absperrgitter. Sie ließ die Tür keine Sekunde aus den Augen. Gelegentlich verlagerte sie ihr Gewicht von einem Fuß auf den anderen.
Nach ein paar Minuten kamen die Trainer der Gastmannschaft aus der Kabine.
»Kein Puder«, murmelte Nat.
Eine Minute später spurtete die gesamte Gastmannschaft im Laufschritt heraus.
Als sie die Jungs sah, bekam sie fast einen Herzinfarkt. Die Spieler hatten weiße Trikots an und alle glühten, als seien sie radioaktiv verseucht. Wenn einer von ihnen Puder an seinem Trikot gehabt hätte, wäre dieser für Nat praktisch nicht sichtbar gewesen. Die Kehle schnürte sich ihr zusammen.
»Katastrophe«, stöhnte sie. Sie musste das unbedingt Kevin erzählen, aber sie konnte ihren Posten nicht verlassen, solange Jamil noch nicht zurück war.
Nach langen fünf Minuten tauchte Jamil wieder auf.
»Pass auf die Tür auf!«, rief sie ihm zu, und nun war sie es, die losrannte. Sie hatte jetzt nicht die Zeit, Jamil eine Erklärung zu liefern.
An der anderen Tür stieß sie auf Kevin und Wall, die missmutig hinter der Mülltonne herumlungerten.
»Wenn das so weitergeht, lässt du noch unsere Deckung auffliegen«, beschwerte sich Wall, als er sie sah.

»Tut mir Leid, aber es ist wichtig«, sagte Nat. »Die Gäste tragen weiße Trikots. Sie glühen im Schwarzlicht.«
»Uff«, stöhnte Kevin auf. »Ich fürchte, so was hatte ich nicht bedacht. Na gut, dann passen wir auf, ob Ewan in die Kabine geht, und wenn ja, dann folgen wir ihm und beten, dass er uns nicht bemerkt.«
»Und du glaubst, ich schaffe das?«, fragte Nat.
»Jamil schafft es. Du wartest draußen«, sagte Kevin.
Nat nickte und ging zu ihrem Wachtposten zurück.
Schließlich kam Ewan in Sicht. Nat packte Jamils Arm. Ewan steuerte genau auf die Umkleidekabine zu. Seine Skates hatte er über die Schulter gehängt. Er bemerkte weder Nat noch Jamil, bevor er in der Tür der Kabine verschwand.
Nat versetzte Jamil einen Stoß. »Hinterher!«
Jamil rannte leise zur Tür und schlüpfte in den Raum. Nat blieb neben der Tür stehen und lauschte.
Leute, die vorbeikamen, sahen sie misstrauisch an, aber sie kümmerte sich nicht um sie. Sie hielt den Atem an und versuchte zu hören, was da drin vorging.
Plötzlich war in der Kabine Gerenne zu hören. Nat musste sich beherrschen, um nicht sofort hineinzustürzen.
»Wir haben ihn!«, rief Kevin von innen.
Dann tauchten Kevin und Wall auf. Zwischen sich führten sie Roman.
»Das ist ja gar nicht Ewan!«, rief Nat. »Er ist noch da drin!«
Kevin schüttelte den Kopf.
Nat drängte ihn zur Seite und rannte in die Kabine.

KAPITEL 16

Die Umkleidekabine war leer.
»Jamil!«, rief Nat. »Wo steckst du? Ist alles in Ordnung?«
»Hier drüben!«, kam Jamils Antwort von einer der entfernteren Bankreihen.
Nat rannte in die Richtung. Plötzlich sah sie Jamil und Ewan auf einer der Bänke sitzen. Ewan zog gerade seine Skates an.
»Schnapp ihn dir!«, rief Nat im Befehlston.
Jamil lachte. »Du hast da was missverstanden, Nat. Es ist nicht Ewan.«
»Es ist Roman«, sagte Kevin, der hinter ihr aufgetaucht war.
In diesem Moment bemerkte Nat, dass sie sich gerade in der Herrenumkleidekabine und direkt vor der Herrentoilette befand. Sie lief rot an.
Ihre Freunde prusteten vor Lachen.
Nat stampfte aus der Kabine. Kevin folgte ihr.
»So, und jetzt hast du vielleicht die Freundlichkeit und erklärst mir das«, schimpfte sie.
»Roman war derjenige, der diese Anschläge auf dem Gewissen hat. Er ist von oben bis unten voll mit Puder.«
Ganz in der Nähe und unter Jamils Bewachung stand Roman unter der Schwarzlichtlampe und zeigte ein zerknirschtes Gesicht. Er glühte überall, als hätte er eine radioaktive Schuppenflechte.
»Das verstehe ich nicht«, schnaufte Nat. »Ich habe gedacht, es sei eindeutig Ewan.«
»Der Ansicht war ich auch«, sagte Kevin. Er zuckte die Achseln. »Wir haben uns wohl getäuscht.«
»Auf den Leim seid ihr mir gegangen«, zischte Roman herausfordernd.
»Und trotzdem haben wir dich erwischt«, meinte Wall trocken. »So, und nun spuck mal die ganze Geschichte aus.«
Roman lächelte. »Das war eine wunderschöne Sache. Alle soll-

ten denken, dass die Skater dahinter stecken. Die ganze Stadt wäre dann auf der Seite von Trainer Ham und gegen diesen Park gewesen. Mein Dad sagt, dass Trainer Ham unsere Mannschaft wieder in die Liga und bis zur Meisterschaft bringen könnte, wenn man ihm nur die Mittel dafür geben würde. Und durch meine bescheidene Mithilfe hätte er diese Mittel fast bekommen.«

Nat wandte sich an Kevin. »Und was macht dann Ewan in der Umkleidekabine?«

»Du wirst es nicht glauben, aber Ewan wird in der Halbzeitpause eine Skatevorführung liefern«, antwortete Kevin. »Die Idee kommt von Trainer Ham. Er hat Cyrus dazu gebracht, die Halfpipe rauszurücken, die der in seinem Lagerhaus stehen hat. Sie werden sie mitten auf dem Spielfeld aufstellen. Und Ewan wird das ganze Stadion zum Wackeln bringen.«

»Phantastisch!«, sagte Nat. Dann wandte sie sich an Roman. »Dich werden wir jetzt bei Trainer Ham abliefern. Ich möchte wetten, dass er überrascht sein wird.«

KAPITEL 17

»Hoke Valley Miner Fans, heute Abend haben wir euch etwas ganz Besonderes zu bieten«, verkündete der Stadionsprecher über die Lautsprecheranlage, als die beiden Mannschaften zur Halbzeitpause in die Kabinen gingen. Ein Lkw rollte in die Mitte des Spielfelds. Er zog auf einem Anhänger eine Halfpipe hinter sich her. Knapp zwanzig Leute hievten die Pipe von der Plattform und stellten sie auf dem riesigen, auf den Rasen aufgemalten Football ab. »Meine Damen und Herren, die Hoke Valley Junior-Highschool freut sich Ihnen heute Abend Ewan McKindrick mit einer Inlineskating-Demonstration präsentieren zu können. Und das ist erst der Vorgeschmack auf die

Dinge, die Sie erleben können, wenn im Frühjahr gleich nebenan der Skatepark gebaut wird.«
Die Menge applaudierte.
Ewan ging etwas mühsam über das Spielfeld und kletterte in die Pipe.
Ein Rocksong dröhnte aus den Lautsprechern.
Nat, Jamil, Wall und Kevin stellten sich an der Seitenlinie auf.
»Das ist unglaublich!«, rief Nat.
Ewan hob ab, als hätte er sich ein Raketentriebwerk umgeschnallt. Er flog hoch über die Pipe und zeigte einen perfekten Flying Fish. Und bevor man noch blinzeln konnte, legte er auf der gesamten Länge der Coping einen aalglatten Torque Soul hin. Danach schoss er zu einem Monster McTwist aus der Pipe heraus.
»Selbst in meinen wildesten Träumen hätte ich mir nicht vorstellen können, dass Ewan in der Halbzeitpause bei einem Spiel der Miners mitten auf dem Platz eine Skateshow abzieht«, sagte Nat. Ein Lächeln ging über ihr Gesicht, als sie sah, wie er ein 720° Gap ausführte.
»Ja, die Welt ist sonderbar«, ergänzte Wall philosophisch.
»Und besonders wenn ihr euch mal den Rest der Geschichte anhört«, sagte Jamil. »Ewan hat mir erzählt, dass er bei seinen Großeltern wohnt, solange seine Eltern auf den Philippinen sind. Die arbeiten für das Rote Kreuz. Er hat es zwar nicht offen zugegeben, aber ich glaube, er hält Trainer Ham gar nicht für so schlimm, wie er immer tut. Es kommt mir so vor, als wüsste Ewan genau, dass er selbst auch schuld an seinem Rausschmiss aus der Mannschaft ist. Anscheinend ist er damals im August ein bisschen ausgeflippt, als seine Eltern abgereist sind. Er wollte auf keinen Ratschlag mehr hören, weder bei seinen Großeltern noch bei Trainer Ham.«
»Ach, so ein typischer Fall von Ich-weiß-selbst-was-das-Beste-für-mich-ist-Syndrom«, sagte Nat. Sie selbst kannte es sehr gut.
Jamil nickte. »Das Komischste ist aber der Grund, aus dem

Buddy die Wände hochgegangen ist, jedes Mal wenn er Ewan gesehen hat. Ewan hat seine Skates zum Abdichten mit so einer Art Siegelwachs bearbeitet. Und dieses Zeug stinkt wohl so ähnlich wie der Graskiller.«

»Und was ist mit X-Liner und seinen Nachrichten im HVNet?«, fragte Nat. »Und die Sache mit Trainer Hams Artikel?«

»Nachdem ich Roman zu Trainer Ham geschleppt hatte, hat er ihm gestanden, dass er von dessen Büro aus ins Netz gegangen ist«, erklärte Wall. »Dabei hat sich herausgestellt, dass es für Gast-User eine ganze Menge unregistrierte Zugänge beim Server gibt. Wenn jemand durch so einen Zugang einsteigt, kann er zum Surfen jeden beliebigen Tarnnamen angeben und der Eintrag wird wieder gelöscht, sobald er sich ausloggt.«

»Und der Zeitungsartikel«, fuhr Jamil fort, »den hatte Ham schon vor einiger Zeit geschrieben, lange bevor im Stadion die Lichter ausgegangen sind. Trainer Ham sagte, er habe nur seinen Freund, der auch der Chefredakteur ist, anrufen und ihm ein paar Änderungen diktieren müssen, damit der Artikel zur neuen Lage passte. Solange der Artikel die gleiche Länge behielt, habe er alles Mögliche hineindiktieren können.«

»Wow!«, rief Nat.

Genau in diesem Moment brandete aus der Menge lautstarker Jubel auf. Ewan präsentierte einen superscharfen 450° Mute Transfer.

»Wow, das ist es!«, sagte Nat mehr zu sich selbst als zu ihren Freunden. Aber diesmal meinte sie damit Ewans wirklich Ehrfurcht gebietendes Skating.

Skateboarder unter Verdacht

Titel der Originalausgabe:
XTREME MYSTERIES –
HALF PIPE RIP-OFF

KAPITEL 1

»Jetzt passt mal auf!«, rief Wall Evans seinen Freunden zu, während er an einem Freitagnachmittag auf seinem Skateboard die Auffahrt vor seinem Haus hinunterrollte. Er spannte die Muskeln an, schob den hinteren Fuß unter das Brett an die Rollen und ließ die Nase des Bretts aufsteigen. Blitzschnell stieß er sich samt dem Brett mit dem anderen Fuß in die Luft und landete sauber auf einer alten Eisenbahnschiene. Sie war genau das Richtige für seinen anschließenden 50/50-Grind. Er und seine Freunde hatten die lange Eisenschiene im Wald in der Nähe eines verlassenen Bergwerks unter viel Gestrüpp gefunden und zu ihm nach Hause geschleppt. Sie diente nun als Hauptattraktion des kleinen Streetcourses in Walls Straße. Skrriiiietscht! Die Musik von Metall auf Metall. Es gibt doch nichts Schöneres, als an einem perfekten Julinachmittag mit seinen Freunden zu skaten. Wall verlagerte seinen Schwerpunkt nach vorne und das Brett kreischte mit einem Nose Grind über die Schiene. Kleine Funken sprühten von den Achsen. Schließlich versetzte er dem Brett am hinteren Ende einen Tritt und pickte es auf diese Art wieder in die Luft.

Als er auf dem Asphalt landete, warf er seinen Freunden einen kurzen Blick zu – Natalie »Nat« Whittemore, Kevin Schultz und Jamil Smith. »He, die Show geht noch weiter!«, rief er zu ihnen hinüber.

Mit dem vorderen Fuß stieß er sich kräftig ab. Das Brett ging zuerst mit dem Heck und dann mit der Nase hoch und stieg mit ihm mehr als einen halben Meter über dem Boden. Wall sog Luft ein, als könnte er sich damit leichter machen. Gleichzeitig trat er mit der Ferse gegen die Hinterkante des Bretts. Es überschlug sich wie ein heißer Pfannkuchen und landete mit den Rollen nach oben.

»Umpf!« Wall krachte auf die Hüfte. Wie ein heißes Messer durchschoss ihn der Schmerz vom Becken bis zum Schultergürtel. Lufteinsaugen hatte also nichts gebracht. Was hochgeht, muss auch wieder runterkommen – und nicht unbedingt so, wie er geplant hatte. Wall schnallte seinen Helm ab und warf die Knie- und Ellbogenschützer von sich.

»Sie sahen Tony Hawk, den Falken der X-Games, bei seinem berühmten Sturzflug!«, rief Jamil, während er einen Nagel mit dem Hammer bearbeitete. Tony Hawk war einer der schärfsten Skater aller Zeiten. Die vier von der X-Crew schlüpften gerne in die Rollen ihrer Helden, wenn sie einen besonders coolen Trick ausprobierten. Im Moment befanden sich alle im Garten bei Walls Haus und bastelten an einer Halfpipe. Wall und Kevin waren in diesem Sommer bei den X-Games gewesen und jetzt heiß darauf, eine eigene Rampe zu haben. Wall hatte schon früher einen coolen Streetcourse mit einigen Sprungschanzen und einer Rail zusammengestellt, aber jetzt waren sie alle scharf auf eine wirklich irre Röhre. Und der Abstecher, den Wall gerade mit seinem Skateboard auf der Auffahrt gemacht hatte, diente nur dazu, die etwas langweilige Arbeit ein bisschen aufzulockern.

»Kam mir eher vor wie Tony der Spatz«, sagte Wall mit schiefem Grinsen. Er versetzte seinem Brett einen kräftigen Tritt. Es

hoppelte über das Gras, überschlug sich und blieb mit sirrenden Wheels liegen. »Zurück an die Arbeit.«
»Nicht so eilig!«, rief Jim Romanoff, der Postbote, der in diesem Moment in seiner blauen Sommeruniform die Auffahrt hinaufmarschierte. »Du hast Post!« Er blätterte einen Stoß Briefe durch. »Hier sind . . ., Moment . . ., hier sind zwei Briefe für Walter Evans.«
»Her damit!« Wall fand es herrlich, Post zu bekommen. Es kam so selten vor. Abgesehen von den ätzenden Kinderzeitschriften, die seine Großmutter seit Jahren für ihn abonnierte, und den fünf Dollar, die sie ihm zu jedem Geburtstag schickte, war alle Post, die zu den Evans kam, an seinen Vater adressiert. Seit seine Mutter vor einem Jahr ausgezogen war, wohnte er mit seinem Vater allein.
»Nun mach schon auf!«, drängte Nat ungeduldig. Sie legte die Säge beiseite und hockte sich auf den Boden.
»He, der kommt von der Strut-and-Jive-Summer-Skate-DEMOlition-Tour!«, rief Wall aufgeregt.
»Das heißt, du hast gewonnen«, sagte Jamil, der auf Zehenspitzen hinter Wall stand und versuchte ihm über die Schulter zu sehen. Jamil war mindestens zehn Zentimeter kleiner als Wall. Er war ein drahtiger Junge mit blonden Dreadlocks, die eine gewisse Ähnlichkeit mit einem dreckigen alten Berberteppich hatten. Er war zwölf Jahre alt und damit ein Jahr jünger als seine Freunde, denen das allerdings nichts ausmachte. »Mark wird total geplättet sein, dass du gewonnen hast.« Vor einer Woche hatte Wall erfahren, dass er und Mark Kirsten bei dem Wettbewerb in die Endausscheidung gekommen waren, bei dem es darum ging, in diesem Sommer ein neues Logo für die DEMOlition-Tour zu entwerfen.
»Da wird sich der arme Kerl mal in Bescheidenheit üben müssen«, meinte Nat. An der Hoke-Valley-Schule war Mark Kirsten für sein aufgeblasenes Ego bekannt und berüchtigt – schon seine bloße Anwesenheit war praktisch unerträglich.

Wall strich eine ins Gesicht hängende Haarsträhne hinters Ohr und riss den Umschlag auf. Er zog zwei Blatt Papier heraus. Das erste war das Anschreiben.

Alle hielten den Atem an.

»Und der Sieger heißt . . .«, riet Kevin grinsend. Er kam vom Gerüst der Halfpipe herüber, wo er gerade versucht hatte zwei Planken zusammenzunageln. Seine kurz geschnittenen Locken waren über und über mit Sägespänen bedeckt, sodass er aussah, als litte er an heftigem Schuppenbefall.

»Wall Evans!«, rief Jamil, der den Brief über Walls Schulter hinweg schon gelesen hatte. Er schlug seinem Freund auf den Rücken. »Ich habe gleich gewusst, dass du gewinnst.«

»Und was bekommst du?«, fragte Kevin.

»Von ›Rumble Boards‹ einen Geschenkgutschein über zweihundert Dollar«, antwortete Wall.

»Dann kannst du dir jetzt endlich das Deck kaufen, hinter dem du schon die ganze Zeit her bist«, rief Jamil, während er ungeniert in Walls Brief weiterlas. »Woah, und die große Preisverleihung findet am nächsten Dienstag statt!«

»Nächsten Dienstag!«, rief Nat. »Stellt euch das mal vor! Da werden alle Profis dabei sein.« Sie reckte aufgeregt eine Faust hoch. Bis Dienstag waren es nur noch sechs Tage.

Wall sah sich das zweite Blatt an. Dabei handelte es sich um den Flyer für die DEMO-Tour. Und darauf prangte Walls total krasse Zeichnung – ein Strichmännchen, dessen Haare wild herumwirbelten, während es auf einem Skateboard hoch in der Luft hing und dabei einen perfekten Nose Grab ausführte. In dieser gedruckten Fassung gefiel ihm seine Zeichnung sogar noch besser als bei seinem Entwurf. Ein leicht verlegenes Grinsen zog sich über sein Gesicht, als er sich vorstellte, wie er vor der gesamten Stadt seinen Preis entgegennehmen würde. Mit einem Schlag würden ihn dann alle kennen – und das, obwohl er erst vor ein paar Monaten nach Hoke Valley gezogen war.

»Wir sollten jetzt aber erst die Halfpipe fertig bauen«, sagte Kevin. Wie üblich zog er es vor, die Arbeit zu erledigen, bevor man sich um den Spaß an der Freude kümmern sollte. »Dann können wir noch üben und am Dienstag eine anständige Show hinlegen.«

Die DEMO war sowohl eine Skatevorführung der Profis, die an der Tour teilnahmen, wie auch eine Gelegenheit für Kids, alle möglichen Skateboards mit dem allerbesten Zubehör auszuprobieren.

»He, Mann«, sagte Jamil, als er Wall den Flyer aus der Hand riss. »Brewster Kale ist auch mit dabei. Er wird einen Kurs abhalten.« Jamil warf Wall einen Blick zu. »Du hast ihn doch bei den X-Games gesehen, oder?«

»Wir haben gesehen, wie Tony Hawk ihn in der Pipe fertig gemacht hat«, antwortete Wall.

»Scharf!«, meinte Nat dazu. »Los, wir bauen unsere Pipe fertig. Ich will endlich meinen Nose Grind verbessern.«

»Und ich will endlich meinen echt heißen Backside-Air 540° abziehen«, fügte Jamil noch hinzu.

»Davon träumst du doch nur!«, meinte Kevin grinsend.

Dann fiel Wall der zweite Brief ein. Er riss den Umschlag auf und erstarrte. Das war ein Brief von seiner Schule, in dem stand, wer im Seminarkurs seine Englischlehrerin sein würde. Kopfschüttelnd ließ er sich aufs Gras sinken. »Ich bin tot. Für den Rest meines Lebens werde ich Mrs Kirby haben.«

Als Wall im letzten Frühjahr nach Hoke Valley umgezogen war, hatte man ihn in die Englischklasse von Mrs Kirby gesteckt. Das war noch eine Stufe schlimmer als grässlich gewesen. Für Wall war es zur glatten Katastrophe geworden. Während der letzten Jahre war Wall zu Hause unterrichtet worden. Er war daran gewöhnt gewesen, Einfluss auf das zu haben, was gelesen und wie damit gearbeitet werden sollte. Bei Mrs Kirby war das alles ganz anders. Wall musste genau das tun, was sie ihm vorschrieb, denn sonst machte sie Hackfleisch aus ihm.

Schließlich war Wall mit Pauken und Trompeten in Englisch durchgerasselt und nun musste er den ganzen Kurs in den Sommerferien wiederholen.

»Stimmt was nicht?«, fragte Nat.

Wall sah vom Gras zu Nat hoch. Es war ihm etwas peinlich, ihr erzählen zu müssen, dass er einen Ferienkurs machen musste. Nat kassierte meistens nur Einser. »Mrs Kirby hält im Sommer die Ferienkurse in Englisch ab. Jetzt habe ich überhaupt keine Chance mehr durchzukommen.« Er knüllte den Brief zusammen. »Sie hasst mich.«

»Jetzt mach dir mal keine Sorgen!«, beruhigte ihn Nat. »Ich werde dir schon helfen. Ich bin bei ihr wirklich gut! Man muss einfach wissen, was sie von einem will.«

»Lass nur, ist kein Problem«, meinte Wall ausweichend. »Ich schaffe das schon.«

Nat zuckte die Achseln. »Wie du willst.« Dann fing sie an, ein Vierkantholz zurechtzusägen.

Wall stand auf und sah seinen Freunden eine Weile bei der Arbeit zu.

Plötzlich rief er: »He, Leute, lasst uns doch mal zu ›Rumble Boards‹ gehen. Ich könnte ein bisschen Unterstützung brauchen, damit ich weiß, wofür ich meinen Gewinn ausgeben soll.«

»Wir haben hier aber noch eine ganze Menge zu tun«, wandte Kevin ein.

Den Rahmen der Pipe hatten sie fast fertig. Danach mussten aber noch die Sperrholzplanken angeschraubt werden.

»Also, ich könnte jetzt eine Pause vertragen«, sagte Jamil und ließ seinen Hammer fallen.

Jamil hatte einen gewissen Ruf als Faulpelz, der allerdings nicht ganz der Wahrheit entsprach. Wenn er hinter irgendetwas wirklich her war, konnte er genauso verbissen sein wie die anderen. Aber es machte ihm nichts aus, wenn die Leute ihn unterschätzten. Auf diese Weise konnte er sie auch mal überraschen und in Verlegenheit bringen.

»Du kannst immer eine Pause vertragen«, kicherte Nat. Dann sah sie hinüber zu Wall, der ziemlich mies gelaunt und niedergeschlagen wirkte. »Aber eine Pause wäre für mich auch nicht schlecht.«

Kevin sah, wie seine Freunde ihre Skateboards schnappten, und wusste, dass er verloren hatte.

»Dann versprecht mir wenigstens, dass wir die Pipe morgen zu Ende bauen.«

»Hand aufs Herz«, antwortete Wall. »Ist versprochen!« Mit einem geschickten Tritt ließ er sein Deck in die Hand fliegen.

»Dann sag ihm aber auch, wie rein dein Herz ist«, gluckste Jamil, »sonst nimmt dir das doch keiner ab.«

Sie lachten und dann sausten alle auf ihren Skateboards los. Es waren nur wenige Straßenzüge bis zum Stadtzentrum.

»Ich kann noch gar nicht glauben, dass ich wirklich gewonnen habe«, sagte Wall, als sie in die Hauptstraße einbogen und die Abkürzung über den Parkplatz des Slopeside Motels nahmen.

»Hey! Alle Mann stopp!«, rief Nat plötzlich.

Mit einem Powerslide blieb sie auf dem Bürgersteig vor dem Motel stehen. Sie starrte ein Graffiti an, das jemand auf den Asphalt gesprüht hatte. Aber das war nicht irgendein Graffiti. Es war eine Kopie von Walls Zeichnung, mit der er den Wettbewerb gewonnen hatte!

Wall stoppte neben Nat und sah nun auch, was sie anstarrte.

»Wer hat denn das gemacht?«, fragte er fassungslos.

»Das muss Mark gewesen sein«, antwortete Jamil wie aus der Pistole geschossen, als er sich das Bild ansah. »Er hat bestimmt heute Morgen erfahren, dass er verloren hat und du der Sieger bist. Und er weiß, wie dein Logo aussieht. Eure beiden Zeichnungen sind ja zusammen abgeschickt worden, nachdem bekannt gegeben worden war, dass ihr im Finale seid.«

»Und du meinst, dass er sich so geärgert hat, dass er mich mit dieser Sache hier als Vandalen darstellen will?«, fragte Wall. »Das kommt mir aber ein bisschen heftig vor.«

Kevin kniete neben dem Graffiti nieder. »Die Farbe ist schon trocken. In der letzten Stunde kann das also nicht gemacht worden sein.«
Er fuhr fort das Graffiti nach Spuren zu untersuchen.
»Das müssen wir wieder abwaschen«, sagte Wall.
»Und wie, bitte?«, fragte Kevin. »Mit Wasser und Seife geht das nicht weg.«
»Vielleicht gibt es im Baumarkt irgendwas, womit man Graffiti entfernen kann«, überlegte Wall. Auch er kniete sich nun neben das Bild. »Sieht so aus, als hätte der Typ mein Strichmännchen absichtlich schlecht gezeichnet.« Die Zeichnung wirkte grob und irgendwie ins Komische verzerrt. Der Skater auf Walls Zeichnung hatte die richtige Haltung, während dieser hier seitenverkehrt auf dem Board hing.
»Als ob sich jemand über deine Zeichnung lustig machen wollte«, meinte Jamil.
»Das würde genau zu Mark passen«, befand Nat. »Falls er es ist, der dich in was reinreiten will.«
»Der Tag fängt langsam an total in die Hose zu gehen«, jammerte Wall. »Erst gewinne ich diesen Wettbewerb, und das ist so cool, dass mir fast Flügel wachsen. Fünf Minuten später knalle ich auf die Nase, weil ich wieder bei Mrs Kirby im Kurs bin. Und jetzt versucht auch noch jemand mich in Schwierigkeiten zu bringen.« Wall stieß ein Pfeifen aus, das sich wie ein abstürzendes Flugzeug anhörte. »Bumm! Sturzflug und flammendes Inferno.«
»Nun mal langsam, Leute! Zieht keine voreiligen Schlüsse«, sagte Kevin. »Glaubt ihr wirklich, dass Mark so was machen würde? Das könnte doch auch jeder andere gewesen sein, der deinen Entwurf gesehen hat.«
»Kann schon sein«, meinte Jamil. »Aber insgesamt wirkt das genau wie eine Sache, die Mark zuzutrauen wäre. Abgesehen davon, wer hat den Entwurf gesehen? Die Flyer sind doch noch gar nicht verteilt worden, oder?«

»Das sollten wir mal überprüfen«, schlug Kevin vor.
»Mark hat auf jeden Fall ein stärkeres Motiv als irgendjemand sonst«, sagte Nat. »Erinnert euch doch! In der Schule hat er allen erzählt, dass er diesen Wettbewerb gewinnen würde. Entweder will er sich über Wall lustig machen oder er versucht wirklich ihm etwas anzuhängen, was ihm eine Anzeige wegen Sachbeschädigung einbringt. Alle, die das hier sehen, werden denken, dass Wall das gemacht hat.«

KAPITEL 2

»Hört sich ganz so an, als hätten wir ein ungelöstes Rätsel vor uns«, sagte Kevin schon fast erfreut. »Dann gehen wir die Sache gleich richtig an und folgen den Hinweisen.«
»Genau«, sagte Nat. Sie kickte ihr Skateboard hoch und packte es. »Wir sollten gleich Mark in die Mangel nehmen.«
»Nicht so eilig«, bremste Wall. »Kevin hat ganz Recht. Wir müssen erst allen Hinweisen nachgehen, die wir haben. Diese Zeichnung hier ist mit weißer Sprühfarbe gemacht worden. Wir sollten zuerst herausfinden, woher diese Farbe stammt.«
»Gut, dann gehen wir in den Baumarkt und fragen nach, ob jemand in der letzten Zeit Spraydosen mit weißer Farbe gekauft hat«, sagte Kevin. »Wenn wir diese mit Mark in Verbindung bringen können, haben wir die Sache gelöst.«
»Und wir können auch noch Farbentferner mitnehmen«, sagte Wall. »Ich möchte das Geschmiere so schnell wie möglich wegbekommen, bevor es allzu viele Leute sehen.« Wall konnte sich nichts Schrecklicheres vorstellen, als dass jemand seinen großen Moment am Dienstag stören könnte.
»Also los«, gab Nat das Startzeichen und alle sprangen auf ihre Skateboards.
»Valley Hardware«, der Laden für Baumarktartikel, lag auf der

Rückseite der Hoke-Valley-Schule. Um dorthin zu gelangen, mussten die vier an der Schule vorbei. Zu dieser Tageszeit trafen sich dort viele Kids auf dem Schulhof, um zu skaten, Rad zu fahren und Basketball zu spielen. An diesem Nachmittag war es nicht anders.

Jamil verlangsamte das Tempo, als sie in der Nähe des Geländes waren.

»He, wartet 'ne Sekunde!«, rief er. »Will mir die Kids mal ansehen.« Er deutete auf ein Mädchen mit kurzen Haaren, schlabberigen Jeans und einem limonengrünen T-Shirt. Sie kam mit einem Ollie auf den Maschendrahtzaun zugesegelt und stieß sich ab. Ihr Brett hüpfte etwa einen Meter hoch und drehte sich einmal um die eigene Achse. Sie landete genau darauf und skatete weiter.

»Die hat was drauf!«, schnaufte Nat beeindruckt.

»Auf dem Streetcourse bei den X-Games haben wir gesehen, wie Brewster Kale so was gemacht hat«, sagte Wall zustimmend. »Man nennt das einen Brew Twist. Er hat ihn erfunden.«

»Das hat sie bestimmt im Fernsehen gesehen«, meinte Kevin.

Das Mädchen rollte auf einen Jungen zu, der gerade ausgerutscht und hingefallen war. Sie half ihm wieder auf die Füße.

»Kennt ihr die beiden?«, fragte Wall .

»Nö«, antwortete Kevin. Es gab in der Stadt niemanden, den er nicht kannte. »Die habe ich noch nie gesehen.«

Nat drehte sich mit dem Rücken zum Schulhof und sagte: »Schaut jetzt nicht hin, aber ratet mal, wer gerade mit Ian Atkins rumhängt!«

Unterdessen tauchte Mark Kirsten auf der anderen Seite des Pausenhofs mit seinem BMX-Rad auf. Er war ein ziemlich breit gebauter Junge, der einen eigenartigen Fahrstil hatte. Als er Wall und die anderen entdeckte, kam er zu ihnen geradelt.

»He, Wall«, rief er, als er an ihnen vorbeifuhr, »ich glaube, die Entwürfe, die im DEMO-Wettbewerb auf dem zweiten Platz gelandet sind, werden auf den Bürgersteig gemalt – damit alle

sich darauf die Füße abwischen können!« Er kicherte. »Finde ich sehr passend.«
»Du hast doch keine Ahnung, Mark«, schnaufte Nat erbost. »Wall hat gewonnen . . .«
Es hatte keinen Sinn, noch etwas zu sagen. Mark war schon wieder auf dem Weg zur anderen Seite des Hofs.
»Er ist echt eine lahme Schnecke«, bemerkte Jamil.
»Sieht so aus, als hätte er die Entscheidung noch gar nicht mitbekommen«, sagte Wall lächelnd.
Es war ein gutes Gefühl, Mark Kirsten endlich einmal geschlagen zu haben. Wall und Mark waren in ihrer Klasse die besten Zeichner.
»Das heißt aber nicht, dass er nicht doch die Zeichnung auf die Straße geschmiert hat«, bemerkte Kevin. »Und noch was: Wieso wusste er überhaupt was von den Graffiti?«
»Jetzt sollten wir aber wirklich zu dem Laden fahren und da mal nachforschen«, schlug Nat vor. »Vielleicht stoßen wir ja auf etwas, das Marks Schuld eindeutig beweist.«
In dem Geschäft marschierten die vier sofort nach hinten, wo Tim Johnson, der Besitzer, gerade damit beschäftigt war, die Regale aufzufüllen.
Der Laden war nicht sehr groß und mit allem Möglichen voll gestopft. Es gab einfach alles von Sanitärbedarf bis zu Nägeln, von Gummistiefeln, Plastikeimern und Schubkarren bis zu Aluminiumleitern.
»Mr Johnson«, sagte Jamil sehr förmlich. Die anderen überließen es immer Jamil, mit den Leuten zu reden, da er eine unfehlbare Fähigkeit besaß, Informationen aus ihnen herauszuholen.
Mr Johnson kletterte von seiner Leiter und lächelte sie an. Er trug eine rote Schürze, auf deren Latz in schwarzen Buchstaben VALLEY HARDWARE gedruckt war.
»Sagen Sie, hat in der letzten Woche bei Ihnen jemand Sprühfarbe gekauft?«, fragte Jamil.

»Weiße Farbe«, fügte Wall hinzu.
Mr Johnson kratzte sich nachdenklich am Kopf. »Thelma!«, rief er seine Frau, die sich weiter hinten im Laden befand.
»Was ist?«, fragte sie mit hoher, piepsiger Stimme.
»Hast du neulich Sprühfarbe verkauft?«
»Nein.«
Mr Johnson schüttelte den Kopf. »Nee.«
»Haben Sie irgendetwas, womit man Sprühfarbe wieder entfernen kann?«, fragte Wall. Er wollte die Graffiti wieder von der Straße bekommen, bevor ihn jemand damit in Verbindung bringen konnte.
»Nee«, wiederholte Mr Johnson. »Aber ich habe so was bestellt. Es ist ein spezielles Lösungsmittel, das sie in New York entwickelt haben, um die Graffiti von den U-Bahn-Zügen abzubekommen. Das müsste am Mittwoch hier sein.«
»Vielen Dank, Mr Johnson«, sagte Wall.
Damit wollten die vier den Laden wieder verlassen. Doch Jamil fiel noch etwas ein. »Haben Sie dieses Lösungsmittel sonst immer auf Lager?«
»Na ja, nein. Aber heute Morgen hat schon jemand danach gefragt«, antwortete Mr Johnson.
»Wer denn?«, fragte Jamil aufgeregt. »Da haben wir doch unsere Spur«, flüsterte er seinen Freunden heimlich zu.
»War das jemand vom Slopeside Motel?«, platzte Kevin heraus.
Mr Johnson sah die Kids einen Moment lang verwirrt an. »Vom Slopeside?« Er schüttelte den Kopf und betrachtete Kevin mit hochgezogenen Augenbrauen. »Nee . . ., das war dein Vater, mein Junge.«
»Mein Vater?«, wiederholte Kevin verblüfft.
»Ja, er hat in aller Herrgottsfrühe angerufen und mir gesagt, dass er seinen Bürgersteig sauber machen muss«, erklärte Mr Johnson. Dann nahm er eine Kiste und kletterte wieder auf die Leiter.
Die vier sahen sich schweigend an. Sie alle dachten dasselbe:

»Alpine Sports«, das Sportgeschäft, das Kevins Eltern gehörte, war also auch mit Graffiti beschmiert worden.
»Vielen Dank, Mr Johnson!«, rief Wall, als sie aus dem Geschäft hinausrannten.
Draußen sprach Nat aus, was alle dachten. »Wir sollten sofort zu ›Alpine Sports‹.«
»Schon unterwegs!«, rief Kevin seinen Freunden über die Schulter zu.
Sein Skateboard rollte bereits vor ihm her und er sprang mit einem Satz auf.
Das Geschäft seiner Eltern lag an der Fußgängerzone, die sich durch halb Hoke Valley zog. Dort befanden sich auch die meisten anderen Läden, in denen sich Urlauber mit allem Möglichen versorgen konnten.
Vor »Alpine Sports« kroch Kevins Vater Gene Schultz auf Händen und Knien über den Bürgersteig und schrubbte den Boden. Seine Scheuerbürste schabte über Walls Strichmännchen, zeigte jedoch nicht die geringste Wirkung. Wieder sah die Zeichnung so aus, als hätte jemand ohne besonderes Talent sie eilig und seitenverkehrt hingeschmiert, genauso wie vor dem Motel.
Die vier stoppten neben Mr Schultz und starrten auf die Graffiti.
Mr Schultz erhob sich schnaufend und ließ seine Bürste in einen Eimer mit Seifenlauge plumpsen.
»Wall, ich weiß, dass das dein Entwurf ist. Ich hoffe in deinem eigenen Interesse, dass du mit dieser Schmiererei hier nichts zu tun hast.«
Wall klappte der Unterkiefer herunter. »Ich . . ., ich . . ., ich hab das nicht gemacht«, stotterte er. Er wich zum Schaufenster des Ladens zurück. Am liebsten wäre er weggerannt, aber das konnte er nicht.
»Jemand benutzt Walls Zeichnung als Vorlage und sprayt sie in der ganzen Stadt«, erklärte Kevin seinem Vater.

»Genau so eine haben wir vor dem Slopeside Motel gesehen«, sagte Nat.
»Und der Typ, der das macht, kann noch nicht mal zeichnen«, fügte Wall hinzu. Er zog einen DEMO-Flyer aus der Tasche und zeigte ihn Mr Schultz. »Sehen Sie? Meine Zeichnung ist ganz anders. Das hier ist einfach schlecht und außerdem seitenverkehrt gesprayt.«
»Ich verstehe, was du meinst«, sagte Mr Schultz und nickte. »Ich hoffe nur, dass die anderen Leute nicht dich beschuldigen werden, falls dieser Schmierfink weitermacht.«
Wall stöhnte.
»Da hilft es auch nicht, dass die Zeichnung Werbung für ein anderes Sportgeschäft macht«, bemerkte Mr Schultz.
»He, da fällt mir was ein. Halten Sie es für möglich, dass Cyrus hinter dieser Sache steckt?«, fragte Jamil. Cyrus McGowan gehörte »Rumble Boards«, das Geschäft, das die DEMO-Tour sponserte.
»Ich kann mir nicht vorstellen, dass Cyrus so was machen würde. Wir kommen sehr gut miteinander aus«, antwortete Mr Schultz und trug seinen schwappenden Eimer in den Laden.
»Glaubt ihr, dass sich Cyrus dies als Werbegag für die DEMO-Veranstaltung hat einfallen lassen?«, fragte Nat ihre Freunde.
»Das lässt sich nur auf eine Art herausfinden«, antwortete Wall. Er sah hinüber zu der Uhr oben am Rathaus. Es war bereits fünf. »Fahren wir rüber zu ›Rumble Boards‹ und fragen Cyrus, wie er mein Logo einsetzen will. Falls er das hier angerichtet hat, werden wir von ihm verlangen, damit aufzuhören. Ich bin sicher, dass er mir nicht absichtlich schaden will.«
»Stimmt genau. Aber abgesehen davon sollten wir Mark nicht aus den Augen lassen«, bemerkte Jamil. »Auf meiner Liste der Verdächtigen steht er immer noch ganz oben.«
»Und ich finde, wir sollten auch den Manager vom Slopeside Motel befragen«, sagte Kevin. »Nur für den Fall, dass er oder einer seiner Angestellten irgendwas gesehen hat.«

»Wenn wir jetzt gleich zum Schulhof fahren und nachsehen, was Mark macht . . .«, sagte Jamil.
». . . dann können wir noch ein bisschen skaten«, beendete Nat den Satz ihres Freundes.
»Eine Stunde haben wir Zeit. Dann gibt's bei mir zu Hause Abendessen«, sagte Wall. »Also gut! Fahren wir so lange.«
Wall hatte seinen Freunden schon am Nachmittag Hotdogs und Hamburger versprochen. Sein Vater wollte dazu den Grill anwerfen. »Es reicht, wenn wir morgen im Slopeside Motel aufkreuzen, nachdem wir mit Cyrus geredet haben.«
»Ausgezeichnet«, meinte Kevin.
Er sprang auf sein Brett und machte am Bordstein einen Tail Grind to Fakie.
Als sie am Schulhof ankamen, war Ian Atkins gerade damit beschäftigt, auf seinem BMX-Rad einige Treppen hinunterzuholpern. Er schlingerte bis ans Geländer und legte die letzten paar Meter mit einem Peggrind zurück.
Abgesehen von Ian war niemand sonst auf dem Schulhof. Die vier waren etwas enttäuscht darüber, dass sie Mark nicht antrafen, aber sie beschlossen dennoch ein paar Runden auf ihren Brettern zu drehen.
Nat skatete eine Rampe hinauf, die jemand mitten auf dem Platz hatte stehen lassen. Sie versuchte ihr Brett rotieren zu lassen. Stattdessen landete sie hart auf ihrem Ellbogen. »Nur gut, dass wir so viele Polster tragen.«
»Und Helme«, fügte Wall hinzu. »Ich glaube nicht, dass ich mich ohne Helm auf diese Rampe trauen würde. Sprünge würde ich auf jeden Fall auslassen.« Auf den Vorderrädern seines Skateboards drehte er einige Pirouetten.
Auf sirrenden Rollen kam Jamil über den Platz gezischt. Dummerweise übersah er einen Riss im Asphalt. Er wurde über den Boden geschleudert und blieb erst nach drei oder vier Metern liegen. Er klopfte mit den Fingerknöcheln gegen seine Knieschützer. »Diese Dinger sind wirklich praktisch!« Er lachte.

Dann stand er auf und sammelte sein Brett wieder ein. Doch nach diesem Sturzflug hatte Jamil die Nase voll. »Ich könnte jetzt was zu essen vertragen.«
Nat unterstützte Jamils Vorschlag und kam mit ihrem Deck zu ihm. In diesem Moment bremste Wall neben Ian.
»He, Ian. Na, wie läuft's?«
Er wollte sehen, ob er aus Ian irgendwelche Informationen über Mark herauskitzeln konnte. Ian und Wall hatten sich vor ein paar Monaten angefreundet, nachdem sich herausgestellt hatte, dass Ian nicht zu den Verdächtigen bei einem Mountainbike-Fall gehörte.
Ian blieb stehen. »Ach, ich übe bloß ein bisschen.«
»Hast du's schon gehört? Wir bauen gerade eine Halfpipe bei mir im Garten. Du kannst ja mal vorbeikommen und dir das Ding anschauen«, sagte Wall.
»Cool! Ich habe mir eine Pipe in der leeren Scheune hinter unserem Haus gebaut. Die hat niemand mehr benutzt und da haben meine Eltern es mir erlaubt«, antwortete Ian. »Ich habe zwar einen Sommerkurs aufgebrummt bekommen, aber du kannst ja nachmittags reinschauen und dir mal ansehen, wie ich das Ding gebaut habe.«
»Ich bin auch zu einem Sommerkurs verdonnert worden«, seufzte Wall. »Was ist es denn bei dir?«
»Englisch«, antwortete Ian.
»Bei mir auch. Mrs Kirby?«, fragte Wall.
»Und ob«, schnaufte Ian. Er ließ das Vorderrad auf und ab wippen. »Wenn du willst, kann ich dir als eine Art technischer Berater bei deiner Pipe helfen.«
»Klasse! Hilfe können wir immer brauchen«, sagte Wall. »Ach, ich wollte dich noch etwas wegen Mark fragen. Du hast dich doch heute mit ihm unterhalten.«
Ian nickte.
»Macht es ihm eigentlich was aus, dass er den Wettbewerb nicht gewonnen hat?«, fragte Wall.

»Nicht dass ich wüsste. Er hat jedenfalls nicht darüber geredet«, antwortete Ian.
»Und Graffiti?«, hakte Wall nach. »Hat er irgendwas über Graffiti gesagt?«
Ian schüttelte den Kopf. »Er hat überhaupt nicht viel geredet. Wir haben bloß so rumgehangen.«
Die beiden hörten, wie die Glocke der Rathausuhr schlug.
»Okay, ich muss jetzt abdüsen«, sagte Ian.
»Wir sehen uns, Kumpel!«, rief ihm Wall hinterher.
Kevin stand bereits mit Jamil und Nat am Ausgang des Schulhofs und wartete. »He, Wall, wir haben Hunger!«
Wall winkte ihnen zu und wollte schon zu ihnen skaten, als er im Augenwinkel eine grüne Armeetasche bemerkte, die am Gestell der Schaukel lehnte. Er hob sie auf, weil er dachte, Ian habe sie vergessen. Er nahm sich vor, ihm die Tasche morgen oder am Montag in der Schule zu geben.
Als er die Tasche hochhob, bemerkte er, dass jemand mit schwarzem Filzstift das Wort SMUDGE darauf geschrieben hatte. Wall wusste nicht, was das bedeuten sollte - er nahm an, dass es sich dabei um den Spitznamen von irgendwem handelte. Der von Ian war es allerdings nicht. Plötzlich hörte er ein metallisches Klappern, das so klang, als würden Dosen gegeneinander stoßen. Wall löste die Riemen der Tasche und öffnete sie.
In der Tasche lagen zwei Sprühdosen.

KAPITEL 3

»He! Leute, schaut euch das mal an!«, rief Wall seinen Freunden zu. Er hielt eine der Sprühdosen hoch. Das kalte Metall der Dose ließ ihn ganz aufgeregt werden. Vielleicht kamen sie jetzt mit ihren Nachforschungen weiter.

Jamil, Nat und Kevin flitzten zu ihm.

»Weiß«, stellte Nat fest, als sie das Schild auf der Dose las. »Passt zu den Graffiti.«

»Habt ihr gesehen, ob Ian die Tasche liegen gelassen hat?«, fragte Wall.

Kevin schüttelte den Kopf. »Wir haben doch schon festgestellt, dass Verbrechen nicht zu Ians Charakter passen. Er gehört zu den guten Jungs.«

»Stimmt, das war doch damals bei dem Bear-Claw-Rennen«, bekräftigte Nat Kevins Aussage. Als vor einigen Monaten jemand versucht hatte das Bear-Claw-Mountainbike-Rennen zu sabotieren, war der Verdacht ebenfalls auf Ian gefallen. Es hatte sich herausgestellt, dass Ian nichts damit zu tun hatte. Seitdem hatten die vier Ian besser kennen gelernt und gemerkt, dass man sich auf ihn verlassen konnte.

»Könnte Marks Tasche sein. Der ist doch vorhin hier rumgekurvt«, sagte Jamil. Er untersuchte die Klappe der Tasche. »Smudge ist vielleicht sein Spitzname. Smudge bedeutet doch Klecks oder Schmiererei. Ich meine, Mark zeichnet und malt gern. Dann würde es irgendwie Sinn machen, wenn man ihn Smudge nennt.«

»Da könnte was dran sein«, antwortete Kevin. »Wir wissen jedenfalls, dass die Graffiti mit weißer Farbe gesprayt worden sind, und in dieser Tasche befindet sich weiße Sprühfarbe. Das sieht nicht nach Zufall aus.«

»Jetzt müssen wir nur noch herausfinden, wem diese Tasche gehört«, sagte Wall und ließ sie vor seiner Nase baumeln. »Wenn sie Mark gehört, ist er erledigt.«

»Aber zuerst sollten wir essen«, knurrte Jamil. »Im Moment ist hier niemand, den wir fragen könnten. Und ich bin langsam am Verhungern. Ich könnte jetzt zehn Hotdogs verdrücken, ohne einmal Luft zu holen.«
Wall warf sich die Tasche über die Schulter und folgte seinen Freunden nach Hause.
Bei Walls Haus angekommen, ließen sich die vier sofort am Picknicktisch nieder, während Mr Evans Burger und Hotdogs auf den Grill warf. Walls Vater nahm einige Maiskolben, die noch in ihrer Blatthülle steckten und die er den Tag über in Wasser eingeweicht hatte, und schob sie zwischen die glühenden Kohlen. Eine dicke Dampfwolke stieg auf und Mr Evans trat einen Schritt zurück. Seine Brille war völlig beschlagen.
»Wall, nimmst du die mal?«, fragte Mr Evans und drückte seinem Sohn eine Grillzange in die Hand. Dann setzte er seine Brille ab und wischte sie an seinem T-Shirt trocken. »Das passiert mir doch immer.« Er musste über sich selbst lachen.
»Sag mal, Wall, was für ein Desk willst du dir denn jetzt kaufen?«, fragte Jamil. Sie hatten schon vorher darüber geredet, wie Wall seinen Gewinn am sinnvollsten ausgeben sollte.
»Also, ich hätte wirklich gerne ein neues Board«, antwortete Wall. »Meine Trucks sind schon ziemlich runtergefahren. Und außerdem würde ich gerne auf kleinere Rollen umsteigen. Die sind in der Pipe besser.«
»Wie wäre es denn mit beidem? Ein Skateboard für die Straße und eins für die Pipe?«, fragte Nat.
»Gar keine schlechte Idee.« Wall setzte ein breites Grinsen auf. »Dann könnte ich auch mal so abgefahrene Tricks wie Kevin hinlegen.« Er, Jamil und Nat zogen immer über Kevin her, weil er die beste Ausstattung hatte. Schließlich gehörte seinen Eltern ein Sportgeschäft, in dem er immer beim neusten und besten Gerät zugreifen konnte.
»Vielen Dank«, sagte Kevin lachend. »Es freut mich ungemein, dass ich hier als Alibi für euren Kaufrausch herhalten darf. Ich

bin nun mal ein Sklave der Mode. Es geht mir gar nicht um den Sport. Es geht mir ausschließlich ums Aussehen.«
»Oh nein! Jetzt hör aber auf!«, maulte Nat.
»Was kann ich denn dafür, dass meinen Eltern ein Sportgeschäft gehört«, kicherte Kevin. »Wenn sie einen Laden für Badezimmeraussstattung hätten, dann würdet ihr mich aufziehen, weil ich dann bestimmt einen tollen Klositz hätte.«
Alle lachten.
»Hallo, die Burger sind fertig!«, verkündete Mr Evans und stellte den vollen Teller auf den Tisch. »Hotdogs und Maiskolben kommen gleich.«
Die Freunde fielen heißhungrig über die Burger her. Erst als die Hotdogs und Maiskolben fertig waren, setzte sich auch Mr Evans zu ihnen an den Tisch.
Trotz der herrlichen Mahlzeit gelang es Kevin nicht, an etwas anderes zu denken als an die noch ungeklärte Angelegenheit mit den Graffiti. Ihm fiel die Tasche wieder ein. »Die sollten wir uns noch einmal näher ansehen«, sagte er unvermittelt. Er stülpte sie um in der Hoffnung, zusätzliche Hinweise zu finden. Doch außer den Sprühdosen war nichts da. »Ich hatte gehofft, dass vielleicht irgendwo eine Adresse oder eine Telefonnummer steht.«
»Ja, irgendein Hinweis, der uns direkt zu Mark führt«, nuschelte Jamil mit vollem Mund. Er hatte gerade einen halben Hotdog in seinen Mund gestopft.
»Wenn wir nur wüssten, wie man Fingerabdrücke feststellt«, sagte Nat bedauernd. »Dann könnten wir die Abdrücke auf den Dosen mit denen der Verdächtigen vergleichen.«
»Ja, tolle Idee!«, schnaubte Wall spöttisch.
Nat warf ihrem Freund einen sanften Blick zu. »Jetzt entspann dich mal! Wir werden den Typ schon finden und außerdem wirst du auch deinen Englischkurs bestehen.«
Wall antwortete ihr mit einem halbherzigen Lächeln.
»Das kann ich dir garantieren!«, bekräftigte Nat.

Mr Evans nahm die Tasche in die Hand und sah sie sich genau an. »Hm, kommt mir bekannt vor. ›Bob's Army and Navy Outlet‹ hat diese Woche solche Taschen im Sonderangebot. Ich glaube, ich habe neulich ein Werbefoto davon in der Zeitung gesehen.«

Bei Mr Evans Bemerkung spitzten plötzlich alle die Ohren.

»He, das wäre doch endlich mal eine heiße Spur«, sagte Wall, der sofort wieder Feuer fing. »Der Haushaltswarenladen war schließlich ein Reinfall.«

»Das werden wir morgen sofort nachprüfen, und zwar noch bevor wir mit Cyrus oder den Leuten vom Slopeside Motel reden«, sagte Nat, die sich bereits eine Strategie für den kommenden Tag zurechtlegte. »Und wenn wir alles richtig machen, dann bleibt uns auch noch genug Zeit für die Arbeit an der Halfpipe.«

»Ich glaube, ich bin langsam pappsatt«, sagte Wall und schlug sich auf den Bauch.

Nachdem Walls Freunde gegangen waren, sah sein Vater ihn sehr ernst an. »Also, das macht mir jetzt gar keinen Spaß, aber weil ihr vorhin schon darüber geredet habt, muss ich die Sache auch mal aufgreifen.«

Wall stöhnte. Er wusste genau, dass alles, was sein Vater jetzt zu sagen hatte, mit Sicherheit nicht erfreulich sein würde. »Stehen mir wenigstens ein letzter Wunsch und eine Henkersmahlzeit frei?«

»So weit sind wir noch nicht«, sagte Mr Evans lächelnd. Er stopfte die Pappteller in die Mülltonne. »Aber ich glaube, die unbestreitbare Tatsache, dass du in Englisch noch ordentlich was zu tun hast, muss irgendwelche Konsequenzen für dich haben.«

Walls Hand mit den schmutzigen Papierservietten erstarrte.

»Und diese Konsequenzen werden so aussehen: Während der letzten paar Tage in deinem derzeitigen Englischkurs wirst du etwas leisten, denn sonst wirst du nicht bei der DEMO-Veranstaltung am nächsten Dienstag auftreten können«, erklärte Mr Evans. »Du wirst dir das Privileg, diesen Preis in aller Öffentlichkeit entgegennehmen zu dürfen, noch erarbeiten müssen. Aus diesem Grund hätte ich gerne eine schriftliche Bestätigung deiner Lehrerin Mrs Kirby, dass du dich in ihrem Unterricht angestrengt hast.«

»Aber, Dad!«, rief Wall entsetzt. »Mrs Kirby hasst mich. Es war nicht meine Schuld, dass ich es bislang nicht geschafft habe.« Wall trommelte nervös mit den Fingern auf die verwitterte Platte des Picknicktischs.

»Du musst noch viel lernen«, seufzte Mr Evans. »Du erhältst deinen Unterricht nicht mehr bei uns zu Hause. Du kannst dir deinen Stundenplan nicht mehr nach Belieben zusammenstellen. Du musst jetzt den Anweisungen deiner Lehrer folgen.«

Mr Evans schob die Mülltonne wieder an ihren Platz. »Es tut mir Leid, Wall, aber du musst mir beweisen, dass du es auch wirklich verdienst, wenn man dich auszeichnet.«

KAPITEL 4

Am nächsten Morgen fühlte sich Wall wesentlich besser. Vielleicht lag das an dem warmen, sonnigen und leicht windigen Wetter. Vielleicht lag es auch an dem Umstand, dass es Detektivarbeit zu erledigen gab. Doch als er sich auf den Weg zu »Bob's Army and Navy Outlet« machte, spürte er, dass heute etwas Großes passieren würde – und dass es sich dabei um etwas Positives handeln würde.

Durch Zufall kamen Wall und seine Freunde gleichzeitig vor dem Geschäft an.

»Haben wir unsere Uhren synchronisiert oder was ist los?«, fragte Wall grinsend.

Die anderen lachten.

In diesem Moment trat ein hagerer, großer Junge aus dem Laden. Unter dem Arm hatte er eine Rolle mit Postern.
»So einen Anblick muss man doch genießen«, murmelte Kevin leise.
Der Junge mit den Postern sah wirklich scharf aus. Seine Haare waren weißblond gefärbt und standen stachelig hoch. In der einen Augenbraue war er zweimal gepierct. Und auf seinen Unterarmen prangten Tattoos von Schlangen.
»Also, die Tätowierung gefällt mir«, meinte Jamil. »Aber ich glaube, mein Dad würde mich erschlagen, wenn ich mir so was machen ließe und damit in der Öffentlichkeit rumlaufen würde.«
Sie schlurften die Holztreppe zum Eingang hinauf. Von innen wirkte der Laden eher wie ein Lagerhaus und nicht wie ein normales Geschäft. Die Kleider und andere Waren lagen nicht hübsch ausgebreitet auf Regalen oder Tischen. Stattdessen stand alles planlos in Kisten und Pappkartons herum.
In diesem Geschäft einzukaufen kam einer Schatzsuche gleich. Man wusste nie, was man als Nächstes finden würde.
»Ich habe mir hier mal eine echt coole Jacke gekauft«, sagte Jamil seinen Freunden. »Die war wasserdicht und dabei so dünn wie Papier, aber ich schwöre euch, man hätte einen Panzer daran aufhängen können, so fest war dieser Stoff.«
»Und was ist mit dem Ding passiert?«, fragte Nat, die sich nicht daran erinnern konnte, Jamil jemals mit so einer Jacke gesehen zu haben.
»Och«, meinte Jamil mit einer wegwerfenden Handbewegung, »ungefähr eine Stunde, nachdem ich sie gekauft hatte, hab ich sie verloren. Ich habe sie auf dem Pausenhof vergessen und seitdem nie wieder gesehen.«
»Na schön, jetzt aber Schluss mit deinen rührenden Erinnerungen«, unterbrach ihn Wall. »Wir haben schließlich Arbeit. Jamil, du quetschst den Typ an der Kasse aus und wir sehen uns mal um, ob wir noch so eine Tasche finden.«

»Jawohl, Sir«, antwortete Jamil mit gespieltem Ernst.

Der junge Mann an der Kasse steckte von oben bis unten in Militärklamotten. Er sah aus wie ein wandelndes Werbeplakat der Marine, wenn man einmal von seinen abgewetzten Tennisschuhen absah. Er hing lässig auf einem Stuhl und seine Füße lagen auf dem Tresen.

»Nettes Outfit«, sagte Jamil zu ihm, um das Eis zu brechen.

»Klar. Mein Boss will, dass ich dieses Zeug trage. Er meint, ich müsse das richtige Image rüberbringen«, sagte er, während er an seinem blauen Jackett mit glänzenden Messingknöpfen hinabsah. »Ich finde, ich sehe damit aus wie ein Spielzeugsoldat. Na ja, er ist der Chef und ich brauche den Job.«

»Schon kapiert.« Jamil warf einen Blick aus dem Fenster und wandte sich dann wieder seinem Gegenüber zu. »Wer war eigentlich dieser illustrierte Typ?«

»Du meinst den, der gerade rausgegangen ist?«

Jamil nickte.

»Er ist so was wie die Vorhut von dieser Skateboardsache, die diese Woche hier stattfinden soll.« Er deutete mit dem Daumen über die Schulter. »Er wollte, dass ich dieses Poster aufhänge.«

Jamils Herz schlug schneller, als er das Poster der DEMOlition-Tour im Hintergrund bemerkte. Walls Strichmännchen nahm den oberen Teil ein. Unten standen alle wichtigen Daten und Namen. Da dieser Tätowierte also Werbung für die Tour machte, konnte er vielleicht auch hinter den Graffiti stecken. Möglicherweise hatte er sich die als eine Art zusätzlicher Werbung gedacht.

»Hast du eine Ahnung, wo der Typ wohnt?«, fragte Jamil. Das wollte er wissen, damit er und seine Freunde diesen Kerl genauer unter die Lupe nehmen konnten.

Allerdings musste er für diesen offensichtlichen Intelligenzbolzen an der Kasse noch eine glaubhafte Begründung für sein Interesse erfinden, um an die Informationen zu kommen.

Falls er überhaupt welche zu bieten hatte. »Vielleicht hat er ja noch ein paar Poster übrig.«
»Null Ahnung. Tut mir Leid«, sagte der Zinnsoldat.
»Kannst du dich vielleicht an jemanden erinnern, der diese Woche so eine Umhängetasche gekauft hat?«, fragte Jamil weiter. Er deutete auf einen Stapel grüner Armeetaschen.
»Weiß ich auch nicht. Ich arbeite hier nur an den Wochenenden«, antwortete der Junge. »Da musst du schon den Besitzer fragen. Der ist am Dienstag wieder hier.«
Jamil ging zu den anderen, die weiter hinten im Laden herumstöberten.
Kevin sah Jamil erwartungsvoll an. »Na, Glück gehabt?«
»Nix«, brummte Jamil.
»Wir hatten hier auch keinen Erfolg. Wir wissen jetzt bloß, dass die Umhängetaschen wirklich hier verkauft werden«, sagte Nat. »Am besten nehmen wir uns jetzt mal Cyrus vor und fragen ihn, ob er irgendwas weiß.«
»Rumble Boards« befand sich in einer Seitenstraße der Fußgängerzone in einem alten viktorianischen Haus. Der Laden nahm das Erdgeschoss und den ersten Stock ein, während Cyrus selbst im zweiten Stock wohnte.
Die vier stiegen die breite Holztreppe zum Eingang hinauf. Durch ein Fenster sahen sie Cyrus, der auf einem der zahlreichen Sofas in seinem Laden saß und Kaffee trank.
»Hey, hey, hey!«, rief Cyrus, als sie den Laden betraten. »Dicken, fetten Glückwunsch, Wall.«
Wall grinste. »Danke.«
»Na, willst du dich umschauen und dir was für deinen Gewinn aussuchen?«, fragte Cyrus. Er schlug seine Füße, die in schweren Arbeitsstiefeln steckten, auf dem Couchtischchen übereinander, das vollständig mit Snow- und Skateboardzeitschriften bedeckt war.
»Erstens das . . .«, Wall sah sich nervös in dem Geschäft um, »und außerdem haben wir noch ein paar Fragen.«

»Schießt los!«, meinte Cyrus aufmunternd. Er klopfte mit der Hand auf das Sofa. »Setzt euch! Jetzt wird geredet.«
»Was machst du eigentlich in Sachen Werbung für die DEMO-Tour am nächsten Dienstag?«, fragte Wall.
»Da mach dir mal keine Sorgen! Es werden schon genug Leute da sein, die dir dabei zusehen, wie du deinen Preis in Empfang nimmst«, sagte Cyrus grinsend.
»Das hat er damit nicht gemeint«, unterbrach Jamil. »Wir haben uns nur gefragt, ob du etwas mit diesen Graffiti zu tun hast, die überall in der Stadt auftauchen.«
Cyrus sah sie verwirrt an. Er kratzte sich an seinem kleinen Spitzbart. »Ich weiß nicht so ganz, wovon ihr eigentlich redet.«
»Irgendwer sprüht überall in der Stadt Walls Zeichnung auf die Bürgersteige«, erklärte ihm Jamil. »Wir hatten uns gefragt, ob du etwas über diese Sache weißt.«
»Mein Dad ist ziemlich wütend, weil dieser Jemand das genau vor seiner Ladentür gemacht hat«, fügte Kevin hinzu.
»Autsch!«, antwortete Cyrus. Er versank tiefer in den Polstern seines Sofas.
»Wer könnte denn so was machen?«, fragte Jamil.
»Der einzige Mensch, der mir in dieser Beziehung einfällt, ist Tony Gray«, überlegte Cyrus. »Er arbeitet für die Strut-and-Jive-Tour und ist heute in die Stadt gekommen. Er wohnt im Slopeside Motel. Aber ich bin sicher, dass er niemandem schaden will. Er macht bloß Werbung für die Tour.«
»Hat er vielleicht zwei Piercings in der Augenbraue?« Jamil zwickte sich in seine rechte Augenbraue. »Und auf jedem Arm ein Schlangentattoo?«
Cyrus nickte. Die vier sahen sich mit wissenden Blicken an. Dieser Tony sowieso war damit in den Kreis der Verdächtigen aufgenommen.
»Weißt du zufällig, wo er jetzt gerade steckt?«, fragte Nat.
Cyrus schüttelte den Kopf. »Wahrscheinlich irgendwo in der Stadt und klebt Plakate an.«

Die vier entschuldigten sich bei Cyrus, dass sie nicht mehr Zeit hatten, und dann machten sie sich auf den Weg zum Slopeside Motel.
Jetzt hatten sie wirklich einen Grund, sich dort einmal näher zu erkundigen.

KAPITEL 5

»Also, ich tippe immer noch auf Mark«, stellte Jamil fest, als die vier zum Slopeside Motel eilten. »Er hat immer noch das stärkste Motiv.«
»Und Cyrus hat gesagt, dass Tony gerade erst angekommen ist«, sagte Kevin. Er war direkt hinter Jamil. Wall und Nat folgten einige Schritte entfernt. »Wenn das stimmt, war er noch gar nicht in der Stadt, als diese Graffiti gemacht wurden. Damit wäre er als Verdächtiger aus dem Schneider!«
»Und vergiss nicht, dass wir die Tasche auf dem Schulhof gefunden haben, wo Mark rumgekurvt ist!«, sagte Nat.
Kevin drehte sich um und ging auf sie zu. »Nun sei nicht so voreilig mit deinen Beschuldigungen! Diese Umhängetasche könnte allen möglichen Leuten gehören. Wir wissen noch nicht einmal, wie lange sie dort schon gelegen hat. Und gestern Nachmittag waren noch mindestens fünfzehn andere Kids auf dem Schulhof.« Kevin sah Nat scharf an. »Wir sollten wenigstens ein paar von ihnen befragen, bevor wir zu solch weit reichenden Schlussfolgerungen kommen.«
»Und ich muss gestehen, dass mich im Moment mehr interessiert, meinen Kurs bei Mrs Kirby zu überleben, als irgendein Typ, der mein Strichmännchen überall hinsprüht«, murmelte Wall. So, wie die Sache derzeit lief, kam es ihm vor, als sei sein Gewinn bei dem Wettbewerb das einzig Gute, das ihm in diesem Sommer passieren würde. Er musste einfach sichergehen,

dass ihm dieser glanzvolle Moment nicht auch noch vermasselt würde.
Nat klopfte Wall mitfühlend auf den Rücken.
»Tut mir Leid, dass wir wegen diesem merkwürdigen Fall unsere Halfpipe nicht fertig bauen können«, entschuldigte sich Wall. »Aber ich freue mich, dass ihr mir helft.«
»Machst du Witze?«, platzte Kevin heraus. »Um so einen Fall zu lösen, lasse ich alles stehen und liegen.«
»Und außerdem würden wir doch keinen unserer Freunde für irgendetwas, das er gar nicht getan hat, hängen lassen«, fügte Jamil hinzu.
Als sie am Slopeside Motel angekommen waren, sah Nat auf ihre Uhr.
»Au Backe, Jungs!«, rief sie. »Ich muss sofort losdüsen. Ich hatte versprochen, dass ich mich um ein paar Sachen für das Bear-Claw-Rennen kümmere. Tut mir Leid, Wall, dass ich dich sitzen lassen muss.«
Nat war bei der Organisation des Mountainbike-Rennens voll engagiert. Im letzten Frühjahr hatte sie die Rennstrecke in Hoke Valley entworfen.
»Mach dir keine Sorgen!«, sagte Wall. »Wir werden dich auf dem Laufenden halten.«
»Okay. Dann sehen wir uns nachher bei dir«, sagte Nat. »Und löst diesen Fall nicht ohne mich!«
Nachdem Nat verschwunden war, gingen Wall, Jamil und Kevin zur Rezeption des Motels.
Dort war kein Mensch. Kevin schlug mit der Hand auf die Glocke des Tresens.
»Moment, Moment!«, rief eine Stimme durch die Tür hinter dem Empfang. Die Tür ging auf und ein alter Mann erschien. Er sah aus, als sei er gerade aufgewacht. Auf der linken Seite seines Kopfes lagen die Haare platt an, während sie ihm auf der rechten buchstäblich zu Berge standen. »Nun?«, brummelte er verschlafen.

Kevin, Wall und Jamil sahen sich an. Ihnen fiel in diesem Moment auf, dass sie gar nicht wussten, was sie diesen Menschen fragen sollten. Kevin und Wall warfen Jamil aufmunternde Blicke zu, damit er das Gespräch eröffnen sollte.
»Hi«, sagte Jamil. »Uns sind diese Graffiti bei Ihnen vor dem Motel auf dem Bürgersteig aufgefallen . . . und . . .« Jamil machte eine Pause, denn er war sich nicht sicher, wie er nun weitermachen sollte. »Und wir haben uns gefragt, ob Sie vielleicht etwas darüber wissen.«
Der alte Mann ging zur Vordertür und sah hinaus auf den Bürgersteig. »War mir noch gar nicht aufgefallen.« Dann ging er wieder hinter die Theke zurück. »Mir gehört der Laden hier nicht, also kümmert mich das alles nicht besonders.«
»Aber das Ding ist genau vor Ihrem Motel«, meinte Wall.
»Es ist bloß auf dem Bürgersteig. Das sollen die von der Stadt gefälligst wegmachen lassen«, sagte der alte Mann. Er setzte seine Brille ab und begann die Gläser an seinem Hemd sauber zu wischen, bevor er fortfuhr: »Wollt ihr hier ein Zimmer mieten oder kann ich mich jetzt wieder vor die Glotze setzen?«
Kevin war über das Verhalten des Mannes erstaunt. Sein Vater hatte sich über die Schmiererei vor seinem Laden ziemlich aufgeregt. Aber diesen Burschen hier schien überhaupt nichts aus der Ruhe zu bringen.
»Ach übrigens, wir suchen Tony Gray. Ist er vielleicht gerade in seinem Zimmer?«, fragte Jamil, der es für besser hielt, das Thema zu wechseln.
»Muss mal nachschauen.« Der alte Mann nahm das Telefon und wählte das Zimmer an. Am anderen Ende nahm niemand ab. »Nein, wollt ihr ihm eine Nachricht hinterlassen?«
»Ja«, sagte Wall. Er gab dem Mann seine Telefonnummer mit der Bitte, Tony möge ihn so bald wie möglich anrufen.
Als sie zum Ausgang gingen, fiel Jamil noch eine Frage ein. »Wären Sie einverstanden damit, wenn wir einige Ihrer Gäste wegen dieser Graffiti befragen?«

Der alte Mann lächelte. »Na klar doch. Aber hier gibt es nur ein paar Gespenster und diesen Mr Gray. Die Leute von der Skateboardtour kommen am Mittwoch hier an und die haben alle Zimmer reserviert. Um diese Jahreszeit ist der Laden sonst eigentlich leer.« Er sah durch ein Fenster in Richtung der Skipisten, die praktisch schon auf der anderen Straßenseite anfingen. »Im Winter, ja, da ist hier alles ausgebucht.«
»Wann ist Mr Gray angekommen?«, fragte Kevin, der sich die Angaben von Cyrus nur noch einmal bestätigen lassen wollte.
»Vor zwei Tagen«, antwortete der Mann ohne zu zögern. »Da muss ich nicht mal in mein Buch schauen. Er ist schließlich mein einziger Gast.«
Die drei Jungs sahen sich verstohlen an. Cyrus hatte ihnen etwas anderes gesagt. Sie verabschiedeten sich von dem Mann, um die neue Sachlage so schnell wie möglich zu analysieren.
Als sie draußen vor dem Motel standen, fragte Jamil: »Was hat Cyrus vor? Glaubt ihr, dass er etwas vor uns verheimlicht?«
»Vielleicht hat er sich in Bezug auf Tonys Ankunft nur geirrt«, meinte Kevin. Er klopfte Wall auf den Rücken. »Ich finde, unsere Lage ist besser, als es den Anschein hat. Wir haben gerade erfahren, wo die Profis absteigen werden, und bis jetzt regt sich auch noch niemand so richtig über die Graffiti auf oder macht dich dafür verantwortlich.« Er nickte in Richtung des Motels. »Den Typ da drinnen kümmert es überhaupt nicht, und mein Vater weiß, dass du es nicht warst. Also haben wir immer noch genug Zeit, diesen Fall in aller Ruhe aufzuklären.«
Wall lächelte. »Ja, eigentlich hast du Recht. Wie wär's, sollten wir dann nicht ein bisschen an unserer Halfpipe arbeiten? Ich muss auf andere Gedanken kommen.«
»Na, dann mal los!«, sagte Jamil.
Am Nachmittag zogen dichte Wolken auf.
»Morgen wird es bestimmt regnen«, sagte Wall, während sie das erste Sperrholzbrett auf den Rahmen der Pipe legten. »Ich würde gerne den ganzen Kram verschrauben und dann alles

mit einer Plane abdecken, bevor das Holz durch den Regen wellig wird.«

Kevin presste sich mit aller Kraft gegen das Brett, um es der Krümmung des Rahmens anzupassen. Die Pipe war etwa zwei Meter fünfzig breit, einen Meter achtzig hoch und die Länge der gekrümmten Bahn betrug etwa vier Meter. Sie war hoch genug für Wall und seine Freunde, um ausreichendes Tempo für alle Arten von Sprüngen zu bekommen, aber nicht so hoch, dass man sofort die Kontrolle verlor.

In Abständen von zehn Zentimetern trieb Wall Schrauben durch die Planken in die Vierkanthölzer des Rahmens. Auch er musste sehr fest drücken, um das störrische Holz in die richtige gekrümmte Form zu bringen. Es gelang ihm, die Ereignisse der letzten zwei Tage völlig aus seinen Gedanken zu verdrängen und sich ausschließlich auf seine Arbeit zu konzentrieren, bis sämtliche Sperrholzplanken an ihrem Platz waren. Als das erledigt war, begannen Jamil und Kevin das Holz mit einem Imprägniermittel zu streichen, damit es nicht verrottete. Wall setzte sich etwas abseits hin und ließ sich nun noch einmal alles durch den Kopf gehen.

Er versuchte den Fall aus einem anderen Blickwinkel zu betrachten, aber immer wieder kam er auf nur zwei Hauptverdächtige zurück: Mark Kirsten und Tony Gray.

Entweder waren diese Schmierereien als Werbung für die DEMO-Tour gedacht oder sie stellten Marks Versuch dar, sich aus Neid an ihm zu rächen.

Wie auch immer, wenn das mit den Graffiti so weiterging, würde das Ergebnis für ihn dasselbe sein. Die Leute in der Stadt würden ihm die Schuld geben.

Die Warnung von Mr Schultz war ihm nur allzu deutlich im Gedächtnis geblieben: Je länger dieser Fall unaufgeklärt blieb, desto wahrscheinlicher wurde es, dass Wall großen Ärger bekommen würde.

KAPITEL 6

Der Regen fiel dicht und gleichmäßig. Er trommelte dumpf auf das Hausdach.

Wall vergrub sich tiefer unter seiner Decke. Es war Sonntag - am nächsten Tag sollte der Englischkurs beginnen. Wall wollte den Tagesanfang so weit wie möglich hinauszögern, denn irgendwie hoffte er auf diese Weise die Ankunft des nächsten Tags - und damit auch die Begegnung mit Mrs Kirby - verhindern zu können.

Plötzlich klingelte das Telefon. Wall versuchte es zu überhören, aber es klingelte weiter.

Er setzte sich in seinem Bett auf. »Dad, gehst du mal ran?«

Keine Antwort.

Dring. Dring. Dring.

Wall hüpfte aus dem Bett, rannte durch den Flur in die Küche und schnappte sich den Hörer. »Ja?«

»Wall? Hier ist Jamil. Wir sollten uns sofort auf dem Parkplatz an den Pisten treffen«, sagte Jamil am anderen Ende. Seine Stimme klang angespannt.

Wall schob mit einer Hand die Küchenvorhänge auseinander. Draußen schüttete es wie aus Kübeln. »Können wir uns nicht über den Computer online im Chatroom treffen?«, fragte er.

»Du musst herkommen«, beharrte Jamil. »Irgendwer hat gestern Nacht drei Graffiti auf den Parkplatz gemalt.«

»Bin schon unterwegs«, sagte Wall und knallte den Hörer auf. Er stürzte sich in seine Klamotten und rannte ohne Jacke oder Regenschirm aus dem Haus. Als er am Parkplatz ankam, war er klatschnass.

Aus der Tür des Häuschens der Touristeninformation rief ihm Jamil etwas zu und kam schließlich über den Parkplatz zu ihm gerannt.

Aber Wall brauchte Jamils Hilfe nicht, um die Graffiti zu finden. »Das ist ja seltsam. Das Geschmiere wurde mit einem

Pinsel gemacht, nicht mit Sprühfarbe. Und diesmal ist die Farbe hellblau, nicht weiß. Eigenartig, oder?«
»Der Exsprayer musste etwas anderes nehmen«, sagte Jamil. »Wir haben doch seine Sprühdosen gefunden.«
Wall wischte sich die nassen Haare aus der Stirn. »Vielleicht. Vielleicht heißt das aber auch, dass es zwei von diesen Typen gibt.«
»Komm mit! Ich zeige dir die anderen Graffiti«, sagte Jamil und zog seinen Freund über den Parkplatz zu zwei weiteren Zeichnungen.
»Aha, also diese Abbildungen sind auch seitenverkehrt und außerdem deuten sie alle in eine Richtung. Versucht dieser Schmierer etwa uns eine Nachricht zu hinterlassen? Und hat diese Nachricht irgendwas mit seinem Wechsel von Sprühdose zu Pinsel zu tun?«, fragte Wall, während er versuchte einen möglichen Schuldigen mit diesen Zeichnungen und mit denen vor dem Motel und dem Laden von Kevins Eltern in Verbindung zu bringen. Er sah zu, wie der Regen auf die groben Kopien seiner eigenen Zeichnung fiel, und bemerkte, dass die Farbe nicht verlief. Sie musste also schon trocken gewesen sein, bevor der Regen in der letzten Nacht eingesetzt hatte. »Er muss das am frühen Abend gemacht haben. Hat irgendjemand was gesehen?«
Jamil schüttelte den Kopf. »Die Touristeninformation ist noch geschlossen. Für die ersten Sommerurlauber wird erst in zwei Wochen geöffnet.«
»Hat dein Vater irgendwas festgestellt?«, erkundigte sich Wall.
»Nein. Er hätte diese Dinger auch gar nicht bemerkt, wenn er hier nichts abzuliefern gehabt hätte«, erläuterte Jamil.
»Ich verstehe nur nicht, wieso der Typ diesmal keine Sprühfarbe verwendet hat«, dachte Wall laut nach. »Das geht schneller und ist einfacher.«
»Hab ich doch schon gesagt: Weil wir seine Sprühdosen haben«, antwortete Jamil. Der Regen wurde wieder stärker. Wall

und Jamil gingen unter dem Vordach des Touristenbüros in Deckung.
»Er hätte sich aber neue kaufen können, oder?«, konterte Wall.
»Was ich mich frage: Wieso hat er diese Schmierereien an zwei Tagen gemacht?«, sagte Jamil. »Wieso hat er das nicht alles in einem Aufwasch erledigt? Das wäre doch sicherer für ihn gewesen.«
»Die Frage hat was«, gestand Wall. »Dieser Typ ist entweder total bekloppt oder . . .« Wall fiel plötzlich auf, dass er von hier aus die Schaufenster von »Alpine Sports« sehen konnte. »Ich habe eine Idee. Komm mit!«
Er und Jamil rannten wieder hinaus durch den Regen in Richtung »Alpine Sports«. Sie machten vor der Zeichnung Halt, die sie am Freitag entdeckt hatten. Wall stellte sich darauf und deutete in die Richtung, in die auch das Strichmännchen zeigte. »Schau dir das an!«
Jamil versuchte Walls Blick zu folgen. »Was denn? Ich sehe nur das Fremdenverkehrsamt.«
»Folge meiner Hand! Die Zeichnung hier deutet in die gleiche Richtung wie die anderen auf dem Parkplatz – wie Pfeile eines Wegweisers, die einem sagen, wo man langgehen soll.«
»Woah!«, rief Jamil. »Du meinst, diese Zeichnungen bilden eine Art Spur, die irgendwo hinführt?«
Wall drehte sich um. Von hier aus konnte er nun das Slopeside Motel sehen. »Das war mir gestern nicht aufgefallen, aber ich möchte wetten, dass das Ding vor dem Slopeside auch in diese Richtung zeigt.«
»Komm!«, rief Jamil und lief vor ihm her die Straße entlang.
Der Regen fiel nun wieder ziemlich dicht, doch weder Wall noch Jamil schienen das zu bemerken. Sie waren auf eine heiße Spur gestoßen.
»Du hast Recht!«, rief Jamil. Er stand auf dem Graffiti und deutete hinüber zu »Alpine Sports«. »Aber wo wollen uns diese Dinger hinführen?«

»Mal sehen, ob wir das herausfinden.« Wall platschte durch die Pfützen zurück zum Parkplatz. »Falls es noch mehr davon gibt, müssten sie eigentlich in dieser Richtung liegen. Was gibt es da drüben?«
»Häuser«, antwortete Jamil. »Sonst eigentlich nichts.«
Plötzlich packte Jamil Wall am Arm und hielt ihn fest. Direkt vor ihnen stand jemand in einem marineblauen Regenumhang und beugte sich über eine der Zeichnungen. Sie konnten sehen, dass dieser Mensch den Kopf schüttelte. Dann beobachteten sie, wie er zu der nächsten Zeichnung stapfte und in die Richtung weiterging, in die das Männchen deutete.
Bei der dritten Zeichnung richtete er sich auf und sah geradeaus weiter.
Als er den Kopf hob, rutschte die Kapuze seines Regenumhangs herunter.
»Tony Gray!«, rief Jamil fast erschrocken.
Tony drehte sich um und sah, dass er beobachtet wurde. Er lächelte und winkte den beiden zu.
Wall und Jamil tapsten durch das Wasser zu ihm.
»Entschuldigung«, sagte Wall. »Du machst doch hier die Werbung für die Tour, stimmt's?«
»Stimmt. Und was kann ich für euch tun?«, fragte Tony.
»Wir haben schon versucht mit dir zu sprechen«, sagte Wall.
»Ach, bist du der Typ, der seine Nummer für mich hinterlassen hat?«, fragte Tony. »Tut mir Leid, ich habe ganz vergessen dich anzurufen.«
»Wir haben uns gefragt, ob du irgendwas über diese Schmierereien weißt?« Wall deutete auf die Zeichnung unter seinen Füßen.
Tony schüttelte den Kopf und musste plötzlich laut lachen. Er winkte den beiden zum Abschied und lief dann in Richtung des Motels davon.
»Kapier ich nicht. Was ist denn so komisch gewesen?« Wall sah Jamil verwundert an.

Jamil schüttelte den Kopf. »Ich habe keinen blassen Schimmer. Vielleicht weiß er mehr, als er sagen will.«
»Da könntest du Recht haben«, sagte Wall, als er hinter Tony hersah, der immer kleiner wurde und schließlich verschwand. »Ich habe das Gefühl, er hat etwas zu verbergen. Jetzt scheint alles eher auf Tony Gray zu deuten und nicht mehr auf Mark. Ich muss morgen unbedingt mit Ian sprechen. Vielleicht können wir Mark dann von der Liste der Verdächtigen streichen.«

KAPITEL 7

Wall konnte es nicht fassen, dass er sich wieder in demselben Klassenraum befand, der schon in den letzten Monaten Schauplatz seiner Englischkatastrophe gewesen war - und noch dazu mit derselben Lehrerin, die die Katastrophe verursacht hatte. Er ließ sich auf seinem Stuhl zusammensinken, klebte den Blick auf sein Arbeitsheft und fing an, es mit seinem Strichmännchen voll zu zeichnen.
Mrs Kirby ging durch die Tischreihen und verteilte die Bücher, die innerhalb der nächsten sechs Wochen gelesen werden sollten. Insgesamt gab es für jeden sechs Bücher. Ein Buch pro Woche. Ein Buch pro Woche zu lesen war eigentlich gar nicht so schlimm, aber ein Buch lesen zu müssen, das Mrs Kirby ausgesucht hatte, kam Wall wie die reinste Folter vor.
Es war ihm schon von vornherein klar, dass sie einen schlechten Geschmack hatte. Diese Bücher werden sterbenslangweilig sein, dachte Wall. Als sich die Bücher eins nach dem anderen vor ihm auf dem Tisch auftürmten, schob er sie einfach zur Seite, ohne auch nur einen Blick auf die Titel zu werfen. Der einzige Trost bestand darin, dass die Bücher wenigstens nicht dick waren.
Nachdem sie mit dem Austeilen fertig war, baute sich Mrs

Kirby vor der Klasse auf und fing an fröhlich über die Bücher zu sprechen.
»Wir werden sicher viel Spaß haben. Das waren meine Lieblingsbücher, als ich in eurem Alter war.«
Sie hielt das Buch hoch, das als Erstes gelesen werden sollte. Auf dem Einband war ein Drache zu sehen. »›Die Höhlen von Ladoon‹ ist eine Fantasygeschichte über einen Drachen, der die Welt beherrschen will«, erklärte sie. »Alle Lebewesen auf der Erde verbünden sich und bekämpfen ihn . . .«
Ein Schüler meldete sich. »Gibt es da auch eine Menge Blut und Tote und so?«
Mrs Kirby lächelte. »Einiges. Du wirst bestimmt nicht enttäuscht werden, Matt.«
Wall warf Ian einen Blick zu, um zu sehen, ob er auch so schwer an dieser ersten Stunde des Sommerkurses litt. Ian saß zwei Tische weiter. Anscheinend ging es ihm ziemlich gut – er schlief nämlich.
Aus eigener Erfahrung wusste Wall, dass Ian kräftigen Ärger bekommen würde, wenn er von Mrs Kirby beim Pennen erwischt wurde. Aus diesem Grund knüllte Wall einige Papierschnipsel zusammen und bewarf Ian damit.
Er traf ihn am Kopf und das Kügelchen sprang in hohem Bogen weg. Dann traf er ihn an der Wange, aber nichts passierte. Ian war komplett weggetreten.
Wall wollte gerade noch eine Kugel abfeuern, als er bemerkte, dass Mrs Kirby auf Ians Tisch zusteuerte.
Wall stöhnte und legte die Hand vor die Augen. Er konnte einfach nicht hinsehen.
Mrs Kirby schüttelte Ian an der Schulter.
Ian schoss kerzengerade hoch und riss ein Buch auf, um den Eindruck zu erwecken, er habe die ganze Zeit aufgepasst.
Damit hatte er aber kein Glück. Er war erledigt. Die ganze Klasse lachte, als sich Mrs Kirby über ihn beugte.
»Welches dieser Bücher ist denn so interessant?«, fragte sie.

»Ähm . . ., äh . . .« Ian drehte das Buch um, damit er wenigstens den Titel sehen konnte.

Mrs Kirby klopfte ihm auf die Schulter. »Na ja, welches es auch immer sein mag, ich bin sicher, es wird dir gefallen. Ich erwarte morgen früh eine Zusammenfassung der ersten fünfzig Seiten von dir, sagen wir mal, auf einer Seite.«

Wieder brach die Klasse in Gelächter aus.

Wall setzte sich gerade hin und starrte in Richtung Tafel. Er wollte jetzt bloß nicht auffallen.

»Ach, Wall«, sagte Mrs Kirby und wandte sich zu ihm.

Erwischt. »Auch du schreibst mir eine Inhaltsangabe der ersten fünfzig Seiten. Ich weiß deine Sorge um deinen Klassenkameraden zu schätzen, aber das nächste Mal gehst du besser gleich hin und weckst ihn persönlich«, sagte sie. Dann betrachtete sie die Papierkügelchen auf dem Boden. »Ich nehme an, du möchtest den Dreck in diesem Raum nach der Stunde auffegen. Der Besen steht da drüben im Schrank.«

Wieder lachten sich die anderen schief.

Wall knickte auf seinem Stuhl zusammen. Wenn er noch hoffte für nächsten Donnerstag eine gute Beurteilung von Mrs Kirby zu erhalten, dann hatte er soeben den denkbar schlechtesten Anfang gemacht.

Schließlich kam Mrs Kirby auch noch an seinen Tisch. Sie warf einen Blick auf die Heftseite, die er mit Skatern voll gezeichnet hatte. »Na, da hast du ja wirklich einen guten Nose Grab gezeichnet.«

Wall sah völlig schockiert zu Mrs Kirby auf. Seit wann hatte sie denn Ahnung vom Skateboardfahren?

Sie lächelte und ging wieder nach vorne.

Gegen Mittag verkündete die Schulglocke das Ende des Unterrichts. Mrs Kirby drückte Wall den Besen in die Hand und ging zum Mittagessen.

Als Ian aus dem Raum stürmen wollte, winkte ihn Wall zu sich. »Bleibt es bei unserer Verabredung heute Nachmittag?«

»Na klar«, antwortete Ian. »Ich kann mindestens eine Stunde fahren und diesen Käse dann immer noch lesen.« Er hielt das schmale Büchlein in der Hand. »Das hat mir meine Mutter schon vorgelesen, als ich noch in der Grundschule war. An die Geschichte kann ich mich erinnern.«

»Scharf! Dann treffen wir uns bei dir in der Scheune, so ungefähr in einer halben Stunde«, sagte Wall.

»Abgemacht«, sagte Ian und zog ab.

Zur verabredeten Zeit traf Wall vor Ians Scheune ein. Von drinnen konnte er schon laute Musik und das Krachen und Donnern von irgendwelchen Kids hören, die Tricks auf der Pipe ausprobierten. Als er die Tür öffnete, kam ihm eine Welle aus hellen Lichtern, Musik und lautem Lachen entgegen.

Wall hatte das Gefühl, er betrete das Land des Zauberers von Oz. Überall in der Scheune turnten Kids herum. Ian fuhr in der Halfpipe und ein halbes Dutzend Jungs stand darum herum und sah ihm zu.

»Echt krank!«, rief einer der Jungs, nachdem Ian auf seinem BMX-Rad einen Tailspin 360° hingelegt hatte.

Ian rollte durch die Talsohle der Pipe und an der anderen Wand wieder hinauf. Dort schoss er einige Meter hoch und landete dann mit den Achslagern auf dem Coping der Pipe. Er stieß sich wieder ab und gewann mit einigen Tritten in die Pedale Geschwindigkeit. Er jagte die Wand hinauf und segelte etwa zwei Meter durch die Luft. Als er dann über die Plattform oben an der Pipe hinausschoss, hielt Wall den Atem an. Das sah gar nicht mehr gut aus. Ian war auf dem Weg zur Bruchlandung.

Ian schien das allerdings nicht so zu sehen. Er landete glatt auf einer Kiste am hinteren Ende der Plattform, stieß sich von dieser mühelos ab und ließ sich wieder zurück in die Pipe fallen - und alles, ohne auch nur mit der Wimper zu zucken. Er war ein Genie auf zwei Rädern.

Wall wünschte sich, er hätte sein Skateboard mitgebracht. Er

sah sich um, ob er sich von jemandem eines ausleihen könnte. Aber die anderen Kids hatten nur Räder.
Wall war noch nie mit einem BMX-Rad gefahren und vor diesen Profis wollte er es nicht zum ersten Mal ausprobieren. Diese Kids waren einfach zu gut.
»Wall!«, rief Ian, als er abbremste und aus der Pipe rollte. »Freut mich, dass du es noch geschafft hast.«
Ein Junge auf einem silbernen Rad kam in der Pipe auf Touren. Ian und Wall setzten sich und sahen dem Akrobaten zu.
»Willst du's auch mal probieren?«, fragte Ian.
Wall zuckte die Achseln. »Klar, aber ich habe mein Brett nicht dabei.« Er hörte sich enttäuscht an.
»Ich kann dir eins leihen«, sagte Ian, ging hinüber zur Stereoanlage und holte ein Skateboard, das dort in einer Ecke lag. Er drückte es Wall in die Hand.
»Danke«, sagte Wall. Das Brett sah schon ziemlich ramponiert aus. Das Metall der Achslager war von zu vielen Grinds abgeschabt und die Nase des Bretts war aufgesplittert. Dennoch glaubte Wall einigermaßen darauf reiten zu können. »Deine Pipe sieht toll aus. Meine ist nicht so groß. Ich hatte gedacht, dass es zu schwierig ist, in so einem großen Ding zu fahren.«
»Na ja, eigentlich ist sie ja auch für BMX-Räder gedacht, aber hier fahren auch schon mal Inlineskater«, antwortete Ian.
»Heiß!«, rief jemand, als der Biker auf den Radlagern einen Grind über die gesamte Länge des Coping ausführte.
Wall wandte sich von dem Biker ab und sah Ian an. »Ich wollte mit dir noch mal wegen letzten Freitag sprechen.«
»Schieß los!«, sagte Ian.
»Nachdem du weggegangen warst, habe ich eine Armeetasche gefunden, und ich habe mich gefragt, ob du vielleicht Mark oder sonst jemanden mit diesem Ding gesehen hast«, sagte Wall.
Ian überlegte einen Moment. »Nö. Mark hatte einen Rucksack dabei. Du kennst das Ding doch, oder?«

»Ja, den kenne ich«, antwortete Wall. Dann nickte er zu den anderen Jungs hinüber, die an der Pipe herumhingen. »Ein paar von denen habe ich auch schon auf dem Schulhof gesehen, oder?«
In diesem Moment kam der Biker aus der Pipe und ein anderer Junge wollte hineinklettern.
»He, Mike, warte mal!«, rief Ian zu dem Jungen hinüber. »Jetzt ist Wall dran.«
Mike grinste und ging wieder zurück. »Übrigens, wenn du zu langsam bist, fliegst du auf die Nase.«
»Mike, mach dich mal nützlich und hör dich um, ob jemand eine Armeetasche verloren hat!«, sagte Ian.
Wall borgte sich einen Helm, legte Knie- und Ellbogenschützer an und stampfte dann auf die Plattform. Er ließ sich in die Pipe fallen, rollte einige Male hin und her, bis er genügend Geschwindigkeit aufgenommen hatte. Dann schoss er hoch in die Luft und machte einen 360° To Fakie. Mit kreischenden Rollen jagte er durch das Tal der Pipe und an der anderen Seite wieder hoch. Jetzt ein Nose Grab und dann wieder runter. Ohne Schwierigkeiten ritt er durch die Pipe und mit jedem gelungenen Trick sammelte er mehr Selbstvertrauen. Als er dann wieder die Wand hinaufglitt, beschloss er den abgedrehtesten Trick auszuprobieren, der ihm einfiel – einen 540° Boardflip Tailgrab.
Nachdem er sich vom Coping abgestoßen hatte, verdrehte er sich nach links und kickte das Brett so weg, dass es sich um die eigene Achse drehte und dabei auch noch überschlug. Das sah phantastisch aus, aber Wall fiel plötzlich auf, dass er diese Sache nicht stehend beenden würde. Er hatte sein Brett aus dem Blick verloren und musste sich umsehen, um es überhaupt wieder zu finden. Er segelte etwa einen halben Meter neben ihm her.
Wall machte sich für eine Bruchlandung bereit und kam sauber auf seinem Hintern auf der Plattform herunter, so wie er

es sich ausgemalt hatte. Sein Brett zischte unterdessen alleine durch die Pipe.
»Scharf!«, rief Ian.
Jemand anderer schrie: »Echt krank!«
Wall versuchte zu grinsen, was ihm aber nicht besonders überzeugend gelang. Sein Magen hing ihm irgendwo im Hals.
»Voll die bleierne Ente!«, rief eine Stimme von der Treppe herüber. Sie gehörte Mark, der gerade sein Bike hereintrug. Wall bemerkte, dass er einen Rucksack auf der Schulter hatte.
Wall sprang von der Plattform und ging rasch zu Ian hinüber.
»Gute Nachrichten!«, sagte Ian. »Erzähl's ihm, Mike.«
»Ich glaube, da war ein Mädchen, das den Brew Twist hingekriegt hat. Und wenn mich nicht alles täuscht, hatte die so ein Ding dabei«, erklärte Mike. Dann zuckte er die Achseln. »Aber hundertprozentig sicher bin ich mir nicht.« Er drehte sich zu Mark um. »Du hast doch mit ihr geredet, Mark. Hast du gesehen, ob sie eine Armeetasche hatte?«
»Viele Leute haben Armeetaschen«, meinte Mark. Er grinste Wall schief an. »Dann willst du also die Kunst sausen lassen und Privatdetektiv werden, hä?«
»Wie ich sehe, hast du es immer noch nicht verkraftet, dass du den DEMO-Wettbewerb verloren hast«, antwortete Wall.
Es sah ganz so aus, als sei von Mark nicht die geringste Hilfe zu erwarten.
Mark wurde rot. »Na ja, bilde dir bloß nichts ein«, murmelte er ohne besondere Überzeugungskraft.
»Na schön, wenn du dich an nichts erinnern kannst, ist das auch kein Problem«, sagte Wall. »Ich muss jetzt los.«
Ian warf einen kurzen Seitenblick auf Mark. Dann sagte er zu Wall: »Komm, bleib hier! Was du in der Pipe gemacht hast, war echt scharf.«
»Später mal wieder. Ich habe Jamil, Kevin und Nat versprochen mich mit ihnen bei mir zu Hause zu treffen«, antwortete Wall.
Als Wall draußen allein die Straßen entlanglief, ließ er sich

noch einmal durch den Kopf gehen, was er gerade erfahren hatte. Nach Aussage von Mike hatte Mark mit diesem Mädchen, das den Brew Twist machen konnte, gesprochen. Es bestand also die Möglichkeit, dass sie diejenige war, die die Tasche mit den Sprühdosen getragen hatte. Sollte sie etwa die Schuldige sein? Wall beschleunigte seine Schritte. Er konnte es gar nicht erwarten, seinen Freunden diese Neuigkeiten brühwarm zu berichten.
Wall bog in die Maple Street ein und kam an »Rumble Boards« vorbei - und vergaß sofort alles, was er vorgehabt hatte. Oben im Schaufenster stand jemand auf einer Trittleiter und malte sein skatendes Strichmännchen auf die Scheibe.
Und es war seitenverkehrt!

KAPITEL 8

Zwei Stufen auf einmal nehmend, jagte Wall die Treppe hinauf und kam krachend durch die Tür.
Dort stand Tony Gray auf der Leiter. Den dicken Pinsel hatte er schon zum nächsten Strich erhoben.
»Halt!«, brüllte Wall.
Alle im Laden starrten ihn an.
Cyrus kam hinter der Kasse hervor. »Ganz ruhig, Wall, ganz ruhig«, sagte er.
Wall deutete auf Tony. »Er . . ., er . . . macht es schon wieder, und zwar seitenverkehrt.« Wall war so verdattert, dass er die Worte kaum herausbrachte.
Tony stieg von seiner Leiter und sah sich die Zeichnung auf der Scheibe an. Dann schlug er sich mit der Hand vor die Stirn. »Natürlich! So ein Depp. Wenn ich das Ding von hier drinnen ansehe und es ist richtig rum, dann muss es ja von außen seitenverkehrt sein.«

»Nein«, beharrte Wall störrisch. »Er macht es schon wieder. Er ist der Kerl, der die ganze Stadt voll schmiert.«
»Wie bitte?«, fragte Tony. »Cyrus hat mich gebeten dieses Fenster zu bemalen. Ich kann dir garantieren, dass ich die Graffiti auf der Straße nicht gemalt habe.«
In diesem Moment stellte sich Cyrus zwischen die beiden. »Wo hast du eigentlich gesteckt, Wall? Ich habe schon den ganzen Tag versucht dich anzurufen. Ich wollte, dass du selbst mein Fenster mit deiner preisgekrönten Zeichnung bemalst. Ich werde dir sogar Geld dafür geben.«
»Geld?«, rief Wall verblüfft. Bis jetzt hatte ihn noch nie irgendjemand für irgendetwas bezahlt. »Wie viel?«
»Zehn Dollar«, sagte Cyrus.
»Dann gib mir etwas, womit ich die Farbe vom Fenster waschen kann, und bevor du einmal hustest, male ich es dir hin«, sagte Wall. Er schnappte sich einen Lappen und wischte die Farbe von der Scheibe.
Nachdem er das Fenster ganz gesäubert hatte, malte er seinen Skater, so wie er ihn entworfen hatte. Während er arbeitete, überlegte er, wie Tony ihm »garantieren« konnte, dass er keines dieser Graffiti gemacht hatte. Das ergab keinen Sinn, es sei denn, er kannte den wahren Schuldigen. Er hielt es daher für wahrscheinlich, dass Tony etwas vor ihm verbarg – und zwar etwas Wichtiges.
»Cyrus, ich bin fertig!«, rief Wall quer durch den Laden. Er stieg von der Leiter und betrachtete sein Kunstwerk.
Cyrus machte die Kasse auf und zog einen Zehndollarschein heraus.
»Danke«, sagte Wall, schnappte sich den Schein und rannte aus dem Laden.
Als er zu Hause ankam, sah er seine Freunde, die bereits in der Pipe fuhren. Bei dem Gedanken, dass ihm nun eine eigene Pipe gehörte, musste er grinsen. Jetzt hatte er endlich die Möglichkeit, zu fahren, wann er wollte.

Nat winkte ihm von der Plattform aus zu, als sie ihn die Auffahrt heraufkommen sah. »Na, wie war der Unterricht?«
Wall winkte ab. »Alles bestens«, sagte er.
Er wollte lieber nicht darüber reden. Deshalb wechselte er schnell das Thema und erzählte seinen Freunden, was er bei Ian herausgefunden hatte.
»Ein neuer Verdächtiger!«, rief Jamil. »Wenn sie den Brew Twist hinkriegt, dann versteht sie was vom Skaten und dann weiß sie auch, dass die Profis auf Tour sind. Wahrscheinlich weiß sie sogar, dass Brewster Kale diese Woche hier sein wird.«
»Das reicht aber noch lange nicht aus, um aus ihr eine brauchbare Verdächtige zu machen«, hielt Kevin dagegen. »Welches Motiv sollte sie denn haben? Ich finde, wir sollten erst einmal mehr über sie in Erfahrung bringen, bevor wir irgendwelche Schlüsse ziehen. Wir sollten mit Mark reden. Das hat sich doch so angehört, als würde er sie kennen.«
Wall erzählte weiter, was er erlebt hatte, und natürlich auch, dass er Tony dabei erwischt hatte, wie dieser seinen Skater auf das Fenster von »Rumble Boards« gemalt hatte.
»Vielleicht hat das ja gar nichts damit zu tun«, sagte Jamil, »andererseits, sind die letzten Graffiti nicht mit einem Pinsel gemalt worden?«
Die anderen nickten.
»Und Wall hat Tony erwischt, wie er die Zeichnung mit einem Pinsel gemacht hat«, beendete Jamil seinen Gedankengang.
»Damit liegst du aber jetzt wirklich daneben«, sagte Nat und setzte sich auf ihr Skateboard. »Wall hat uns doch eben gesagt, dass Tony das Fenster auf die Bitte von Cyrus hin bemalt hat.«
»Moment, Moment. Jamil liegt vielleicht doch nicht so weit daneben«, unterbrach Wall. »Wir wissen doch, dass Tony lange genug in der Stadt war, um auch die ersten Graffiti hingeschmiert haben zu können. Und wir wissen auch, dass Cyrus über Tonys Ankunft falsche Angaben gemacht hat. Na ja, und

heute sehe ich Tony mit einem Pinsel in der Hand, wie er gerade meinen Skater malt. Das könnte Zufall sein, aber ich finde, wir sollten der Sache nachgehen.«

»So gesehen könntest du Recht haben«, gestand Nat ein. »Also, was sollen wir deiner Meinung nach unternehmen?«

»Ich bin mir sicher, dass Tony mehr weiß, als er uns sagt. Besonders, nachdem er mir gesagt hat, dass er mir garantieren kann, dass er es nicht gewesen ist«, fuhr Wall fort. »Er selbst ist vielleicht nicht der Täter, aber er könnte wissen, wer es war. Ich denke, Jamil sollte mal mit Mark reden, und wir anderen hängen uns an Tony.«

»Dafür bin ich auch«, stimmte Jamil zu. »Weiß einer von euch, wo Mark wohnt?«

»Ich«, antwortete Kevin. »Und ich komme mit dir. Je weniger Leute Tony beschatten, desto geringer ist die Wahrscheinlichkeit, dass er etwas davon merkt.«

Nat sah unauffällig bei »Rumble Boards« nach, um herauszufinden, ob Tony noch im Laden war. Dann lief sie zurück zu Wall, der vor einem Lebensmittelgeschäft auf sie wartete.

»Er ist noch drin«, sagte sie. »Er sitzt auf einer Couch und trinkt Limonade.«

»Sehr gut«, antwortete Wall. »Dann müssen wir uns jetzt nur noch überlegen, wie wir ihn am besten beschatten.« Er betrachtete die leere Straße. »Das wird gar nicht so einfach sein. In den Filmen beschatten sie die Leute immer auf vollen Straßen, auf denen man kaum bemerkt wird. Aber hier ist niemand, hinter dem wir in Deckung gehen könnten.«

»Tja, Hoke Valley ist nicht New York«, meinte Nat grinsend.

Wall grinste zurück. »Dann hole ich uns zwei Flaschen Limo, damit wir wenigstens etwas haben, hinter dem wir uns verstecken können.«

Er verschwand in dem Laden hinter ihm und kam kurz darauf mit den beiden Flaschen zurück.

»Danke«, sagte Nat.

Einen Augenblick später bemerkten Nat und Wall, dass Tony aus den »Rumble Boards« herauskam. Sie drückten sich unauffällig gegen eine Hauswand und sahen ihm nach, als er die Straße hinunter in Richtung der eigentlichen Fußgängerzone ging. Ein paar Straßen weiter bog Tony nach links in die Wilson Street ein.
Nat hielt Wall am Arm fest. »Der steuert genau auf ›Bookworm‹ zu«, stieß sie hervor. »Bookworm« war die Buchhandlung, die Nats Eltern in einer der Seitenstraßen der Fußgängerzone betrieben. Nat, ihre Eltern und ihre kleine Schwester wohnten direkt über dem Laden.
Die beiden rannten die Straße hinunter. An der Ecke verlangsamten sie den Schritt und bogen in die Wilson Street ein. Tony stand keinen Meter entfernt vor ihnen.
Wall ließ sein Gehirn auf Hochtouren laufen. Ruhig wandte er sich zu Nat und fragte: »Sag mal, wie heißt dieses Buch, das ich unbedingt kaufen soll?«
Nat lächelte. Sie erkannte Walls Ablenkungsmanöver sofort und ließ sich darauf ein. »›Der alte Mann und das Meer‹ von Ernest Hemingway.«
Tony nickte ihnen zu, als sie an ihm vorbeigingen. »Hallo!«
Nat und Wall gingen betont lässig zum »Bookworm« weiter und verschwanden im Laden, ohne sich umzudrehen. Als die Tür hinter ihnen zufiel, keuchte Nat: »Mann, das war knapp.«
»Ein bisschen zu knapp. Ich glaube, er hat Lunte gerochen«, sagte Wall.
»Es ist unmöglich, in dieser Stadt jemanden im Sommer zu beschatten«, meinte Nat kopfschüttelnd. »Es sind einfach nicht genug Leute auf der Straße.«
»Sollen wir es noch einmal probieren?«, fragte Wall.
Nat winkte ab. »Wir schließen uns jetzt besser mit Kevin und Jamil kurz. Vielleicht haben die etwas herausgefunden.«
Auf dem Weg zu Marks Haus überquerten Jamil und Kevin den Parkplatz an den Skipisten. Dabei kamen sie auch an den

Graffiti vorbei. »Warte mal 'ne Sekunde!«, prustete Jamil los. »Die zeigen ja alle zu Marks Haus hinüber.«
Kevin sah sich die Zeichnungen noch einmal genauer an. »Du hast Recht«, sagte er aufgeregt.
Den Rest des Wegs zu der Straße, in der Mark wohnte, legten die beiden im Laufschritt zurück. Marks Haus war das dritte auf der linken Seite. Sie verschnauften kurz vor der Tür, dann drückte Jamil auf den Klingelknopf.
Mark öffnete. »Jamil. Kevin. Habt ihr vielleicht Bock auf ein paar Videospiele?«
Kevin sah auf seine Armbanduhr und schüttelte den Kopf. »Sorry, wir können nicht lange bleiben. Wir wollten dich eigentlich nur fragen, ob du irgendwas über diese Graffiti weißt, die überall in der Stadt aufgetaucht sind.«
»Kalt erwischt«, antwortete Mark achselzuckend. »Ich habe keinen blassen Schimmer. Ich weiß nur, dass die Dinger wie Walls Zeichnung für die DEMO-Tour aussehen.«
»Und dann wollten wir mit dir noch über den Skater reden, mit dem du neulich gesprochen hast«, schob Jamil nach.
Mark sah die beiden erstaunt an. »Von welchem Skater redet ihr denn?«
»Na, dieses Mädchen, das den Brew Twist beherrscht«, erklärte Jamil. »Kennst du sie?«
Mark grinste. »Ach so, jetzt verstehe ich. Ihr seid im Auftrag von Wall hier. Er hat mich schon bei Ian über sie ausquetschen wollen.« Langsam schob Mark die Tür wieder zu. »Wenn Wall so ein Genie ist, dass er den DEMO-Wettbewerb gewinnt, dann kann er doch wohl alleine herausfinden, wo sie wohnt.«
Als sie sich von der geschlossenen Tür abwandten, sagte Jamil: »Donnerwetter! Der Typ ist echt sauer, weil er verloren hat.«
»Macht ganz den Eindruck. Na ja, dann hören wir uns mal an, was Wall und Nat herausgefunden haben«, schlug Kevin vor.
Sie machten sich wieder auf den Weg Richtung Innenstadt.
Sie trafen die beiden anderen bereits auf dem Parkplatz und

bekamen von ihnen einen Bericht über die neueste Entwicklung.
»Sieht nicht so aus, als könnten wir diesen Graffiti-Künstler auf frischer Tat ertappen«, sagte Wall. Er hatte eigentlich gehofft den Fall längst aufgeklärt zu haben.
Vom Rathaus her hörten sie die Glocke der Uhr.
»Au Backe, es ist ja schon acht!«, sagte Kevin. »Jetzt muss ich aber abdüsen.«
Nachdem sie sich versprochen hatten einander sofort zu benachrichtigen, falls sie etwas Neues herausfanden, trennten sich die vier.

KAPITEL 9

Als Wall am Dienstagmorgen zum Unterricht bei Mrs Kirby erschien, hatte er schon das unbestimmte Gefühl, ihm würde irgendetwas drohen. Er hatte tatsächlich die ersten fünfzig Seiten der Höhlen von Ladoon gelesen und zu seinem Entsetzen hatte ihm das Buch gefallen. Diese phantastische Welt, die der Autor geschaffen hatte, war so faszinierend für ihn gewesen, dass er eine genaue Karte der verschiedenen in diesem Buch beschriebenen Länder gezeichnet hatte. Die sah wirklich cool aus.
Aber als er an diesem Morgen zur Schule ging, fiel ihm auf, dass seine eigentliche Hausaufgabe darin bestanden hatte, eine Zusammenfassung des Buchs zu schreiben. Wieder einmal hatte er seine Hausaufgaben nicht in der richtigen Art und Weise gemacht – in der Art, wie sie von Mrs Kirby verlangt wurde. Er stöhnte. Wieso war es ihm eigentlich nicht möglich, auch nur einmal richtig aufzupassen?
Wall setzte sich an seinen Tisch. Fieberhaft versuchte er sich die Geschichte wieder ins Gedächtnis zurückzurufen. Er hatte

jedoch zu Hause die meiste Zeit damit verbracht, sich die verschiedenen Landschaften vorzustellen. Es hatte alles keinen Sinn. Mrs Kirby würde ihn diesmal platt machen.
Als die Glocke zu Beginn des Unterrichts läutete, kam Mrs Kirby lächelnd hinter ihrem Tisch hervor.
Wall krümmte sich zusammen. Wenn Lehrer lächelten, bedeutete dies höchste Alarmstufe. Es bedeutete, dass sie einen bei irgendeinem Fehler erwischen wollten. Wall senkte den Blick auf die Tischplatte, um jeglichen Augenkontakt zu vermeiden. Das oberste Gesetz jeder Schulstunde lautete: Niemals Augenkontakt zulassen. Wenn es dennoch passierte, konnte man sicher sein, dass man aufgerufen wurde.
Wall warf einen Blick auf die Uhr über der Tür. Drei Minuten waren vergangen. Jetzt lagen nur noch eine Stunde und siebenundfünfzig Minuten vor ihm.
»Walter«, sagte Mrs Kirby.
Pech gehabt. »Ja, Mrs Kirby?«
»Wie haben dir denn ›Die Höhlen von Ladoon‹ gefallen?«
»Na ja, also, dieser Zauberer war cool. Der Zauberer Modolis. So wird sein Name doch ausgesprochen, oder?«, sagte Wall nervös.
»Das kommt ungefähr hin«, antwortete Mrs Kirby. Er sah, wie ihre Augen schmal wurden. Aus Erfahrung wusste er, dass sie jetzt zum Todesstoß ausholte. »Nun, auf welche Art haben denn Modolis und die Zwerge ihr Lager ausgebaut?«
»Lager?« Wall schluckte. Er konnte sich nicht erinnern, darüber etwas gelesen zu haben. Er konnte ihr auf seiner Karte genau zeigen, wo sich dieses Lager befand, aber das war offensichtlich ganz und gar nicht das, wofür sich Mrs Kirby interessierte. Die Hände einiger anderer Kids schossen in die Höhe. Es sah ganz so aus, als hätten sich alle anderen in der Klasse bestens vorbereitet.
Mrs Kirby wartete eine halbe Ewigkeit und die ganze Zeit stand ihr dieses Betonlächeln unverrückbar im Gesicht. Dann

drehte sie sich zu Ian um. »Ian, kannst du diese Frage beantworten?«
Eine Welle der Erleichterung überspülte Wall. Jetzt bekam Ian die nächste Salve ab und er selbst konnte sich ein bisschen erholen.
Doch innerhalb von Minuten schoss sich Mrs Kirby mit einer neuen Frage wieder auf Wall ein.
Am Ende der Stunde ließ Mrs Kirby Wall noch im Raum bleiben, während sie den anderen erlaubte nach Hause zu gehen.
»Wall, falls du die Absicht hast, diesen Kurs zu bestehen, solltest du dich wesentlich besser vorbereiten«, belehrte sie ihn.
»Ja, Mrs Kirby«, sagte Wall reuevoll. »Ich verspreche Ihnen von jetzt an härter zu arbeiten.«
»Gut«, antwortete sie. »Nun, als Erstes möchte ich von dir gleich morgen früh eine Seite mit der Beschreibung der Drachenhöhle auf meinem Tisch sehen.«
»Zusätzlich zu der normalen Hausaufgabe?«, fragte Wall.
»Genau«, antwortete Mrs Kirby.
Wall schluckte. Das war ein ziemlich fetter Bremsklotz für seine Nachforschungen über die Graffiti. Er konnte nicht beides gleichzeitig erledigen.
Als er aus dem Schulgebäude schlurfte, schwor er sich, an diesem Tag nur an seinen Hausaufgaben zu arbeiten. Es war ihm einfach viel wichtiger, zu der DEMO-Veranstaltung zu gehen und dort seinen Preis entgegenzunehmen, als den Graffitischmierer zur Strecke zu bringen.

KAPITEL 10

Am Mittwochmorgen hüpfte Wall vergnügt die Treppe zum Eingang der Hoke-Valley-Schule hinauf. Er klopfte auf den Klops aus Bronze, der den Mount Olley und die umgebenden Berge darstellen sollte, und lief in das Gebäude.

Als er sich zwischen den anderen Schülern durchquetschte, die auch auf dem Weg zu ihren jeweiligen Klassen waren, entdeckte er Mrs Kirby, die mitten in der Eingangshalle stand und die Arme in die Seiten gestemmt hatte. Sie sah nicht besonders glücklich aus.

Aber Wall machte sich keine Sorgen. Er hatte sich auf den Unterricht vorbereitet. Seine Höhlenbeschreibung war fertig und er hatte »Die Höhlen von Ladoon« zu Ende gelesen. Das Buch hatte ihm sogar gut gefallen. Immerhin enthielt es ein paar coole Schlachtenszenen.

»Walter!«, bellte Mrs Kirby. »Komm sofort mit!« Sie drehte sich um und marschierte auf das Büro des Direktors zu.

Wall erschrak fürchterlich. Was war denn diesmal los? Gestern war er wirklich nicht vorbereitet gewesen, aber dafür hatte er ja schon eine Extraarbeit aufgebrummt bekommen.

»Mrs Kirby, heute habe ich meine Hausaufgaben gemacht«, sagte er, während sein Herz wie wild schlug. »Ich habe ›Die Höhlen von Ladoon‹ sogar schon zu Ende gelesen. Das Buch ist wirklich Klasse.«

Mrs Kirby kümmerte sich nicht um seine Kommentare und stieß die Tür zum Büro auf. »Rein mit dir!«

Wall betrat zögernd das Büro und setzte sich dem Schreibtisch gegenüber auf einen Stuhl. Niemand sonst war im Raum.

Mrs Kirby setzte sich auf den Drehstuhl hinter dem Schreibtisch. Sie sah Wall ernst an. »Ich bin von dir sehr enttäuscht.«

Wall zuckte zusammen. »Aber ich gebe mir doch Mühe, Mrs Kirby«, stotterte er.

»Als ich heute Morgen aufgestanden bin, habe ich dieses Ska-

termännchen, das du während des Unterrichts gezeichnet hast, vor meinem Haus auf dem Bürgersteig entdeckt.«
»Was?!«, japste Wall. Seine Büchertasche rutschte ihm aus der Hand und fiel auf den Boden.
»Wer mein Grundstück derart verunstaltet, setzt sich der Gefahr aus, es in meiner Klasse nicht sehr weit zu bringen«, fuhr Mrs Kirby fort.
»Aber das war ich nicht«, jammerte Wall.
Mit einer knappen Handbewegung brachte Mrs Kirby ihn zum Schweigen. »Gib mir dein Schreibheft!«
Wall gab ihr gleich die ganze Tasche. Sie wühlte darin herum und zog schließlich das Heft heraus. Auf dem ganzen Deckblatt waren kleine Strichmännchen, die die verschiedensten Skatertricks ausführten. Wall schnappte nach Luft, als er sah, wie sie seine Zeichnungen genau unter die Lupe nahm. Er suchte verzweifelt nach einer Möglichkeit, ihr zu beweisen, dass er nichts mit dieser Schmiererei zu tun hatte. Aber in seinem Gehirn herrschte Funkstille.
»Ich schwöre Ihnen, Mrs Kirby. Ich habe das nicht getan«, flehte er sie erneut an. Er wischte sich über die Augen, weil er das Gefühl hatte, gleich heulen zu müssen. Und wieder fiel ihm die Warnung von Mr Schultz ein, dass so etwas passieren könnte. Dass man ihn für alles verantwortlich machen würde. Und genau das passierte jetzt.
»Ich wünschte nur, ich könnte dir glauben, Wall«, sagte Mrs Kirby. Sie seufzte. »Ich erwarte von dir, dass du diese Graffiti nach dem Unterricht sofort entfernst.«
Wall wollte dagegen protestieren. Er dachte kurz daran, ihr von Mark und Tony zu erzählen, um sich zu entlasten, aber dann hielt er doch lieber den Mund. Schließlich musste er dieser Sache erst selbst noch auf den Grund gehen. Jetzt stand sein eigener, noch einigermaßen guter Ruf auf dem Spiel. Also nickte er und sagte, dass er nach der Schule zu ihrem Haus kommen würde.

»Aber, Mrs Kirby«, sagte er vorsichtig, »ich weiß gar nicht, wo Sie wohnen.«
»Lüg mich gefälligst nicht an!«, schnappte Mrs Kirby. »Du warst schließlich letzte Nacht da und hast meinen Bürgersteig ruiniert.« Sie stand auf und stampfte aus dem Raum. Wall ging hinter ihr her zum Klassenraum.
Der Vormittag verging unglaublich langsam. Er konnte Mrs Kirby nicht in die Augen sehen und sie rief ihn nicht ein einziges Mal auf. Nach dem Unterricht lieferte er ihr seine Strafarbeit ab und sagte ihr, dass er gleich kommen würde.
Von der Schule aus ging Wall direkt zu »Valley Hardware«, um nachzusehen, ob Mr Johnson das Lösungsmittel auf Lager hatte. Es war vorrätig und Wall musste dafür den Rest seiner zehn Dollar auf den Tisch blättern, die er für die Bemalung des Fensters bei »Rumble Boards« erhalten hatte.
Schließlich ließ sich Wall von Mr Johnson noch das Telefonbuch geben, aus dem er die Adresse von Mrs Kirby heraussuchte. Er war mehr oder weniger überrascht, als er sie tatsächlich fand: 223 Pinecrest Lane. Eigentlich hatte er erwartet, dass alle Lehrer Geheimnummern hätten, damit die Schüler sie nicht aufspüren und so etwas Ähnliches anstellen konnten wie das, wofür man nun ihn beschuldigte.
Als er auf dem Weg zu Mrs Kirbys Haus den Parkplatz an den Skipisten überquerte, bemerkte er, dass die Graffiti auf dem Boden genau in die Richtung deuteten, in die er lief. Einen Moment lang dachte er, dass Jamil und Kevin vielleicht Unrecht hatten. Vielleicht deuteten die Zeichnungen gar nicht auf Marks Haus, sondern auf das von Mrs Kirby. Aber das war doch unsinnig. Vielleicht lag Mrs Kirbys Haus nur in der Nähe von Marks.
Als er an der Pinecrest Lane ankam, entdeckte er weitere Graffiti an der Ecke, die in die Straße hineindeuteten. Zögernd bog er in die Straße ein und ging in die Richtung, in der Mrs Kirbys Haus liegen musste.

Während er sich die Häuser ansah und nach der richtigen Nummer suchte, bemerkte er eine Gestalt, die ihm bekannt vorkam. Die Gestalt ging auf eines der Häuser zu. Eine Sekunde lang glaubte Wall, er könne seinen Augen nicht trauen. Die Gestalt war eindeutig Tony Gray.
Wall fing an zu rennen. Er musste unbedingt herausfinden, was Tony vorhatte. Und ob er etwas mit diesen Schmierereien zu tun hatte.
Wall blieb vor dem Haus stehen und wollte Tony schon rufen, als sein Blick auf die Hausnummer über der Tür fiel – 223. Das war Mrs Kirbys Haus! Wall glaubte, er würde gleich in Ohnmacht fallen.
Dann entdeckte er die Graffiti, die sich vor dem Aufgang zur Eingangstür befanden. Der Skater deutete genau auf diesen Aufgang.
Als Wall losspurtete, um Tony zu fassen zu bekommen, ging die Eingangstür auf und im Türrahmen stand das Mädchen, das den Brew Twist beherrschte!

KAPITEL 11

»Du!«, rief Wall, als er den Aufgang hinaufjagte. »Du!« Er stolperte über einen Riss im Asphalt. »Du!«, stieß er noch einmal hervor.
Tony und das Mädchen starrten Wall an, als sei er übergeschnappt. Tony ging in das Haus hinein und das Mädchen wollte schnell die Tür hinter ihm schließen.
Wall gelang es gerade noch, seinen Fuß in den Türspalt zu schieben, bevor sie ins Schloss fiel. »Wartet mal! Ich will nur mit euch reden!«, sagte er und versuchte dabei so ruhig wie möglich zu klingen.
In diesem Moment kam noch jemand den Aufgang hinauf.

Das Mädchen sah den Neuankömmling durch den Spalt und riss die Tür auf. »Brew!«

Wall drehte sich um und vor ihm stand Brewster Kale, dieser unfassbar gute Profiskater, der bei der DEMO-Tour auftreten sollte. Wall wusste sofort, dass er den Fall gelöst hatte, aber er wusste noch nicht, auf welche Weise. In seinem Kopf drehte sich alles. Er holte tief Luft und sagte: »Also gut! Wer hat meinen Skater . . .«

»Wall!«, rief eine Stimme aus einiger Entfernung. Das war Nat. Jamil und Kevin waren bei ihr.

Langsam wurde die Sache überirdisch verrückt. »Ich habe den Graffiti-Schmierer gefunden!«, rief Wall seinen Freunden zu.

»Wer ist es?«, rief Kevin zurück. Kevin, Jamil und Nat kamen über die Rasenfläche vor den Häusern zu ihm herübergerannt. Wall drehte sich zu Tony und dem Mädchen um. »Also, wer von euch war es?«

Das Mädchen grinste verlegen und hob die Hand ein wenig an. »Ich.«

»Aber wieso?«, fragte Wall bestürzt.

Das Mädchen sah auf den Boden. »Ich und Tony, wir hatten uns ein Spiel ausgedacht. Ich habe überall in der Stadt Hinweise für ihn verteilt, die zum Haus meiner Tante führen. Und dann habe ich mit ihm um ein Skateboard gewettet, dass er die Hinweise und das Haus nicht finden wird, bevor mein Bruder in die Stadt kommt.«

»Die letzten paar Tage bin ich in der ganzen Stadt rumgerannt und habe die Spuren von Eloise gesucht«, sagte Tony. »Und ich habe dich gerade noch rechtzeitig gefunden. Du schuldest mir jetzt ein Skateboard.«

»Moment mal! Brew ist hier. Er ist in der Stadt«, beschwerte sich Eloise.

»Als ich an deine Tür geklopft habe, war er noch nicht da«, verteidigte sich Tony.

»Stopp!«, rief Wall. »Jetzt haltet mal die Klappe!«

Alle starrten Wall an.
»Also, du«, er deutete auf Eloise, »du hast meine Zeichnung in der ganzen Stadt aufs Pflaster geschmiert, weil du Schnitzeljagd gespielt hast?«
Eloise nickte. »Stimmt.«
Dann deutete Wall auf Tony. »Und du bist diesen Graffiti nachgelaufen, weil du bei diesem Spiel mitgemacht hast?«
»Stimmt genau«, antwortete Tony.
Wall wandte sich Brewster zu. »Und du bist ihr Bruder?«
»Ganz richtig«, antwortete Brewster.
»Und wieso hast du zwei verschiedene Arten von Farbe benutzt?«, fragte Wall Eloise. Er war entschlossen dieses ganze Durcheinander endlich aufzuklären.
»Ich hatte meine Sprühdosen verloren und da habe ich mir bei meiner Tante alte Farbe ausgeliehen, die sie noch in der Garage hatte«, antwortete Eloise achselzuckend.
In diesem Moment fiel Wall auf, dass der Putz des Hauses denselben hellblauen Farbton aufwies, wie die Graffiti, die mit dem Pinsel gemalt worden waren.
»Du hast ja keine Ahnung, welchen Ärger du mir mit dieser Geschichte gemacht hast«, sagte Wall entnervt. »Dieses Haus hier gehört Mrs Kirby?«
»Ja, sie ist meine Tante«, erklärte ihm Eloise.
»Und außerdem ist sie meine Englischlehrerin und sie wird mich in Kürze zum zweiten Mal achtkantig durchrasseln lassen, weil sie glaubt, dass ich ihren Bürgersteig beschmiert habe«, sagte Wall.
»Oh, das tut weh«, keuchte Eloise.
»Du musst Mrs Kirby sagen, dass ich das nicht getan habe«, verlangte Wall.
»Tante Jane wird mich umbringen«, stöhnte Eloise.
Genau in diesem Augenblick kam Mrs Kirby in ihrem Wagen den Weg heraufgefahren. Sie stieg aus und starrte die kleine Versammlung vor ihrer Haustür an.

»Was geht denn hier vor?«, fragte sie.
»Sag es ihr!« Wall gab Eloise einen Schubs mit dem Ellbogen.
»Ähm, Tante Jane, ich muss dir was gestehen. Ich bin diejenige, die den Bürgersteig angepinselt hat«, sagte Eloise zögernd.
Mrs Kirby kniff die Lippen zusammen. Sie wandte sich zu Wall.
»Es tut mir Leid, Wall, dass ich dich beschuldigt habe. Vorgestern war ich sehr beeindruckt von deiner Zeichnung, aber als ich sie vor meinem Haus gesehen habe, da ist mir eine Sicherung durchgebrannt. Ich habe voreilig angenommen, dass du hinter dieser Sache steckst. Du hast mich dieses Jahr im Unterricht schon so oft und ausgiebig geärgert, dass ich vermutete, du hättest mir aus Wut einen Streich gespielt.«
»Schon gut, Mrs Kirby«, sagte Wall. Er wurde rot. Es überraschte ihn sehr, dass sich Mrs Kirby bei ihm entschuldigte. Und dabei musste er darüber nachdenken, ob er selbst sie nicht manchmal ungerecht behandelt hatte. Vielleicht hatte sie ja doch nicht die Absicht, ihn fertig zu machen. Er musste sich eingestehen, dass er diesen Sommerkurs nicht hätte besuchen müssen, wenn er während des Schuljahrs aufmerksamer gewesen wäre. Zum ersten Mal fiel ihm auf, dass er oft störrisch gewesen war und dass er, wenn er die Bücher aus Mrs Kirbys Blickwinkel betrachtete, vielleicht doch etwas daraus lernen konnte. Als er jetzt Mrs Kirby beobachtete, wie sie mit ihrer Nichte redete, erkannte er, dass sie auch nur ein Mensch war, der versuchte seine Arbeit richtig zu machen. Ein echt netter Mensch – mit einer wirklich coolen Nichte und einem echt coolen Neffen! Er konnte es immer noch nicht fassen, dass ausgerechnet Mrs Kirby mit Brewster Kale verwandt war.
»Ich glaube, wir beide müssen uns mal ernsthaft unterhalten«, sagte Mrs Kirby, als sie Eloise ins Haus führte.
Nachdem die beiden verschwunden waren, drehte sich Wall zu Nat um, die mit Jamil und Kevin dastand und sich ansah, was passierte. »Nat, ich könnte jetzt doch deine Hilfe bei diesem Ferienkurs brauchen.«

KAPITEL 12

Am Mittwochnachmittag machte sich Wall auf den Weg zur Strut-and-Jive-Summer-Skate-DEMOlition-Tour.

Die Veranstaltung sollte in wenigen Minuten mit einer noch nie da gewesenen Darbietung geballter Skateboardartistik eröffnet werden.

Zu diesem Zweck hatten die Veranstalter einen vertrackten Streetcourse aufgebaut, der aus einer Halbpyramide, einigen Rails, Kästen und einer Viertelpipe bestand, auf der sich jeder, der Lust dazu hatte, austoben und beweisen konnte.

Als Wall an »Alpine Sports« vorbeikam, sah er Eloise, die die Graffiti vom Bürgersteig schrubbte. Er nahm die Armeetasche, die er dabeihatte, und gab sie ihr. »Hier, deine Tasche«, sagte er. »Was hat eigentlich ›Smudge‹ zu bedeuten?«

»Das ist mein Spitzname, weil es meistens einen lauten Platsch gibt, wenn ich mit meinem Brett etwas Neues ausprobiere.« Sie warf die Tasche an die Hauswand von »Alpine Sports«. »Brewster sagt immer, es gäbe einen Fettfleck, wenn ich auf dem Asphalt lande.«

Beide mussten lachen.

»Die Sprühdosen habe ich übrigens weggeworfen«, sagte Wall.

»Danke. Ich glaube nicht, dass ich die Dinger in der nächsten Zeit brauchen werde«, brummte Eloise und wandte sich wieder dem Schrubben des Bürgersteigs zu.

Wall ging weiter in Richtung »Rumble Boards« und der DEMO-Veranstaltung.

»He!«, rief Eloise ihm hinterher. Sie hielt die Flasche mit dem Lösungsmittel hoch. »Danke für dieses Zeug. Es wirkt.«

»Ist schon gut. Aber jetzt beeil dich! Sonst verpasst du noch die DEMO!«, rief Wall zurück und ging weiter.

Aus einiger Entfernung konnte er schon die Musik hören.

Außerdem kam gerade eine Ansage über die Lautsprecher. »Unsere Asse werden sich mit ihren Tricks in euer Gedächtnis brennen. Der Erste auf dem Kurs ist Brewster Kale – und zwar mit seinem Markenzeichen, dem Brew Twist!«

Die Menge jubelte.

»Und noch ein Wort als Warnung, Leute«, fuhr der Kommentator fort. »Versucht das bloß nicht zu Hause – es sei denn, ihr wollt eure nummerierten Knochen im anatomischen Museum ausstellen lassen!«

Wall boxte sich durch die Menge bis an den Rand des Streetcourse durch, wo sich Jamil, Nat und Kevin bereits Plätze gesichert hatten.

Brewster legte einen krassen Frontside Ollie hin.

»Yeah!«, riefen die Leute.

Dann schoss Brewster an der Viertelpipe hinauf und vollführte seinen Brew Twist mit der Lässigkeit eines geborenen Genies. Als Nächstes holte er sich auf der Rampe Schwung und segelte mit einem federleichten Nollie über einige nebeneinander aufgebaute Fahrräder hinweg, wobei er immer noch einen halben Meter Luft unter sich hatte.

»Echt scharfer Nollie!«, schrie jemand von der anderen Seite der Strecke.

Wall sah hinüber, um herauszufinden, wer das gewesen war, und traute seinen Augen kaum: Mrs Kirby. Er quetschte sich zwischen den Leuten durch, um ihr Hallo zu sagen.

»Der Nächste auf der Strecke«, verkündete der Ansager, »ist der König des Ollie Grab. Applaus für Mike Winooski. Und obwohl Mike ein gutes Verhältnis zu Zement hat, ist er kein Maurer. Zeig's uns, Mike!«

Der König des Ollie Grab schoss einen Meter hoch in die Luft, vollführte einen teuflisch schnellen Boardslide auf der Rail und beendete die Figur mit einem Kickflip.

»Hallo, Mrs Kirby!«, schrie Wall über den tosenden Applaus hinweg.

»Oh, hallo, Walter«, sagte Mrs Kirby und lächelte. »Wann bekommst du deinen Preis überreicht?«

»Direkt nach der Vorstellung«, antwortete Wall.

In diesem Moment kämpfte sich Brewster zu ihnen durch. »Ich würde dir gerne mal einen echt radikalen Gay Twist zeigen, den ich letzte Woche geübt habe.«

»Cool«, sagte Wall grinsend. Dann wandte er sich wieder an Mrs Kirby. »Vielen Dank, dass Sie diesen Brief an meinen Vater geschickt haben. Sie sind Klasse, Mrs Kirby.«

»Sie ist echt Klasse«, fügte Brewster hinzu.

»Na ja, das hätte ich nicht getan, wenn wir uns nicht an diesem Morgen hingesetzt und darüber diskutiert hätten, wie du deine Arbeit am besten machen kannst, Wall«, meinte Mrs Kirby. »Ich bin auch sehr froh, dass du nichts mit diesen Graffiti zu tun hattest. Mir ist fast das Herz gebrochen, als ich denken musste, dass ein Schüler so wütend auf mich sein könnte, vor meinem Haus eine solche Schmiererei zu hinterlassen.«

»Da machen Sie sich mal keine Sorgen, Mrs Kirby!«, sagte Wall. »Ich werde in Ihrem Kurs meine grauen Zellen zu Höchstleistungen bringen.« Dann folgte er Brewster hinüber zur Haupttribüne. Die Vorbereitungen für die Preisübergabe waren schon im vollen Gange.

Wall stieg zur Tribüne hinauf und sah seine Freunde, die ihm von unten begeistert zuwinkten. Er fühlte sich, als hätte er gerade einen total kranken Backside-Air 540° stehend zu Ende gebracht.

FUNSPORT-BEGRIFFE ZU: ANSCHLAG AUF DER PISTE

Bertle: weite Kurve mit extremer Körperneigung, benannt nach Larry Bertlemann, einem berühmten Fahrer der 70er-Jahre
board: das Snowboard
boarderhead: ein Snowboarder
boardercross: Abfahrtswettbewerb, bei dem fünf bis sechs Teilnehmer gleichzeitig starten
bone it out/bone: Sprünge mit einem angewinkelten und einem ausgestreckten Bein
bonk: Mogul (ein Buckel im Schnee)
carve: auf der Kante des Boards eine Kurve fahren
catch air: alle Arten von Sprüngen
edge: Metallkante an der Unterseite eines Boards
Eurocarve: weite Kurve mit extremer Körperneigung, wie sie von Snowboardern gefahren wird, die noch nie etwas von Larry gehört haben (siehe auch: Bertle)
facial: mit dem Gesicht voran im Schnee landen
fakie: rückwärts fahren
fall line: die gerade Linie, entlang der eine Kugel einen Hang hinunterrollen würde
flat bowl: flache Senke oder flacher, gewundener Abschnitt an einem Hang
goofy: Stellung auf dem Board, bei dem sich der rechte Fuß vorne befindet
halfpipe: eine schneegefüllte halbe Röhre, in der Freistil-Snowboarder Sprungfiguren ausführen, ähnlich wie Skateboarder auf einer Rampe
hardpack: fester, sehr schneller Schnee; ähnelt fast Eis
huck: einen Buckel als Rampe nehmen und einen Sprung ausführen

indy three: mit der hinteren Hand die Brettkante greifen und dabei eine 360°-Drehung in der Luft ausführen

knuckledragger: Knöchelschleifer; eher vorsintflutliche Snowboarder

method: die hintere Hand packt die Brettkante zwischen den Fersen, während die vordere Hand das Brett bis auf Kopfhöhe zieht

nose: das vordere Ende des Boards

ollie: Sprung ohne Rotation, bei dem man sich von einer glatten Oberfläche mit dem hinteren Ende des Bretts abstößt, während man die Nase in die Höhe zieht

powder: tiefer, leichter, trockener Schnee; Pulverschnee

regular: Stellung auf dem Board, bei der sich der linke Fuß vorne befindet

riding: Snowboard fahren

shred: schnell und möglichst stilsicher fahren

shredder: ein Snowboarder

sidecut: die Taillierung eines Snowboards

swag: Werbegeschenke, die von Snowboardherstellern verteilt werden

swany: einen method mit der Anmut eines Schwans ausführen

tail: hinteres Ende eines Snowboards

tip: vorderes Ende eines Snowboards

toe grab: Sprung, bei dem der Snowboarder die Zehenkante des Bretts ergreift

toeside: die Kante des Bretts, die den Zehen des Fahrers am nächsten liegt

tree well: Schneeverwehung in Form einer Mulde oder eines Grabens am Fuß von Bäumen

tweak: Verdrehung des Bretts nach vorne oder hinten während eines Sprungs

ZU: KAMPF IN DER KLETTERWAND

barndoor: Scheunentor; dabei schwingt der Körper des Kletterers von der Wand weg wie ein sich öffnendes Tor; meistens Folge von Gleichgewichtsverlust
beta: Besichtigung der Kletterwand; Festlegung einer Kletterroute vor dem eigentlichen Aufstieg
bomber: ein absolut sicherer Haltepunkt oder Griff
bucket hold: ein großes Griffstück, meist mit einer Mulde oder einem Einschnitt, den man mit der ganzen Hand greifen kann
Karabiner: Ring aus Aluminiumlegierungen, der mit einem Schnappverschluss ausgestattet ist
crimper: kleines Griffstück, das nur mit den Fingerspitzen gegriffen werden kann
deadpoint: Bewegungsfigur, bei der der Kletterer zu einem Halt springt und diesen am höchsten Punkt seines Sprungs zu fassen bekommt
deck: Standfläche und obere Plattform einer Kletterwand
divot: mittelgroßes Griffstück, das nur Platz für einige Finger bietet
Dyno: Sprung zu einem entfernten Griff, bei dem der Kletterer keinen Kontakt mehr zur Wand hat
Elvis-Syndrom: das erschöpfungsbedingte, unkontrollierbare Zittern der Beinmuskulatur eines Kletterers
figure four: eine Technik, bei der der Kletterer ein Bein auf Höhe des Handgelenks oder des Ellbogens des gegenüberliegenden Arms schiebt, um sich mit diesem Bein hochzuschieben und den nächsten Griff mit der anderen Hand zu erreichen
flash: eine Kletterroute zum ersten Mal durchsteigen, ohne dabei abzustürzen oder im Seil zu hängen
Geschirr/harness: Gurtkonstruktion, mit deren Hilfe man einigermaßen bequem und leicht an einem Seil hängen kann; ermöglicht auch die Unterbringung von anderen Klettergeräten

Hüftgurt: mit einem Mechanismus versehener Gurt, der es ermöglicht, das Kletterseil zu handhaben und den Kletterer abzusichern

Kniefall/kneedrop: der Kletterer bringt ein Bein in eine kniende Position an die Wand, um mehr Hebelkraft aufbringen zu können.

Lerchenfuß/lark's foot: ein spezieller Knoten, den man benutzt, um eine Schlinge an einem Baum oder anderen Gegenständen zu befestigen

lay-back: Figur, bei der man eine senkrechte Kante ergreift, sich mit den Händen hochzieht und gleichzeitig mit den Füßen fast auf Höhe der Hände die Wand hinaufmarschiert

on-sight: ein Aufstieg, der ohne vorherige Kenntnis der Wand oder Strecke ausgeführt wird

pinch: kleiner Haltegriff, der zwischen Fingern und Handballen gegriffen wird

pocket/Tasche: ein Loch in einem Fels, das sich als Griff nutzen lässt

Rand: bei Kletterschuhen eine Gummischicht, die die Kante der Sohle und den unteren Teil des Schuhs umgibt und verbindet

roof/Überhang: ein waagerecht überstehender Abschnitt einer Wand

scoop/Mulde: kleine Aushöhlung im Fels; nicht so tief wie eine Tasche

smear/schleifen: Bewegung, bei der der Kletterschuh mit dem Fußballen gegen den Fels gepresst wird, um mehr Haftung zu erzeugen

Zwei-Finger-Griff: ein sehr kleiner Haltegriff, der sich nur mit zwei Fingerspitzen greifen lässt

ZU: SKATEBOARDER UNTER VERDACHT

UND: DUELL UM DIE HALFPIPE

aggro: aggressives Inlineskating; extreme Figuren fahren
alien soul: ein Grind auf den Innenseiten beider Skates, bei dem der Skater aussieht wie eine fliegende Untertasse
alley-oop: ein Trick, der gegen die eigentliche Fahrtrichtung des Skaters ausgeführt wird
Cabbalerial: Während der Skater rückwärts fährt, üblicherweise an der Kante einer Rampe, führt er im Sprung eine vollständige 360°-Drehung aus, landet und fährt vorwärts die Rampe wieder hinunter, ohne dabei seine Skates zu greifen.
deck: die Standfläche eines Skateboards
fakie: rückwärts fahren oder landen bei Figuren
50/50: ein Grind auf beiden Achsen eines Skateboards
fishbrain: das Gleiche wie ein flying fish, abgesehen davon, dass diese Figur auf dem Boden ausgeführt wird
flying fish: hohe Sprungfigur, bei der das rechte Bein ausgestreckt, das linke Bein angezogen und gleichzeitig der rechte Skate gegriffen wird
grind: das Rutschen auf der Sohlenkante oder der Schiene eines Skates über die Kante eines Hindernisses
grind plate: spezielle Metallplatten, die zum Schutz der Skates bei Grinds an den Seiten oder der Schiene des Schuhs angebracht werden
invert: Handstand; Figur, bei der sich der Kopf unterhalb der Skates befindet
kung lao: hohe Sprungfigur, bei der das linke Bein ausgestreckt, das rechte angezogen wird, während der rechte Skate gegriffen wird, indem der Skater über sein linkes Bein greift
lip: die obere Kante einer Rampe, Halfpipe oder eines anderen Hindernisses

lu kang: hohe Sprungfigur, bei der über den Körper gegriffen wird, um den entfernteren Skate zu packen
McTwist: eine Drehung um 540° über Kopf, ähnlich einem Salto mit Schraube
mute transfer: hohe Sprungfigur, bei der beide Füße angezogen und die Skates über Kreuz gegriffen werden
rocket: hohe Sprungfigur, bei der beide Skates bei ausgestreckten Beinen gegriffen werden
suislide: ein schwieriger Grind, bei dem die Außenseite des linken Skates eine Kante entlangrutscht, während das rechte Bein ausgestreckt ist. Zupacken. Balance halten oder man fliegt auf die Nase!
torque soul: ein cooler Grind auf der Außenseite des linken Skates, während der rechte Skate auf die Innenseite des linken Fußes gestützt wird

LESEPROBE

»Ich kann diese Schwindeltreppe nicht ausstehen«, beschwerte sich Lizzy. »Wie tief geht es denn noch runter? In meinem Kopf dreht sich schon alles.«
»Machen wir eine Pause«, schlug Sonja vor.
Sie waren dem Maulwurf durch das Feuer gefolgt. Ohne seinen Hinweis wären sie nie darauf gekommen, dass der Kamin eine raffiniert getarnte Geheimtür war.
»Ich möchte wissen, ob Erik den Datenmaulwurf geschnappt hat«, sagte Lizzy.
Das wollen wir doch nicht hoffen, dachte Laura. »Kommt weiter!«, forderte sie. »Ich kann das Ende der Treppe schon sehen.«
Ohne auf Lizzys Proteste zu achten, lief sie voran. Sie wusste, dass es in diesem Teil des Spiels auf Schnelligkeit ankam. Es war allerhöchste Zeit. Plötzlich sah es so aus, als ob die ganze virtuelle Welt erzitterte. Direkt vor ihren Füßen entstand ein Riss. Ein dumpfes Grollen folgte.
»Beeilung!«, rief Laura. »Ich glaube, die Treppe stürzt ein. Schneller, Lizzy!«
»Ich kann nicht schneller. Die Stufen machen mich krank.«
»Mach die Augen zu und lauf. Ich führe dich.«
Sie schafften es im letzten Augenblick. Kaum hatten sie das Ende der Treppe erreicht, da stürzte sie in sich zusammen. Ein Brüllen wie von einem großen Raubtier war zu hören. »Das sind die Drachen«, erklärte Sonja. »Bevor wir uns in die Halle des Feuers wagen, sollten wir uns neue magische Hilfsmittel besorgen. Ich erinnere mich, dass es hier irgendwo eine Rüstkammer gibt. Hilfst du mir, Laura?«
Während sich ihre Freunde auf den Boden setzten und ausruhten, huschten Sonja und Laura von Tür zu Tür. Sie ahnten noch nicht, dass das Spiel eine unerwartete Wendung nehmen sollte.

FORTSETZUNG ...

»Ach, du meine Güte!«, rief Lizzy plötzlich. »Der Kleine ist abgehauen!«
»Atü?« Sonja sah sich verwundert um. »Gerade eben war er noch hier.«
»Ich habe Beccy versprochen, auf ihn aufzupassen«, jammerte Lizzy. »Als ich ihn zuletzt sah, spielte er mit der goldenen Katze. Das war in dieser Richtung. Ich muss den Wichtel unbedingt finden.«
»Warte, ich komme mit!«, rief Sonja.
Hilflos musste Laura zusehen, wie die Freaks zum Eingang der Drachenhöhle rannten. Ohne zusätzliche magische Hilfsmittel waren sie dort chancenlos. Laura murmelte eine Verwünschung und hetzte hinterher.
Sie kam gerade rechtzeitig, um zu sehen, wie sich ein riesiger Drache zu Atü hinabbeugte und wie ihm der freche Wichtel die Schwertgrafik auf die Nase haute.
Der Drache brüllte. Rauch quoll aus seinen Nüstern. Gleich musste er Feuer speien.
Drachenfeuer loderte auch am anderen Ende der Höhle. Dort wurden die Freaks von einem zweiten Untier angegriffen. Lizzy wehrte die Flammen mit dem Schild ab.
»Game over«, flüsterte Laura.
In diesem Moment geschah etwas Unerwartetes. Bevor der Drache Feuer speien konnte, duckte sich die kleine goldene Katze und sprang dem Monster ins Maul.
»Mööh?«, grunzte der Drache. Eine Wolke harmloser Seifenblasen quoll dabei aus seinen Nüstern. Laura staunte. In der Chronik wurden die goldenen Tierfiguren nicht erwähnt. Die Zwillinge hatten sie deshalb für einen sinnlosen Gag der Programmierer gehalten und nie beachtet.
...

Aus: Andreas Schreiner: Duell der Superhacker. Ensslin im Arena Verlag. 176 S. Ab 12 J. Erscheint August 2001.

DIE ABENTEUERWELT

Andreas Schreiner: Generation Future

Bd. 1 Abenteuer im Mystery-Park (ISBN 3-401-40062-2)
Bd. 2 Aufstand der Geister (ISBN 3-401-40063-0)

Nur die „Freaks", die besten jugendlichen Computerhacker weit und breit, können die grandiose Hightech-Welt steuern und überwachen. Doch dann passiert ein Unfall: Ein Unbekannter will erreichen, dass die Abenteuerwelt geschlossen wird.

Wer ist der geheimnisvolle Gegner? Die Freaks fürchten schon, verloren zu haben, als ihr unbekannter Feind einen entscheidenden Fehler begeht: Er unterschätzt ihre Hackerkenntnisse ...

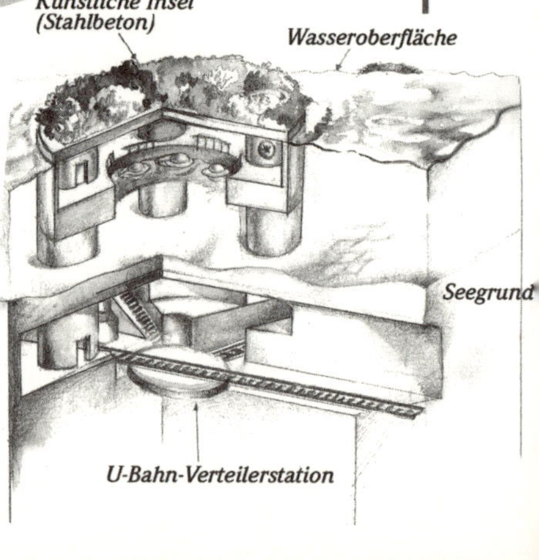

. . . VON MORGEN

Bd. 3 Mystery-Park in Gefahr (ISBN 3-401-45012-3)
Bd. 4 Duell der Superhacker (ISBN 3-401-45027-1)

Als Sonja und ihre Freunde das virtuelle Drachenspiel im Mystery-Park entdecken, sind sie nicht mehr zu bremsen: Selbst die Hauptfigur in einem spannenden Computerspiel sein! Doch mitten in der Jagd nach dem höchsten Spiel-Level mischt sich ein geheimnisvoller Hacker in das Abenteuer. Und dieser dreiste Störenfried hat Talent! Sonja nimmt die Verfolgung durchs Datennetz auf und erkennt dabei: Vom Drachenspiel geht eine Gefahr aus, die selbst die »Freaks« nicht erkannt haben ...

Jeweils 176 S. Ab 12 Jahren. Hardcover.

ENSSLIN